GRANDES ESCRITORES DA LITERATURA RUSSA

Máximo GÓRKI A MÃE

Tradução *Araújo Neves*
Apresentação *Marques Rebelo*
Prefácio *Flávio Ricardo Vassoler*
Tradução revista por *Mariana Elia*

5ª EDIÇÃO

EDITORA
NOVA
FRONTEIRA

Tradução do original em francês: *La mère*

Direitos de edição da obra em língua portuguesa no Brasil adquiridos pela Editora Nova Fronteira Participações S.A. Todos os direitos reservados. Nenhuma parte desta obra pode ser apropriada e estocada em sistema de banco de dados ou processo similar, em qualquer forma ou meio, seja eletrônico, de fotocópia, gravação etc., sem a permissão do detentor do copirraite.

Editora Nova Fronteira Participações S.A.
Rua Candelária, 60 – 7º andar – Centro – 20091-020
Rio de Janeiro – RJ – Brasil
Tel.: (21) 3882-8200

CIP-Brasil. Catalogação na fonte
Sindicato Nacional dos Editores de Livros, RJ

G682m
5. ed.

Górki, Máximo 1868-1936
 A mãe / Máximo Górki ; tradução Araújo Neves ; prefácio Flávio Ricardo Vassoler ; apresentação Marques Rebelo ; tradução revista por Mariana Elia. - 5. ed. - Rio de Janeiro : Nova Fronteira, 2021.

Tradução de: *La mère*
ISBN 978-65-5640-364-9

1. Romance russo. I. Neves, Araújo. II. Rebelo, Marques. III. Título. IV. Série.

19-58727   CDD: 891.73
                          CDU: 82-31(470)

Vanessa Mafra Xavier Salgado - Bibliotecária - CRB-7/6644

Sumário

Prefácio   7

Apresentação   11

Primeira parte   15
Segunda parte   223

A MÃE E O PARTO DE UM NOVO TEMPO HISTÓRICO

Máximo Górki escreveu *A mãe*, em 1907, atormentado por fatos reais: no feriado do Dia do Trabalho, em 1902, tropas czaristas investiram contra as massas trabalhadoras e reprimiram fortemente suas manifestações em Sormovo, um dos distritos que compõem Níjni Novgorod, cidade natal do escritor situada a pouco mais de quatrocentos quilômetros a leste de Moscou. Do ventre da consciência e da luta de classes — a consciência atiçada em brasa pela exploração econômica e pela repressão política —, é gestada a trama do romance, que nos apresenta Pélagué Nilovna, a mãe, e Pavel, seu filho, como personagens e partícipes do movimento operário, que, hoje sabemos, contribuiria decisivamente, uma década mais tarde, para a derrubada do czar Nicolau II (1868-1918), com a Revolução de Fevereiro de 1917, e para a ascensão ao poder dos comunistas liderados por Vladimir Lênin (1870-1924), com a Revolução Bolchevique, ocorrida oito meses depois.

    Falecido o pai um tanto tirânico e beberrão de Pavel, Pélagué se esmera ainda mais como mãe para suprir a lacuna paterna. As descrições que o narrador gorkiano faz das carícias e da atenção que a mãe dispensa ao filho formam como que uma barricada (um ninho) de ternura em contraposição às condições massacrantes da fábrica, que, com o "grito estridente" de seu apito e os "inúmeros olhos quadrados e amarelos" de suas janelas, engolfa uma legião de operários "com os músculos ainda fatigados" e bocejantes a cada manhã. Ao fim da jornada extenuante,

> a oficina vomitava das suas entranhas de pedra todas as escórias humanas, e os operários enegrecidos pela fumaça espalhavam-se novamente pelas ruas, deixando atrás de si exalações ásperas do óleo das máquinas. Então havia na sua voz animação e até alegria: tinham terminado os trabalhos forçados por algumas horas; em casa os aguardavam refeição e descanso.

A menção aos trabalhos forçados (a escravidão assalariada) e às parcas horas de descanso (o tempo livre em contraposição ao tempo cativo) nos apresenta a forja, que, por meio do sofrimento partilhado, ensejará a luta coletiva dos trabalhadores e trabalhadoras. E é com a maestria do escritor que bem sabe transitar entre a pequena vida de Pélagué e Pavel e o convulso panorama histórico de sua época que Górki nos traz, com a figura da mãe, um amor redentor, que, da relação com o filho, se irradia para a legião de explorados sequiosa por parir um novo tempo histórico.

O nome da mãe, Pélagué, bem nos pode remeter ao monge ascético Pelágio da Bretanha (350-423 d.C.), que, em disputa teológica encarniçada com Agostinho de Hipona (354-430 d.C.), para quem o ser humano carregava, desde a queda de Adão e Eva, a mácula do pecado original, negava a corrupção da natureza humana e a necessidade da graça divina para a salvação, bem como sustentava que, por meio de suas obras, os homens e mulheres, que nasciam moralmente neutros, podiam alcançar a redenção.

Laivos laicos do pelagianismo podem ser entrevistos nas personagens gorkianas, à frente das quais Pélagué, qual uma Joana D'Arc russa, acalenta o filho e os enteados de sua classe, rebentos de uma nova era, na luta para erigir o Éden não no além-mundo intangível, mas no seio mesmo da história.

Radicalmente empática à causa dos *humilhados e ofendidos* — para lançarmos mão da expressão que Fiódor Dostoiévski (1821-1881) alçaria a título de um romance publicado em 1861 e que também trazia à tona as agruras dos espoliados —, a literatura de Górki nos apresenta, com agonia, revolta e ímpeto, a condição da massa trabalhadora, que, parida e encabeçada por Pélagué Nilovna, *A mãe*, procuraria, cada vez mais, tomar as rédeas da salvação mundana nas próprias mãos.

Flávio Ricardo Vassoler
Escritor, professor da Universidade Estadual de Maringá, doutor em Letras pela FFLCH--USP, com pós-doutorado em Literatura Russa pela Northwestern University (EUA). É autor das obras *O evangelho segundo talião* (nVersos, 2013), *Tiro de misericórdia* (nVersos, 2014), *Dostoiévski e a dialética: Fetichismo da forma, utopia como conteúdo* (Hedra, 2018) e *Diário de um escritor na Rússia* (Hedra, 2019).

Apresentação

Nascido em Níjni Novgorod, hoje Górki, a 14 de março de 1868, Alexei Maximovich Pechtov teve íntimas, profundas e compreensíveis razões para adotar o pseudônimo literário de Máximo Górki, com o qual se imortalizaria. É que "górki" em russo significa amargo, amargoso; e amarga, como fel tantas vezes, foi a sua vida desde o berço miserável. E até a sua morte, em pleno fastígio da glória, a 14 de junho de 1936, não foi isenta de amargura, quando os médicos que o atendiam teriam sido forçados a aplicar-lhe remédios inadequados, uma espécie de cicuta estatal. É que pelos altos poderes diretivos era olhado sob a suspeita de conspirador, quando não foi mais, durante toda a sua agitada existência, que um grande e generoso inconformado que, descontente com a feição que iam tomando os negócios públicos, queria voltar para o estrangeiro, onde tanto tempo estivera, e negado lhe foi o passaporte — "e tudo isso era conhecido publicamente e discutido em murmúrios", escreve Trótski em livro de memórias, e ainda mais: "Durante a fome do primeiro e segundo planos quinquenais, o descontentamento e a repressão chegaram ao mais alto grau... Em tal atmosfera, Górki constituía uma séria ameaça. Correspondia-se com escritores europeus, era visitado por estrangeiros, os arruinados lhe levavam as suas queixas, ele moldava a opinião pública... Prendê-lo, exilá-lo, ou melhor, fuzilá-lo, era impossível. Estava enfermo... e a ideia de apressar a liquidação do velho Górki apareceu como a única maneira de solucionar o problema."

Órfão muito cedo, desprovido de qualquer instrução, Górki começou a trabalhar aos nove anos. Tentou várias ocupações: foi aprendiz de sapateiro, ajudante de cozinheiro nos navios do Volga, jardineiro, padeiro, vendedor de frutas, ferroviário — "as minhas universidades", como chamou ironicamente —, conheceu a miséria, passou fome e frio, por largo tempo não foi mais do que um vagabundo, percorrendo grande parte da sua querida Rússia, e a substância mais rica dos seus relatos é precisamente aquela em que recorda suas andanças e sofrimentos, sua fome e desamparo, suas tentativas e contatos, aquela comovente matéria autobiográfica de *Primeiro amor* e *Camaradas*, de *Os vagabundos* e *Os degenerados*, de *Pequenos burgueses* e *Ralé* — duas peças que dariam ao teatro russo uma nova dimensão, levando-o sensacionalmente além das suas fronteiras —, de *As minhas universidades* e *O asilo noturno*, de *O espião* e *Recordações de minha vida literária*, ele que tanto privara com Tolstói e Tchecov, e especialmente de *Infância* — um livro de qualidades excepcionais —, ficção povoada de marginais, transviados, desempregados, aventureiros, pequenos comerciantes, mães de família e prostitutas, místicos e parasitas, operários e camponeses, soldados e marinheiros, ladrões e rufiões, bêbados e mais bêbados, páginas densamente impregnadas de um poderoso sentido social, que iriam torná-lo o escritor preferido da era soviética, escritor nitidamente proletário e político, que preparou durante anos a consciência revolucionária do povo russo, pagando por isso com numerosas prisões. Tal mensagem popular traziam as suas primeiras novelas, que eram esperadas como se fossem "importantes notícias políticas", cumprindo em relação às mais baixas camadas do povo russo a mesma conhecida missão que o sentimental humorismo de Dickens exercera para com as classes médias inglesas.

Enquanto lutava desesperadamente pela mera sobrevivência, aos azares do nomadismo, tão eslavo, chega a Kazan — tinha 17 anos. E aí trava conhecimento com estudantes da universidade, com eles se instrui, lê com voracidade todos os livros que lhe emprestam, e decide-se pela literatura, melhor dito, por ela é arrastado e começa a escrever. Interessado pela vida política, ligou-se a um grupo populista, que abandonou aos 18 anos, tendo nessa ocasião, numa das suas raras explosões de desânimo, tentado suicidar-se com um tiro de pistola que traspassou-lhe o pulmão. É preso em 1890 por convivência com elementos suspeitos e, ao sair da prisão, interessa-se pelo nascente movimento marxista. E em 1898 publica a sua primeira série de contos, que foi rejeitada por vários editores, e que teve um sucesso sem precedentes, pois evocava o que viu e padeceu nos seus anos de vagabundagem, trazendo a novidade dos assuntos e dos ambientes e chamando para os jovens proletários a atenção do país.

Em 1901 é preso outra vez por suas ligações com o movimento revolucionário e liberto pela ação de Tolstói, recebendo depois, por todos os lugares que ia, entusiásticas manifestações. Em 1902, já tão famoso quanto o seu libertador, é eleito para a Academia Russa, mas não o deixaram tomar posse e anulada foi a sua eleição sob o estapafúrdio pretexto de que não tinha em ordem os seus documentos civis, irregularidade que levou Tchecov e Korolenko, diletos amigos, a se afastarem da Academia, solidários com ele. E envolve-se na fracassada revolução de 1905, com destacado papel, e acaba viajando para o exterior a fim de reunir fundos para a revolução. Em 1907 vai residir em Capri, trava amizade com Lenine, e em 1913 retorna à pátria. Durante a Primeira Guerra Mundial assumiu atitude pacifista e até germanófila e, em 1917, apoia os bolchevistas, batendo-se pela paz em separado. Após a vitória da Revolução, tornou-se o porta-voz dos intelectuais perante o governo, é nomeado ministro das Belas-Artes por Kerenski, mas, por certas divergências com os sovietes, sai da Rússia, em 1921, para a Alemanha e fixa-se afinal em Sorrento, tão cara a Tasso. E ao voltar à sua terra, em 1928, foi alvo de ruidosas manifestações — é um ídolo, é o pai da literatura soviética.

Se Tolstói é a ilimitada grandeza, que alcança as alturas da epopeia, e Turguenev é a elegância estilística bebida na melhor lição francesa e a literatura dos senhores rurais, "inúteis" e "supérfluos"; se Dostoievski é o mergulhador em profundidade nos tristes e ignotos corações humanos e Tchecov é graça, simplicidade quase de repórter e resignado decadentismo, Górki é a chocante força que se revolta contra a miséria e a escravidão do povo russo, é a inteligência e a arte engajadas para a defesa de um ideal proletário, é o salvador da literatura russa, que, sem a sua poderosa presença, talvez não tivesse sobrevivido à tempestade da revolução de 1917, após o fracasso da revolução de 1905, quando os intelectuais, como pondo fim a quase um século de agitação profundamente nacional, realista e naturalista, refugiam-se num simbolismo enfezado e estrangeiro. É que Górki soube resistir — prosseguiu e foi exatamente em *A mãe*, mais evocativo do que épico, de forma tão irregular que não seria apontado nunca como uma obra-prima literária, mas que é uma das obras capitais da literatura russa, foi em *A mãe* que se tornou o autêntico romancista da revolução proletária e de uma nova era, lançando através das suas dolorosas páginas as ideias que pregava e que a massa entendia e esperava.

Marques Rebelo

Primeira Parte

Capítulo I

Todos os dias, na atmosfera esfumaçada e triste do bairro operário, o apito da fábrica lançava aos ares o seu grito estridente. Então, criaturas toscas, com os músculos ainda fatigados, saíam rapidamente das pequenas casas pardacentas e corriam como baratas assustadas. À fria meia-luz, iam pela rua estreita em direção aos altos muros da fábrica que os esperava implacável e cujos inúmeros olhos quadrados e amarelos iluminavam a calçada lamacenta. Vozes bocejantes ressoavam com roucas exclamações; pragas cortavam o ar; e uma onda de ruídos vagos acolhia os operários; a pesada traquinada das máquinas, o resfolegar do vapor. Sombrias e mal-encaradas como sentinelas, perfilavam-se as altas chaminés negras.

À tarde, ao sol poente, os seus raios vermelhos iluminavam as vidraças do casario; a oficina vomitava das suas entranhas de pedra todas as escórias humanas, e os operários enegrecidos pela fumaça espalhavam-se novamente pelas ruas, deixando atrás de si exalações ásperas do óleo das máquinas. Então havia na sua voz animação e até alegria: tinham terminado os trabalhos forçados por algumas horas; em casa os aguardavam refeição e descanso.

A fábrica absorvera o dia, as máquinas tinham sugado aos músculos dos homens todas as forças de que precisavam. O dia fora riscado do conjunto da vida, sem deixar vestígios; o homem tinha dado mais um passo para o túmulo, sem nada notar; mas podia entregar-se ao gozo do descanso, aos prazeres da imunda taverna, e estava satisfeito.

Nos dias santificados, dormia-se até quase as dez horas da manhã; depois a gente séria e casada vestia a sua melhor roupa e ia à missa, censurando aos moços a sua indiferença em matéria religiosa. Ao regressarem da igreja, comiam e deitavam-se de novo até a tarde.

A fadiga acumulada durante longos anos lhes tirara o apetite; para poderem comer, era preciso beber muito, excitar o estômago preguiçoso com a quentura do álcool.

À tarde, passeavam indolentemente pelas ruas; os que possuíam capas de borracha punham-nas, ainda que o tempo estivesse seco; os que tinham um guarda-chuva com ele saíam, ainda que fizesse sol. Não é dado a toda gente possuir uma capa impermeável ou um guarda-chuva, mas cada qual ambiciona ser superior ao seu vizinho, seja de que maneira for.

Quando se formavam grupos, conversava-se a respeito da fábrica, das máquinas e falava-se mal dos contramestres. As palavras e os pensamentos não se referiam a nada mais que a coisas relacionadas com o trabalho. A inteligência impotente lançava apenas centelhas isoladas, um fraco clarão na monotonia dos dias. Ao voltarem para casa, os maridos procuravam questões para discutir com as mulheres, batendo-lhes, muitas vezes. Os rapazes ficavam na taverna ou organizavam pequenas reuniões na casa de um e de outro, tocavam harmônio, cantavam canções estúpidas e sensuais; dançavam, contavam histórias obscenas e bebiam demais. Extenuados pelo trabalho, esses homens embriagavam-se facilmente, e em cada peito desenvolvia-se uma excitação doentia, incompreensível, a que precisavam dar vazão. Pelo mais fútil pretexto, atiravam-se uns contra outros como animais selvagens. Havia lutas sangrentas.

Nas relações dos operários entre si, dominava este mesmo sentimento de animosidade, algo tão entranhado quanto a fadiga dos músculos.

Estes seres nasciam com a doença da alma, herança de seus pais, que como uma sombra negra os acompanhava até o túmulo, impelindo-os à realização de atos repelentes por sua crueldade inútil.

Nos dias santificados, os rapazes regressavam tarde para casa, com as roupas esfarrapadas, cobertas de lama e poeira; com a cara esmurrada, se gabando dos murros que tinham dado nos companheiros; as afrontas sofridas encolerizavam-nos ou os faziam chorar; eram lastimáveis na sua embriaguez, desgraçados e repugnantes. Por vezes, os pais levavam para casa os filhos que haviam encontrado a cair, bêbados, na rua ou na taverna; as injúrias e os murros choviam; depois os metiam na cama e pela manhã os acordavam, mal o silvo do apito da fábrica cortava os ares.

Embora repreendessem os rapazes e lhes batessem, a sua embriaguez e as suas brigas eram coisas naturais para a família; quando jovens os pais tinham bebido também e entrado em desordens, sendo igualmente castigados. A vida decorria sempre assim, não se sabia até quando, regular e lenta como um rio lodoso.

Apareciam por vezes no bairro criaturas estranhas, que a princípio despertavam a atenção simplesmente porque eram desconhecidas; mas logo habituavam-se com elas, e acabavam por passar despercebidas. Das suas conversas concluía-se que a vida do operário era em toda a parte a mesma coisa. E sendo assim, para que discutir tal assunto?

Havia, porém, alguns que diziam coisas novas para o bairro. Não prestavam mais que uma atenção incrédula às suas palavras extravagantes, que excitavam em uns uma irritação cega, em outros uma espécie de inquietação, ao passo que outros ainda se sentiam perturbados por uma vaga esperança, e desatavam a beber ainda mais que de costume para afastar tal impressão.

Se o recém-chegado apresentava algum traço característico extraordinário, os moradores do bairro punham-no em rigorosa quarentena, tratavam-no com instintiva repulsa, como se receassem vê-lo pertubar sua rotina penosa, mas tranquila. Acostumada a ser oprimida pela vida, aquela gente considerava todas as transformações possíveis como próprias somente de tornarem o seu jugo ainda mais pesado.

Resignados, ignoravam aqueles que pronunciavam palavras estranhas. Esses, assim, desapareciam, não se sabe para onde; ou, se ficavam na fábrica, viviam à parte, não conseguindo confundir-se na multidão uniforme dos operários.

Depois de ter vivido assim uns cinquenta anos, o homem morria.

Capítulo II

Desta maneira vivia o serralheiro Mikhail Vlassof, homem sombrio, de pequeninos olhos desconfiados e maus, protegidos por grossas sobrancelhas. Era o melhor serralheiro da fábrica e o Hércules do bairro. Tinha, porém, modos grosseiros para com o chefe; por isso ganhava pouco; todos os domingos sovava um; todos o temiam e ninguém o estimava. Por várias vezes, tinham tentado dar uma lição nele, mas nunca tiveram sucesso. Quando Vlassof previa uma agressão, agarrava uma pedra, uma tábua, um ferro e, solidamente firme nas pernas abertas, esperava em silêncio o inimigo.

Com a cara coberta das orelhas ao pescoço por uma barba negra, as suas mãos peludas despertavam o terror geral. Principalmente tinham medo dos seus olhos penetrantes que atravessavam o próximo como pontas de aço; quando cruzavam com o seu olhar, sentiam-se na presença de uma força selvagem, inacessível ao terror, prestes ao ataque impiedoso.

— Eh! Sai daqui, canalha! — dizia ele roucamente.

Na espessa tez do seu rosto, os dentes amarelos brilhavam ferozes. Os seus adversários recuavam, xingando.

— Canalha! — gritava ele ainda, e os seus olhos disparavam sarcasmos cortantes como navalhas. Depois, erguendo a cabeça com ar provocador, seguia os inimigos, berrando de quando em quando:

— Então! Quem quer morrer?

Ninguém queria.

Falava pouco. A sua expressão favorita era: "Canalha." Qualificava assim os chefes da fábrica e da polícia; empregava o mesmo qualificativo quando se dirigia à mulher.

— Ó, canalha, não vê que as minhas calças estão rasgadas?

Quando o seu filho Pavel fez quatorze anos, Vlassof sentiu ainda uma vez o desejo de levantá-lo ao ar pelos cabelos. Mas Pavel, pegando um martelo, disse simplesmente:

— Não me toque!

— O quê? — perguntou o pai, encaminhando-se para ele, que era magro e esguio, parecendo uma sombra cobrindo uma bétula.

— Basta! — exclamou Pavel. — Não o deixo continuar...

E agitou o martelo, abrindo desmedidamente os grandes olhos negros.

O pai olhou para ele, pôs as mãos peludas atrás das costas e disse em ar de troça:

— Está bem...

Depois acrescentou com um profundo sorriso:

— Ah, canalha!

Logo declarou à mulher:

— Nunca mais me peça dinheiro para sustentar você e o Pavel.

— Vai gastar tudo na bebida? — ousou ela perguntar.

Vlassof deu um murro na mesa, exclamando:

— Que tem você com isso, canalha? Vou arranjar uma amante!

Não arranjou, mas a partir daquele dia até a morte, durante cerca de dois anos, nunca olhou para o filho, nem lhe dirigiu uma palavra.

Tinha um cão tão forte e peludo como ele. Todas as manhãs o animal o acompanhava até a porta da fábrica, onde ia esperá-lo à tarde. Nos dias santos, Vlassof ia para a taverna. Andava em silêncio, e como se procurasse o que quer que fosse, lançando olhares furtivos aos que passavam. Durante todo o dia, o cão o seguia com a espessa cauda caída. Quando Vlassof, bêbado, entrava em casa, ceava e dava comida ao cão no seu próprio prato. Nunca batia no animal, assim como não lhe ralhava nem o acariciava. Depois da refeição, se a mulher não tirava a mesa no momento oportuno, atirava a louça ao chão, punha na sua frente uma garrafa de aguardente e, com as costas contra a parede, com a boca muito aberta e os olhos fechados, cantava em voz fanhosa uma canção melancólica. Os sons discordantes baralhavam-se no bigode, de onde caíam migalhas de pão, e seus dedos grossos alisavam os pelos da barba. As palavras da canção eram incompreensíveis e arrastadas; a melodia recordava os uivos dos lobos no inverno. Cantava enquanto durava a aguardente; depois estirava-se no banco ou encostava a cabeça na mesa e dormia assim até que o apito da fábrica chamasse por ele. O cão deitava-se ao seu lado.

Morreu de uma hérnia, após longa agonia. Durante cinco dias, enegrecido pelo sofrimento, agitou-se incessantemente no leito, com as pálpebras cerradas, a boca em contorções. De tempos em tempos dizia para a mulher:

— Me dá arsênico. Me envenena!

Ela chamou o médico, que receitou cataplasmas, informando que era indispensável uma operação e era preciso levar o doente para o hospital imediatamente.

— Vai pro Diabo, canalha! Morro bem, sozinho! — respondeu ele.

Quando o médico saiu, a mulher, lavada em lágrimas, quis convencê-lo que se deixasse operar. Mikhail declarou-lhe, ameaçando-a de punho cerrado:

— Nem tente. Se eu ficar bom, você pagará caro!

Uma manhã, morreu, enquanto o apito da fábrica chamava os operários para o trabalho. Deitaram-no no caixão; tinha o cenho franzido e a boca aberta. Foi levado ao cemitério pela mulher, pelo filho, pelo cão, por Danilo Vessoftchikof, velho ladrão e bêbado expulso da fábrica, e por alguns miseráveis do bairro. A mulher chorou um pouco. Pavel tinha os olhos secos. Os que encontraram o cortejo fúnebre pararam e benzeram-se dizendo:

— Com certeza Pélagué está satisfeita com a morte do marido.

Alguém emendou:

— Não morreu: rebentou.

Depois de o caixão descer à terra, os que o acompanharam voltaram para casa; o cão ficou deitado na terra úmida, farejando por muito tempo. Decorridos alguns dias, o mataram. Não se soube quem.

Capítulo III

Certo domingo, cerca de quinze dias depois da morte do pai, Pavel entrou em casa embriagado. Parou cambaleando e gritou para a mãe, dando um murro na mesa, como fazia Mikhail:

— A ceia!

Pélagué aproximou-se, sentou-se ao seu lado; e enlaçando-o com os braços, puxou para o peito a cabeça do filho. Ele a repeliu, pondo-lhe o braço no ombro, e disse:

— Depressa, mãe!

— Patetinha! — respondeu ela com voz triste e carinhosa.

— Também quero fumar! Me dá o cachimbo do pai... — rosnou, movendo a custo a língua rebelde.

Era a primeira vez que se embriagava. O álcool tinha enfraquecido o seu corpo, mas não lhe extinguira a consciência: perguntava a si próprio: "Estou bêbado?... Estarei bêbado?"

As carícias da mãe vexavam-no; estava comovido pela tristeza do olhar dela. Tinha vontade de chorar; e para vencer este desejo fingiu-se ainda mais embriagado.

A mãe acariciava-lhe os cabelos bagunçados e cobertos de suor, dizendo suavemente:

— Você não devia ter feito isso...

Pavel começava a sentir náuseas. Após vomitar algumas vezes, foi levado para a cama pela mãe, que lhe colocou uma toalha úmida na fronte pálida. Refez-se um pouco; mas tudo parecia rodar, as pálpebras pesavam-lhe; tinha na boca um gosto repugnante e amargo; olhava para o rosto da mãe e tinha pensamentos sem nexo.

— Ainda é cedo para mim... Os outros bebem sem ficar doentes; eu tenho náuseas.

A doce voz da mãe chegava-lhe aos ouvidos como se viesse de muito longe:

— Como você poderá me sustentar, se se entrega à bebida?

Pavel respondeu, fechando os olhos:

— Todos bebem...

Pélagué suspirou profundamente. O filho tinha razão. Ela bem sabia que os homens não encontrariam outro lugar senão a taverna para se divertir, pois não tinham outro prazer senão o álcool. No entanto, retorquiu:

— Não precisa beber! Seu pai bebia muito; e bastante me atormentou... Deve ter piedade da sua mãe.

Ouvindo essas palavras melancólicas e resignadas, Pavel pensou na existência silenciosa e apagada daquela mulher, esperando sempre os espancamentos do marido. Nos últimos tempos, Pavel pouco se demorava em casa, para não ver o pai; esquecera um tanto a mãe; regressando ao seu estado normal, ele a examinava.

Era alta e levemente corcovada; o seu corpo pesado, abatido por incessante trabalho e maus-tratos, movia-se sem ruído, obliquamente, como se ela receasse esbarrar em alguma coisa. O largo rosto oval, sulcado de rugas e ligeiramente empapuçado, tinha a dar-lhe brilho uns olhos negros, de uma expressão triste e inquieta como o de quase todas as mulheres do bairro. Na testa uma cicatriz profunda fazia-lhe subir um pouco a sobrancelha direita; a orelha direita também parecia estar mais acima do que a outra, dando ao rosto um ar receoso. Tinha, no cabelo espesso e negro, madeixas grisalhas semelhantes a nódoas resultantes de violentas pancadas. Toda ela transpirava suavidade e uma resignação dolorosa.

Ao longo das faces corriam-lhe lentamente as lágrimas.

— Não chore — suplicou Pavel em voz baixa. — Me dá de beber!

— Vou buscar água gelada...

Quando voltou, o filho já dormia. Ficou imóvel por um instante, prendendo a respiração; a moringa tremia-lhe nas mãos, os pedaços de gelo tilintavam dentro. Depois de colocá-la na mesa, Pélagué ajoelhou-se diante das imagens santas e orou silenciosamente. Os vidros das janelas tremiam, ao som da vida obscura e ébria do lado de fora. Nas trevas e na umidade daquela noite de outono, ouviam-se os rangidos de um harmônio; alguém cantava em voz muito alta; passavam na rua palavras abjetas e obscenas; vozes de mulheres vibravam, assustadiças ou irritadas.

Na pequena habitação de Vlassof, a vida decorria uniforme, mas mais tranquila que outrora, distinguindo-se assim da existência geral do bairro. A casa era situada na extremidade da rua, no alto de uma pequena elevação, próxima a um pântano.

A cozinha ocupava um terço da casa; um delgado tabique, que não chegava ao teto, a separava de um pequeno quarto, onde dormia a mãe. O resto formava uma sala quadrada, com duas janelas; a um canto, a cama de Pavel; no outro, dois bancos e uma mesa. Algumas cadeiras, uma cômoda onde guardavam a roupa, um pequenino espelho, uma mala, um relógio e duas imagens de santos: eis tudo.

Pavel tentava viver como os outros. Fazia tudo o que era próprio a um rapaz; comprou um harmônio, uma camisa de peitilho engomado, uma gravata vistosa, galochas, capa de borracha e uma bengala. Na aparência assemelhava-se a todos os adolescentes de sua idade. Ia às reuniões, aprendia a dançar a quadrilha e a polca, e aos domingos entrava em casa embriagado. Na manhã seguinte, doía-lhe a cabeça, a febre consumia-o, seu rosto estava pálido e desfigurado.

Um dia, a mãe perguntou-lhe:

— Então, divertiu-se muito ontem à noite?

Pavel respondeu com sombria irritação:

— Aborreci-me atrozmente! Os meus companheiros são umas máquinas!... Prefiro ir pescar ou comprar uma espingarda.

Trabalhava com zelo; nunca era multado nem faltava um único dia. Andava taciturno. Os seus olhos azuis, grandes como os da mãe, tinham uma expressão de descontentamento. Não comprou a espingarda nem foi à pesca; mas abandonou o caminho que seguiam os companheiros, frequentava cada vez menos as reuniões e, embora continuasse a sair aos domingos, voltava para casa sóbrio. Pélagué o observava em silêncio e via o rosto moreno de Pavel tornar-se dia a dia mais magro, o olhar sempre mais grave e os lábios cada vez mais cerrados, com áspera severidade. Parecia sofrer de qualquer doença ou de qualquer cólera misteriosa. Antes, os companheiros visitavam-no, mas como deixara de permanecer em casa, não voltavam. A mãe via com prazer que o filho não imitava os rapazes da fábrica; mas quando notou aquela obstinação em afastar-se da torrente obscura da vida monótona, sua alma foi invadida por vaga inquietação.

Pavel trazia livros para casa; a princípio, tentava ler escondido. Por vezes, copiava alguns trechos em um pedaço de papel.

— Você anda bem, meu filho? — perguntou-lhe uma vez Pélagué.

— Vou bem, sim! — respondeu.

— Você está magro! — disse ela, com um suspiro.

Ele nada respondeu.

Conversavam pouco, e quase não se viam. Pela manhã, o rapaz tomava em silêncio o chá e ia para o trabalho; ao meio-dia vinha almoçar; à mesa não trocavam mais que palavras insignificantes; depois desaparecia até a tarde. Findo o dia, lavava-se cuidadosamente, ceava e lia os seus livros. No domingo, saía de manhãzinha e só voltava tarde da noite. A mãe sabia que ele passeava na cidade, que ia ao teatro; mas da cidade ninguém vinha vê-lo. Parecia-lhe que, quanto mais dias passavam, menos seu filho lhe dirigia a palavra; ao mesmo tempo notava que, a cada dia, maior era o número de termos novos, incompreensíveis para ela, que Pavel empregava em substituição das expressões grosseiras, outrora habituais no seu falar.

Passara a ter mais cuidado ao asseio do corpo e da roupa; movia-se com mais ligeireza e facilidade; tornou-se mais simples na aparência, mais dócil; preocupava-se com sua mãe. Tratava-a de uma maneira nova; às vezes, arrumava a cama; em geral, sem ostentação, diligenciava auxiliar a mãe nas tarefas domésticas. Ninguém fazia isso lá no bairro.

Um dia trouxe um quadro e pendurou-o na parede. A pintura trazia três personagens com expressão decidida, de coragem.

— É Cristo ressuscitado no caminho de Emaús! — explicou o jovem.

Pélagué gostou do quadro, mas pensou: "Faz uma homenagem a Cristo, mas não vai à igreja..."

Depois, outros quadros chegaram para decorar as paredes, e a quantidade de livros sobre a prateleira colocada por um artesão, amigo de Pavel, aumentou. A casa ganhava um aspecto agradável.

O jovem com frequência se dirigia à mãe por "senhora" e a chamava de "mamãe". Por vezes, dizia-lhe:

— Mãe, por favor, não se preocupe, mas hoje volto tarde...

Ao ouvir essas palavras, ela sentia que ele tinha ali algo de forte e importante, que o agradava.

A ansiedade dela, no entanto, crescia sem parar, e, como não conversava com Pavel, tomou aquilo como um pressentimento de alguma coisa extraordinária, que lhe comprimia o coração cada vez mais. De tempos em tempos, pensava: "Os outros vivem como pessoas normais, mas ele é como um monge... É muito sério... Não é coisa da idade."

E se perguntava: "Será que tem uma namorada?"

Mas, para se relacionar com as moças, é preciso dinheiro, e ele lhe dava quase todo o seu ordenado.

Assim foram se passando as semanas, os meses, quase dois anos de uma vida estranha e silenciosa, tomada por pensamentos e receios confusos e crescentes.

Capítulo IV

Uma noite, após a ceia, Pavel abriu as cortinas, sentou-se a um canto e começou a ler, tendo acendido a candeia que estava sobre sua cabeça, presa na parede. A mãe havia acabado de guardar a louça na cozinha e se aproximou dele. Pavel levantou a cabeça e a encarou de modo interrogativo.

— Não é nada, Pavel, é... isso! — disse ela, com um gesto vívido.

Ela então se afastou, franzindo o cenho, confusa.

Após um momento parada no meio da cozinha, no entanto, ela lavou as mãos e voltou ao filho, pensativa e preocupada.

— Eu quero saber o que você tanto lê — perguntou com doçura.

Ele baixou o livro.

— Sente-se aqui, mamãe...

Pélagué deixou-se cair pesadamente ao lado do filho e empertigou-se, atenta para ouvir algo muito importante.

Pavel, sem a olhar, em voz baixa e de maneira direta, disse-lhe:

— Leio livros proibidos. Censuraram a leitura desses livros porque eles dizem a verdade sobre nossa vida, a vida do povo... A impressão é feita às escondidas e, se encontram esses livros aqui em casa, me mandam para a prisão... por querer saber a verdade. Compreende?

A mãe, de repente, perdeu o fôlego e encarou o filho com olhos arregalados. Ele parecia diferente, uma outra pessoa. Sua voz era outra, mais pesada, mais baixa, mais límpida. Seus dedos compridos enrolavam o bigode fino e bem cuidado, e seu estranho olhar mirava algo adiante. Ela sentiu medo por ele.

— Quero saber a verdade.

Sua voz era baixa, mas firme; brilhava-lhe, no olhar, um desejo obstinado. Pélagué compreendeu que o filho se consagrara ao que quer que fosse, e era algo misterioso e terrível. Tudo lhe parecera sempre inevitável; estava acostumada a submeter-se sem refletir; por isso começou a chorar baixinho, sem encontrar palavras no seu coração confrangido pela angústia e pela dor.

— Não chore! — disse-lhe Pavel carinhosamente, e à mãe parecia que ele lhe dizia um adeus. — Reflita! Que vida a nossa! A senhora tem quarenta anos, e, francamente, pode dizer que tem vivido? O pai lhe batia... compreendo agora que era o seu pesar da vida que ele desabafava assim nas pancadas que lhe dava... o pesar da vida que o oprimia e que ele nem mesmo sabia de onde vinha. Trabalhou trinta anos; começou quando o edifício da fábrica não tinha mais do que dois prédios, e hoje tem sete! As fábricas desenvolvem-se, e nós morremos trabalhando para elas...

Pélagué ouvia-o com receio e, ao mesmo tempo, com avidez. Os belos olhos azuis do rapaz luziam; com o peito apoiado à mesa, aproximou-se da mãe, e quase tocando no seu rosto banhado de lágrimas, dizia-lhe o seu primeiro discurso sobre a verdade, tal como ele a compreendia. Com a ingenuidade da juventude e com o ardor de um colegial orgulhoso dos seus conhecimentos e sinceramente convicto da importância deles, falava de tudo que lhe parecia tão evidente, falava tanto para controlar a si mesmo como para convencer sua mãe. Detinha-se por vezes quando lhe faltavam as palavras, e então via o rosto inquieto no qual brilhavam aqueles bons olhos velados pelas lágrimas, cheios de terror, de perplexidade. Apiedou-se de sua mãe e novamente falou:

— Que alegrias a senhora tem? — perguntou. — Que alegrias teve no passado?

Ela meneou a cabeça tristemente; invadia-a um sentimento novo, desconhecido ainda, doloroso e alegre ao mesmo tempo, que lhe acariciava deliciosamente o coração dolorido. Pela primeira vez falavam-lhe dela e da sua própria existência: vagos pensamentos, adormecidos havia muito, despertavam no seu ser, reanimavam os sentimentos extintos com um vago descontentamento, as recordações, as saudades da sua mocidade longínqua. Falou da sua vida, dos seus amigos, de todo o seu passado; mas, como os outros, só sabia se lamentar; ninguém explicava o motivo da sua vida tão penosa e árdua. E agora, com o filho sentado a seu lado, tudo quanto os olhos de Pavel diziam ia cativantemente ao coração, enchendo-a de altivez; era o seu filho quem compreendera a vida da mãe, quem lhe apresentava a verdade sobre os seus sofrimentos e quem a lamentava.

Em geral, não há quem lamente as mães.

Ela bem o sabia. Não compreendia que Pavel não falasse só dela, mas tudo o que ele dissera da vida feminina era a verdade, nua e crua. Eis por que lhe parecia que no seu peito se agitava um sem-número de sensações que a aqueciam como uma desconhecida carícia.

— O que você quer fazer? — perguntou-lhe, interrompendo-o.

— Aprender e depois ensinar aos outros. Devemos aprender, sim, devemos saber, devemos compreender por que a vida nos é tão penosa.

Era consolador para a mãe ver os olhos azuis do seu filho, sempre sério e severo, brilharem ternamente. Um sorriso de satisfação apareceu nos lábios de Pélagué, embora ainda houvesse lágrimas nas rugas de seu rosto.

Sentimentos conflituosos dividiram o seu ser — estava orgulhosa do filho, que queria a felicidade de todos os homens, os lastimava a todos e via a dor da vida; e ao mesmo tempo não podia deixar de ver nele um rapaz que não falava como os seus companheiros e resolvera entrar sozinho em luta contra a vida rotineira que ela e todos os outros levavam.

Sentiu desejo de dizer-lhe: "Meu querido! O que pode você fazer? Esmagarão você e você morrerá."

Mas temeu deixar de admirar o rapaz que de súbito se revelara a ela tão inteligente, tão transformado... e um pouco desconhecido.

Pavel via o sorriso nos lábios da mãe, a atenção que ela lhe prestava, o amor expandindo-se no olhar; julgou ter-lhe feito compreender a verdade que ele tinha descoberto, e o juvenil orgulho da força da sua palavra exaltava a sua mesma fé. Cheio de excitação, continuava a falar, ora rindo, ora franzindo o cenho; às vezes o ódio transparecia na sua voz, e quando Pélagué lhe ouvia tons rudes, meneava timidamente a cabeça, perguntando baixinho:

— E você tem certeza disso?

— Sim! — respondia com uma voz firme e forte.

E ele lhe falava sobre as pessoas que queriam o bem do povo, que semeavam a verdade, e que por isso eram trancafiadas como animais selvagens, presas, exiladas pelos inimigos da vida...

— Conheci pessoas assim! — gritava ele com exaltação. — São as melhores almas do mundo!

Essas pessoas despertavam o terror da mãe, e ela tinha vontade de perguntar novamente a ele: "E você tem certeza disso?"

Mas não se fiava, preferindo ouvi-lo exaltar criaturas que ela não compreendia e que tinham ensinado ao seu filho uma maneira de pensar e de falar tão perigosa.

— Pouco falta para nascer o dia. É melhor você se deitar, dormir... É preciso ir para o trabalho amanhã.

— Vou deitar-me, sim — concordou.

E, inclinando-se em sua direção, perguntou-lhe:

— Você me compreendeu?

— Sim! — respondeu a mãe, suspirando.

De novo lhe rebentaram as lágrimas, e acrescentou entre soluços:

— Você morrerá!...

Ele se ergueu e começou a passear pelo quarto.

— Bem! Sabe agora o que faço e aonde vou! Disse-lhe tudo! Suplico-lhe, mamãe, que, se me ama, não me detenha.

— Meu querido filho! Teria sido melhor nada me haver dito!

Pavel pegou-lhe a mão, apertando-a fortemente entre as suas.

Ela ficara impressionada por aquela palavra, "mamãe", pronunciada com ardor juvenil, e por aquele aperto de mão tão novo e raro.

— Nada farei para contrariar você — disse a mãe com a voz trêmula. — Recomendo-lhe apenas: cuidado! Tome cuidado!

E sem saber bem com que devia ele tomar cuidado, acrescentou tristemente:

— Você está cada vez mais magro.

E, envolvendo num olhar caricioso o corpo do filho, disse em voz baixa:

— Que Deus esteja com você! Viva como quiser, não o impedirei! Só lhe peço uma coisa; não fale levianamente. É conveniente desconfiar dos demais, que mutuamente se odeiam! Vivem de avidez, vivem de inveja! Todos se sentem felizes quando fazem o mal. Quando você quiser julgá-los, vão odiá-lo, vão levá-lo até a morte!

De pé, no limiar da porta, Pavel ouvia estas palavras dolorosas, às quais respondeu sorrindo:

— O homem é mau, sim. Mas quando aprendi que havia na terra uma verdade, tudo me pareceu melhor.

Ainda sorrindo, continuou:

— Eu mesmo nem sei como isto me veio. Na minha infância, tinha medo de tudo e de todos... Depois comecei a odiar, a uns pela covardia; a outros... nem sei por quê. Mas agora já não acontece o mesmo: creio que tenho piedade deles. Não compreendo como, mas o meu coração tornou-se mais terno quando soube que havia uma verdade para os homens e que eles não são todos culpados da ignomínia da sua vida.

Calou-se por um instante, como para escutar o que quer que fosse dentro dele, depois concluiu pensativo:

— É assim que a verdade se revela!

Ela, lançando-lhe um olhar rápido, murmurou:

— Você se transformou de uma maneira perigosa! Meu Deus!

Quando ele adormeceu, Pélagué levantou-se cautelosamente e aproximou-se do leito. O rosto moreno, de feições severas, desenhava-se distintamente sobre o travesseiro branco. Com as mãos juntas no peito, os pés descalços, em mangas de camisa, a mãe permanecia imóvel; seus lábios moviam-se em silêncio, e de seus olhos desciam lentamente fartas e turvas lágrimas.

Capítulo V

A vida recomeçou para eles; mais uma vez, estavam próximos e distantes.

Uma vez, em um dia santo, Pavel disse à mãe quando ia sair:

— No sábado teremos visitas.

— Quem?

— Gente daqui... e gente da cidade.

— Da cidade?... — repetiu a mãe, meneando a cabeça. E desatou a chorar.

— Por que chora, mamãe? — perguntou Pavel, contrariado. — Por quê?

Ela respondeu com voz frouxa, limpando as lágrimas:

— Não sei. Porque sim.

Pavel deu alguns passos pelo quarto e, parando diante dela, perguntou:

— Tem medo?

— Tenho! Essa gente da cidade... sabe-se lá quem é?!

Inclinou-se para ela e disse com a voz irritada, como o pai:

— É por causa desse medo que todos nós morremos! E os que mandam em nós aproveitam-se disso e nos amedrontam ainda mais. Compreenda de uma vez por todas: enquanto houver medo, apodreceremos como as bétulas nos pântanos.

Afastou-se, exclamando:

— Bem! Nós nos reuniremos aqui em casa...

A mãe atalhou, chorando:

— Não me queira mal! Como não hei de ter medo? Passei entre sustos toda a minha vida... tenho a alma cheia deles.

Pavel retorquiu, brandamente:

— Desculpe, mas não há outro meio...

E saiu.

Por três dias, Pélagué sentiu-se trêmula: o coração parecia-lhe parar quando pensava que teria gente estranha em sua casa. Não podia imaginá-los, mas afiguravam-se a ela terríveis. Foram eles que apontaram a seu filho o caminho que ele seguia agora...

No sábado à tarde, Pavel voltou da fábrica, lavou-se, trocou de roupa e saiu, dizendo sem olhar para a mãe:

— Se alguém vier, diga que não me demoro, que espere. E não tenha medo, por favor... São pessoas como todas as outras.

Ela deixou-se cair sobre o banco. O filho contemplou-a, franzindo o cenho, e propôs:

— Talvez seja melhor a senhora sair, ahn?

Ela se ofendeu. Disse que não, murmurando:

— Seria o mesmo. Para que sair?

Era fim de novembro. Durante o dia tinha caído na terra gelada uma neve fina e seca, que Pavel triturava sob seus passos. Às vidraças apegavam-se espessas trevas. A mãe, desanimada, esperava, com os olhos fixos na porta.

Parecia-lhe que, na escuridão, criaturas silenciosas, de trajes incomuns, se dirigiam para a casa, vindas de vários pontos, e se adiantavam ocultando-se, corcovadas, olhando para um e outro lado. Junto da porta, encostado à parede, havia já alguém.

Ouviu-se um assobio que atravessou o silêncio como um fio, melodioso e triste. Era como se vagasse pela noite deserta, aproximando-

-se... Súbito, calou-se junto à janela, como se tivesse penetrado através da parede.

Soou um ruído de passos; Pélagué ergueu-se trêmula, com os olhos dilatados.

Abriu a porta. Apareceu primeiro uma cabeçorra com um boné de peles, depois um corpo curvado que se esgueirou lentamente, se endireitou, levantou o braço direito vagarosamente, arrancando do peito um suspiro ruidoso:

— Boa noite.

Pélagué cumprimentou em silêncio.

— O Pavel ainda não chegou?

O homem tirou seu casaco de pele lentamente, levantou um pé, sacudiu com o boné a neve que lhe cobria as botas, atirou depois o boné para um canto e entrou no quarto equilibrando-se nas altas pernas. Aproximou-se de uma cadeira, examinou-a, como para se certificar de que era sólida, sentou-se por fim e pôs-se a bocejar, tapando a boca com a mão. Tinha a cabeça redonda e o cabelo cortado à escovinha, a barba raspada e grosso bigode de pontas compridas e pendentes. Depois de ter examinado o quarto com os grandes olhos bojudos e acinzentados, cruzou as pernas e perguntou balançando-se na cadeira:

— O casebre é próprio ou alugado?

Pélagué, sentada à sua frente, respondeu:

— Alugado.

— Não é grande coisa — observou o homem.

— O Pavel não demora; queira esperar — disse.

— É o que estou fazendo — replicou tranquilamente.

A sua tranquilidade, a sua voz suave, a simplicidade da sua fisionomia encorajaram Pélagué. Ele a contemplava com olhar franco, um ar bondoso; no fundo dos seus olhos claros luzia um brilho alegre, e havia um quê de divertido e de simpático naquela criatura angulosa e encurvada como em um poleiro feito das próprias pernas. Vestia calças pretas, cujas extremidades estavam metidas quase dentro das botas; em vez de casaco usava uma blusa azul. Pélagué tinha vontade de lhe perguntar quem era, de onde vinha, se conhecia o seu filho há muito tempo, quando, de chofre, ele perguntou:

— Ó, tiazinha, quem foi que lhe abriu esse talho na testa?

Falava meigamente e sorria com o olhar. Mas a pergunta a irritou. Mordeu o lábio e, após curto silêncio, disse com fria delicadeza:

— E que tem o tiozinho com isso?

Ele voltou-se de todo.

— Ah, não se zangue. Se lhe fiz essa pergunta, foi porque minha mãe adotiva também tinha uma cicatriz na testa, exatamente como a senhora. Uma sova que lhe dera o marido, com uma forma de calçado. Era sapateiro. Ela era lavadeira. Tinha me adotado já quando, para sua desgraça, encontrou aquele bêbado não sei onde. Ele lhe batia, só lhe digo isso. Eu tinha tanto medo dele que me gelava!

Pélagué sentiu-se desarmada perante aquela franqueza, e pensou que talvez Pavel não ficasse contente se ela fosse menos delicada para com aquele visitante. Por isso disse com um sorriso contrafeito:

— Eu não me zango... O senhor é que me deixou surpresa com a pergunta! Foi um presente de meu marido, que Deus o tenha! O senhor por acaso é tártaro?

O homem mexeu as pernas e teve um sorriso tão aberto que até as orelhas pareciam chegar-lhe à nuca. Depois disse gravemente:

— Ainda não... ainda não sou tártaro.

— É que não fala exatamente como um russo — explicou ela, sorrindo, porque compreendera o gracejo dele.

— A minha língua vale mais que o russo! — exclamou com um meneio importante. — Sou pequeno russo,* da cidade de Kaniv.

— E há muito tempo que está por aqui?

— Vivi na cidade, perto de um ano, e há um mês que vim aqui

---

* Pequeno russo: natural do território da atual Ucrânia. (N. E.)

para a fábrica. Travei conhecimento com excelentes pessoas... o seu filho... e mais alguns... não muitos. Quero ficar por cá — acrescentou, torcendo o bigode.

Estava agradando a Pélagué, que, para agradecer o elogio feito ao filho, lhe perguntou:

— Quer chá?

— O quê? Sozinho? — observou, encolhendo os ombros. — Ofereça de novo quando estivermos todos juntos.

Ouviram-se passos outra vez, a porta se abriu de chofre; Pélagué levantou-se. Com grande espanto seu, quem entrou na cozinha foi uma moça de vestido leve e pobre, baixa, com cara de camponesa. A recém-chegada, cujos cabelos eram louros e espessos, perguntou:

— Ainda venho a tempo?

— Ah, vem! — respondeu o pequeno russo. — Veio a pé?

— Ah, sim! A senhora é a mãe do Pavel? Boa noite! Eu me chamo Natacha.

— E seu sobrenome? — perguntou Pélagué.

— Vassilievna. E a senhora?

— Pélagué Nilovna.

— Belo! Estamos apresentadas!

— Sim, estamos... — concordou Pélagué, com um ligeiro suspiro.

E, sorrindo, observou a moça.

O pequeno russo perguntou:

— Faz frio?

— Se faz! E muito, lá pelos campos; uma ventania!...

Tinha a voz pastosa, clara; a boca era pequena e redonda, e toda ela era gorducha e cheia de frescura. Depois de tirar a capa, esfregou energicamente as bochechas coradas com as mãozinhas avermelhadas pelo frio; e, passeando pelo quarto com passos rápidos, batia no soalho com os tacões.

"Não tem galochas!", pensou Pélagué.

— Que frio! — E arrastando muito as palavras: — Estou entorpecida! Gelada!

— Vou já preparar o samovar! — disse rapidamente a dona da casa. E saiu para a cozinha.

Parecia que conhecia aquela jovem havia muito tempo e que a estimava como filha. Estava satisfeita por vê-la; vindo-lhe à ideia os olhos pardos e piscadores do pequeno russo, sorriu satisfeita também; prestou atenção à conversa.

— Por que está triste, André? — perguntou a jovem.

— Porque sim! A viúva tem um olhar bondoso e lembra-me minha mãe... Penso muito em minha mãe, sabe? Acho que ela ainda vive...

— Ouvi-lhe dizer que ela tinha morrido...

— Não! Falava da minha mãe adotiva, e agora falo da minha verdadeira mãe. Imagino que ela pede esmola em algum lugar em Kiev, e que bebe aguardente...

— Por quê?

— Sei lá! E que, quando está embriagada, os policiais a esbofeteiam.

"Pobre homem!", pensou Pélagué, suspirando.

Natacha passou a falar rapidamente, a meia-voz... Depois, tornou a se ouvir a voz sonora do pequeno russo:

— É ainda nova! Não tem experiência! Todos têm mãe, e apesar disso quantas criaturas más!... É difícil dar à luz, mas é muito mais difícil ensinar o bem ao homem.

"Isso! Isso!", exclamou em pensamento Pélagué.

Desejava poder responder que ela, por exemplo, se consideraria feliz ensinando o bem a seu filho, mas que não sabia dessas coisas.

A porta, porém, abriu-se vagarosamente, dando entrada a Vessoftchikof, filho do velho ladrão Danilo, o misantropo célebre em todo o bairro. Mantinha-se sempre afastado dos outros, que por esse fato, zombavam-lhe. Pélagué perguntou, admirada:

— Que é que você quer?

Ele fitou nela os olhos cinzentos, limpou com a palma da mão a cara bexigosa, de maçãs salientes, e, sem responder ao cumprimento de Pélagué, perguntou em tom cavo:

— O Pavel está em casa?

— Não.

Relanceou a vista pelo quarto e entrou, dizendo:

— Boa noite, companheiros.

"Também este!... Será possível?", pensou ela hostilmente.

E mais se admirou vendo Natacha estender a mão ao recém-chegado de modo alegre e amigável.

Vieram em seguida dois rapazes, duas crianças quase. A dona da casa conhecia um deles; era o sobrinho de Fédor Cizof, velho operário da fábrica: tinha feições angulosas, fronte elevada e cabelos encaracolados. O outro, de cabelo liso, era-lhe desconhecido, mas não a assustava, parecia modesto.

Afinal Pavel chegou, acompanhado de dois amigos que ela reconheceu logo: eram dois operários também, da fábrica.

Amavelmente, o filho lhe disse:

— Preparou o chá? Obrigado!

— Quer que vá comprar aguardente? — perguntou ela, não sabendo como exprimir-lhe o seu reconhecimento pelo que quer que fosse que ela ainda não compreendia.

— Não. Não é preciso — respondeu, tirando a capa e sorrindo bondosamente para a mãe.

De súbito, veio-lhe à ideia que o filho tinha exagerado propositadamente o perigo da reunião para brincar com ela.

— É então esta a tal gente perigosa?

— Esta mesma! — disse Pavel, entrando no quarto.

— Ah! — E o seguiu com olhar carinhoso.

Mas, no seu íntimo:

"E ele é a mesma criança!..."

Capítulo VI

Quando a água do samovar entrou em ebulição, ela o levou. As visitas estavam sentadas ao redor da mesa; Natacha tinha nas mãos um livro e ficara em uma quina da mesa sob a luz da candeia.

— Para compreender por que as criaturas vivem tão mal... — dizia Natacha.

— ...e por que são tão más... — interveio o pequeno russo.

— ...é preciso ver primeiro como começaram a viver...

— Então, meus filhos, então!... — murmurou Pélagué, preparando o chá.

Calaram-se todos.

— Que diz, mamãe? — perguntou Pavel, franzindo o cenho.

— Eu?

Vendo todos os olhares cravados nela, explicou, embaraçada:

— Falava comigo mesma... Dizia: então!...

Natacha desatou a rir, assim como Pavel. O pequeno russo exclamou:

— Obrigado, mãezinha, obrigado pelo chá!

— Ainda não o bebeu e já agradece?! — replicou ela.

E, olhando para o filho:

— Não os incomodo?

Foi Natacha quem respondeu:

— Como pode incomodar os seus hóspedes, se é a dona da casa? — E num tom infantil e lamentoso: — Boa alma! Me dê chá depressa! Estou a tremer de frio... tenho os pés gelados...

— É para já! É para já!

Depois de ter bebido, Natacha suspirou à larga, atirou a trança para as costas e abriu um livro volumoso, ilustrado, de capa amarela. Pélagué enchia os copos, diligenciando para não os fazer retinir, e, com toda a atenção de que era capaz seu cérebro pouco acostumado a trabalhar, escutava a leitura que a jovem fazia com a sua voz harmoniosa, misturando-se ao murmúrio da água a ferver no samovar, semelhante a uma canção longínqua.

No quarto desenrolava-se tremente, como uma fita de cores magníficas, a história simples e clara dos selvagens que viviam nas cavernas e atacavam com pedras os animais. Era como uma lenda. Às vezes Pélagué olhava de soslaio para o filho, desejava saber o que haveria naquela história de selvagens que a tornasse leitura proibida. Mas o breve trecho deixou de escutar e, sem que dessem por tal, começou a observar os seus hóspedes.

Pavel estava sentado junto de Natacha: era o mais belo entre os outros. A jovem, inclinada sobre o livro, de tempos em tempos levantava os cabelos finos e encaracolados que lhe caíam sobre a testa. Por vezes, sacudia a cabeça, e, com um olhar amigo aos espectadores, acrescentava algumas observações, baixando a voz. O pequeno russo tinha encostado o peito no canto da mesa e torcia o bigode, cujas pontas diligenciava ver de esguelha. Vessoftchikof estava sentado numa cadeira, empertigado como um manequim, com as mãos nos joelhos; seu rosto bexigoso, marcado pela varíola, sem sobrancelhas e de bigode muito curto, era imóvel como uma máscara.

Sem desviar o olhar, contemplava obstinadamente a própria fisionomia refletida no cobre reluzente do samovar; parecia que nem respirava. O pequeno Fédia escutava a leitura, movendo os lábios, repetindo para si as palavras do livro; seu companheiro, o dos cabelos encaracolados, curvava-se, com os cotovelos nos joelhos, e sorria pensativamente, com a cara apoiada nas mãos. Um dos rapazes vindos com Pavel era ruivo e delgado; os olhos verdes tinham expressão alegre; parecia desejoso de dizer alguma coisa, fazia gestos de impaciência; o outro, de cabelos louros e curtos, passava a mão pela cabeça olhando para o soalho, o que não lhe permitia ver seu rosto.

O quarto estava quente, de uma temperatura especialmente agradável, naquela noite. Em meio ao murmúrio da voz de Natacha, misturada à canção trêmula do samovar, Pélagué recordava as noites tumultuosas da sua mocidade, as palavras grosseiras dos rapazes que cheiravam a álcool, os seus gracejos cínicos. Perante tais recordações, seu coração humilhado confrangia-se compadecido de si própria.

Reviveu em pensamento o dia em que o marido pedira a sua mão. Foi durante uma reunião, à noite; ele a detivera num corredor escuro, obrigando à força que ela se encostasse à parede, dizendo-lhe num tom cavo e irritado:

— Quer casar comigo?

Ela se sentira ultrajada; molestavam-na aqueles dedos grosseiros apertando-lhe os seios, aquela respiração ofegante que lhe enviava ao rosto um hálito quente e úmido. Tentou se libertar daquele abraço e fugir dele...

— Aonde vai? — urrou ele. — Responde primeiro!

Ficara silenciosa, cheia de vergonha e de cólera.

— Não te finjas embaraçada, pateta! Conheço-as todas! No teu íntimo estás satisfeitíssima.

Como alguém tivesse aberto uma porta, ele largara a moça, sem grande pressa, dizendo:

— No domingo mandarei pedir a sua mão.

Cumpriu.

Pélagué fechou os olhos e suspirou longamente.

— Não preciso saber como os homens viveram, mas sim como devem viver! — exclamou de súbito Vessoftchikof num tom de surdo aborrecimento.

— Tem razão! — concordou o rapaz de cabelo ruivo, se levantando.

— Não estou de acordo! — disse Fédia. — Se queremos caminhar para a frente, devemos saber tudo!

— Exato! — opinou outro, a meia-voz.

Houve em seguida uma discussão animada. Pélagué não compreendia por que todos eles gritavam, com os rostos cheios de excitação. Mas ninguém estava irritado; nem mesmo se ouviam as palavras contundentes e obscenas às quais ela estava acostumada.

"Não se sentem à vontade na presença de uma jovem...", pensou.

Sentia-se encantada pela fisionomia grave de Natacha, que parecia tomar conta de todos, como se fossem crianças.

— Basta, companheiros, basta! — disse a jovem de súbito.

E todos se calaram, volvendo o olhar para ela.

— Os que afirmam que devemos saber tudo afirmam uma verdade. Devemos iluminar-nos com a chama da razão, para que as criaturas obscuras nos vejam; devemos responder a tudo com honestidade e com verdade. É preciso conhecer toda a verdade e toda a mentira.

O pequeno russo meneava a cabeça ao ritmo das palavras de Natacha. Vessoftchikof, o rapaz ruivo e o operário que viera com Pavel formavam um grupo à parte; desagradavam a Pélagué, sem que ela soubesse por quê.

Quando Natacha concluiu, Pavel se ergueu e perguntou tranquilamente:

— O que nós queremos ser? Apenas criaturas que comem e bebem? Não! Queremos ser homens! — respondeu à própria pergunta, encarando o trio com firmeza. — Devemos mostrar aos que nos exploram e nos tapam os olhos que vemos tudo, que não somos idiotas, nem brutos, que não queremos só comer, mas também viver, como é próprio dos homens. Devemos mostrar aos inimigos que a vida de degredo que eles nos arranjaram não impede que nos possamos medir com eles pela inteligência e excedê-los pelo espírito...

Pélagué ouvia, estremecendo de orgulho por ser seu filho quem assim falava.

— Há muita gente farta, mas ninguém que *seja* honesto! — disse o pequeno russo. — Construamos uma ponte que atravesse o pântano da nossa vida infecta e nos conduza ao reino futuro da bondade sincera, eis a nossa tarefa, companheiros!

— Em tempo de guerra não se limpam armas! — replicou soturnamente Vessoftchikof.

— Aliás, fazem de nós picadinho antes da batalha! — exclamou alegremente o pequeno russo.

Passava de meia-noite quando o grupo se dispersou.

O rapaz ruivo e Vessoftchikof foram os primeiros a sair, o que não agradou a Pélagué.

"Como vão apressados!", pensou, cumprimentando-os.

— Acompanha-me, André? — perguntou Natacha.

— Certamente!

Enquanto Natacha se agasalhava, na cozinha, Pélagué disse-lhe:

— Tem umas meias tão finas, com um tempo destes!... Se me dá licença, hei de fazer-lhe um par de lã.

— Obrigada, Pélagué Nilovna, mas as meias de lã arranham a pele! — respondeu a outra, rindo.

— Descanse, que, feitas por mim, não arranharão.

Natacha a observou com os olhos semicerrados, e este olhar fixo a embaraçou.

— Desculpe se é tolice, mas creia que é de boa vontade!

— Sim. A senhora é boa! — exclamou Natacha a meia-voz, apertando-lhe a mão.

— Boa noite, mãezinha! — disse o pequeno russo encarando-a; saiu, depois de beijá-la, acompanhando Natacha.

Pélagué olhou para o filho, que, no limiar da porta do quarto, sorria.

— Por que sorri? — perguntou, como envergonhada.

— Ora! Porque estou contente.

— Sou velha e tola, bem sei, mas compreendo aquilo que fica bem.

— E tem razão. Vá deitar-se, vá que são horas.

— E você também deve ir. Eu vou num instante.

Retirava os copos da mesa. Sentia-se feliz: tudo se tinha passado bem e terminado em paz.

— Teve uma boa ideia, meu filho: é uma bela gente. O pequeno russo... acho-o interessante. E a jovem... Ah, que inteligente que é! Quem é ela?

— Professora de primeiras letras — respondeu resumidamente, passeando ao comprido do quarto.

— Por isso é tão pobre! Que malvestida!... Vai apanhar uma gripe!... Onde vivem os pais?

— Em Moscou.

E Pavel, parando junto da mãe, disse em voz baixa e grave:

— O pai é muito rico, negociante de ferro, e possui vários estabelecimentos. Expulsou-a porque ela entrou neste caminho... Foi educada no luxo; toda a família a mimava, tinha quanto queria... E neste momento é obrigada a andar a pé, sozinha, sete quilômetros.

Esses pormenores impressionaram Pélagué. No meio do quarto, olhava para o filho boquiaberta, as sobrancelhas erguidas numa expressão de assombro.

Depois, perguntou a meia-voz:

— Ela vai para a cidade?

— Vai.

— Ah! E não tem medo?

— Não, não tem medo! — respondeu Pavel, sorrindo.

— Não tem?!... Poderia passar a noite aqui em casa... Dormiria comigo.

— Impossível. Iriam vê-la sair pela manhã; e devemos evitar isso... Ela mais ainda.

Pélagué caiu em si e, olhando para a janela, disse meigamente:

— Não percebo o que possa haver de perigoso, que torne proibidas essas coisas. Que mal pode haver?

Ela não sentia absoluta convicção e desejava obter do filho uma resposta negativa. Ele a fitou sereno, e respondeu com firmeza:

— Não fazemos nem faremos mal algum. Todavia, é a prisão o que nos espera, saiba disso.

As mãos de Pélagué tremeram. Foi com a voz enfraquecida que perguntou:

— Talvez... Queira Deus que tal não suceda!

Pavel, carinhoso, mas resoluto:

— Não! Não a quero enganar! O que lhe disse há de suceder. — Ele sorriu e acrescentou: — Bom, vá deitar! A senhora está fatigada! Boa noite!

Sozinha, a mãe aproximou-se da janela e olhou para a rua. O vento passava, varrendo a neve dos telhados das casinhas adormecidas, batendo contra as paredes, murmurando não se sabe o quê, e baixando a terra para fazer correr ao longo das ruas nuvens brancas de flocos secos.

— Jesus Cristo, tende piedade de nós! — suplicou baixinho.

As lágrimas acumulavam-se; a expectativa da desgraça, da qual o filho falava com tanta tranquilidade e certeza, agitava-se dentro dela como uma mariposa. Perante seus olhos, desenrolou-se uma planície coberta de gelo. Sob o vento que levava os flocos de neve, um pequenino perfil de moça caminhava, solitário e vacilante. O vento enrolava-se em suas pernas, enchia-lhe as saias, atirava-lhe ao rosto flocos agressivos. O caminho era difícil para aqueles pequeninos pés que se enterravam na neve. Fazia frio e as trevas eram de meter medo. A jovem inclinava-se para a frente como débil haste sacudida pelo sopro rápido do vento do outono.

À sua direita, no pântano, uma floresta erguia a sua sombra compacta, onde as bétulas e os frágeis pinheiros tremiam e gemiam tristemente.

Muito ao longe, na sua frente, cintilavam as luzes da cidade.

— Senhor, tende piedade de nós! — disse ainda a pobre mãe, tremendo de frio e de medo.

Capítulo VII

Os dias se sucediam, como as contas de um rosário, somavam-se em semanas e em meses. Todos os sábados, os companheiros se reuniam na casa de Pavel; e cada sessão era como um degrau da longa escadaria em suave declive que conduzia à grande distância, não se sabia aonde, elevando lentamente os que por ela subiam, e da qual não se via o fim.

Novas caras apareciam constantemente. O pequeno quarto dos Vlassof ia se tornando apertado. Natacha continuava a comparecer, tremendo de frio, fatigada, mas sempre alegre e bem-disposta. Pélagué tinha-lhe feito as tais meias e ela própria as calçou nos pés de Natacha. A princípio a moça tinha rido, depois calou-se e, refletindo um momento:

— Tive uma criada — disse em um balbucio — que também me era extraordinariamente dedicada! Olhe, Pélagué Nilovna, é muito para pensar este caso; o povo que tem uma vida tão árdua, tão cheia de humilhações, possui mais bondade que os outros!

Ela agitou os braços, indicando algum lugar bem distante.

— E a menina — disse-lhe a mãe de Pavel — que sacrificou seus pais e o resto...

Não chegou a concluir o seu pensamento, suspirou e calou-se olhando para Natacha. Sentia-se reconhecida, sem saber de quê, por ela e deixara-se ficar sentada no chão, diante da moça, que sorria pensativa, com a cabeça descaída para o peito.

— Sacrifiquei meus pais... — repetiu Natacha. — Mas não é isso o pior. Meu pai é tão estúpido e ordinário, e meu irmão também! E ele bebe. Minha irmã mais velha é uma desgraçada, causa compaixão. Casou com um homem muito mais idoso do que ela, muito rico, mas avarento e monótono. De quem eu tenho mais saudade é de mamãe! Ela é simples como a senhora, pequenina como um ratinho. Está sempre correndo de um lado para outro e tem medo de todo o mundo. Às vezes tenho uma vontade de revê-la!

— Coitadinha! — lamentou a mãe de Pavel, com um triste movimento de cabeça.

Natacha endireitou-se de súbito e exclamou:

— Ah, não! Há momentos em que a minha alegria e a minha felicidade não têm limites!

Seu rosto empalideceu, e saíam chispas de seus olhos azuis. Pondo a mão no ombro de Pélagué, disse em voz profunda, num tom que parecia vindo do coração:

— Se soubesse... se pudesse compreender a obra radiante e enorme que estamos realizando!... Havia de senti-la!

Uma impressão, não muito afastada da inveja, apoderou-se do coração de Pélagué, que disse tristemente, erguendo-se:

— Estou muito velha para essas coisas... sou ignorante... estou muito velha...

Pavel falava muito, discutia cada vez com maior ardor e continuava a emagrecer. Pélagué julgava notar que, quando ele conversava com Natacha ou a olhava demoradamente, seu olhar severo se tornava suave, sua voz vibrava com mais carinho e ele se revelava ainda mais simples.

"Deus o queira!...", pensava. Sorria à ideia de que Natacha pudesse vir a ser sua nora.

Nas reuniões, quando a tensão aumentava, o pequeno russo se levantava e, balançando-se como um pêndulo de relógio, dizia com sua voz forte palavras simples que faziam a calma retornar ao ambiente. Vessoftchikof, sempre taciturno, provocava reações pouco claras de seus camaradas. Eram sempre ele e Samoilof, o jovem ruivo, que animavam as discussões. Tinham como aliado Ivan Boukine, um rapaz de cabeça redonda e sobrancelhas esbranquiçadas, com uma aparência desbotada. Jacob Somov, sempre modesto, asseado e penteado, falava pouco e raramente, com uma voz baixa e sóbria. Como Fédia Mazine, o adolescente de rosto grande, estava sempre ao lado de Pavel e do pequeno russo.

Às vezes, no lugar de Natacha, vinha da cidade Nicolau Ivanovitch, que usava óculos e tinha uma curta barba loura. Originário de uma província distante, ele tinha um sotaque particular e melodioso e falava sobre assuntos muito comuns, como a vida em família, as crianças, o comércio, a polícia, o preço da carne e do pão; falava sobre a vida cotidiana. E em tudo isso via erros, encontrava equívocos, bobagens, às vezes coisas engraçadas, mas sempre desvantajosas para os homens. Para a mãe, parecia que Nicolau Ivanovitch tinha vindo de longe, de um outro reino onde a vida era fácil e boa, e que aqui tudo lhe era desagradável. Com uma fisionomia amarelada, as pequenas rugas brilhavam em torno dos olhos, falava em voz baixa e tinha as mãos sempre quentes. Quando cumprimentava a senhora Vlassov, seus longos dedos encerravam-se na mão dela de modo vigoroso, consolando aquela alma.

Outras pessoas vinham da cidade, como uma moça esguia, de olhos grandes e rosto fino e pálido. Chamavam-na Sachenka. Havia algo de masculino em seu jeito e andar; franzia as sobrancelhas pretas com um ar irritado. Quando ela falava, as narinas pequenas e bem desenhadas tremiam.

Foi ela quem disse um dia primeiro que os outros:

— Nós, socialistas...

Quando Pélagué ouviu essa palavra, olhou para a moça com mudo terror.

Sabia que os socialistas tinham assassinado um czar. Fora durante a sua mocidade; dissera-se então que os proprietários rurais, indignados contra o imperador por ter libertado os servos, haviam jurado não cortar os cabelos enquanto ele não fosse morto. Por isso não podia compreender a razão por que seu filho e seus companheiros se tinham feito socialistas.

Quando todos se retiraram, perguntou a Pavel:

— Pavloucha, é verdade que você é socialista?

— É! — respondeu firme e franco como sempre.

Pélagué deu um profundo suspiro e disse, baixando os olhos:

— Isso lhe parece bem, meu filho?... Eles são contra o czar... já mataram um!...

Pavel começou a passear pelo quarto, passando a mão pelo rosto, até que respondeu com um sorriso:

— Nós não precisamos disso!

Falou-lhe muito tempo, a sério. Ela escutava e refletia. Depois daquele dia, a terrível palavra foi repetida cada vez mais, e tornou-se tão familiar aos ouvidos de Pélagué como um amontoado de outros termos incompreensíveis para ela. Mas não gostava de Sachenka. Quando ela estava lá, a mãe se sentia desconfortável e ansiosa.

Certa noite disse ao pequeno russo, com um gesto de mal-estar:

— É muito ríspida a Sachenka! Está sempre a mandar: façam isto! Façam aquilo!

O pequeno russo riu ruidosamente.

— É a pura verdade! Nem mais nem menos! Não é assim, Pavel? — E, piscando, disse em tom de zombaria: — A nobreza!

Pavel respondeu com secura:

— É uma moça decidida!

E ficou com ar de maldisposto.

— Não há dúvida! — concordou o pequeno russo. — Apenas uma diferença: não compreende que ela é quem deve e que somos nós que queremos e podemos.

Pélagué notara também que a severidade de Sachenka caía mais em particular sobre Pavel, a quem por vezes chegava a repreender. Ele sorria, ficava em silêncio, e contemplava a moça com o olhar suave que outrora tinha para Natacha. E isso não agradava a Pélagué.

Reuniam-se duas vezes por semana; e quando a mãe via a atenção apaixonada com que os novos escutavam as falas do filho e do pequeno russo, as interessantes narrativas de Natacha, de Sachenka, de Nicolau Ivanovitch e de outros que vinham da cidade, esquecia as suas inquietações, e recordando-se dos fastidiosos dias da sua mocidade meneava tristemente a cabeça.

Muitas vezes, Pélagué ficava surpreendida dos acessos de alegria ruidosa que os atacavam de súbito. O fato dava-se geralmente quando tinham lido nos jornais notícias da classe operária estrangeira. Era uma alegria extravagante, quase infantil; riam todos com um riso límpido e muito alegre, e batiam amigavelmente no ombro do companheiro mais próximo.

— Têm trabalho a valer, os nossos camaradas alemães! — anunciava qualquer um deles, como embriagado de êxtase.

— Vivam os nossos camaradas italianos! — gritava outra voz.

E quando enviavam essas exclamações ao longe, aos amigos desconhecidos, pareciam convencidos de que eles os ouviam e participavam do seu entusiasmo.

O pequeno russo, cheio de um amor que abrangia a todos os seres, declarava:

— Deveríamos escrever-lhes, não acham? Para que saibam que têm na Rússia tão distante amigos operários que professam a mesma religião que eles, companheiros que têm o mesmo fim, e se rejubilam com as suas vitórias...

E, com o sorriso nos lábios, falavam durante muito tempo dos franceses, dos ingleses, dos suecos, como de entes queridos, em cujas felicidades e sofrimentos se tomava parte.

No pequeno quarto nascia assim o sentimento do parentesco espiritual, unindo os operários daquela terra, da qual eles eram ao mesmo tempo os senhores e os escravos. Essa confraternidade, que lhes dava uma só alma, impressionava Pélagué e, embora ela lhe fosse inacessível, fazia-a elevar-se sob a influência daquela força alegre, triunfante, embriagadora e cheia de esperanças.

— No fim de tudo, como os senhores são! — disse ela um dia ao pequeno russo. — Para os senhores, todos são companheiros: os judeus, os armênios, os austríacos... Falam deles como se falassem de amigos, entristecem-se e alegram-se com o mundo inteiro!

— Sim, mãezinha! — exclamou ele. — O mundo é nosso! O mundo é dos operários! Para nós não há nações, nem raças! Há somente companheiros e... inimigos. Todos os operários são nossos amigos; todos os ricos, todos os que têm autoridade, são nossos inimigos. Quando se olha para a terra com bons olhos, quando se vê quanto nós, os operários, somos numerosos, que poder espiritual representamos, sente-se o coração invadido pela alegria e pela felicidade, como na celebração de uma festa solene. O francês e o alemão têm o mesmo sentimento, os italianos também se rejubilam. Somos todos nascidos da mesma mãe, da grande, da invencível ideia da fraternidade operária, em todos os países da Terra. Desenvolve-se, aquece-nos com o seu calor, é o segundo sol no céu da justiça; e este céu está no coração do operário. Qualquer que ele seja, seja qual for o seu nome, o socialista é nosso irmão em espírito, agora e sempre, por todos os séculos dos séculos!

Esta exuberância infantil, esta fé luminosa e inabalável manifestava-se mais e mais no pequeno grupo, numa força crescente.

E quando Pélagué via esta alegria, sentia instintivamente que decerto brotara no mundo qualquer coisa de grande e resplandecente, um sol semelhante ao que via no céu.

Às vezes cantavam alegremente, a plenos pulmões, canções familiares; outras, aprendiam novas canções, também melodiosas, mas com música melancólica e fora do vulgar. Então, baixavam a voz, as fisionomias tornavam-se graves, pensativas, como ao som de um hino religioso. Os rostos tornavam-se pálidos e os que cantavam sentiam que uma grande força se ocultava sob as palavras sonoras.

Uma daquelas canções, principalmente, perturbava e inquietava Pélagué. Não traduzia os gemidos, as perplexidades da alma ultrajada que vagueia solitária nos atalhos obscuros das incertezas dolorosas, nem os gritos da alma incolor e informe assaltada pela miséria, embrutecida pelo medo. Não repetia os lânguidos suspiros do ser ávido de espaço, nem os gritos de provocação da audácia fogosa prestes a destruir o mal e o bem, indiferentemente. O cego sentimento da vingança e do ódio capaz de aniquilar tudo, impotente para criar, não aparecia então; não havia em tal canção qualquer vestígio do antigo mundo, do mundo dos escravos. As palavras ríspidas e a melodia austera não agradavam a Pélagué, mas havia naquela canção algo como uma força imensa que abafava o som e as palavras, despertando no coração o pressentimento de alguma coisa grandiosa para o pensamento. Pélagué via isso no rosto deles, nos olhares, e, cedendo àquele poder misterioso, escutava sempre a canção, duplamente atenta, com inquietação profunda.

— Já é tempo de a cantarmos pelas ruas! — dizia o sombrio Vessoftchikof, no princípio da primavera.

Quando o pai foi preso mais uma vez, declarou tranquilamente:

— Agora poderíamos nos reunir na minha casa...

Quase todas as tardes, depois do trabalho, um ou outro dos companheiros ia à casa de Pavel; liam juntos, copiavam trechos de brochuras. Andavam preocupados e já nem tinham tempo de se lavar. Ceavam juntos, tomavam o seu chá sem pôr de lado os livros; e as suas conversas se tornavam cada vez mais incompreensíveis para Pélagué.

— Precisamos de um jornal! — repetia Pavel com frequência.

A vida se tornava febril e agitada; dirigiam-se uns aos outros com mais celeridade, e com mais rapidez passavam de um livro a outro, como abelhas voando de flor em flor.

— Começa-se a falar de nós! — disse uma noite Vessoftchikof. — Provavelmente, acabaremos sendo presos, dentro em pouco.

— Quem não quer ser lobo não lhe veste a pele! — observou o pequeno russo.

Cada vez ele agradava mais a Pélagué. Quando ele lhe chamava mãezinha, parecia-lhe que uma suave mão de criança lhe afagava o rosto. No domingo, Pavel tinha o que fazer; era ele quem rachava a lenha. Um dia apareceu carregando uma grande tábua, pegou o machado e substituiu com habilidade um degrau podre da porta da entrada; de outra vez, recompôs a varanda que ameaçava ruir. Enquanto trabalhava, assobiava músicas melancólicas.

Pélagué disse, um dia, ao filho:

— E se nós fizéssemos do pequeno russo nosso hóspede? Seria mais cômodo para ambos, e não precisariam andar sempre a correr da casa de um para a casa do outro.

— Para que arranjar mais esse trabalho? — perguntou Pavel, encolhendo os ombros.

— Ora! Durante toda a minha vida tenho sido atormentada com trabalho sem saber para quê; posso perfeitamente fazer isto hoje em favor desse bom homem.

— Faça como quiser! Se ele aceitar, ficarei contente.

E o pequeno russo passou a morar com eles.

Capítulo VIII

A pequena casa no extremo do bairro despertava a atenção: as suas paredes já tinham sido como que atravessadas por olhares suspeitosos. As asas do rumor público agitavam-se por cima dela; tentava-se descobrir o mistério que ali se ocultava. À noite, havia quem fosse espreitar pela janela; por vezes batiam na vidraça, fugindo logo.

Certo dia, na rua, o taverneiro Bégountzev fez parar a mãe de Pavel. Era um bonito velhote que tinha sempre um lenço de seda preta em volta do pescoço enrugado. O nariz agudo era adornado por óculos de aro de escama de peixe, o que lhe tinha granjeado o apelido de "Olhos de Osso".

Sem tomar a respiração nem esperar resposta, surpreendera Pélagué com uma torrente de palavras secas e vivíssimas:

— Como vai, Pélagué Nilovna? E o seu filho? Ainda não acha que é tempo de o casar? O rapaz já está afinal na devida idade para ter uma mulher. Quando o filho casa na hora certa, os pais ficam mais tranquilos. O homem que vive em família tem mais saúde, tanto de corpo quanto de espírito, conserva-se como um cogumelo em vinagre. No seu lugar, eu já o tinha casado. Os tempos que vão correndo exigem que abramos os olhos no que respeita ao ente humano; há quem se entregue a uma vida a seu modo, deixando-se arrastar a toda a casta de ações censuráveis. Já não se veem os rapazes no templo de Deus; afastam-se dos lugares públicos, mas reúnem-se às escondidas pelos cantos, a cochichar. Por que andam eles a cochichar, se me permite a pergunta? Por que se ocultam? O que é que um homem não pode dizer em público, na taverna, por exemplo? Mistérios! Mas o lugar dos mistérios é a nossa santa igreja apostólica! Todos os outros mistérios, realizados às ocultas, vêm da desorientação do espírito. Muito bom dia lhe desejo.

Tirou o boné com um gesto pretensioso, agitou-o no ar, e foi-se, deixando Pélagué perplexa.

De outra vez, a vizinha Maria Korsounova, viúva de um ferreiro, que vendia refeições na fábrica, disse a Pélagué ao encontrá-la no mercado:

— Não perca de vista o seu filho, Pélagué!

— Por quê?

— Correm uns boatos a seu respeito... — segredou com ar misterioso. — Coisas feias! Dizem que ele está organizando uma espécie de corporação, no gênero dos flagelantes. Chama-se a isto uma seita. Baterão uns nos outros como os flagelantes.

— Não diga mais tolices, Maria!

— Vai ralhar com ele que é quem as faz, e não comigo, que te dou parte do caso! — replicou a comerciante.

Pélagué contou as conversas ao filho, que encolheu os ombros sem responder. Quanto ao pequeno russo, desatou a rir às gargalhadas.

— As moças também estão zangadas! Vocês são todos aptos para se tornarem bons maridos, trabalham bem, não bebem... e nem olham para elas! Diz-se que da cidade vêm visitar você pessoas de má reputação...

— Era só o que faltava! — exclamou Pavel, fazendo cara de nojo.

— Num pântano tudo cheira a podre! — disse André, suspirando. — Seria melhor, mãezinha, que explicasse a essas patetinhas o que é o casamento. Talvez não ficassem com a mesma pressa de cair na asneira!

— Ah! — exclamou Pélagué. — Elas bem sabem, mas como vão passar sem casar?

— Falta-lhes a compreensão. Do contrário, achariam outra coisa com que se ocupar! — disse Pavel.

Ela dirigiu o olhar para o rosto irritado do filho.

— É a vocês que cabe ensiná-las! Convidem para as reuniões as mais inteligentes.

— Impossível! — respondeu Pavel, secamente.

— Se você experimentasse!... — arriscou André.

Depois de um momento de silêncio, Pavel respondeu:

— Começariam a passear aos pares, alguns acabariam por casar, e pronto!

Pélagué caiu em meditações. A austeridade monacal do filho a atordoava. Via que ele era obedecido pelos companheiros, até pelos mais velhos, como o pequeno russo, mas parecia-lhe que todos o temiam e que não gostavam da frieza dos seus modos.

Uma vez estava ela na cama, e Pavel e André liam ainda; apurou o ouvido às palavras que lhe chegavam através do tabique.

— Gosto de Natacha, sabe? — disse de repente o pequeno russo, a meia-voz.

— Sim, sei.

Pavel não respondera logo.

Pélagué ouviu o pequeno russo levantar-se, vagaroso, e começar a passear pelo quarto, com os pés descalços. Assobiou uma canção; depois tornou a falar:

— Ela terá notado?...

Pavel ficou silencioso.

— Que lhe parece? — perguntou de novo o companheiro, baixando a voz.

— Tem notado! — respondeu Pavel. — E é por isso que já não vem.

André voltou a passear, assobiando; depois parou.

— E se eu lhe dissesse?...
— O quê?
— Que...
— Para quê?

Pélagué ouviu André rir.

— Parece-me que quando se ama uma mulher devemos dizer-lhe, senão é o mesmo que nada!...

Pavel fechou o livro com ruído e perguntou:

— E que resultado espera?

Estiveram calados durante alguns minutos.

— E então? — perguntou André.

— É preciso ver claramente o que se quer... — disse enfim Pavel devagar. — Suponhamos que ela também o ame. Não creio. Mas suponhamos. Casam. É uma união interessante, na verdade, a de uma senhorita com um operário!... Vêm os filhos... será obrigado a trabalhar sozinho... e muito. A sua vida será a de toda a gente, lutará para ter com que se sustentar, para ter casa onde viver com os filhos. E afinal ambos ficarão perdidos para a obra.

Houve um silêncio, até que Pavel concluiu com voz mais suave:

— Deixe disso, André! Não a perturbe.

— Mas Nicolau Ivanovitch pregava a necessidade de viver a vida por inteiro, com todas as forças da alma e do corpo... Lembra-se?

— Pregava, mas não para nós. Como atingiria você a integridade? Não existe para você. Quando se ama o futuro, temos que renunciar a tudo no presente, a tudo, irmão!

— É custoso! — replicou André com a voz abafada.

— E como não ser assim? Reflita.

Houve novo silêncio. Ouvia-se apenas o pêndulo do relógio, compassadamente, dividindo o tempo em segundos.

O pequeno russo disse:

— Metade do coração ama; a outra odeia... E é isto coração, ahn?

— Eu lhe pergunto: como não ser assim?

Seguiu-se o folhear de um livro: por certo Pavel voltava à leitura. Pélagué permanecia deitada com os olhos fechados, sem se atrever a fazer um movimento. Sentia-se profundamente apiedada de André, mas ainda mais do seu filho. Dizia consigo: "Meu querido filho... meu mártir! Meu sacrificado!"

De súbito, André perguntou:

— Devo então calar-me, não é isso?

— É o mais honesto, André...

— Bem! Entrarei nesse caminho! — decidiu o outro.

Mas acrescentou tristemente, decorrido um instante:

— Você há de sofrer, Pavel, quando chegar a sua vez.

— Chegou. Já sofro... e cruelmente.

— Você também?

Lá fora o vento soprava em torno da casa.

— Não tem nenhuma graça isto!... — disse André lentamente.

Pélagué meteu a cabeça debaixo do travesseiro para chorar.

Na manhã seguinte, André pareceu-lhe como fisicamente amesquinhado, e sentiu-o mais próximo do seu coração. Como sempre, o filho tinha um ar seco, silencioso, rígido. Até então ela tratava o pequeno russo por André Onissimovitch; naquele dia, sem querer, sem dar por tal, disse-lhe:

— Deve consertar as suas botas, meu André, senão tem frio nos pés.

— Hei de comprar outras, quando receber a féria.

Depois ele desatou a rir e perguntou-lhe de chofre, pondo-lhe no ombro a sua pesada mão:

— Talvez a senhora seja minha verdadeira mãe, mas não queira confessá-lo porque me ache muito feio! Será assim?

Sem falar, ela deu-lhe uma pancadinha na mão. Desejaria dizer-lhe palavras carinhosas, mas o coração apertava, e a língua se recusava a obedecer-lhe...

Capítulo IX

No bairro começavam a se ocupar dos socialistas que espalhavam por toda a parte folhas de papel escritas a tinta azul. Eram papéis que criticavam os regulamentos impostos aos operários, das greves de Petersburgo e da Rússia Meridional: encorajavam os trabalhadores a se unirem para lutar na defesa dos seus interesses.

As pessoas de certa idade que ocupavam bons lugares na fábrica irritavam-se e diziam:

— Seria conveniente dar uma sova nestes agitadores.

E levavam os papéis aos seus chefes.

Os rapazes, entusiasmados com tais escritos, exclamavam ardentemente:

— O que eles dizem é a verdade!

A maioria dos operários, alquebrada pelo trabalho, indiferentes a tudo, pensava indolentemente:

— Isso não vai dar em nada.

No entanto, as folhas volantes interessavam a todos, e, quando não apareciam, diziam uns para os outros:

— Hoje não há; deixaram de publicá-las...

Mas quando, na segunda-feira, reapareciam, os operários de novo se agitavam ruidosamente.

Na fábrica e na taverna eram vistas pessoas que ninguém conhecia. Interrogavam, examinavam, farejavam e impressionavam a todos com a sua prudência suspeita.

Pélagué sabia que toda aquela agitação era obra do seu filho. Via-os cercarem-no, ele porém não era só, o que tornava o caso menos perigoso. E ao orgulho de ter tal filho juntava-se nela a ansiedade que o futuro lhe inspirava: eram os trabalhos misteriosos do rapaz a misturarem-se como um límpido ribeiro à torrente lamacenta da vida...

Uma tarde, Maria Korsounova bateu à vidraça e, quando Pélagué a entreabriu, a vizinha cochichou:

— Que dizia eu, Pélagué? Prepare-se! Os seus passarinhos acabaram de rir! Esta noite virão dar uma busca em sua casa, na de Mazine e na de Vessoftchikof.

Não ouviu mais que as primeiras palavras; as últimas fundiram-se num rumor surdo e ameaçador.

Os lábios espessos de Maria vibraram com rapidez, seu nariz carnudo dilatava-se, os olhos piscavam e se moviam vagarosamente para um lado e para outro, como à procura de alguém na rua.

— E olha que eu não sei nada, nada lhe disse, minha querida, nem mesmo a vi ainda hoje... Percebe?

Desapareceu.

Pélagué fechou a janela e deixou-se cair em uma cadeira, com a cabeça vazia e sem forças. Mas a consciência do perigo que ameaçava seu filho a fez erguer-se de súbito; vestiu-se à pressa, envolveu a cabeça num xale e correu à casa de Fédia Mazine, que estava doente. Quando entrou, viu-o sentado junto da janela, a ler, e como que acalentando com a mão esquerda a direita, cujo polegar se mantinha afastado dos outros dedos. Ao ouvir a má nova, ele se pôs logo de pé, empalidecendo.

— Que diabo! E eu com um abcesso neste dedo! — resmungou.

— Que devemos fazer? — perguntou Pélagué, limpando tremulamente o suor do rosto.

— Espere... não tenha medo! — respondeu, mexendo com a mão boa os cabelos encaracolados.

— Mas se o senhor é o primeiro a ter medo!...

— Eu?

Corou de repente, e disse a sorrir, com embaraço:

— Sim, na verdade! Precisamos prevenir o Pavel. Vou mandar alguém... Volte para casa... Isto não há de ser nada.

Ao chegar em casa, Pélagué reuniu em monte os livros, meteu-os debaixo do braço e pôs-se à busca de um canto onde ocultá-los. Olhou para o fogão, para o forno, para o canudo do samovar e até para o barril cheio d'água. Dizia consigo que Pavel largaria dali a pouco o trabalho e voltaria para casa; ele porém demorava. Por fim, vencida de cansaço, sentou-se em um banco da cozinha, escondeu os livros debaixo da saia e ficou imóvel até que aparecessem o filho e André.

— Já sabem?! — disse sem se levantar, tão logo os viu.

— Já sabemos! — respondeu Pavel com sorriso calmo. — Tem medo?

— Não deve ter medo. Não serviria de nada — disse André.

— Nem sequer preparou o samovar?! — ralhou Pavel.

Ela se ergueu, e, mostrando os livros, explicou, embaraçadamente:

— Era por causa deles...

O pequeno russo e Pavel desataram a rir, o que a tranquilizou em parte. Depois, o filho pegou alguns volumes e saiu para escondê-los no pátio; André dispôs-se a acender o samovar, e foi dizendo:

— Nada há de terrível nisto; o que faz envergonhar uma pessoa é pensar que haja quem se ocupe destas coisas. Virão por aí uns homens vestidos de cinzento, com um sabre na cintura, esporas nos calcanhares, e rebuscarão por toda a parte. Espreitam por debaixo das camas e do fogão; se há adega, descem à adega; se há sótão, sobem ao sótão. As teias de aranha caem-lhes nos focinhos e eles esbravejam. Enfadam--se, envergonham-se, e por isso fingem-se muito maus e mostram-se furiosos contra a gente. O seu emprego é porco, e eles bem o sabem. Uma vez, foram dar busca em minha casa, não encontraram coisa alguma e... foram-se! De outra vez, levaram-me. Meteram-me na cadeia, onde estive quatro meses. De tempos em tempos, iam buscar-me e faziam-me atravessar as ruas no meio de uma escolta de soldados. Perguntavam-me toda a sorte de coisas. Não são criaturas inteligentes, não sabem falar com critério. Depois diziam aos soldados que me levassem outra vez para a cadeia. E aqui está como fazem de nós gato-sapato. Enfim, têm que ganhar os seus ordenados!... Acabaram por pôr-me na rua. E pronto!

— Que maneira de falar, meu André! — exclamou Pélagué, maldisposta.

Ajoelhado em frente do samovar, o pequeno russo soprava com toda a força; levantou a cabeça, mostrando a cara avermelhada pelo esforço, e perguntou, alisando com as duas mãos o bigode:

— Como é que eu falo?

— Como se nunca o tivessem ofendido.

Ele ergueu-se, aproximou-se de Pélagué, e, tendo abanado a cabeça, disse, sorrindo:

— Há por acaso alguém neste mundo que não tenha sido ofendido? É que já me ultrajaram tanto que cansei de me encolerizar. Que fazer, se eles não podem proceder de outra maneira? Os ultrajes incomodaram-me muito, impedem-me de realizar a minha obra... mas não os podemos evitar, e, se pensarmos nisso, perdemos o nosso tempo. A vida é assim! Antes zangava-me contra essa gente, depois, quando me veio a reflexão, vi que todos eles tinham o coração despedaçado. Cada qual tem medo de ser atacado e de ser o primeiro a atacar. A vida é assim, mãezinha!

As palavras soltavam-se tranquilamente e faziam extinguir-se a ansiedade de Pélagué. Os olhos dele sorriam, luminosos e tristes; todo o seu corpo era flexível, elástico, embora um pouco desengonçado.

Ela suspirou e disse com calor:

— Deus o faça feliz, meu André!

O pequeno russo voltou para o samovar, ajoelhou-se outra vez e murmurou:

— Se me derem a felicidade, não a recusarei; mas não a peço e nunca irei procurá-la.

E voltou a assoprar.

Pavel voltou do pátio.

— Não encontrarão coisa alguma! — afirmou, convencido.

Começou a se lavar. Depois acrescentou, limpando cuidadosamente as mãos:

— Se lhes mostrar que tem medo, mamãe, dirão que alguma coisa há para despertar desconfiança. E nós não fizemos nada... ainda! Bem o sabe, nada queremos de mau; a verdade e a justiça estão do nosso lado, trabalharemos por elas toda a vida: eis o nosso crime! Por que então temer?

— Terei coragem, Pavel! — prometeu.

Mas logo disse, angustiada:

— Se ao menos "eles" viessem depressa!

"Eles", porém, não vieram naquela noite. No dia seguinte, prevendo que Pavel e André iriam zombar dos seus terrores, foi a primeira a rir-se de si mesma.

Capítulo X

"Eles" chegaram quando menos os esperavam, quase um mês depois. Vessoftchikof, André e Pavel estavam reunidos e falavam do seu jornal. Era tarde, perto da meia-noite. Pélagué já estava deitada, ia adormecendo e ouvia-lhes vagamente as vozes receosas e em tom baixo. André levantou-se de chofre, atravessou a cozinha nas pontas dos pés e fechou de mansinho a porta atrás de si. No corredor ouviu-se o ruído de uma tina que tombava. A porta escancarou-se, e André disse em voz alta:

— Ouçam: um ruído de esporas, na rua!

Pélagué levantou-se de um salto e pegou uma saia, trêmula; mas Pavel apareceu no limiar e disse-lhe tranquilamente:

— Fique deitada... Não está boa...

Ouviu-se depois um deslizar furtivo sob o telheiro.

Pavel aproximou-se da porta e, batendo nela com a mão, perguntou:

— Quem está aí?

Rápido como um relâmpago, um homem alto surgiu entre os umbrais; e outro ainda. Os dois guardas repeliram o rapaz, puxando-o depois para entre eles. Uma voz aguda e irritada disse:

— Não é quem esperava, ahn?

Quem falava era um oficial ainda novo, alto e magro, de bigode preto. Fédiakine, agente da polícia do bairro, dirigiu-se para a cama de Pélagué; levando a mão ao boné, em continência, indicou com a outra a mulher, dizendo com um olhar terrível:

— A mãe é esta, meu senhor!

Depois, apontando para Pavel:

— E o filho é aquele!

— Pavel Vlassof? — perguntou o oficial, semicerrando os olhos.

O rapaz respondeu afirmativamente com a cabeça. Passando a mão pelo bigode, o oficial informou:

— Venho fazer uma busca em sua casa... Levante-se, velhota. Quem está aí?

E, tendo olhado para o quarto, entrou nele a passos largos.

Ouviram-no perguntar:

— Seu nome?

Mais duas figuras apareceram ainda: o velho fundidor Tvériakof e o seu inquilino, Rybine, um homem alto de cabeleira negra. Tinham sido trazidos pela polícia como testemunhas.

Rybine disse com voz grossa e possante:

— Boa noite, Pélagué!

Ela se vestia e, para se dar coragem, murmurava:

— Esta agora! Virem de noite!... Quando uma pessoa está na cama!...

O quarto parecia pequeno e por ele se espalhara um cheiro ativo de graxa. Os dois guardas e o comissário de polícia do bairro, Riskine, tiravam da estante os livros com ruído e empilhavam-nos na mesa diante do oficial. Os outros davam pancadas nas paredes, olhavam para debaixo das cadeiras; um trepou com custo ao cano do fogão. O pequeno russo e Vessoftchikof, unidos um ao outro, conservavam-se a um canto; o rosto bexigoso do segundo estava coberto de manchas vermelhas, e os seus olhinhos pardos não podiam desfitar-se do oficial. André retorcia o bigode e, quando Pélagué entrou no quarto, fez-lhe com a cabeça um movimento amigável.

Para esconder o medo, ela andava, não de lado, como de hábito, mas com o peito estufado, dando-lhe um ar de importância afetado e risível. Seus passos eram ruidosos e seu cenho tremia.

O oficial ia pegando rapidamente nos livros com as pontas dos dedos brancos e delgados, folheava-os, sacudia-os e jogava-os para o lado. Alguns volumes caíram no chão. Todos estavam calados; não se ouvia mais que o respirar dos guardas esbofados, o tilintar das suas esporas. De tempos em tempos um deles perguntava:

— Já viu aqui?

Pélagué colocou-se junto do filho, encostada à parede; como ele, cruzou os braços no peito e quis observar o oficial. As pernas vacilaram-lhe, um nevoeiro lhe toldava a vista.

De súbito, a voz de Vessoftchikof soltou-se contundente:

— Para que serve jogar os livros no chão?

Pélagué estremeceu. Tvériakof abanou a cabeça como se lhe tivessem batido na nuca; Rybine resmungou e fitou atentamente o audacioso.

O oficial semicerrou os olhos e cravou-os no rosto bexigoso e imóvel do rapaz... Depois os seus dedos folhearam o livro com mais rapidez.

Às vezes, os olhos pardos de Vessoftchikof abriam-se tanto que diriam estar ele sofrendo atrozmente e prestes a gritar, furioso e impotente contra a dor.

— Soldado! — exclamou de súbito. — Apanha os livros!

Os guardas voltaram-se para ele, e olharam depois para o oficial. Este levantou a cabeça e, olhando rapidamente de soslaio para o rapaz, ordenou por entre dentes:

— Vá lá, apanhem os livros.

Um dos guardas abaixou-se e, observando furtivamente Vessoftchikof, pôs-se a apanhar os livros desconjuntados.

— Era melhor ficar calado... — disse baixinho Pélagué ao filho.

Ele encolheu os ombros. O pequeno russo estendeu o pescoço.

— Que cochichar é esse? Façam o favor de estar calados! Quem é que lê aqui a Bíblia?

— Eu! — respondeu Pavel.

— Ah!... E de quem são estes livros?

— Meus.

— Está bem!... — comentou o oficial, apoiando-se às costas da cadeira.

Fez estalar os nós dos dedos finos e brancos, esticou as pernas embaixo da mesa, cofiou o bigode e perguntou a Vessoftchikof:

— É você que se chama André Nakhodka?

— Sou eu! — respondeu o bexigoso, avançando um passo.

O pequeno russo deitou-lhe a mão a um ombro e obrigou-o a recuar.

— Enganou-se! O André sou eu.

O oficial levantou a mão ameaçando Vessoftchikof com o dedo erguido:

— Tome cuidado!...

Começou a remexer nos seus papéis.

A noite luminosa e clara olhava indiferentemente pela janela. Alguém ia e vinha em frente da casa e a neve estalava sob os seus passos.

— Você já foi perseguido por delitos políticos, Nakhodka? — perguntou o oficial.

— Já: em Rostof e em Saratof... Com a diferença de que lá as autoridades não me tratavam por "você".

O oficial franziu o olho direito, esfregou-o e disse depois, mostrando os dentes:

— Nesse caso, Nakhodka, conhece talvez... Sim... deve conhecer os criminosos que espalham pela fábrica folhetos e proclamações proibidas?...

O pequeno russo se moveu, ia dizer o que quer que fosse com um sorriso aberto, quando se ouviu de novo a irritante voz de Vessoftchikof:

— É a primeira vez que vemos criminosos!

Houve um instante de silêncio.

O rosto de Pélagué tornou-se pálido e suas sobrancelhas negras se arquearam. A barba negra de Rybine começou a tremer de uma maneira estupenda; ele baixou a cabeça e passou a mão vagarosamente pelo bigode.

— Ponham fora daqui essa besta! — ordenou o policial.

Dois guardas agarraram o rapaz por baixo dos braços e arrastaram-no para a cozinha. Quando lá chegou, conseguiu parar e, apegando-se ao chão com toda a força de que os seus pés eram suscetíveis, gritou:

— Esperem! Quero pôr a minha capa!

O comissário de polícia, que estivera a rebuscar no pátio, apareceu dizendo:

— Nada encontramos. Vimos todos os cantos.

— Está claro! — exclamou o oficial ironicamente. — Já o esperava! Tratamos com homens já experientes.

Pélagué ouviu aquela voz fraca, trêmula e imperiosa; e ao observar aquele rosto amarelento, sentia estar ali um inimigo implacável, com o coração cheio de desprezo pelo povo. Poucas pessoas assim ela tinha visto na sua vida, e nos últimos anos chegara a esquecer-se de que elas existiam.

"É a estes que nós causamos inquietações!...", pensava.

— Senhor André Onissimovitch Nakhodka, filho de pai desconhecido, está preso!

— Por quê? — perguntou tranquilo.

— Depois lhe direi! — respondeu o oficial com malévola delicadeza.

E voltando-se para Pélagué, berrou-lhe:

— Sabe ler e escrever?

— Não! — interveio Pavel.

— Não falo com você! — disse o oficial com severidade. — Responda, velha, sabe ler e escrever?

Invadida por um sentimento de instintivo ódio contra aquele homem, Pélagué empertigou-se de súbito, muito trêmula, como se tivesse caído num rio gelado:

— Não grite! — exclamou, estendendo o braço para o oficial. — É ainda novo, não sabe o que é sofrimento...

— Sossegue, mamãe... — interrompeu Pavel.

— É melhor acalmar-se e calar-se! — aconselhou André.

— Espera, Pavel! — exclamou ainda Pélagué, num arranco para a mesa. — Por que é que o senhor anda prendendo as pessoas?

— Isso não é da sua conta. Cale-se! — berrou o oficial, erguendo-se. — Tragam cá o Vessoftchikof.

E pôs-se a ler um papel que colocara à altura do rosto.

Trouxeram o rapaz.

— Tire o boné! — disse-lhe o oficial, interrompendo a leitura.

Rybine aproximou-se de Pélagué e, segurando-lhe o ombro, disse em voz baixa:

— Não se incomode, tiazinha!

— Como hei de tirar o boné, se tenho as mãos amarradas?

O oficial atirou com o auto para cima da mesa, dizendo simplesmente:

— Assinem!

Pélagué viu os acusados assinarem o documento; a sua excitação desaparecera, faltava-lhe a coragem; afluíam-lhe aos olhos amargas lágrimas de humilhação e de consciência da sua fraqueza. Durante os vinte anos da sua vida de casada, tinha chorado lágrimas como aquelas; mas esquecera-lhes o ardor quase por completo desde que enviuvara. O oficial olhou para ela e comentou com uma expansão desdenhosa:

— É cedo para tanto alarde, minha senhora! Creia que é capaz de ficar sem lágrimas... para o futuro.

Respondeu-lhe, outra vez irritada:

— Às mães nunca faltam as lágrimas!... Se tem mãe, ela deve saber isso, com certeza!

O oficial meteu rapidamente os seus papéis na carteira, que era nova e de fechos brilhantes; e dirigindo-se ao comissário de polícia:

— Todos eles denotam uma independência revoltante!

— Que insolência! — murmurou o comissário.

— A caminho! — ordenou o oficial.

— Até a vista, André! Até a vista, Nicolau! — disse Pavel, apertando calorosamente a mão dos companheiros.

— Está claro... até a vista! — repetiu o oficial com ironia.

Em silêncio, Vessoftchikof apertava a mão de Pélagué entre os seus dedos curtos. Respirava a custo; o pescoço robusto estava congestionado e os olhos brilhavam de raiva. André sorria e meneava a cabeça; disse algumas palavras a Pélagué, que fez o sinal da cruz sobre ele, respondendo-lhe:

— Deus conhece os justos!

Enfim o bando de homens de capotes cinzentos desapareceu dobrando a esquina da casa, com um tilintar de esporas. Rybine foi o último a sair; com o seu negro olhar perscrutou Pavel; em tom meio abstrato disse:

— Adeus, ahn...?

E foi-se, sem pressa, tossindo, de cabeça baixa.

Com as mãos cruzadas nas costas, Pavel começou a passear de um lado para outro, por entre as trouxas de roupa e os livros espalhados no chão, até que perguntou em tom sombrio:

— Viu como é?

Sem deixar de olhar para a desordem em que ficara o quarto, ela disse baixinho, aflita:

— Prenderão você também... também a você! Para que foi tão grosseiro o Vessoftchikof?

— Teve medo, provavelmente!... — respondeu Pavel em voz baixa.

— Não se deve falar àquela gente... nada se consegue deles! São incapazes de compreender...

— Vieram! Prenderam-no! Levaram-no! — murmurou, com os braços erguidos.

Só lhe restava o filho. O coração de Pélagué começou a pulsar mais vagaroso; o seu pensamento imobilizava-se perante um fato que ela não podia admitir como real.

— Faz pouco de nós, aquele homem amarelo; ameaça-nos... e...

— Basta, mamãe! — disse de repente Pavel com decisão. — Ande cá, arrumemos tudo isto.

Tinha dito aquele "mamãe" e tratara-a como era seu costume quando se tornava mais comunicativo. Ela se aproximou, encarou-o e perguntou em voz baixa:

— Eles o humilharam?

— Sim! Custou-me muito! Preferia ir com eles.

Pareceu a Pélagué que ele tinha os olhos lacrimosos; e para o consolar daquele desgosto que ela vagamente adivinhava, disse, suspirando:

— Tenha paciência... dia virá em que também você será preso!

— Bem sei... — respondeu.

Decorridos instantes, ela acrescentou com tristeza:

— Como você é cruel, meu filho! Se ao menos me tranquilizasse... Mas não! Se eu digo coisas terríveis, o que você me responde é pior ainda!

Ele a olhou de relance, aproximou-se e disse, baixando a voz:

— Não sei o que lhe responder, mamãe. Não posso mentir. Tem que se acostumar.

Pélagué calou-se; depois, estremecendo:

— Será verdade? Dizem que eles torturam os presos, que lhes retalham o corpo em tiras, e lhes quebram os ossos... Quando penso nisto, tenho medo. Pavel, meu querido filho!

— Torturam a alma e não o corpo. É ainda mais doloroso do que a tortura, tocarem-nos na alma com as mãos emporcalhadas!

Capítulo XI

Soube-se na manhã seguinte que Boukine, Samoilof, Somof e outros cinco também tinham sido presos. À noite, Fédia Mazine veio às pressas: haviam feito uma busca em sua casa; estava radiante por isso, e se considerava um herói.

— Você teve medo, Fédia? — perguntou Pélagué.

Empalideceu, o rosto encovou, as narinas estremeceram.

— Tive medo que o oficial me batesse! Tinha a barba negra e era forte; os dedos cabeludos; usava óculos escuros; parecia que lhe faltavam os olhos. Gritou batendo com o pé: "Faço-te apodrecer na cadeia!" Ninguém nunca me bateu, nem meu pai nem minha mãe, porque eu era filho único, e eles me queriam muito. Toda a gente tem levado pancada; eu, nunca.

Fechou por um instante os olhos avermelhados e apertou os lábios; com um gesto rápido, atirou para trás os cabelos e disse, encarando Pavel:

— Se alguém me bater, enterro-me nele como uma navalha, retalho-o com os dentes. É preferível que acabem comigo de uma vez!

— Tão magrinho e fraco!... — exclamou Pélagué. — Como poderia lutar?

— Pois lutarei! — respondeu em voz baixa.

Quando ele saiu, ela disse para o filho:

— Será esmagado primeiro que os outros.

Pavel não respondeu.

Minutos depois a porta da cozinha abriu-se devagar, e Rybine entrou.

— Boa noite! — disse, sorrindo. — Sou eu outra vez. Ontem à noite me obrigaram a vir aqui, hoje venho por minha conta.

Apertou com vigor a mão de Pavel, e pondo a mão no ombro de Pélagué:

— Pode servir o chá?

Pavel observou em silêncio o amplo rosto moreno do seu visitante, a sua espessa barba negra e os seus olhos inteligentes. Havia um quê de gravidade no seu olhar tranquilo; todo o aspecto do recém-chegado, de atlética corpulência, inspirava simpatia pela sua decidida firmeza.

A mãe foi à cozinha preparar o samovar. Rybine sentou-se, afagou o bigode, e, encostando-se na mesa, envolveu Pavel num olhar.

— Com que então... — assim começou, como se reatasse o fio de uma conversa. — Devo falar a você abertamente. Observei por muito tempo antes de vir à sua casa. Somos quase vizinhos, via que recebia muita gente e que ninguém se embriagava nem fazia escândalos. Isso dava nas vistas. Quando alguém se porta bem, é logo notado, vê-se logo quem é. Eu próprio chamo as atenções para a minha pessoa porque vivo à parte, sem praticar porcarias.

Falava vagarosamente e com tranquilidade; tinha inflexões que inspiravam confiança:

— Com que, então, toda a gente fala de você. O meu senhorio chama-o "herético" porque não vai à igreja. Eu também lá não vou. Depois apareceram essas folhas. Esses papéis... A ideia foi sua?

— Foi! — respondeu Pavel sem desviar o olhar da fisionomia de Rybine, que também o fitava.

— Ora, vamos! — exclamou Pélagué, sobressaltada e saindo da cozinha. — Não foi só você...

Pavel sorriu. Rybine também.

— Ah!... — murmurou este.

A mãe fungou e saiu, um tanto irritada por não terem prestado atenção às suas palavras.

— É uma boa ideia, elas inquietam o povo. Quantas folhas foram ao todo? Umas dezenove, não?

— Sim.

— Então eu as li todas! Bem... bem... Há por lá coisas incompreensíveis, supérfluas. Quando o homem fala muito, acontece-lhe falar para nada.

Sorriu; tinha os dentes brancos e sãos.

— Depois, a busca que fizeram em sua casa... Foi o que me dispôs a seu favor. Você, o pequeno russo e Vessoftchikof se mostraram muito... muito...

Como não encontrava a palavra, calou-se, olhou pela janela, e bateu com um dedo na mesa.

— Mostraram-se decididos. Foi como se dissessem: "Faça a sua obra, excelência, que nós faremos a nossa!" O pequeno russo também é um bom rapaz. Às vezes, na fábrica, quando o ouvia falar, pensava: "Este não é para se deixar esborrachar, não! Só a morte poderá vencê-lo. Tem gana, o tipo!" Não acha, Pavel?

— Acho! — respondeu o jovem, movendo a cabeça afirmativamente.

— Ora, bem... Tenho quarenta anos, o dobro da sua idade; tenho visto vinte vezes mais do que você. Fui soldado durante mais de três anos; fui casado duas vezes; morreu-me a primeira mulher; deixei a segunda. Estive no Cáucaso, vi os Doukhobors... Não souberam vencer a vida, irmão! Oh, não souberam!

Pélagué escutava avidamente aquelas palavras; era-lhe agradável ver um homem de idade respeitável procurar o filho como para se confessar. Achava, porém, que Pavel o tratava com demasiada secura e, para destruir essa impressão, perguntou a Rybine:

— Talvez tenha vontade de comer alguma coisa, Mikhail Ivanovitch?

— Não, obrigado. Já ceei. Com que então, Pavel, pensa que a vida não vai por bom caminho?

O rapaz levantou-se e, passeando com as mãos atrás das costas, respondeu:

— Qual! Por magnífico caminho! E tanto assim que ele o trouxe até mim, agora que tem a sua alma francamente aberta. Neste caminho, a vida nos une, pouco a pouco, a todos nós que trabalhamos incessantemente; e tempo virá em que há de nos unir a todos! As coisas se acham dispostas de uma maneira injusta e penosa para nós; mas é a própria vida que nos abre os olhos, descobrindo-nos o que encerra de amargo; é ela própria que mostra ao homem a norma que lhe deve dar.

— É verdade! Mas espera! É preciso renovar o homem. Nisto creio eu! Quando se apanha sarna, a gente toma banhos, lava-se, veste-se com asseio e fica bom, não é assim? Mas se a sarna ataca o coração, podemos por acaso arrancar-lhe a pele, ainda que ficasse sangrando? Podemos lavá-lo, vesti-lo de novo? Ahn? Então, como purificar o homem por dentro?

Pavel falou calorosamente de Deus, do imperador, das autoridades, da fábrica, da resistência que os trabalhadores do estrangeiro opunham àqueles que queriam limitar os seus direitos. Rybine sorria por vezes, depois batia com o dedo na mesa, como para pontuar o discurso de Pavel, sem contudo deixar de dizer de tempos em tempos:

— É isso mesmo!

Todavia, comentou a meia-voz com um sorrisinho:

— Ah! Você é ainda novo. Não conhece o próximo!

Pavel, diante dele, explicou gravemente:

— Não falemos de novos nem de velhos! Vejamos antes qual é a melhor opinião.

— Portanto, em sua opinião, até se têm servido de Deus para nos enganar? Concordo. Também creio que a nossa religião é nociva e errônea.

Pélagué interveio. Quando o filho falava de Deus, das coisas sagradas e queridas que se ligavam à fé que ela tinha no seu Criador, tentava sempre encontrar o olhar de Pavel para lhe pedir tacitamente que não lhe despedaçasse o coração com palavras de incredulidade, cortantes. Ela, porém, sentia que, apesar de se mostrar cético, seu filho era crente; e isso a tranquilizava.

"Como poderia eu compreender os seus pensamentos?", dizia a si mesma.

Pensava que devia ser desagradável e ultrajante para Rybine, um homem de idade, ouvir tais palavras de Pavel. Mas quando Rybine dirigira aquela pergunta, ela perdeu de todo a paciência.

— Sejam mais prudentes falando de Deus! — disse resumidamente, mas com obstinação. — Façam o que quiserem, mas...

E tendo tomado a respiração, continuou com mais vigor:

— Mas em que me hei de apoiar, no meio dos meus desgostos, eu que estou velha, se me tirarem o meu Deus?

Seus olhos se encheram de lágrimas. Com as mãos trêmulas, continuou lavando a louça.

— Não nos compreendeu, mamãe — disse Pavel com suavidade.

— Desculpe-nos! — acrescentou Rybine em tom vagaroso, lançando um olhar risonho a Pavel. — Esquecia-me de que está muito velha para ser ainda tempo de lhe cortarem as verrugas!...

— Eu não falava, de maneira alguma, do Deus bom e misericordioso no qual a senhora acredita, mas sim daquele com que os padres nos ameaçam como se fosse um flagelo, e em nome do qual exigem que a grande maioria dos homens se submeta à vontade malévola de alguns.

— Exatamente! Isso é que é! — exclamou Rybine, batendo com o dedo na mesa. — Transformaram até Deus. Os nossos inimigos lançam mão de tudo quanto lhes sirva para nos abater. Recorde-se, Pélagué, que Deus criou o homem à sua imagem e semelhança e, portanto, parece-se com o homem, visto que o homem se parece com Ele. Nós, porém, não nos assemelhamos a Deus, mas sim aos animais selvagens... Na igreja, o que nos mostram em lugar de Deus é um espantalho. É necessário transformar Deus, purificá-lo! Revestiram-no de mentira e de calúnia, mutilaram o seu rosto para matarem a nossa alma...

Falava baixo, mas com espantosa nitidez; cada uma das suas palavras era para Pélagué um golpe doloroso. Sentiu-se assustada por aquela grande cara taciturna enquadrada numa barba negra, e o brilho sombrio dos seus olhos tornava-se insuportável para ela.

— Ah! Prefiro ir-me embora! — disse, sacudindo a cabeça. — Não tenho coragem de ouvir tais coisas... Não posso!

E fugiu para a cozinha, enquanto Rybine dizia:

— Vê, Pavel? Não é pela cabeça, mas sim pelo coração que se deve começar. O coração é um lugar da alma humana no qual não brota mais do que...

— Do que a razão! — concluiu Pavel com firmeza. — Apenas a razão poderá libertar o homem!

— A razão não dá o poder! — replicou Rybine, vibrante e obstinado. — É o coração que dá a força e não o cérebro!

Pélagué despira-se e deitara-se sem ter rezado! Tinha frio e sentia-se desconfortável. Rybine, que lhe parecera tão sensato, tão correto, a princípio, excitava-lhe agora uma reservada hostilidade.

"Herético! Agitador!", pensava, prestando o ouvido à voz sonora que saía com facilidade daquele peito amplo e forte. "Para que veio ele cá?!.."

E Rybine ia dizendo, tranquilo e firme:

— Um lugar santo não pode ficar vazio. O lugar onde Deus vive dentro de nós é atacado; se Ele cair da alma, ficará uma chaga! Ora, aí está! É preciso inventar uma fé nova, Pavel. É preciso criar um Deus justo para todos, um Deus que não seja juiz, nem guerreiro, mas sim amigo dos homens.

— E que outra coisa foi Jesus?! — exclamou Pavel.

— Espera!... Jesus!... Jesus não era firme de espírito... "Afasta de mim este cálice...", disse ele. E reconhecia o poder de César. Deus não pode reconhecer uma autoridade humana reinando sobre os homens, porque Ele é que é a onipotência! Ele não dividiu a sua alma numa parte divina e em outra humana e, como confirmou a sua divindade, não carece de coisa alguma humana. Jesus reconheceu também como legítimos o comércio e o casamento. Foi injustamente que condenou a figueira. Que culpa tinha ela da sua esterilidade? Não é por sua culpa que a alma não dá bons frutos. Fui eu que semeei nela o mal?

As duas vozes vibravam sem interrupção no quarto, como se se arrojassem uma à outra, combatendo-se em luta animada e apaixonada. Pavel ia e vinha, a passos largos, e o soalho rangia sob os seus pés. Quando falava, todos os sons se fundiam no ruído da sua voz; quando Rybine replicava, calmo, tranquilo, ouvia-se o tique-taque do pêndulo do relógio e o seco estalido da neve que roçava com as suas garras agudas nas paredes da casa.

— Vou lhe falar como autêntico foguista que sou: Deus parece-se com o fogo. É isso, sim! Não consolida coisa alguma, não o pode. Queima e funde, iluminando. Ilumina as igrejas, mas não as constrói. Vive no coração. Dizem: "Deus é o Verbo"; e o Verbo é o espírito.

— A razão! — emendou Pavel, obstinado.

— Isso! Portanto, Deus está no coração, e na razão, e não na igreja. E eis de onde vêm as desgraças, as dores, os infortúnios do homem; é que todos nós somos arrancados de nós mesmos! O coração é repelido pela razão e a razão foi-se! O homem não é uno. Deus une o homem em um todo, em um globo. Deus criou sempre coisas redondas; a Terra, as estrelas; tudo o que é visível, o que é agudo, foi o homem quem fez. Quanto à igreja, é o túmulo de Deus e do homem.

Pélagué adormeceu, não tendo ouvido sair Rybine.

Ele voltou a aparecer muitas vezes. Quando qualquer companheiro de Pavel estava na casa, o foguista sentava-se a um canto e continha-se em silêncio e, de tempos em tempos, dizia:

— Isso! Exatamente!

Uma vez, espraiou o negro olhar pelos outros visitantes, e disse, nada satisfeito:

— Deve-se falar do que é; o que será não sabemos nós. Quando o povo for livre, ele próprio verá o que tiver de melhor a fazer. Já lhe meteram na cabeça muitas coisas que ele não queria! Basta! Ele que examine! Talvez ele rejeite tudo, toda a vida e todas as ciências; talvez veja que tudo lhe é hostil, como, por exemplo, Deus e a igreja. Deem-lhe todos os livros, e ele responderá. Mas, para isso, seria necessário que ele compreendesse que quanto mais apertada é a coleira, mais penoso é o trabalho.

Quando Pavel e Rybine estavam a sós, punham-se logo a discutir, tranquilamente, por muito tempo. A mãe os escutava inquieta, seguia-os com o olhar silencioso, diligenciando compreender. Por vezes, parecia-lhe que ambos tinham cegado. Nas trevas, entre as paredes do pequeno quarto, os dois vagueavam de um lado para outro, como em busca de uma saída ou de uma luz; agarravam-se a tudo com as suas mãos vigorosas, mas inábeis; agitavam, revolviam tudo, deixando cair por terra coisas que depois espezinhavam. Batiam-se em tudo, pegavam e abandonavam em seguida, sem pressa, sem perder a esperança nem a fé.

Pélagué tinha se acostumado a ouvir palavras terríveis pela sua audácia; essas palavras já não a oprimiam com a mesma violência. Rybine não era simpático à mãe, mas a repulsa que a princípio lhe inspirava tinha desaparecido.

Uma vez por semana, Pélagué ia à cadeia levar roupa e livros a André; um dia obteve licença para vê-lo; e ao voltar para casa, contou enternecidamente:

— Continua sendo o mesmo. Amável para com todos. Todos brincam com ele. Parece que tem sempre o coração em festa. Sofre, mas não quer dar a perceber.

— E é assim que devem fazer todos! — replicou Rybine. — Todos estamos envolvidos em desgostos como em uma segunda pele... Respiramos desgostos... vestimo-nos de desgostos... Não temos de que nos gabar. Nem toda a gente tem os olhos furados, e muitos há que os fecham por conta própria... Quando se é tolo então, sim, não há remédio senão esperar o sofrimento...

Capítulo XII

A velha casa parda dos Vlassof atraía cada vez mais as atenções do bairro. Às vezes um operário aparecia por lá e, depois de ter olhado para todos os lados, cautelosamente, dizia a Pavel:

— Irmão, você que lê nos livros deve conhecer as leis. Portanto, me explica...

E contava qualquer arbitrariedade da polícia ou da administração da fábrica. Nos casos complicados, Pavel remetia o consultante, com palavras de recomendação, a um advogado conhecido e, quando podia, ele próprio dava conselhos.

Pouco a pouco, os frequentadores do bairro foram nutrindo um sentimento de respeito por aquele rapaz tão comedido, que falava de tudo com simplicidade e audácia, que raras vezes ria, que encarava e escutava todos os assuntos com atenção, metendo-se na embrulhada de qualquer negócio particular e descobrindo sempre o fio que ligava as criaturas umas às outras por milhares de nós tenazes.

Pélagué via ampliar-se a influência do filho, começava a apreender o sentido dos trabalhos de Pavel e, quando o compreendia, invadia-a uma alegria infantil.

Pavel tornou-se maior na opinião pública por ocasião da história do "*kopeck** do pântano".

Um grande pântano com pinheiros e bétulas cercava a fábrica como um fosso infecto. No verão, emanava dele uma névoa amarelada e opaca, além de nuvens de mosquitos que se espalhavam no bairro, produzindo febres. O pântano pertencia à fábrica; o novo diretor, querendo tirar partido dele, concebeu o projeto de esgotá-lo, extraindo-lhe ao mesmo tempo o nateiro. Essa operação, disse aos operários, tornaria salubres as circunvizinhanças e melhoraria as condições de vida a todos; portanto, ordenou que fosse descontado um *kopeck* de cada rublo nos salários, quantia que seria destinada ao saneamento do pântano.

Entre os operários houve agitação; irritava-os principalmente o fato de não reverter para os empregados o imposto.

No sábado em que foi publicada a decisão do diretor, Pavel estava doente e não fora trabalhar, nada sabia. Na manhã seguinte, depois da missa, o fundidor Sizof, um bom velho, e o serralheiro Makhotine, homem alto, muito irascível, foram à casa dele para lhe dizer o que se passava.

— Os mais velhos dentre nós se reuniram — disse rudemente Sizof. — Discutimos. Os nossos companheiros mandaram-nos cá para perguntarmos a você, visto ser um homem de espírito lúcido, se há alguma lei que permita ao diretor extinguir os mosquitos à nossa custa.

— Note — acrescentou Makhotine, revolvendo os olhos — que há quatro anos aqueles ladrões coletaram nosso dinheiro para construir um estabelecimento de banhos... Foram recolhidos 3.800 rublos. Cadê esse dinheiro? E o estabelecimento?

Pavel explicou que o imposto era injusto, que a fábrica tiraria uma grande vantagem do projeto. Assim os dois operários retiraram-se com ares de poucos amigos. Depois de os haver acompanhado até a porta, Pélagué disse sorrindo:

---

* *Kopeck*: moeda de cobre, a centésima parte do rublo. (N.E.)

— Vêm então os velhos à sua casa aprender com você, Pavel!...

Sem responder, o rapaz sentou-se e começou a escrever, preocupado. Decorridos instantes:

— Peço-lhe que vá imediatamente à cidade e entregue este bilhete...

— É coisa arriscada?

— Sim. É para onde imprimem o nosso jornal. Essa história do *kopeck* deve aparecer, sem falta, no próximo número.

— Está bem! Está bem! — respondeu ela, vestindo-se às pressas. — Eu vou.

Era o primeiro recado importante de que o filho a encarregava. Sentia-se feliz por ver que ele dizia francamente do que se tratava, e por poder ser-lhe útil na sua obra.

— Compreendo, Pavel! É um roubo. Como se chama ele? Iégor Ivanovitch, não?

Regressou de noite, já tarde, fatigada, mas satisfeita.

— Vi a Sachenka. Manda-lhe recomendações. Como é divertido o Iégor! Sempre de brincadeira!...

— Fico feliz que ele seja do seu agrado.

— Que simplicidade de gente! São tão simpáticas as pessoas simples!... E olhe que todos eles estimam muito você.

Na segunda-feira, Pavel não pôde ir à fábrica, doía-lhe a cabeça. Mas ao meio-dia, Fédia Mazine apareceu-lhe em grande excitação, radiante, e participou esbofado:

— Toda a fábrica está em revolta! Mandaram-me vir à sua procura. Sizof e Makhotine dizem que você explicará a coisa melhor que os outros. Se você visse o que está havendo por lá!

Pavel vestiu-se em silêncio.

— As mulheres estão reunidas e fazem uma gralhada!...

— Vou também! — disse Pélagué. — Você não está bom, talvez seja perigoso... Os outros para que servem então? Eu irei...

— Vamos! — disse Pavel simplesmente.

Saíram rapidamente, em silêncio. Pélagué, ofegante e comovida, pressentia que fosse algo grave. À entrada da fábrica, uma multidão de mulheres berrava e discutia. Pélagué via que todos os rostos estavam voltados para o mesmo lado, para a parede das forjas. Ali, Sizof, Makhotine, Valof e mais cinco operários influentes e idosos tinham trepado num montão de velhas ferragens. Seus gestos violentos se destacavam diante do fundo de tijolos avermelhados.

— Aí vem o Vlassof! — gritou alguém.

— Vlassof! Tragam-no cá!

Levaram Pavel, de roldão. Pélagué ficou só.

— Silêncio! — ordenaram muitas vozes a um só tempo.

Próximo a Pélagué ouviu-se a voz monótona de Rybine:

— Não é pelo *kopeck* que se deve mostrar resistência, mas sim pelo princípio da justiça. Não é o *kopeck* o que nos custa, não é mais redondo que os outros, mas é para nós mais pesado: há nele mais sangue humano do que num só rublo do diretor!

Essas palavras caíam sobre a multidão com energia e provocavam ardentes exclamações:

— É verdade! Bravo, Rybine!

— Silêncio, seus diabos!

— Tem razão, foguista!

— Olhem o Vlassof!

As vozes confundiram-se num turbilhão tumultuoso, abafando o ruído surdo das máquinas e os suspiros do vapor. De toda a parte corria gente que começava a discutir, agitando os braços, excitando-se mutuamente com palavras febris e cáusticas. A irritação que dormia nos peitos fatigados despertava; escapava dos lábios e tomava o voo, triunfante. Acima da multidão pairava uma nuvem de poeira e ferrugem; os rostos cobertos de suor estavam em fogo, vertiam lágrimas negras. No fundo sombrio das fisionomias, brilhavam os olhos e os dentes.

Afinal, Pavel apareceu ao lado de Sizof e de Makhotine; ouviram-
-no gritar:

— Companheiros!

Pélagué viu que o filho estava pálido e que os seus lábios tremiam; involuntariamente, quis avançar, abrindo caminho à força; mas disseram-
-lhe com maus modos:

— Ó, velha, fique quieta onde está!

Empurraram-na. Mas ela não desanimou; com os ombros e os cotovelos afastava toda a gente, e aproximava-se do filho, pouco a pouco, impelida pelo desejo de ficar a seu lado.

Pavel, depois de haver soltado frases a que costumava dar um sentido profundo, sentiu as goelas apertadas pelo espasmo resultante da grande alegria de combater. Invadiu-o o desejo de entregar-se à força da sua crença, de arrojar àquela gente o seu coração consumido pelo ardente sonho da justiça.

— Companheiros! — repetiu, dando a essa palavra todo o entusiasmo e vigor. — Somos nós que construímos as igrejas e as fábricas, que fundimos o dinheiro, que forjamos os grilhões... Somos nós a força viva que nutre e diverte o mundo inteiro, desde que nascemos até a morte...

— Isso! Isso! — exclamou Rybine.

— Sempre e em toda a parte, somos os primeiros no trabalho, enquanto nos atiram para os últimos lugares na vida. Quem se preocupa conosco? Quem nos quer bem? Quem nos considera como homens? Ninguém!

— Ninguém! — repetiu uma voz como se fosse um eco.

Senhor de si, Pavel passou a falar com mais simplicidade e mais calma. A multidão avançava lentamente para ele, como um corpo sombrio de mil cabeças. Olhava para o rapaz com centenas de olhos atentos, respirava as suas palavras. O ruído decrescia.

— Não teremos melhor quinhão enquanto não nos sentirmos solidários, enquanto não formarmos uma única família de amigos, estreitamente ligados pelo mesmo desejo: o de lutarmos pelos nossos direitos.

— Entre no assunto! — disse uma voz perto de Pélagué.

— Não interrompam! Calem-se! — replicaram de vários pontos.

Quase todas aquelas caras tinham uma expressão da incredulidade costumeira; poucos olhares estavam fixados em Pavel com gravidade.

— É um socialista, mas não tem nada de tolo! — disse um.

— É um revolucionário! — acudiu outro.

— Como fala com coragem! — disse um operário de grande porte, com apenas um olho bom, que empurrava a mãe pelo ombro.

— Companheiros! Chegou o momento de resistirmos à força ávida que vive do nosso trabalho; chegou o momento de nos defendermos. Deve cada qual compreender que ninguém virá em nosso auxílio, senão nós mesmos. "Um por todos, todos por um" deverá ser a nossa lei, se quisermos vencer o inimigo.

— Ele diz a verdade, irmãos! — exclamou Makhotine. — Escutem a verdade!

E, com um gesto, ergueu o punho cerrado.

— É indispensável mandar chamar o diretor, imediatamente! — continuou Pavel. — É preciso perguntar-lhe...

De súbito, parecia que um furacão caíra sobre todo o povo. Toda aquela massa de gente ondeou como o oceano sob uma rajada: dezenas de vozes berravam ao mesmo tempo:

— Venha o diretor!

— Ele que se explique!

— Vão buscá-lo!

— Mandemos delegados!

— Não!

Tendo conseguido chegar à frente, Pélagué olhava para o filho, sentindo-se dominada por ele. Estava repleta de orgulho: o seu Pavel, no meio dos velhos operários mais queridos, sendo escutado e apoiado por toda a gente!... Admirava o seu sangue-frio, a sua simplicidade e o seu falar sem raiva nem injúrias, como era o dos outros.

As exclamações, os gritos de revolta, os xingamentos choviam como uma saraivada grossa em telhados de zinco. Pavel encarava a multidão, e parecia procurar o que quer que fosse entre os grupos.

— Delegados!

— Fale o Sizof!

— O Vlassof!

— O Rybine que tem uns dentes terríveis!

Afinal, escolheram Pavel, Sizof e Rybine para porta-vozes, e iam mandar chamar o diretor, quando de repente se ouviram algumas hesitantes exclamações:

— Vem aí, sem ser chamado...

— O diretor...

— Ah!... Ah!...

A multidão abriu caminho a um figurão alto, seco, de rosto comprido e barba pontiaguda.

— Com licença! — dizia, afastando o povo com um movimento ligeiro, mas sem lhe tocar. Tinha os olhos semicerrados e, como experiente em lidar com os homens, ia observando as fisionomias dos operários. Estes se inclinavam, tiravam o boné, cumprimentando-o. Ele não respondia a essas demonstrações de respeito, semeava o silêncio e o constrangimento por onde passava: sentia-se já, sob os sorrisos contrafeitos e o tom abafado das palavras, algo como o arrependimento da criança, convencida de ter feito uma tolice.

O diretor passou por Pélagué, lançou-lhe um olhar severo e parou junto do montão de ferragens. De cima, alguém estendeu-lhe a mão: não a aceitou. Com um movimento vigoroso e ágil, subiu, ficou à frente e perguntou em tom frio e autoritário:

— Que significa esta reunião? Por que abandonaram o trabalho?

O silêncio foi completo por alguns instantes. As cabeças dos operários balançavam como espigas. Sizof agitou o boné, encolheu os ombros e baixou a cabeça.

— Respondam! — berrou o diretor.

Pavel abeirou-se a ele e disse-lhe em voz alta, apontando para Sizof e Rybine:

— Nós três fomos encarregados pelos nossos companheiros de exigir que reconsiderasse a sua resolução relativa ao desconto do *kopeck*.

— Por quê? — perguntou o diretor sem olhar para Pavel.

— Porque reputamos injusto este imposto! — replicou com voz sonora.

— Portanto, veem no meu projeto o desejo de explorar os operários, e não o cuidado de melhorar a sua existência, não é verdade?

— Exato!

— E o senhor também? — perguntou, dirigindo-se a Rybine.

— Somos todos da mesma opinião.

— E o senhor? — perguntou ainda, voltando-se para Sizof.

— Eu cá... também lhe peço que não nos tire o nosso *kopeck*.

E baixando outra vez a cabeça, sorriu, contrafeito.

O diretor passou vagarosamente o olhar pela multidão e encolheu os ombros. Em seguida, olhou perscrutadoramente para Pavel e disse:

— O senhor é, segundo creio, um homem instruído. Não compreende todas as vantagens da minha medida?

Pavel respondeu distintamente:

— Ninguém deixaria de compreendê-las, se a fábrica esgotasse o pântano à sua custa.

— A fábrica não trata de filantropias! — replicou. — Ordeno-lhes a todos que voltem imediatamente para o trabalho.

E preparou-se para descer, tateando cautelosamente os ferros com a ponta da bota, sem olhar para ninguém.

Ouviu-se um rumor de desaprovação.

— Que é isso? — perguntou o diretor, parando.

Calaram-se todos; apenas, a distância, replicou uma única voz:

— Que trabalhe você!

— Se dentro de quinze minutos não voltarem para o trabalho, serão todos multados! — declarou secamente.

E seguiu o seu caminho por entre a multidão, enquanto atrás dele se ia levantando um murmúrio surdo. Quanto mais ele se afastava, mais o ruído se intensificava.

— Vá então falar com ele!

— São então estes os nossos direitos! Estupor de sorte!

Dirigiram-se a Pavel, gritando:

— Olá, jurisconsulto! Que devemos fazer agora?

— Enquanto se tratou de falar, você falou: mas ele apareceu e mudaram os ventos!

— Então, Vlassof! Que fazemos?

As perguntas eram cada vez mais insistentes. Pavel respondeu enfim:

— Companheiros, proponho que abandonem o trabalho até que o diretor renuncie ao injusto desconto.

Vozes excitadas ressoaram.

— Você julga que somos bestas?

— É o que se deve fazer!

— A greve?!

— Por causa de um *kopeck*?!

— Pois façamos a greve!

— Vamos todos para o olho da rua!

— E quem trabalharia?

— Encontrariam outros operários!

— Onde? Traidores?!

Capítulo XIII

Pavel desceu e colocou-se ao lado da mãe. Em volta, todos começaram a falar ruidosamente, a discutir, a agitarem-se, gritando.

— Não se fará a greve! — disse Rybine, aproximando-se de Pavel. — O povo, embora seja sovina em se tratando de dinheiro, é muito covarde. Não encontrará mais de trezentos que tenham opinião igual à sua. Não se pode revolver semelhante esterco só com uma forquilha.

Pavel ficou silencioso. Diante dele, a multidão com sua enorme cara negra movia-se a observá-lo como se ele lhe tivesse feito uma exigência. O seu coração pulsava violento. Parecia-lhe que as suas palavras tinham desaparecido sem deixar vestígios naqueles homens, tais como gotas de chuva tênue, esparsas em terreno gretado por uma longa estiagem. Uns após os outros, os operários aproximaram-se dele, felicitaram-no pelo seu discurso, mas duvidavam do êxito da greve, e lamentavam que o povo não compreendesse nem a sua própria força nem os seus interesses.

O sentimento da desilusão apoderava-se de Pavel, que também já não acreditava na sua força. Doía-lhe a cabeça, sentia-se vazio! Antes, nos momentos em que fantasiava o triunfo da verdade que tão querida lhe era, o entusiasmo de que se enchia o seu coração dava-lhe vontade de chorar. E agora, tendo exprimido a sua fé diante do povo, aparecera-lhe fraca, impotente, incapaz de tocar quem quer que fosse.

Acusava-se a si próprio; tinha a impressão de haver adornado o seu sonho com vestimentas sem forma, sombrias e míseras, e que por isso ninguém lhe descobrira a beleza.

Voltou para casa triste, fatigado. A mãe e Sizof seguiam-no.

— Você fala bem — dizia Rybine —, mas não chega ao coração. É o que é! Precisa-se lançar a faísca até o fundo dos corações. Não será pela razão que os captará. É calçado muito fino e muito apertado para o povo: não lhe serve nos pés. E ainda que servisse, o sapato ficaria surrado em pouco tempo!

Sizof dizia a Pélagué:

— Chegou o momento de nós, os velhos, irmos a caminho do cemitério! Levanta-se um povo novo. Como temos vivido? Arrastando-nos de joelhos, constantemente curvados para a terra. E hoje não se sabe ao certo se há consciência do que se faz ou se o caminho novo é mais errado que o nosso... Em todo o caso, os de hoje não se parecem conosco. Vejam lá: os novos falando ao diretor como de igual para igual!... Ah, se o meu filho fosse vivo!... Até a vista, Pavel Mikhailovitch... Você é um rapaz corajoso, toma a defesa do povo... Queira Deus que você encontre o bom caminho e a boa saída... Deus queira!

E foi-se.

— Pois, que todos morram! — resmungou Rybine. — Já agora não são homens, são uma argamassa, boa apenas para tapar as fendas das paredes! Reparou, Pavel, nos que mais gritavam para que você fosse designado como nosso delegado? Eram os que dizem que você é um revolucionário, um perturbador. Ora, aí tem! Pensaram que você seria expulso da fábrica: era isso o que eles queriam.

— Sob o seu ponto de vista, tem razão.

— Os lobos também têm as suas razões quando se despedaçam uns aos outros.

Rybine estava rabugento e a voz tremia.

— Os homens não têm confiança na palavra nua e crua... É preciso mergulhá-la no sangue.

Durante o dia todo, Pavel sentiu-se desgraçado, como se tivesse perdido alguma coisa e pressentisse a sua própria perda sem compreender no que ela consistiria.

De noite, quando a mãe já dormia e ele ainda estava lendo na cama, a polícia voltou para revolver, raivosamente, toda a casa, o pátio e o sótão. O oficial amarelento portou-se como da primeira vez, de uma maneira ofensiva, sentindo prazer em acuar Pavel e a mãe. Assentada a um canto, Pélagué mantinha-se em silêncio, com o olhar fixo no rosto do filho. Este tentava ocultar a perturbação, mas quando o oficial ria os dedos do rapaz tremiam: a mãe percebia quanto ele estava sofrendo por não poder responder, à letra, aos gracejos do oficialzinho. Sentia-se menos assustada do que na primeira busca, mas era maior o seu ódio por aqueles visitantes noturnos, vestidos de cinzento, com esporas tilintantes.

Pavel conseguiu dizer-lhe baixinho:

— Vão levar-me.

Baixando a cabeça, ela respondeu:

— Percebo...

Compreendia: iam metê-lo na cadeia pelas frases que dirigira aos operários. Mas estes tinham apoiado, e todos iriam tomar a defesa de Pavel, que só por pouco tempo ficaria preso.

Tinha vontade de chorar, de abraçar o filho; mas ao seu lado o oficial observava-a com olhar malévolo e um lábio trêmulo que fazia os bigodes mexerem, e Pélagué sentiu que aquele homem esperava com alegria que ela se desfizesse em lágrimas, em súplicas, em lamentações. Reunindo todas as suas forças, falando o menos possível, apertou a mão do filho e disse em voz baixa, retendo a respiração:

— Até a vista, Pavel. Leva consigo tudo que precisa?

— Levo. Não se preocupe.

— Vá com Deus.

Quando o levaram, a mãe se deixou cair em um banco e soluçou docemente com as pálpebras abaixadas. Encostada à parede, como seu marido fazia outrora, torturada pela angústia e pelo sentimento da sua impotência em semelhante transe, chorou durante muito tempo, fazendo passar às lágrimas a dor do seu coração ferido. Via na sua frente, como se fosse uma mancha imóvel, uma fisionomia amarela, de bigode delgado, olhos apertados, aspecto feliz. No seu peito contorciam-se, como em negro redemoinho, o desespero e a cólera contra quem roubava um filho à sua mãe, só porque ele procurava a verdade.

Fazia frio: as gotas de chuva batiam nas vidraças, ao longo das paredes deslizava qualquer coisa: parecia que, nas trevas, silhuetas pardas, de grandes caras avermelhadas sem olhos, e de braços compridos, rondavam, espiando. E as suas esporas tilintavam fracamente.

"Seria melhor que me tivessem levado também!", pensou.

O apito da fábrica soou, dando ordem de começar o trabalho. Naquela manhã, foi um apito vago e hesitante. A porta abriu-se, Rybine entrou. Aproximou-se de Pélagué e limpando as gotas de chuva que se lhe haviam espalhado pela barba, perguntou:

— Levaram-no?

— Sim. Malditos!

— Que coisa! A mim, revistaram-me, rebuscaram tudo... Injuriaram-me... mas afinal não me prenderam. Com que, então, levaram o Pavel? O diretor deu o sinal, a polícia obedeceu, e aqui está como se prende um homem! Entendem-se bem uns com os outros, como os gatunos nas feiras. Uns encarregam-se de ordenhar o povo, enquanto outros o seguram pelo focinho.

— Devem tomar a defesa do Pavel! — exclamou ela, erguendo-se.

— Foi por causa de todos que ele se comprometeu.

— Mas quem deve tomar essa defesa?

— Todos vocês!

— Que ideia! Não conte com isso! Foram precisos milhares de anos para reunir a sua força. Cravaram-nos um sem-número de pregos no coração... Como seria possível ajuntarem-nos de súbito? Necessitamos primeiro de arrancar os nossos espinhos de ferro... São esses espinhos que impedem o nosso coração de se reunir em uma massa compacta.

E, com um risinho, foi-se lentamente. As suas palavras cruéis e desesperadas tinham aumentado o desgosto de Pélagué.

— Podem matá-lo, torturá-lo.

E imaginou o corpo do filho crivado de pancadas, despedaçado, ensanguentado; e, como uma camada de argila gelada, o medo que tomou seu coração era sufocante. A luz fazia-lhe mal aos olhos.

Não acendeu o fogão, não preparou o jantar, não tomou o chá; só muito tarde, à noite, comeu um pouco de pão. Quando se deitou, reconheceu que nunca na sua vida se sentira tão humilhada, tão isolada, tão nua. Nos últimos anos acostumara-se a viver na constante expectativa de alguma coisa importante, feliz. Em torno dela, a gente nova movia-se ruidosa e decididamente, dominada pelo seu filho de rosto grave, seu filho, o senhor e o criador daquela vida cheia de inquietação, mas boa. E naquele momento em que já não o via, tudo tinha desaparecido.

Capítulo XIV

O dia passou lentamente, seguido de uma noite sem sono. O dia seguinte pareceu-lhe ainda mais comprido. Esperava não sabia o quê, mas ninguém veio. Caiu a tarde, depois a noite. A chuva glacial tombava roçando pelas paredes, o vento soprava pela chaminé. O madeiramento da casa rangia. A melodia melancólica e dolorosa das gotas caindo no telhado, como de lágrimas, enchia o ambiente.

Bateram de manso à vidraça. Pélagué estava acostumada a este sinal; não se assustou; estremeceu como se lhe tivessem despertado bondosamente o coração. Vaga esperança fê-la levantar-se de pronto. Atirando um xale sobre os ombros, abriu a porta. Samoilof entrou, seguido de outra pessoa que ocultava a cara na gola erguida da capa; tinha o boné caído sobre os olhos.

— Nós a acordamos? — perguntou Samoilof sem mais cumprimentos. Fora do costume, o seu ar não era tranquilo.

— Não; eu não estava dormindo.

E olhou interrogativamente para os recém-chegados.

Com um suspiro rouco e profundo, o outro retirou o boné e estendeu à mãe uma mão grande, de dedos gordos.

— Boa noite, mãezinha! Não me reconheceu? — disse-lhe amigavelmente como a um velho conhecido.

— Ora?! — exclamou ela com alegria. — Iégor Ivanovitch! O senhor?!

— Eu sim! — respondeu, inclinando a cabeça.

Tinha o cabelo comprido como um menino de coro. Iluminava-lhe a fisionomia um sorriso de bondade; os seus olhos pardos fitavam Pélagué com expressão carinhosa. Assemelhava-se a um samovar, com o seu corpo redondo, o pescoço grosso e os braços curtos. A pele da cara reluzia. Respirava ruidosamente, seu peito vibrava e roncava, sem mostrar razão.

— Vão para aquele quarto; eu vou me vestir! — propôs ela.

— Temos o que lhe dizer! — respondeu Samoilof, preocupado e olhando-a de soslaio.

Iégor passou para o cômodo ao lado, dizendo:

— Mãezinha, esta manhã um dos nossos amigos saiu da cadeia, onde esteve três meses e onze dias. Viu por lá o pequeno russo e Pavel, que lhe enviam muitas recomendações; seu filho pede-lhe que não se apoquente por causa dele, e manda-lhe dizer que, no caminho que ele escolheu, a cadeia é o lugar que serve para o descanso; assim o resolveram as nossas autoridades sempre interessadas pelo nosso bem-estar... Vamos agora ao que importa: sabe quantas pessoas foram presas ontem?

— Não. Pavel não foi o único?

— Foi o quadragésimo nono... — declarou Iégor tranquilamente. — Espera-se que ainda sejam presos mais uns dez... Entre outros, este cavalheiro aqui presente.

— Eu mesmo! — disse Samoilof, sombrio.

Pélagué respirava mais facilmente.

— Não está, então, sozinho!...

Quando acabou de vestir-se, passou ao outro quarto, sorrindo, bem-disposta.

— Não os conservarão presos por muito tempo, se eles são muitos.

— Diz bem! — concordou Ivanovitch. — E se conseguirmos torcer o jogo dos nossos adversários, não terão adiantado mais do que antes. Se deixarmos de propagar agora os nossos folhetos, os patifes da polícia notarão o caso, e perceberão que a propaganda era feita pelo Pavel e pelos camaradas, agora seus companheiros na cadeia.

— Como? Não percebo...

— Nada mais simples, mãezinha. — respondeu Ivanovitch com doçura. — Às vezes a gente da polícia chega a raciocinar com acerto... Pense comigo: enquanto Pavel estava em liberdade, havia folhetos e brochuras. A partir do momento em que foi preso, acabam-se as brochuras, acabam-se os folhetos! Logo, era ele o responsável pelo material. Assim, os policiais vão acabar com todo mundo. Eles adoram destruir as pessoas.

— Percebo!... — murmurou ela tristemente. — Que fazer? Ah! Deus do céu!

A voz de Samoilof veio da cozinha:

— Diabos me levem! Prenderam quase todos os nossos! É preciso continuar a trabalhar como antes, não só pela nossa causa, mas também para salvar os companheiros.

— E ninguém para ajudar!... — Iégor suspirou. — Temos folhetos magníficos... Fui eu mesmo que os fiz. Mas como introduzi-los na fábrica? Eu cá não sei.

— Agora toda a gente é revistada à entrada... — explicou Samoilof.

Pélagué adivinhava que lhe queriam alguma coisa.

— Então que fazer? — perguntou vivamente.

Samoilof parou e perguntou:

— Pélagué Nilovna, conhece a comerciante Korsounova?

— Conheço. Por quê?

— Fale-lhe. Talvez ela se encarregue dos nossos folhetos.

Ela ergueu logo o braço num movimento negativo.

— Ah, não! É uma tagarela! Não! Saberiam logo que fui eu... que foi coisa vinda da nossa casa... Não!

E de súbito iluminada por uma ideia repentina, exclamou com alegria:

— Me deem os folhetos! Eu acho um meio... Deixem isso por minha conta! Pedirei a Maria que me tome ao seu serviço. Tenho que trabalhar, se quiser comer. Levarei também os jantares à fábrica, aos operários... Deixem isso por minha conta.

Com as mãos coladas ao peito, ela afirmou a seus visitantes que saberia agir sem ser descoberta, encerrando com uma exclamação triunfante:

— Ah! Hão de ver que, mesmo com Pavel na cadeia, a sua mão os atinge!

Os três se sentiam de novo animados. Iégor sorria, esfregando as mãos e dizendo:

— Bravo, mãezinha! Se soubesse como isso lhe fica bem! Como é para entusiasmar!

— Se for bem-sucedida, me sentirei tão feliz na cadeia como se estivesse sentado em uma cadeira estofada! — declarou Samoilof, rindo.

— É um tesouro, mãezinha! — exclamou Iégor, fanhosamente.

Pélagué sorriu. Era simples: se conseguisse introduzir na fábrica os folhetos, diriam que não era Pavel quem os distribuía. Sentindo-se capaz de desempenhar tal compromisso, Pélagué estremecia jubilosa.

— Quando for visitar o Pavel, diga-lhe que ele tem uma boa mãe!

— Hei de vê-lo mesmo antes do dia da visita! — prometeu Samoilof, sorrindo.

— Diga-lhe abertamente que hei de fazer quanto for necessário. Que ele fique sabendo!

— E se Samoilof não for preso, como há de sabê-lo? — perguntou Iégor.

— Paciência! Temos que nos resignar!

E ambos desataram a rir. Quando ela compreendeu a sua tolice, riu também, mas um tanto constrangida.

— Quando olhamos para os nossos, não vemos bem os que ficam por trás... — murmurou ela, a se justificar.

— É natural! — concordou Iégor. — A propósito de Pavel: não se inquiete nem se entristeça. Há de sair da cadeia ainda melhor do que quando para lá entrou. Lá a gente descansa, a gente aprende; coisa que não tem tempo de fazer em liberdade. Estive preso três vezes, o que não foi nada agradável. Mas meu coração e minha mente aproveitaram cada uma das vezes...

— Custa-lhe respirar... — disse Pélagué, olhando para ele afetuosamente.

— Por motivos especiais... — respondeu, levantando um dedo para o ar.

— Portanto, está combinado, mãezinha. Amanhã trazemos-lhe o que sabe, e outra vez entrará em movimento a roda que aniquila as trevas seculares. Viva a liberdade da palavra, mãezinha! E viva o coração materno! Até amanhã!

— Até amanhã! — disse também Samoilof apertando com força a mão de Pélagué. — Eu não posso dizer uma palavra disso tudo a minha mãe.

— Todos acabarão por compreender — disse ela para ser gentil. — Todos.

Quando saíram, Pélagué fechou a porta e, ajoelhando-se no meio do quarto, pôs-se a rezar, ao ruído da chuva. Rezou sem soltar dos lábios uma só palavra; era como um pensamento muito longo e intenso; rezou por todos aqueles que Pavel associara à sua vida. Via-os passar entre ela e as imagens dos santos; eram simples, tão extraordinariamente próximos uns dos outros, e tão isolados na vida.

Logo muito cedo, foi à casa de Maria Korsounova.

A ruidosa comerciante, com o vestido engordurado como sempre, acolheu-a compassivamente:

— Está triste? — perguntou, batendo-lhe com a mão no ombro. — Console-se! Agarraram-no, levaram-no? Grande coisa! Que mal há nisso?

Antes metiam uma pessoa na cadeia quando roubava; agora é quando diz a verdade. Pavel talvez tenha dito coisas que não devesse, mas o fez para proteger seus companheiros. Todos entendem isso, não tenha medo. Sabemos que é um jovem corajoso, mesmo que não se diga. Gostaria de tê-la feito uma visita, mas me faltou tempo. Cozinho sem parar, vendo minha mercadoria e, contudo, sei que morrerei pobre. São meus homens que me sacrificam, aqueles patifes. Comem, comem, parecem baratas devorando um pedaço de pão. É só eu conseguir dez rublos e vem um deles me roubar o dinheiro. Pois sim! Que mau negócio é ser esposa! Que vida desgraçada. Se é difícil viver sozinha, pior é viver casada.

— Olhe, vim pedir-lhe que me aceite como ajudante... — disse Pélagué, pondo um dique à cachoeira de palavras dela.

— O quê?!

Mas quando a sua amiga lhe expôs todo o seu pensamento, meneou a cabeça em sinal de aprovação.

— Está certo. Lembra você quantas vezes me deu esconderijo quando meu marido andava à minha procura? Pois serei eu agora que a furto da miséria. Todos devem lhe oferecer ajuda, já que seu filho está pagando por um assunto que concerne a todos. É um rapaz corajoso, todos o sabem. A meu ver, essas prisões não trarão felicidade para a fábrica. Veja o que está acontecendo, minha cara. Os patrões acham que o homem pego não vai longe. No entanto, se dez aguardam o desenrolar dos acontecimentos, cem se enraivecem. É preciso se precaver em relação ao povo: ele suporta muita coisa. Mas um dia, explode.

As duas combinaram o acordo. No dia seguinte, na hora do jantar, a mãe de Pavel levava duas panelas de sopa preparada por Maria, enquanto esta se dirigia ao mercado.

Capítulo XV

Os operários logo notaram a velha. Alguns dirigiram-se a ela amigavelmente:

— Encontrou trabalho, Pélagué?

E a consolavam, afirmando-lhe que Pavel seria posto em liberdade dentro em breve, pois tinha esse direito. Outros comoviam o seu coração dolorido com prudentes palavras de compaixão; outros ainda xingavam abertamente o diretor e a polícia e despertavam nela um eco sincero. Havia também quem a olhasse com certa satisfação malévola; Isaías Gorbof, operário apontador, disse por entre dentes:

— Se eu governasse, mandava enforcar o seu filho, para lhe ensinar a não desnortear o povo.

Essas palavras a gelaram mortalmente. Não respondeu, lançou apenas um olhar àquele rosto coberto de sardas e baixou a fronte suspirando.

Percebia que havia no ar certa agitação; os operários ajuntavam-se em pequenos grupos, discutiam a meia-voz, mas animadamente; os contramestres, desconfiados, rondavam por toda a parte; de vez em quando, ouviam-se xingamentos e risos irritados.

Viu então dois guardas da polícia levarem Samoilof. Uns cem operários seguiram-no, injuriando ou troçando dos guardas.

— Vai dar um passeio, amigo? — gritou alguém.

— Honra seja ao nosso companheiro! — disse outro. — Dão-lhe uma escolta!...

E ressoou uma saraivada de pragas.

— Ao que parece, é menos rendoso agarrar os ladrões! — berrou muito irritado o vesgo. — Metem-se com gente de bem!

— Se ao menos isso fosse de noite! Mas qual! Esta canalha não tem vergonha da luz do dia!

Os guardas iam andando depressa e com ar carrancudo, buscando não ver nada, nem ouvir os insultos que de toda a parte lhes atiravam. Três operários avançaram para eles com uma barra de ferro, gritando:

— Cuidado, pecadores!

Quando passou diante de Pélagué, Samoilof abanou a cabeça, rindo e dizendo:

— Vão arrastando um humilde servo de Deus!...

Ela ficou silenciosa e curvou-se profundamente comovida pelo espetáculo daqueles rapazes honrados, inteligentes e modestos que iam para a cadeia com um sorriso nos lábios. Sem que desse por si, começava a nutrir uma compaixão e um amor maternal por aquela gente. E gostou de ouvir as palavras injuriosas contra os agentes; sentia ali a influência de seu filho.

Quando saiu da fábrica, passou o dia na casa de Maria, ajudando-a, dando atenção à sua tagarelice. Só tarde voltou para a sua casa vazia, fria e hostil. Por muito tempo vagueou de um canto para outro sem saber o que fazer nem onde se sentar. Estava inquieta vendo que Iégor ainda não viera como prometera.

Do lado de fora, caíam pesados flocos de uma neve outonal. Batiam nos vidros, deslizando silenciosamente até derreter e deixar seus rastros molhados. A mãe pensava em Pavel...

Como batessem cautelosamente à porta, correu logo a puxar o ferrolho: era Sachenka. Pélagué não a via desde muito tempo; chamou-lhe logo a atenção a gordura da moça.

— Boa noite! — disse, feliz de ter companhia, de não ficar sozinha uma parte da noite. — Há muito não a vejo. Tem estado muito longe daqui?

— Não. Na cadeia! — respondeu, sorrindo. — Ao mesmo tempo que o Nicolau Ivanovitch. Lembra-se dele?

— Como havia de esquecê-lo? Iégor me disse que o tinham posto em liberdade, mas de você não me falou, nem ele, nem ninguém.

— E para que serviria isso? Deixe-me despir antes que o Iégor venha.

— Está toda molhada!

— Trouxe os folhetos...

— Dê cá! Dê cá!

— Pronto!

Entreabriu a capa, sacudiu-a e logo caíram no chão pacotes de folhetos. Pélagué os apanhava, rindo.

— E eu, que ao vê-la tão roliça, imaginei que tivesse casado e esperasse um filho! Ah! Mas que quantidade trouxe! E veio a pé?

— Vim.

A jovem estava outra vez magra e esbelta. Pélagué notou-lhe as faces um tanto encovadas, e os olhos sombreados por fundas olheiras.

— Puseram-na na rua e, em lugar de ir repousar, faz uma caminhada de sete quilômetros com tudo isso em cima de você!...

— Assim era preciso. Diga-me: como está o Pavel Mikailovitch? Não lhe custou muito?...

Falava sem olhar para Pélagué, abaixando a cabeça para arrumar o cabelo com os dedos trêmulos.

— Não! — respondeu Pélagué. — Oh! Aquele não se trairá!

— Tem uma saúde de ferro, não é verdade? — perguntou ainda em voz baixa e ligeiramente trêmula.

— Nunca esteve doente. Ah! Como está tremendo!... Espere, vou tratar do chá; também tenho uma compota de framboesas...

— Não será mau! — disse Sachenka com um leve sorriso. — Mas para que há de ter esse trabalho? É tarde; deixe que eu faça o chá.

— Mas está tão fatigada!... — replicou em tom de censura; e pôs-se a acender o samovar.

Sachenka a seguiu até a cozinha, sentou-se em um banco e, ajuntando os dedos em cima da cabeça:

— Estou fatigada, estou. Apesar de tudo, a prisão esgota. Que maldita inação! Não há coisa mais penosa! A gente fica uma semana ou um mês e já sabe tudo o que se há para fazer lá... as pessoas esperam que a gente as ensine, a gente sabe que pode dar a elas o que se espera... mas a gente fica enjaulado como um animal feroz. É isso que amargura o coração.

— E quem lhe recompensará?... — Pélagué suspirou. Mas logo acrescentou: — Ninguém, senão Deus! Também... você não acredita nele, naturalmente...

— Não!

— E eu não acredito em você nem nos outros! — exclamou, animando-se de súbito.

Limpando no avental as mãos sujas de carvão, continuou com convicção profunda:

— Não compreendem a própria crença... Como pode alguém se dedicar a semelhante vida sem acreditar em Deus?

Sob o telheiro ouviram-se passos e o resmungar de alguém. Pélagué estremeceu; a moça se pôs logo de pé e disse baixinho:

— Não abra! Se for a polícia, diga que não me conhece... que bati a esta porta por engano... que entrei aqui por acaso, sofri uma síncope e você tirou a capa, descobrindo os folhetos. Entendeu?

— E para que hei de dizer isso? — perguntou enternecida.

— Espere!... Parece-me que é Iégor...

Era ele, a escorrer água, estafado:

— Ah! O samovar está pronto!... — exclamou. — É o que há de melhor neste mundo, mãezinha! Já está aqui, Sachenka?

Enchia a cozinha com os sons guturais da sua voz; tirou vagarosamente o casacão e continuou, sem retomar o fôlego:

— Ora, aí tem, mãezinha, uma moça muito desagradável para as autoridades! Como um dos carcereiros a tivesse insultado, declarou terminantemente que se deixaria morrer de fome se ele não lhe pedisse desculpa. E durante oito dias não comeu coisa alguma, estando em riscos de partir desta para melhor. É bonito, não acha? E que me diz da minha barriguinha?

Sacudiu o ventre postiço feito de maços de folhetos e passou para o quarto, fechando a porta.

— O quê? Pois esteve oito dias sem comer? — perguntou Pélagué, admirada.

— Se era indispensável que ele me pedisse desculpas!... — respondeu, com uma tremura de ombros, friorenta.

Tal calma e tal austera tenacidade provocaram na mãe algo como um sentimento de culpa.

"Pois é assim!", pensou ela.

Pélagué perguntou ainda:

— E se tivesse morrido?

— Estaria morta, naturalmente. Afinal, o homem acabou por pedir desculpa. Ninguém deve perdoar os ultrajes.

— Sim... mas nós, as mulheres, somos ultrajadas durante toda a vida...

— Pronto! Já larguei a carga! — informou Iégor, voltando ao cômodo. — O samovar está pronto? Se me dá licença...

Pegou nele, e o passando para o quarto:

— Meu pai bebia pelo menos vinte copos de chá por dia; por isso passou neste mundo setenta e três anos sossegadamente, sem nunca estar doente. Pesava mais de cem quilos e era sacristão da aldeia de Vosskressensky...

— É filho do padre Ivan? — perguntou Pélagué.

— Sim, senhora. Como o sabe?

— É que eu também sou de Vosskressensky!

— Então somos da mesma terra! Qual era seu nome de solteira?

— Séréguine... Éramos vizinhos...

— É a filha do Nile, o coxo? Não conheci eu outro figurão! Quantas vezes ele me puxou as orelhas!

Estavam de pé e riam no meio das perguntas. Sachenka, olhando para eles a sorrir, ia preparando o chá. O ruído da louça chamou Pélagué aos seus deveres.

— Desculpem. Começo a tagarelar e os esqueço. É tão agradável encontrar um conterrâneo...

— Eu é que peço desculpa de me servir primeiro... — disse Sachenka. — Mas já são onze horas e ainda tenho muito que andar.

— Aonde vai? Para a cidade?!

— Sim, para a cidade.

— Mas está chovendo, é noite e está cansada. Fique. O Iégor dorme na cozinha, e nós duas, aqui.

— Não! Realmente tenho que partir.

— É verdade, conterrânea; é necessário que esta menina desapareça. Aqui, todos a conhecem. E se amanhã a vissem na rua, seria mau.

— E vai embora sozinha?

— Vai! — disse Iégor com um risinho.

A moça serviu-se mais uma vez de chá, pegou um pedaço de pão de centeio, jogou um pouco de sal e comeu, observando com um ar pensativo Pélagué.

— Como conseguem? Natacha também! Eu teria medo de fazer isso — comentou a mãe.

— Mas ela também tem medo — comentou Iégor. — Não é verdade, Sachenka?

— Sim!

Pélagué lançou-lhe um olhar, murmurando:

— Como são corajosas!

Depois de ter tomado o chá, Sachenka apertou a mão de Iégor em silêncio e passou à cozinha seguida por Pélagué.

— Se vir o Pavel, dê-lhe muitas recomendações minhas — disse a jovem.

Tinha já a mão no fecho da porta quando, voltando-se rapidamente, perguntou:

— Deixa-me beijá-la?

Sem responder, Pélagué abraçou-a efusivamente.

— Obrigada! — disse Sachenka, a meia-voz.

E saiu, meneando a cabeça.

Ao voltar para o quarto, a velha olhou com ansiedade pelo canto da janela. Nas trevas espessas e úmidas caíam flocos de neve meio derretidos.

Vermelho e suando, Iégor sentara-se, com as pernas afastadas e soprando ruidosamente no chá. Sentia-se satisfeito.

A velha sentou-se também e olhando tristemente para ele, disse:

— Pobre Sachenka!... Como chegará ela ao fim do caminho?...

— Cansada! A cadeia serviu-lhe de provação... Ela era mais robusta antes. E, no mais, ela não foi criada na necessidade... acho que até já sofre do pulmão.

— Quem é ela?

— Filha de um proprietário rural. O pai é riquíssimo e... canalhíssimo. Naturalmente, mãezinha, já sabe que eles se amam deveras e querem casar.

— Quem?

— O Pavel e ela. É isto! Mas afinal não o conseguem. Quando ele está em liberdade, ela está na cadeia, e vice-versa.

— Não sabia, não... Pavel nunca fala de si.

E ainda mais se apiedou da moça.

— O senhor devia tê-la acompanhado! — Lembrou com certa hostilidade involuntária.

— Impossível — respondeu Iégor tranquilamente. — Tenho uma porção de coisas que fazer por cá, e para dar conta de tudo tenho de andar o dia inteiro. É uma ocupação muito desagradável quando somos asmáticos.

— Que bela menina! — exclamou, pensando vagamente no que Iégor lhe dissera.

Vexava-a ter sabido aquela notícia por outrem e não pelo filho; mordeu os lábios fortemente e abaixou as pálpebras.

— Sim! — disse Iégor. — Noto que ela lhe causa piedade. Faz mal! Se começa a ter piedade dos revoltados, como nós, não lhe chega o coração para todos. Francamente, ninguém tem boa vida... Há tempos, um dos meus companheiros regressou do exílio; quando chegou a Nijni, a mulher e o filho o esperavam em Smolensk, e quando ele chegou a Smolensk, eles já estavam presos em Moscou. Agora é a mulher que vai exilada para a Sibéria. Eu também tive mulher, e era uma excelente mulher, mas cinco anos desta vida bastaram para levá-la à cova.

Esvaziou de um gole seu copo de chá e continuou a contar. Relatou seus anos e meses de detenção e de exílio, falou de suas desgraças, da fome na Sibéria, dos massacres na prisão... A mãe o observava e o escutava, impressionada com a simplicidade calma com a qual ele discorria sobre aquela vida cheia de perseguições e torturas.

— Bem! Vamos agora ao nosso negócio...

Sua voz se transformou, a fisionomia tornou-se grave. Perguntou como imaginava ela poder introduzir na fábrica os folhetos, e Pélagué ficou surpreendida ao perceber que ele conhecia a fundo todos os meios para chegar ao desejado fim.

Depois de combinarem tudo, voltaram a falar da sua aldeia: enquanto Iégor gracejava, Pélagué ia percorrendo em pensamento o passado, que lhe parecia semelhante a um pântano com monótonos montículos, e com faias, pinheirinhos e bétulas brancas balançando mansamente ao vento nas pequeninas colinas. As bétulas cresciam muito devagar e depois de terem vivido cinco ou seis anos naquele solo pútrido e movediço, caíam e decompunham-se... A mãe considerava este quadro com indefinível e misteriosa mágoa. Na sua frente ergueu-se a silhueta de uma jovem de feições acentuadas e cheias de obstinação. Ia, sob os flocos de neve, fatigada e solitária... E seu filho estava encerrado num pequeno cômodo, cuja janela tinha grades de ferro... Talvez àquela hora ele não dormisse; pensava, por certo. Mas não estaria pensando em sua mãe, porque havia alguém que lhe era mais querido... Como uma nuvem de diversas cores e informe, avançavam para ela os dolorosos pensamentos, invadindo-lhe a alma com violência.

— Deve estar cansada, mãezinha! Vamos deitar! — disse Iégor, sorrindo.

Desejou-lhe boa-noite e passou à cozinha, caminhando com preocupação, o coração cheio de ardente amargura.

Na manhã seguinte, ao tomar o chá, Iégor lhe disse:

— E se a apanharem, e lhe perguntarem onde adquiriu os folhetos, que responde?

— "Isso não é da sua conta!"... Aqui está o que eu respondo.

— Isso não vai convencê-los. Justamente, eles estão certos de que o assunto é da conta deles, e sobre o assunto iriam interrogá-la demoradamente.

— Não direi uma palavra!

— Metem-na na cadeia!

— Que importa! Graças a Deus, terei ao menos servido para alguma coisa! A quem faço eu falta? A ninguém. E, segundo dizem, já não torturam os presos...

— Hum!... Não a torturarão. Mas uma boa mulher como a senhora deve ter cuidado consigo.

— Não é com vocês que se aprende isso.

Depois de ter dado alguns passos em silêncio, Iégor aproximou-se dela:

— É custoso, conterrânea! Sinto que lhe custa muito!

— Todos estamos sujeitos! — respondeu, com um gesto. — Talvez seja mais fácil para os que têm uma compreensão clara... Enfim, eu não compreendo bem, mas alguma coisa sei do que quer a nossa boa gente.

— E desde que sabe, mãezinha, é útil a todos, a todos! — declarou Iégor em tom grave.

Ela olhou-o e sorriu.

Pelo meio-dia, Pélagué, tranquila e importante, meteu um maço de folhetos no seio. Vendo a destreza com que ela os ocultava, Iégor deu um estalido com a língua e exclamou satisfeito:

— *Sehr gut!*, como dizem os alemães ao esvaziarem um barril de cerveja. A literatura não a transformou: continua sendo uma mulher como se quer! Que os deuses protejam a sua missão!

Meia hora depois, com o mesmo sangue-frio e curvada sob o peso da comida que levava para os operários, Pélagué chegava à porta da fábrica. Dois guardas, irritados pela troça das operárias com quem trocavam injúrias, apalpavam sem cerimônias todos os que entravam no pátio. Um agente de polícia passeava não distante dali bem como um homem de olhar vago, pernas curtas e cara vermelha. A velha observou este, de soslaio, enquanto passava o fardo para o outro ombro; adivinhava que ele era um espião.

Um rapaz alto de cabelos encaracolados, com o boné para a nuca, gritava aos guardas que o revistavam:

— Procurem na cabeça, e não nas algibeiras, seus diabos!

Um dos guardas respondeu:

— Você não é cara para ter na cabeça o que quer que seja... a não ser piolhos!

— Pois, nesse caso, os catem, que é trabalho digno de vocês!

O espião lançou-lhe um olhar mau e escarrou no chão.

— Deixem-me passar! — pediu Pélagué. — Não veem que a minha carga é pesada? Trago o corpo quebrado...

— Vá, vá, pode passar, mas não grite tanto! — respondeu o guarda grosseiramente.

Chegando ao seu lugar, Pélagué pôs no chão as panelas de sopa e olhou em volta, limpando o suor.

Dois serralheiros, os irmãos Goussef, vieram logo; o mais velho, Vassili, perguntou-lhe em voz retumbante, franzindo o cenho:

— Temos hoje empadas?

— Amanhã! — respondeu logo.

Eram as palavras convencionadas. A fisionomia dos dois homens abriu-se. Incapaz de se controlar, Ivan exclamou:

— Ah, como a senhora é boa!

Vassili agachou-se, observando uma das panelas, e ao mesmo tempo um macinho de folhetos deslizou-lhe para o peito.

— Ó, Ivan — disse em alto e bom som —, para que havemos de ir comer em casa? Jantemos aqui! — E meteu os folhetos nos canos das botas. — Deve-se proteger a nova comerciante.

— Você diz bem! — E desatou a rir.

Pélagué apregoava de vez em quando, continuando a olhar prudentemente em volta:

— Quem quer sopa? Aletria quente! Carne assada!

Pouco a pouco, ia tirando do seio mais folhetos, entregando-os cautelosamente aos dois irmãos. Sempre que isso acontecia, parecia-lhe ver de súbito o rosto do oficial da guarda à sua frente, como uma nódoa amarela, como a luz de uma candeia em um quarto escuro. E em pensamento ela lhe atirava estas palavras, repassadas de satisfação:

"Tome estes, tiozinho!"

E ao passar mais folhetos, pensava ainda:

"Anda! Tome mais estes!"

Quando os operários vinham, prato na mão, Ivan Goussef desatava a rir; a mãe interrompia a entrega, servia a sopa de repolho e a aletria. Os irmãos brincavam:

— Como ela é hábil, a mãe Pélagué!

— A miséria nos ensina a capturar até os ratos — comentou vagarosamente um foguista. — Apanharam aquele que lhe garantia o pão... Ah, canalhas! Agora, aletria por três *kopecks*... Coragem, mãe, tudo há de se arranjar!

— Obrigada pelas boas palavras — disse a mãe, sorrindo.

Ele murmurou ao se afastar:

— Não me custam muito essas palavras.

— Mas a quem dirigir essas boas palavras? — disse um ferreiro, rindo. E, com os ombros encolhidos, acrescentou: — Vejam a vida... não há ninguém a quem dirigir boas palavras, ninguém lhes é digno, não é mesmo?

Vassili Goussef levantou-se e, abotoando o casacão, exclamou:

— A comida estava quente e, mesmo assim, ainda sinto frio.

Foi-se embora. O irmão então levantou-se também e afastou-se, assoviando.

A mãe gritava, com um sorriso simpático:

— Quem quer sopa?! Aletria! Sopa de repolho!

Pensava em como contaria ao filho essa primeira experiência. O rosto amarelado do oficial, irritado e surpreso, surgia-lhe na mente a todo o momento. Os bigodes negros se agitando, o lábio superior contraído pela expressão de raiva e, abaixo dele, os dentes apertados, rangendo. Uma alegria no coração da mãe cantava como um passarinho; e, terminando sua tarefa, ela ainda pensava:

"Tome mais esta... tome!"

Capítulo XVI

Durante todo o dia, um sentimento novo para ela lhe ameigou a alma. À noite, concluído o seu trabalho, e quando estava tomando o chá, o tropel de um cavalo soou sob a janela, e se ouviu uma voz conhecida. Pélagué levantou-se, rápida, e correu à cozinha para abrir a porta: alguém avançava a passos largos. Sentiu-se perturbada, encostou-se ao umbral e empurrou a porta com o pé.

— Boa noite, mãezinha! — E duas mãos magras e compridas pousaram-lhe nos ombros.

Invadiu-a o desgosto da desilusão e ao mesmo tempo a alegria de tornar a ver o recém-chegado: André. E esses dois sentimentos fundiram-se em imensa onda ardente que a arrebatou, atirando-a de encontro ao peito do pequeno russo.

Este a abraçou com força; as mãos tremiam-lhe. Pélagué chorava brandamente, sem falar, enquanto André lhe acariciava os cabelos, dizendo-lhe com a sua voz sempre cantante:

— Não chore, mãezinha, não fatigue o seu coração! Dou-lhe a minha palavra de honra que em breve ele será posto em liberdade. Não têm nenhuma prova contra ele; os companheiros não deram com a língua nos dentes.

E envolvendo com os seus grandes braços os ombros de Pélagué, levou-a para o maior cômodo da casa. Ela se apertava contra ele com o movimento rápido e assustadiço de um esquilo; depois aspirou com sofreguidão as palavras de André:

— O Pavel manda-lhe muitas recomendações. Está bem de saúde e tão satisfeito quanto é possível. Na cadeia não se vive à larga. Foram presas mais de cem pessoas, aqui e na cidade; metem três ou quatro em cada cela. Nada se pode dizer da direção da prisão; não é gente má, estão todos exaustos. Os policiais precisam fazer de um tudo. Assim, não nos são muito severos; dizem a todo o momento: "Fiquem calmos, senhores, não arranjem problema... E tudo corre bem." Podemos conversar, compartilhar livros e comida. Que cadeia interessante! Está velha e suja, mas também doce e suave. Os criminosos comuns também são gente corajosa e nos ajudaram muito. Liberaram a mim, Boukine e outros quatro por falta de vagas. Em breve será Pavel, não há dúvidas. Vessoftchikof que deve permanecer mais tempo, pois estão muito irritados com ele. Injuria a todos, sem cessar. Os policiais têm-lhe horror. Acabará em julgamento, a menos que lhe espanquem. Pavel tenta acalmá-lo, dizendo: "Fique calado, Nicolau, para que injuriá-los? Não vão melhorar por causa disso." E ele grita: "Eu extinguirei essas pragas da Terra!" O Pavel porta-se muito bem; é firme e ao mesmo tempo comedido com todos. Garanto-lhe que dentro em pouco o põem na rua.

— Dentro em pouco!... — repetia ela, sorrindo. Ah, sim! Dentro em pouco!

— Verá! Vamos ao chazinho! Que tem feito nestes últimos tempos?

André a contemplava risonho, muito próximo do coração dela. Na profundeza azul dos seus olhos redondos brilhava uma espécie de estrela de amor e de tristeza.

— Quero-lhe muito, André! — exclamou com um longo suspiro; e ficou olhando para o rosto magro dele, coberto pela barba.

— Um pouquinho já me bastaria. Sei que me estima, sim. Tem uma grande alma, pode estimar a todos — respondeu, balançando-se na cadeira.

— Não! Quero-lhe muito em especial. Se ainda tivesse mãe, ela haveria de orgulhar-se de tal filho.

Ele meneou a cabeça, esfregou vigorosamente as mãos, e disse a meia-voz:

— Eu ainda tenho mãe... tenho... em alguma parte...

— Sabe o que eu fiz hoje?

E, com a voz trêmula de satisfação, contou vivamente como tinha conseguido meter os folhetos na fábrica.

A princípio ele esbugalhou os olhos, surpreso; depois bateu na testa com o dedo e exclamou, cheio de alegria:

— Oh! Mas isso é sério! O Pavel vai ficar radiante! Muito bem, mãezinha! Isso é tão útil para o Pavel como para os que foram presos com ele!

Fazia estalar os nós dos dedos, satisfeitíssimo, assobiava, balançava-se na cadeira. A sua alegria ecoava poderosamente na alma de Pélagué.

— Meu querido André — começou ela, como se seu coração tivesse sido aberto por uma correnteza de palavras iluminadas —, quando penso na minha vida!... Ah! Meu Deus! Para que tenho eu vivido? Para trabalhar e levar pancada! Não via mais ninguém senão o meu marido; não conhecia mais nada senão o medo. Não vi como o Pavel cresceu... nem mesmo sei se o amava enquanto meu marido era deste mundo. Todos os meus pensamentos, todos os meus cuidados, pertenciam a uma coisa única: alimentar aquele animal selvagem, para que andasse satisfeito e cheio, para que não se zangasse e me poupasse à pancada, uma vez ao menos. Mas não me recordo de que ele compreendesse isso. Batia-me com tal violência, que parecia estar castigando não a sua mulher, mas sim aqueles com quem andava irritado. Assim vivi vinte anos. Do que foi antes de casar já nem me lembro. Quando tento recordar-me, nada vejo; é como se estivesse cega. Com o Iégor Ivanovitch, somos da mesma aldeia, conversei ultimamente a respeito destes e daqueles... recordava-me das casas, revia as pessoas, mas não me lembrava da maneira como viviam, o que diziam e o que lhes acontecera. Lembro-me dos incêndios, de dois incêndios... O meu marido me bateu tanto que arrancou de mim todas as recordações. A minha alma era completamente fechada; tornou-se depois cega e muda.

Resfolegou por um longo tempo, como um peixe fora d'água, curvou-se para a frente, e continuou:

— Quando ele morreu, agarrei-me ao meu filho, que começou a se preocupar com essas coisas... Foi então que tive compaixão dele. "Como hei de viver sozinha, se ele morrer?", perguntava a mim mesma. Quantos receios! Quantas angústias! Meu coração despedaçava-se quando pensava na sorte do Pavel!

Calou-se por instantes, meneou a cabeça e continuou:

— É impuro o nosso amor, o das mulheres! Amamos aquilo de que precisamos... Quando o vejo pensar em sua mãe... Que necessidade tem dela? E aquelas que sofrem pelo povo, que são metidas na cadeia ou mandadas para a Sibéria? E essas jovens que andam sozinhas de noite por cima de neve, da lama, e à chuva, que andam sete quilômetros para vir ver-nos... O que é que as leva a isto? É o amor, mas um amor puro! Têm a fé... a fé...! Eu não sei amar assim; amo o que me diz respeito, o que me é próximo!...

— Tem razão! — disse André, virando o rosto. Depois, ele coçou a cabeça, os olhos e as bochechas com força, como costumava fazer. — Todos amam o que lhes fica ao alcance, mas, para uma grande alma como a sua, do longe faz-se perto. Pode amar muito, porque tem um grande amor materno.

— Deus queira! Sinto que há de ser bom viver assim. Por exemplo, estimo-o, André, talvez mais do que a Pavel... Ele é tão reservado! Olhe: quer casar com a Sachenka e nunca me disse uma palavra, a mim, sua mãe!

— Não é verdade! Sei que não é verdade! Ama-a, e ela também o ama. Quanto a casarem, não. Ela quereria, mas o Pavel...

— Ah!... — exclamou fixando o olhar tristemente em André. — É isso! Deve-se renunciar a si mesmo...

— Pavel é um homem extraordinário! Um caráter de ferro.

— E agora... preso! É preocupante, assustador, mas não tanto quanto outrora. A vida não é mais a mesma, nem a preocupação. Mas a minha alma transformou-se, abriu os olhos e vê. Está triste e alegre ao mesmo tempo. Há muitas coisas que não compreendo, sofro por saber que vocês não acreditam em Deus... Enfim, que há de se fazer? Mas uma coisa eu vejo e sei: vocês são gente corajosa! Estão condenados a uma vida penosa para servir ao povo, para disseminar a verdade: enquanto houver ricos, poderosos, o povo não obterá justiça, nem alegria, nada! Não é isto, André? Eu convivo com vocês... por vezes, à noite, eu relembro o passado, minhas forças esmagadas, meu jovem coração ferido. Sinto uma amarga compaixão por mim mesma! E, no entanto, minha vida é melhor agora.

Ele se levantara pensativo.

— É isso mesmo! Havia em Kerch um rapaz judeu que fazia versos, e que uma vez escreveu:

Podem assassinar os inocentes,
Que a força da verdade os ressuscita!

Ele mesmo foi assassinado pela polícia, em Kerch, mas isso que importância teve? Conhecia a verdade e a semeara no coração dos homens. A senhora também é uma criatura inocente fadada a perecer. O poeta sabia o que dizia.

— Falo, falo, e me escuto, e não creio nos meus ouvidos. Permaneci calada toda a vida e só pensava em uma coisa: evitar falar durante o dia, passar desapercebida, ignorada. Hoje penso em todos. Não compreendo talvez muito bem isso em que andam metidos... mas sinto todos próximos de mim, e desejo a felicidade de todos, a sua principalmente, meu André!

Ele se aproximou, dizendo:

— Obrigado. Não falemos mais de mim.

E lhe pegando a mão, apertou-a com força e voltou o rosto para o lado. Fatigada pela emoção, Pélagué começou a lavar a louça vagarosamente, em silêncio; a coragem invadia-lhe o peito. Enquanto isso, o pequeno russo, passeando pelo quarto, ia falando:

— Mãezinha, deve tratar de amansar o Vessoftchikof! O pai está com ele na mesma cadeia; é um velhote repulsivo. Quando o filho o vê, pela janela, insulta-o. Não é bonito! O rapaz é bom, gosta dos cães, dos ratos, de todos os seres, menos dos homens! Ora, veja até que ponto pode ser corrompida a alma humana!

— A mãe desapareceu, sem deixar rastro. O pai é um ladrão e um bêbado... — disse Pélagué, pensativa.

Quando André foi se deitar, fez-lhe no peito o sinal da cruz, sem que ele desse por isso. Meia hora depois, perguntava baixinho:

— Já está dormindo, André?

— Não. Por quê?

— Nada. Boa noite.

— Obrigado, obrigado! — respondeu, agradecido.

Capítulo XVII

Quando no dia seguinte ela chegou à porta da fábrica, carregada com o seu fardo, os guardas a detiveram rudemente; mandaram-na pôr no chão tudo o que trazia e a examinaram com atenção.

— Olhem que a sopa esfria! — disse, tranquila, enquanto a apalpavam sem cerimônia.

— Cale-se!

O outro disse, dando levemente com o ombro no camarada:

— Se eu te afirmo que os atiram cá para dentro por cima do muro!...

O velho Sizof foi o primeiro a se aproximar dela, perguntando-lhe em voz baixa:

— Já sabe?

— O quê?

— Os folhetos tornaram a aparecer. Salpicaram por todos os cantos, como o sal sobre a comida. As prisões e buscas não serviram para nada. O meu sobrinho Mazine está preso, o teu filho também, e afinal os folhetos continuam a ser distribuídos.

E concluiu, passando a mão pela barba:

— O caso não está nas pessoas, mas sim nos pensamentos. E os pensamentos não são coisa que se agarre como quem apanha pulgas.

— Depois de a considerar por um tempo: — Por que você não vem à nossa casa? É aborrecido tomar o chá sozinha.

Ela agradeceu. Saiu a gritar sua mercadoria e acompanhou atentamente a efervescência extraordinária da fábrica. Todos os operários tinham o ar contente; corriam de uma oficina a outra. As vozes soavam animadas, as expressões eram alegres e satisfeitas. Em um ambiente tomado pela poeira, sentia-se respirar um ar de audácia e coragem. De um lado e de outro, vinham exclamações de aprovação, de pilhéria e até de ameaça. Os jovens eram os mais animados; os mais velhos, prudentes, contentavam-se em sorrir. Os mestres e contramestres iam e vinham, parecendo preocupados. Os policiais apareciam, e, ao vê-los, os trabalhadores iam se afastando uns dos outros, lentamente, ou, permanecendo onde estavam, calavam-se e olhavam, sem nada dizer, os rostos irritados e irados dos agentes.

Todos os operários tomavam uma postura excessivamente adequada. O mais velho dos Goussef, com seu enorme porte, volta e meia aparecia. O irmão o seguia, rindo.

Vavilof, um mestre carpinteiro, e o operador Isaías passaram devagar em frente à mãe. Isaías, que era gorducho e baixinho, virou a cabeça para trás, olhando para o rosto impassível e inchado do carpinteiro. Mexendo o maxilar, disse em alto e bom som:

— Repare, Ivan Ivanovitch, eles riem, satisfeitos, enquanto que o que acontece tem relação com a destruição do império, como disse o diretor. Não deviam estar capinando, mas lavrando a terra, isso sim...

Com os braços cruzados às costas, Vavilov apertava os dedos com força.

— Imprimam o que quiserem, cachorrada, mas não experimentem falar de mim! — disse em voz alta.

Vassili Goussef aproximou-se de Pélagué:

— Me dê de comer. O que vende é bom.

Depois, baixaram a voz.

— Vê, mãezinha, que o nosso fim foi alcançado!

Ela disse que sim com a cabeça. Sentia-se feliz por falar em segredo àquela criatura que tinha tão má fama no bairro; e ao notar a efervescência que ia pela fábrica, dizia a si mesma, satisfeita:

— E pensar que se não fosse eu!...

Três operários pararam perto dela; um disse a meia-voz:

— Não encontrei...

— Se conseguíssemos ler... Eu nem mesmo sei soletrar; mas percebo que ele é útil.

O terceiro olhou em volta e depois propôs:

— Vamos para perto dos fornos de fundição; eu mesmo leio.

— Os folhetos vão fazendo o seu efeito!... — cochichou Goussef, dando uma piscadela.

Pélagué voltou para casa, satisfeitíssima, pois tinha visto com os seus olhos que as proclamações atingiam o fim desejado.

— Os operários lamentavam-se de ser ignorantes. Quando eu era moça, sabia ler, mas já esqueci tudo.

— É tornar a aprender! — disse André.

— Na minha idade! Isso até dá vontade de rir!

Mas André pegou num livro e perguntou, apontando para uma letra:

— Que é isto?

— Um *R*! — respondeu, rindo.

— E isto?

— Um *A*.

Sentia-se vexada e humilhada. Parecia-lhe que os olhos de André zombavam dela e que retinha um riso, por isso evitava olhá-lo. Mas a voz dele era doce e calma. Até que o olhou de soslaio: seu semblante era muito sério.

— Quer mesmo me ensinar, André?

— E por que não? Tentemos. Já que uma vez aprendeu, será agora fácil. Se o conseguirmos, tanto melhor; se não, paciência.

— Dizem que santo não nasce só de ir à igreja.

— Ah! — fez o pequeno russo. — De provérbios temos muitos. Há também aquele: "a ignorância é uma bênção", e também não é verdade? É o estômago que pensa em provérbios. Desenha-lhes as bordas para melhor conduzir à alma. É preciso acalmar a barriga e dar espaço à alma. Que é isto?

— *L*!

— Muito bem! Veja como já vai longe.

Dedicando-se com toda a boa vontade, mexendo as pestanas, procurava recordar-se das letras esquecidas. Tanto se mergulhara no estudo, que não se lembrava de nada mais; os seus olhos se fatigaram dentro em pouco, e neles se acumularam as lágrimas que o cansaço provocava.

— Aprendo a ler! — exclamou, soluçando. — Na hora em que só devia pensar na morte.

— Não chore! — disse o pequeno russo em voz baixa e carinhosa. — Não poderia ter vivido de outra forma e, no entanto, agora entende que as pessoas vivem mal. Há milhares de criaturas que podiam instruir-se ainda mais e, todavia, vegetam como brutos, embora se gabem de que vivem bem... E o que há de bom nessa vida? Em um dia trabalham e comem, no dia seguinte, trabalham e comem e seguem assim pelo resto dos tempos. De quando em quando, têm um filho que lhes dá alegria, mas basta crescer um pouco e começar a comer demais que eles se zangam, dizendo-lhe: "Vamos, cresça logo, comilão, e vá trabalhar!" Adorariam que as crianças fossem como animais domésticos, mas elas logo se metem a trabalhar para cuidar dos próprios custos. E a vida continua... Nunca lhes acontece de a alma encher-se de alegria, de lhes vir um pensamento que aqueça o coração. Uns pedem esmola como pobres; outros, como ladrões, tiram do próximo aquilo de que têm necessidade. Fazem leis vis, protegem o povo com pessoas armadas de varas que dizem: "Respeitem a lei, elas são convenientes, elas nos permitem sugar o sangue de vocês." Se o homem não cede quando pressionado, introduzem à força na sua mente os preceitos que vão contra sua razão...

Sentado à mesa, André fitava Pélagué.

— Mas os outros, como o seu filho, são homens que libertam o corpo e o cérebro. E a mãezinha também se consagrou a esse trabalho, dentro das suas forças.

— Eu?!

— Sim. É como a chuva. Cada gotinha vai alimentar um grão de trigo. E quando souber ler... — Levantou-se; e a rir: — O Pavel é que há de ficar espantado, quando voltar!...

— Ah, meu André! Tudo é fácil enquanto se é novo; mas quando se é velha, há muito remorso, pouca energia e coisas demais na cabeça.

À noite o pequeno russo saiu. Pélagué acendeu a candeia, sentou-se perto da mesa e foi fazer meia. Mas, de súbito, levantou-se e deu alguns passos, indecisa. Depois, foi à cozinha, passou o ferrolho e voltou ao quarto. Fechando as cortinas, tirou da estante um livro, sentou-se à mesa, encurvou-se sobre ele, e os seus lábios começaram a mover-se... Quando vinha da rua algum ruído, fechava o livro, a tremer, e punha o ouvido à escuta. E ficava a soletrar, baixinho:

"A... V... I... D... A..."

Capítulo XVIII

Bateram à porta. A mãe se levantou de um salto e foi pôr o livro na estante. E, indo em direção à cozinha, perguntou com ansiedade:
— Quem é?
— Eu.
Rybine entrou. Tendo trocado os cumprimentos, alisou a barba demoradamente, olhou para o quarto, e disse:
— Antes deixava entrar toda a gente sem perguntar quem era... Está sozinha?
— Estou.
— Julguei que estivesse com o André. Vi-o hoje. A cadeia não corrompe o homem. O que corrompe mais do que tudo é a estupidez.
Passou ao quarto e sentou-se.
— Venho dizer-lhe uma coisa. Tive uma ideia...
A sua gravidade e o seu ar misterioso sobressaltaram Pélagué, que se sentara diante dele.
— Tudo custa dinheiro! — começou. — Ninguém nasce nem morre gratuitamente. Ora, os folhetos também custam dinheiro. Sabe de onde ele vem?
— Não sei — respondeu ela em voz baixa, suspeitando o perigo.
— Nem eu. Em segundo lugar: quem os compõe?

— Sábios...

— Senhores, gente que está acima de nós. — Seu rosto tornava-se mais tenso, sua entonação, mais profunda. — Portanto, são os grandes que compõem os folhetos. Ora, os folhetos são contra eles, os poderosos, aqueles que estão no comando. Agora, diga-me, que interesse têm eles em publicá-los, amotinando o povo contra eles próprios, gastando para isso o seu dinheiro?

Pélagué fechou os olhos; e ao reabri-los:

— Que pensa? Diz!

— Ah! — exclamou, movendo-se na cadeira como um urso. — Senti também um calafrio quando me veio este pensamento!...

— Que há então? Soube alguma coisa?

— É tudo um embuste! Acho que é embuste! Eu não entendo disso, mas vejo aí um embuste. Os nobres, os homens instruídos desejam se refinar, mas eu não quero. Quero a verdade. Eu compreendo a verdade, e não me quero entender com os ricos. Quando precisam de nós, nos atiram para a frente, para que os nossos corpos lhes sirvam de ponte.

Essas palavras amargas confrangiam o coração da pobre velha.

— Ó, senhor! — exclamava, angustiada. — E o Pavel, que não compreendeu nada disso? Pois acontecerá de todos aqueles que vinham da cidade fossem...

As fisionomias graves de Nicolau Ivanovitch, de Iégor, de Sachenka apareceram-lhe na mente. Sentiu um aperto no coração.

— Não! Não!... Não posso acreditar. São criaturas animadas só pela sua consciência, sem más intenções...

— De quem a senhora está falando?

— De todos, de todos que vi, sem exceção. Não fariam barganha com o corpo das pessoas...

— Não é para esses que devemos olhar, mas para mais alto. Os que mais se nos aproximam sabem naturalmente tanto como nós. Creem que procedem bem... amam a verdade. Mas talvez por trás deles haja outros que não pensem da mesma maneira. O homem não trabalha contra si próprio sem ter para isso fortes razões. — E acrescentou, com a pouca certeza do camponês eivado de uma incredulidade secular: — Das mãos dos grandes e dos instruídos nunca nos vem coisa boa!

— Que acha, então?

— Eu? — Rybine a observou em silêncio por um momento e depois repetiu: — Que não devemos nos aliar com aqueles que estão acima de nós!

Tornou a calar-se, como se se voltasse para si mesmo.

— Vou me pôr a caminho. Desejava me ter reunido aos companheiros e trabalhar com eles. Sirvo para isso, sou teimoso, e não muito burro; sei ler e escrever. E, principalmente, percebo o que se deve dizer a essa gente... Vou me pôr a caminho; é o que devo fazer, já que não posso acreditar. Eu sei, a alma das pessoas está maculada. Todos estão cheios de inveja, todos querem devorar; como a presa é rara, eles vão atrás de quem está próximo. — Baixou a cabeça e mergulhou nos próprios pensamentos. — Vou sozinho por essas cidades e aldeias agitar o povo, a quem cumpre correr à conquista da sua liberdade. Se souber compreender, encontrará para isso uma saída. Tentarei fazê-lo compreender que em ninguém deve ter esperança senão em si mesmo.

Ela teve piedade de Rybine, a sua sorte a assustava; parecera-lhe sempre antipático; e naquele momento sentia-o mais próximo, mais familiar.

— O Pavel vai por um caminho... e você vai por outro. O Pavel terá menos trabalho... — murmurou involuntariamente, acrescentando: — Você será preso!

Rybine olhou para ela e replicou:

— Mas me soltarão e eu recomeçarei!

— A gente do campo será a primeira a entregá-lo... e poderá ficar preso muito tempo...

— Acabarei por vir para a rua, e darei continuidade a meu trabalho. Os camponeses podem me entregar uma, duas vezes, depois entenderão que é melhor me escutar. Vou dizer-lhes: não me creiam, apenas me escutem... Se me escutarem, acreditarão em mim.

Os dois falavam sem pressa, como se pesassem cada palavra antes de a pronunciar.

— Não terei muitas alegrias; vivi aqui os últimos anos e reparei bem nas coisas, tendo enfim entendido algumas delas. Agora, sinto como se enterrasse um filho...

— Você vai morrer!... — disse tristemente a velha, meneando a cabeça.

Ele a fitou com uma interrogação no olhar. O seu corpo vigoroso estava inclinado para a frente; as mãos apoiavam-se na cadeira; o rosto moreno empalidecera, enquadrado na barba negra.

— Sabe o que Jesus disse do grão de trigo? "Não morrerá, mas ressuscitará em uma nova espiga"! O homem é um grão de verdade... E eu ainda não estou às portas da morte... Sou habilidoso.

Levantou-se, vagaroso:

— Vou até a taverna, ficar um pouco com as pessoas. O pequeno russo não vem? Voltou a assumir as tarefas?

— Sim — respondeu a mãe, sorrindo. — São todos iguais: assim que saem da prisão, retomam os afazeres.

— É assim que deve ser. Quando o André voltar, repete para ele o que eu lhe disse?

— Sim.

Passaram à cozinha e trocaram algumas frases curtas sem olhar um para o outro.

— Adeus...

— Adeus... Quando recebe o seu ordenado?

— Já recebi.

— E quando parte?

— Amanhã, de manhãzinha. Adeus!

Curvou-se, e saiu um pouco assustado, como contra a vontade. Durante uns momentos, a mãe ficou à porta ouvindo o andar que se afastava e as dúvidas que lhe surgiam ao pensamento... Depois foi até o quarto e se pôs a olhar pela janela. Densas trevas se apegavam às vidraças, parecendo esperar qualquer coisa que as suas goelas insondáveis pudessem tragar.

"Vivo de noite!", pensou. "Sempre de noite!"

Sentia compaixão por aquele camponês sério de barba negra. Tinha um tronco tão largo, era tão robusto... e, no entanto, a impotência tomava-o como a todos os outros.

André chegou dali a pouco, animado, alegre. Quando a mãe lhe falou de Rybine, exclamou:

— Ele parte?! Pois, que vá! Que vá espalhar pelas aldeias a verdade, e acordar o povo. Era-lhe difícil ficar conosco. Tem na cabeça umas ideias especiais, que não o deixam adotar as nossas.

— Falou dos ricos, dos nobres, dos ilustrados. Parece haver no caso alguma coisa torta!... — disse ela prudentemente. — Deus queria que não sejamos enganados!...

— Isso dá-lhe cuidado, mãezinha? Ah! O dinheiro! Não é? Ah, se ao menos tivéssemos um pouco. Vamos vivendo por conta de outrem. Nicolau Ivanovitch ganha setenta e cinco rublos por mês, e me entrega cinquenta. Os outros fazem o mesmo. Os estudantes, que passam privações, quotizam-se também, e conseguem nos mandar pequenas quantias, acumuladas *kopeck* a *kopeck*. É isto! Há homens para tudo: uns nos enganam, outros não nos deixam avançar; mas há os melhores, que nos acompanham no caminho da vitória!

E esfregando as mãos:

— Mas o triunfo ainda vem longe! Enquanto não chega, vamos organizar um primeiro de maio pequeno! Há de ser divertido!

As suas palavras e a sua animação tranquilizaram Pélagué. Ele, andando a largos passos, continuava, com uma mão acariciando a cabeça e a outra, na altura do peito; os olhos fixos no chão:

— Se soubesse que extraordinária sensação eu tenho às vezes!... Parece-me que por toda parte aonde vou, os homens são companheiros, incendidos na mesma fé, que todos são bons. Todos se compreendem sem precisar falar, ninguém ofende o próximo. Vive-se em harmonia, cada alma canta a sua canção, e, como regatos, todas as canções se reúnem em um único rio, que vai avançando, majestoso e grave, para o mar onde brilham os clarões da vida livre. E digo para mim mesmo que tudo isso acontecerá e que não há outro caminho se queremos que seja assim. Então, meu coração se enche de alegria... tenho vontade de chorar, tão contente que estou!

A velha nem se movia, para não o interromper. Escutara-o sempre mais atentamente que aos seus companheiros porque ele falava com mais simplicidade, e as suas palavras iam mais fundo à alma. Pavel também olhava para a frente — como ser diferente se se escolhe um caminho como esse? —, mas permanecia reservado, sem nunca dizer o que via adiante. Para ela, parecia que André imaginava o futuro com o coração: a lenda do triunfo de todos os seres da terra surgia sempre em seu discurso. E, aos olhos da mãe, essa lenda esclarecia o sentido da vida e do trabalho empreendido pelo filho e seus companheiros.

— Quando volto a mim — continuou o pequeno russo, balançando a cabeça e largando os braços junto a corpo —, quando olho em volta, vejo que tudo é árido e sujo. Os homens são ruins, raivosos, sua vida é maculada, ferida...

Ele parou diante de Pélagué, depois, sacudindo a cabeça, continuou em voz triste e baixa; o olhar turvado pelo remorso:

— É humilhante isto! — exclamou ele de súbito. — Não se pode acreditar no homem. Precisamos até ter medo dele e odiá-lo. O homem se desdobra, a vida o parte em dois. Como seria possível amar somente? Como perdoar àquele que se arroja sobre nós, como um animal selvagem, que não quer ver em nós uma alma viva, que rejeita o nosso aspecto humano? Impossível! Não falo por mim. Suportaria todos os ultrajes se só se dirigissem a mim, mas não quero ter convivência com os opressores; não quero que se sirvam das minhas costas para se exercitarem a bater nos outros.

Uma expressão de frieza invadiu o seu olhar, sua voz se tornou mais firme.

— Não devo perdoar o que seja mau, mesmo que não me prejudique. Não sou só eu na Terra. Admitamos que hoje me deixo insultar sem responder ao insulto; hei de rir talvez, porque não me senti ferido; mas amanhã o insultador, que experimentou em mim a sua força, vai tirar a pele a outro. Por isto não devemos considerar toda a gente da mesma maneira; convém reprimir o coração, ver quem são os inimigos e quem são os amigos. É justo, embora não seja divertido.

Sem saber por quê, Pélagué pensou em Sachenka e no oficial. Disse com um suspiro:

— Como se há de fazer pão com trigo que não foi semeado?

— Esse é o mal! É preciso olhar com olhos diferentes... Existem dois corações que batem no peito: um ama o mundo, o outro diz: "Calma, preste atenção!" E o homem se divide...

— Sim!

No espírito dela desenhava-se a figura do marido, semelhante a uma grande pedra coberta de musgo. Fantasiou André casado com Natacha, e seu filho casado com Sachenka.

— E por que isso? É tão fácil perceber que se torna até motivo de riso. É porque as pessoas não estão no mesmo nível... bastaria então alinhá-las no mesmo patamar. Em seguida, é preciso distribuir-lhes, em partes iguais, tudo o que a razão elaborou e as mãos fizeram. Não nos protegeremos mais na escravidão do medo, nas correntes da avidez e da bobagem...

Era comum que os dois travassem esse tipo de conversa.

Estando novamente empregado na fábrica, André deixava seu ordenado inteiramente com Pélagué, que o aceitava com a mesma simplicidade que fazia com Pavel.

Às vezes, com um sorriso, André propunha-lhe:

— Se a senhora aprendesse a contar?...

Ela recusava; o sorriso de André a acanhava. Pensava, um tanto vexada: "Se você ri, para que havemos de falar nisso?"

O pequeno russo notava que a mãe lhe perguntava com mais frequência o significado de palavras eruditas. Ela usava um tom indiferente e não o olhava. E ele supunha que ela estudava às escondidas. Percebendo seu incômodo, ele não mais propôs que lessem juntos.

— Já vai me faltando a vista, meu André; sinto-a cansada... — disse-lhe um dia. — Gostaria muito de usar óculos.

— Está dito! No domingo vamos juntos à cidade consultar um doutor que eu conheço e compraremos depois os óculos.

Capítulo XIX

Já por três vezes ela solicitara licença para ver o filho, recebendo sempre a negativa benevolente do chefe dos guardas, um velho de cabelos brancos, faces ruborizadas e nariz comprido:

— Daqui a uma semana, mulherzinha. Antes, não! Para a semana veremos. Hoje é impossível.

Ele era gordo e lembrava, não se sabe por quê, uma ameixa madura e um pouco passada, que começa a se recobrir de um mofo duvidoso. Mordia sem parar, com seus dentes brancos, um palito pontudo. Os olhinhos redondos e esverdeados eram simpáticos e sua voz, amigável e doce.

— É muito delicado! — contava ela a André. — Sempre a sorrir... Não me parece bem. Quando se é chefe, não se deve levar assim as coisas de brincadeira.

— Sim, sim... São amáveis, sorriem muito... Se lhes dizem: "Vê aquele homem inteligente e honrado? É perigoso para nós: enforque-o!" Eles sorriem, enforcam-no, e depois continuam a sorrir.

— Aquele que veio cá fazer a busca era mais sincero, valia mais: via-se logo que era um canalha!

— A gente diria que não são homens, mas sim martelos, ferramentas, para nos talharem a ficarmos ao gosto do governo. Eles próprios foram acomodados à mão que nos dirige; podem fazer tudo a que são ordenados, sem refletir, sem perguntar o motivo.

— Que barriga ele tem!
— Sim! Quanto maior a barriga, mais vil é a alma...

Afinal, Pélagué obteve a ambicionada licença. No domingo, entrou na secretaria da cadeia e sentou-se modestamente a um canto. Havia outros visitantes naquela casa acanhada e suja, de teto baixo. Não era a primeira vez que se encontravam ali: conheciam-se uns aos outros. A conversa se ia arrastando lentamente, em voz baixa.

— Souberam? — dizia uma mulher gorda de rosto marcado, que tinha uma mala sobre os joelhos. — De manhã, durante a primeira missa, o mestre da capela da catedral quase arrancou, de novo, a orelha de uma criança do coro.

Um senhor vestido com uniforme de soldado de reserva tossiu ruidosamente e retrucou:

— Essas crianças do coro são muito travessas!

Um homenzinho careca, de pernas curtas e braços longos, com maxilar proeminente e expressão assustada, caminhava de um lado a outro. Dizia com um tom inquieto:

— A vida está cada vez mais cara, por isso os homens estão piores do que nunca. A carne bovina de segunda custa quatorze *kopecks* o quilo; o pão, dois *kopecks* e meio...

De tempos em tempos, entravam prisioneiros, vestidos de cinzento, com grossos sapatos de couro. Quando entravam, estando a sala parcialmente obscura, seus olhos piscavam. Um deles trazia uma corrente no pé. Parecia que os visitantes estavam acostumados havia muito àquele espetáculo, que estavam resignados com aquela situação. Alguns permaneciam sentados, outros supervisionavam o que se passava, alguns ainda se dirigiam preguiçosamente aos prisioneiros. O coração de Pélagué tremia de impaciência; olhava perplexa para tudo que a cercava, e a penosa simplicidade da vida a impressionava.

A seu lado estava uma velhinha com o rosto enrugado e os olhos amarelados. Prestava atenção à conversa, estendia o pescoço delgado e olhava para os presentes com uma expressão de irascibilidade.

— Quem tem a senhora aqui? — perguntou-lhe Pélagué com doçura.

— O meu filho, que é estudante! E a senhora?

— Também o meu filho, operário.

— Como se chama ele?

— Vlassof.

— Não conheço. Está aqui há muito tempo?

— Há sete semanas.

— E o meu há dez meses!

Pélagué julgou perceber-lhe no tom da voz algo parecido com orgulho.

Uma senhora alta, vestida de preto, de rosto longo e pálido disse com calma:

— Em breve, colocarão todas as pessoas honradas na cadeia. Não as suportam mais.

— Sim, sim — concordou o senhor careca. — Carece de paciência. Todo mundo se zanga e grita, e os preços aumentam... em consequência, o valor das pessoas diminui. Não se ouve uma voz conciliadora...

— É exatamente isso — disse o militar. — Que horror. É preciso que uma voz firme ordene: "Calem-se!" É isso que falta, uma voz firme...

A conversa tomou um rumo mais casual e animado. Cada um dava sua opinião sobre a vida, mas todos falavam a meia-voz. A mãe sentia naquelas palavras alguma coisa de estranho. Em casa, falavam de outra forma, de uma maneira mais compreensível, natural e aberta.

Um guarda, de grande barba grisalha, gritou:

— Senhora Vlassof!

Mediu-a com o olhar e disse:

— Venha!

E foi andando, arrastando os pés. A vontade de Pélagué era empurrá-lo para que ele andasse mais depressa. Afinal, num pequeno quarto, encontrou-se com Pavel, que lhe estendeu a mão sorrindo.

Ela a agarrou rindo muito, e dizendo:

— Bom dia! Bom dia, meu filho!

— Acalme-se, mamãe! — disse Pavel, abraçando-a.

— Sim, sim!

— Ei, mulher! — exclamou o guarda. — Afastem-se um pouco um do outro. É o regulamento.

E bocejou.

Pavel pediu à mãe notícias da sua saúde, da sua casa. Ela esperava outras perguntas, procurava-as até no olhar do filho, mas não as encontrou. Como sempre, ele se mostrava tranquilo; apenas um pouco mais pálido; os seus olhos pareciam maiores.

— Sachenka manda lembranças.

As pálpebras de Pavel estremeceram e baixaram. O seu rosto tornou-se mais doce e brilhou com um sorriso. Um amargor tomou o coração da mãe.

— Quando vão soltá-lo? — perguntou, irritada, de súbito. — Por que foi que o prenderam? Sim, porque, afinal, os tais folhetos voltaram a aparecer.

Os olhos de Pavel tiveram um lampejo de alegria:

— Sério?!

— É proibido falar dessas coisas! — observou o guarda, indolente. — Só se pode falar de assuntos de família.

— Ora essa! Então isto não é assunto de família? — perguntou ela.

— Sei lá! O que digo é que é proibido. Falem da comida, da bebida, da roupa lavada, de mais nada! — esclareceu, indiferente.

— Está bem! Falemos da nossa casa, mamãe! Que é que faz?

— Levo comida aos operários; comida e outras coisas! — respondeu com audácia.

Deteve-se e explicou melhor, depois de resfolegar:

— Sopa, carne assada, tudo o que Maria costuma cozinhar, e... toda espécie de alimento.

Pavel compreendera. O rosto contraiu-se em um riso abafado. Jogou os cabelos para trás. Depois, carinhosamente, de um jeito que ela desconhecia:

— Minha querida mãe... Muito bem! Muito bem! Sinto-me feliz, sabendo que tem tão bom emprego, que não se aborrece. Não é verdade que não se aborrece?

— Sabe? Revistaram-me toda quando os tais folhetos tornaram a aparecer! — informou um tanto fanfarrona.

— Outra vez?! — exclamou o guarda. — Já lhes disse que é proibido. Priva-se um homem da sua liberdade para que ele não saiba do que vai lá por fora, e você vem, mulher, e começa a tagarelar!... Compreendam que o que é proibido é proibido!

— Está bem! Não se fala mais nessas coisas, mamãe. O Matvé Ivanovitch é um bom homem; não devemos deixá-lo zangado. Nós nos damos bem. É por acaso que ele assiste hoje aos encontros dos presos com os visitantes. Quem costuma assistir é o diretor. E o Matvé Ivanovitch receia que a senhora diga coisas... supérfluas.

— Acabou o tempo da visita! — disse o guarda, tendo consultado o seu relógio.

— Obrigado, mamãe, muito obrigado, querida mãezinha! Não se preocupe, que dentro em pouco serei posto em liberdade.

Abraçou-a com força; ela começou a chorar.

— Separem-se! — ordenou o guarda.

E, reconduzindo Pélagué, ia-lhe dizendo, resmungando:

— Não chore... Em breve será liberado! Vão dar a liberdade a muitos... os lugares são poucos... não cabem todos...

Em casa, ela disse ao pequeno russo:

— Falei-lhe... com jeito... percebeu-me muito bem.

E acrescentou com um suspiro:

— Percebeu-me, sim; se não, não me abraçava com tanta força! Foi a primeira vez...

— Ah! Todos desejam isto ou aquilo, mas as mães não desejam senão carinhos!

— Mas se tivesse visto os outros visitantes! — exclamou ela de súbito, tomada pela surpresa. — Parecia que estavam acostumados. Suas crianças são pegas e metidas na cadeia e isso não lhes causa nada. Eles vão, sentam-se, esperam, conversam entre si. A partir do momento em que as pessoas instruídas se acostumam tão bem a isso; que dizer dos operários?

— É assim mesmo — respondeu o pequeno russo com um sorriso. — A lei acaba sendo mais branda para eles, e eles precisam mais dela do que nós. Portanto, quando são enquadrados pela lei, eles se contentam em fazer uma careta, e só... A lei os protege um pouco; quanto a nós, ela nos une, para que nós não saiamos correndo...

Capítulo XX

Uma noite, enquanto Pélagué tricotava e André lia em voz alta a história da revolta dos escravos romanos, alguém bateu violentamente na porta. O pequeno russo foi abrir, e Vessoftchikof entrou, com um embrulho debaixo do braço, o boné caído em cima dos olhos, e todo ele enlameado até os joelhos.

— Passando na rua, vi luz cá dentro e bati na porta para a cumprimentá-los. Saí da cadeia agora mesmo!

Explicou com uma voz estranha e, apertando com força a mão de Pélagué:

— O Pavel disse que está com saudades.

Deixando-se cair em uma cadeira com hesitação, ele observou o quarto com seu olhar soturno e desconfiado.

A mãe não o estimava. Havia algo em sua cabeça angulosa e raspada e em seus olhinhos que a assustava sempre. No entanto, ela ficou contente de revê-lo e disse-lhe, sorridente e afetuosa:

— Você emagreceu! André, prepare-lhe um chá!

— Já preparei o samovar — respondeu da cozinha o pequeno russo.

— E então, como vai Pavel? Liberaram outros junto com você?

Vessoftchikof respondeu de cabeça baixa:

— Pavel ainda está preso... Está resignado. Só liberaram a mim.

Ergueu os olhos, olhou para a mãe e continuou lentamente, com os dentes cerrados:

— Disse-lhes: "Deixem-me ir, estou farto... do contrário, mato qualquer um e me suicido em seguida." Liberaram-me... fizeram bem-feito... eu teria cumprido a palavra.

— Sim! — concordou a mãe, afastando-se. Seus olhos piscavam involuntariamente quando cruzavam com os do bexigoso.

— E como vai o Fédia Mazine? — perguntou da cozinha André. — Continua fazendo versos?

— Continua! Quer dizer... não o percebo bem. Parece um pintassilgo: metem-no na gaiola, e canta. O que sei é que não tenho nenhuma vontade de ir para casa.

— E tem razão. Vai encontrá-la vazia, o fogão apagado, tudo muito frio.

Vessoftchikof não respondeu. Tinha os olhos parcialmente fechados. Tirou do bolso um maço de cigarros e começou a fumar lentamente. Seguia com o olhar as nuvens de fumaça cinzenta que se dissipavam acima da cabeça, até que, de súbito, desatou em uma risada estranha, semelhante ao latido de um cachorro raivoso.

— Sim, muito frio... Naturalmente, o chão está cheio de baratas geladas; os ratos devem estar também mortos de frio... Pélagué Nilovna, dá licença que eu durma aqui?

Falava num tom surdo, sem olhar a mãe.

— Está dito! — respondeu logo. Sentia-se pouco à vontade; por isso não disse mais nada.

Foi ele que murmurou em tom abatido:

— Estamos agora no tempo em que os filhos têm vergonha dos pais.

— O quê? — perguntou ela, estremecendo.

Ele a olhou de soslaio, fechou os olhos e assumiu um ar impassível.

— Não se apoquente, que não falo da senhora. Pois nunca envergonhará o Pavel. Eu é que me envergonho do meu pai...

Não quero voltar para a casa dele. Já não tenho pai nem casa. Estou sob a vigilância da polícia agora, senão me teriam mandado para a Sibéria. Creio que um homem que não se poupasse a trabalhos teria muito o que fazer na Sibéria... Daria a liberdade aos exilados e os ajudaria a fugir...

Graças ao seu coração sensível, a mãe percebia que o rapaz estava sofrendo, mas a sua dor não lhe provocava compaixão.

— Diz bem. Sendo assim, seria melhor ter ido... — disse, para não o ofender com o silêncio.

André veio da cozinha:

— Que está por aí a contar, homem?

A mãe ergueu-se.

— Vou arranjar alguma coisa para comer.

Vessoftchikof olhou fixamente para o pequeno russo e respondeu com firmeza:

— Digo que é preciso matar algumas pessoas!...

— Ih!... E para quê? — perguntou o outro, tranquilo.

— Para que deixem de existir!

— Você tem então o direito de transformar os vivos em cadáveres?

— Tenho!

— E aonde você foi buscar este direito?

— Foram os homens que me deram!

O pequeno russo, alto, magro, parou no meio do quarto, bamboleando o corpo; com as mãos nas algibeiras, observava dos pés à cabeça o bexigoso. Este, sentado e envolto numa nuvem de fumaça, tinha naquele momento o rosto pálido salpicado de manchas vermelhas.

— Foram os homens que me deram — repetiu ele, mostrando o punho fechado. — Se me chutam, tenho o direito de responder. De dar na cara. Nos olhos. Se não me tocam, eu não toco em ninguém. Se me deixam viver como quero, viverei tranquilamente, sem atrapalhar ninguém, juro-lhe. Consideremos que eu queira morar na floresta.

Construo minha cabana em um descampado, perto de um riacho, e ficarei lá... sozinho...

— Está dito, faça-o — disse o pequeno russo, encolhendo os ombros.

— Agora? — Ele sacudiu a cabeça, batendo o punho no joelho. — Agora é impossível!

— Quem o impede?

— Os homens. Estou intimamente ligado a eles até a morte. Eles enlaçaram meu coração com o ódio. Atrelaram-me a eles pelo mal... é uma ligação sólida. Eu os odeio e, onde eu estiver, vou impedi-los de viver em tranquilidade. Eles me perturbam, então eu os perturbo. Respondo por mim, apenas por mim... não posso responder por qualquer outra pessoa. Se meu pai é ladrão...

— Ah! — fez o pequeno russo, aproximando-se do outro.

— Ainda acabo por arrancar a cabeça ao Isaías Gorbof, verá!

— E por quê?

— Porque anda a me espiar. Foi por causa dele que meu pai se perdeu; é com ele que meu pai conta para entrar para a polícia secreta!

— Olhem o grande mal! Mas quem censura você pela vida de seu pai? Isso é para os tolos!

— Para os tolos e para os não tolos! Olhe: você é inteligente, o Pavel também. Diga lá: têm por mim consideração igual à que têm pelo Fédia Mazine ou pelo Samoilof? Não minta, que eu não acreditaria. Atiram-me para o canto!

— Você tem a alma doente, amigo! — respondeu André afetuosamente, sentando-se ao lado dele.

— A de vocês também sofre. Mas imaginam que as suas úlceras são mais nobres que as minhas? Agimos como patifes uns com os outros... é isso... E o que você me responde, ahn?

Fixou o olhar penetrante em André e esperou. Seu rosto pálido estava impassível; apenas lhe tremiam os lábios grossos como se tivessem sido queimados por algum líquido cáustico.

— Nada lhe responderei! — disse André acariciando o olhar hostil de Vessoftchikof com o sorriso luminoso e triste dos seus olhos azuis. — Sei muito bem que querer discutir com alguém cujo coração está sangrando é o mesmo que irritá-lo. Sei, irmão.

— Não se pode discutir comigo; não sei discutir! — resmungou, baixando os olhos.

— Estou certo de que todos nós caminhamos como você agora, com os pés descalços por cima de cacos de vidro; que todos respiramos essas mesmas evaporações de horas sombrias...

— Não pode dizer coisa alguma que me sossegue. Nada! A minha alma uiva como um lobo!

— Nem tenho intuito! O que sei é que isso há de passar. Talvez não muito depressa, mas há de passar.

E se pôs a rir, batendo no ombro do rapaz:

— É uma doença de crianças, do gênero da escarlatina, irmão. Todos nós fomos atacados do mesmo mal, com maior ou menor violência, conforme éramos fortes ou fracos. Ataca a gente da nossa condição, quando nos encontramos sozinhos, quando não compreendemos ainda a vida, quando não vemos o lugar que nos foi destinado. Parece-nos que somos solitários no mundo e que ninguém se importa conosco, a não ser para nos devorar. Mais tarde, quando vir que há também boas almas em outros peitos além do seu, se consolará... e se envergonhará de ter acreditado que só você dava a nota afinada, e de ter querido trepar ao campanário sendo o seu sino tão pequeno, que ninguém o ouve nos repiques dos dias de festa. Verá, então, que é uma voz apenas perceptível, mas necessária, no coro poderoso e magnífico da verdade. Compreende o que eu quero dizer?

— Compreendo... compreendo... Mas não acredito em você!

O pequeno russo começou a rir, levantou-se e passou a caminhar pelo quarto.

— Também eu não queria acreditar... Ah! Você corre contra o tempo!

— Por quê? — perguntou o jovem, fitando André com um olhar morno.

— Porque parece ter uma tarefa a cumprir e não saber como fazê-lo!

O bexigoso pôs-se então a rir com a boca aberta até as orelhas.

— Que é isso?

— Pensava que seria um grande bobo aquele que o insultasse.

— E por que hão de me insultar? — perguntou ainda André encolhendo os ombros.

— Sei lá! O que digo é que o homem que lhe tiver insultado há de ficar depois com uma linda cara de tolo!

— Era a isso que você queria chegar!... — comentou, rindo.

Ouviu-se a voz de Pélagué:

— Venha, André! Venha buscar o samovar.

A sós, Vessoftchikof olhou em volta; estendeu a perna, observou as botas grossas; curvou-se apalpando a batata da perna; depois observou atentamente a palma e as costas da mão peluda, de dedos curtos; levantou-a e ergueu-se.

Quando André trazia o samovar, o bexigoso, diante do espelho, acolheu-o com estas palavras:

— Há quanto tempo eu não via o meu focinho!... Estou feio como o Diabo!

— Que tem isso?

— A Sachenka diz que o rosto é o espelho da alma...

— Isso não é verdade! Ela tem o nariz adunco, as bochechas angulosas como pontas de tesoura, e todavia a sua alma é pura como uma estrela!...

Sentaram-se para tomar o chá e comer.

Vessoftchikof deitou a mão a uma grande batata, salgou um pedaço de pão e começou a comer tranquilamente, vagarosamente, como um lobo.

— E como vão as coisas por aqui? — perguntou com a boca cheia.

E tendo ouvido as informações de André, que dizia como as informações socialistas ganharam espaço na fábrica, ele retomou o ar sombrio e a voz rouca:

— Tudo isso vai devagar! É preciso ir mais depressa.

A mãe lançou-lhe um olhar de soslaio. Uma sensação ruim assomou-lhe o peito. André replicou:

— A vida não é um cavalo, não a fazemos andar a chicotadas.

Mas o bexigoso meneava a cabeça, obstinado.

— Vai devagar... vai... Eu não tenho grande paciência. Que é preciso que eu faça?

— Devemos aprender e ensinar os outros. É este o nosso dever!

— E quando entraremos em luta?

— Já entramos mais de uma vez no passado. No presente, ignoro. Segundo a minha opinião, antes de pegarmos em armas, deveremos armar o nosso cérebro.

O rapaz ficou silencioso, voltando a comer. Sem que ele percebesse, a velha observava-lhe o rosto marcado pela varíola, tentando descobrir nele alguma coisa que a reconciliasse com aquele caráter agressivo; mas, ao lhe encontrar o olhar penetrante, ficava na mesma e movia as sobrancelhas, desanimada. André colocava a cabeça entre as mãos, agitado; dava a falar e a rir, depois se interrompia, suspirando.

A mãe sentia compreender a causa da inquietude do jovem. Vessoftchikof era taciturno e, quando o pequeno russo o perguntava sobre qualquer coisa, ele respondia brevemente, com um visível desprezo.

No seu íntimo, os dois moradores do velho pardieiro sentiam-se acuados, pouco à vontade, e lançavam de vez em quando olhares furtivos para o hóspede.

Até que este se ergueu.

— Não me caberia mal deitar. Estive encarcerado por muito tempo, puseram-me na rua de repente... vim por aí adiante... Estou cansado.

Quando ele foi para a cozinha, ainda fez algum barulho. Depois o barulho cessou e um silêncio mortal tomou conta da casa. A mãe cochichou a André:

— Tem uns pensamentos terríveis...

— Não é um garoto apaziguado — concordou o pequeno russo com um aceno de cabeça. — Mas há de passar. Eu era assim. Quando o coração não queima com ardor, acumula muita mágoa. Vá deitar, mãezinha, ainda vou ler um pouco.

Ela foi a um canto, onde estava uma cama coberta por uma colcha. À mesa, André ouviu os sussurros de suas orações e suspiros. Virando as páginas do livro com rapidez, ele enxugava o rosto fervorosamente, afinava os bigodes com seus dedos compridos, mexia os pés... O pêndulo do relógio ressoava; o vento batia nas janelas, gemendo. E a mãe dizia em voz baixa:

— Senhor! Como há gente no mundo... e cada qual reclama à sua maneira. Onde estão as pessoas felizes?

— Estão por aí, estão por aí. E dentro em pouco elas serão muitas! Ah, muitas! — respondeu o pequeno russo.

Capítulo XXI

A vida ia decorrendo rápida, de dias variados. Cada qual trazia novas a Pélagué, que não se perturbava mais com elas. Eram cada vez mais numerosos os desconhecidos que vinham à noite conversar com André, e que, sempre desconfiados e cautelosos, se retiravam no meio das trevas, com a gola do casaco levantada, a pala do boné sobre os olhos. Sentia-se que eles controlavam a excitação, que todos queriam cantar e rir, mas não tinham ocasião para o lazer; estavam sempre apressados. Uns eram sarcásticos e sérios; outros, abertamente alegres, vibrantes e joviais; outros tantos eram reflexivos e silenciosos. Mas todos, na opinião da mãe, tinham um quê de obstinação e assertividade.

Para Pélagué todos aqueles rostos, novos ou velhos, fundiam-se em um só rosto magro, calmo e decidido, de olhar profundo, carinhoso e severo ao mesmo tempo, como o de Jesus a caminho de Emaús.

Contava-os e imaginava-os cercando Pavel, como para torná-lo menos visível aos seus inimigos.

Uma noite, uma moça esperta, de cabelo encaracolado, chegou da cidade com um embrulho para André; e, ao sair, disse para Pélagué com um olhar brilhante e cheio de alegria:

— Até a vista, companheira!

— Até a vista — respondeu, escondendo o sorriso.

Após acompanhar a jovem à porta, ela foi até a janela e observou sua "companheira" partir a passos largos, fresca como uma flor em primavera, leve como uma borboleta.

"'Companheira'", pensou consigo. "Ah, querida, que Deus lhe dê um bom companheiro para toda a vida!"

Reparava que era comum que aqueles que vinham da cidade apresentavam algo de infantil, por isso ela lhes sorria com condescendência. Ao mesmo tempo, um espanto alegre lhe surgia diante dessa fé, da qual percebia cada vez mais a profundidade. Os sonhos que tinham com o triunfo da justiça a encantavam e acalentavam. Quando o assunto vinha à tona, ela suspirava involuntariamente, vítima de um remorso desconhecido. Mas o que a emocionava sobretudo era a simplicidade deles, a maneira bonita e generosa de renegarem a si próprios.

Compreendia já muitas coisas que os visitantes discutiam; sentia que, de fato, eles tinham descoberto a verdadeira origem da desgraça dos homens, e se ia acostumando a aprovar as suas opiniões. Mas não acreditava que eles pudessem transformar a existência à sua maneira, nem que tivessem força suficiente para convencer todos os operários. Todos querem ser saciados imediatamente; se pode comer no mesmo instante, ninguém quer postergar o jantar, nem que dure apenas uma semana. Os que escolhem esse caminho longo são poucos; os olhos não verão tudo que está sendo levado ao reino lendário da fraternidade entre os homens. É por isso que essas boas pessoas, apesar da barba e da expressão frequentemente cansada, eram crianças aos olhos dela.

"Meus queridos!", pensava ela, balançando a cabeça.

Viviam agora uma vida boa, séria e instruída; falavam sobre o bem e estavam ansiosos por ensinar o que sabiam. Faziam-no sem economias. A mãe entendia que era possível estimar uma existência assim, apesar dos perigos; e, suspirando, olhava para trás, para seu passado, que se estendia por um caminho estreito, sombrio e plano. A consciência de ser indispensável a essa nova vida tornava-se mais clara pouco a pouco, sem que ela tivesse dúvidas quanto a isso. Outrora, ela jamais teria se sentido útil a o que quer que fosse. Agora, via que muitas pessoas precisavam dela; isso dava-lhe uma sensação nova e agradável, que a fazia manter a cabeça erguida.

Regularmente, continuava levando folhetos para a fábrica, com o sentimento do dever cumprido; imaginava toda a espécie de astúcias; e os guardas, acostumados a vê-la, já nem lhe prestavam atenção. Todavia, a revistavam por vezes, mas sempre nos dias seguintes a ter havido distribuição de folhetos. Quando não os levava, Pélagué sabia fazer-se notada, excitar a curiosidade dos guardas, que a detinham, a revistavam. Ela então mostrava-se ultrajada e discutia com eles. Depois de tê-los confundido, ela seguia em frente, orgulhosa de sua postura. O jogo começava a lhe agradar.

Vessoftchikof não tornou a ser aceito na fábrica; meteu-se como operário em uma estância de madeiras, e de manhã à noite guiava os carretos de traves, lenha, tábuas. A mãe o via quase todos os dias. Uma parelha de cavalos pretos avançava com as pernas trêmulas pelo peso, pisando firme no chão. Eram animais velhos e emagrecidos, que balançavam a cabeça com cansaço e tristeza; os olhos, ternos, piscavam preguiçosamente. Atrás deles, uma viga úmida trepidava ou um conjunto de tábuas entrebatia-se com força. Ao lado, sem segurar as rédeas, caminhava o bexigoso, sujo, coberto de trapos, calçando botas pesadas e usando um boné que cobria as orelhas; vinha de modo desajeitado, bruto como um pedaço de madeira que ainda não foi cortado como lenha. Ele abanava a cabeça, olhando para o chão, a fim de nada ver. E seus cavalos iam como às cegas, em risco de atropelar quem passava e de ir de encontro às outras carroças; o rapaz era perseguido por uma chuva de insultos e imprecações. Sem levantar a cabeça, sem responder, assobiava estridentemente e chicoteava, nos intervalos, resmungando:

— Toma! Toma!...

Sempre que havia reuniões na casa de André para a leitura de um folheto ou do último número de um jornal estrangeiro, Vessoftchikof aparecia, sentava-se e escutava em silêncio, durante uma ou duas horas. Concluída a leitura, os novos discutiam; ele, porém, não entrava na conversa, e era o último a sair.

A sós com André, falava então no seu modo preguiçoso:

— Quem é o mais culpado de todos?

— Aquele que foi o primeiro a dizer: "Isto é meu!" Mas como já morreu há milhares de anos, não vale a pena nos zangarmos com ele! — respondia André, gracejando, mas com o olhar preocupado.

— Mas e os ricos e os poderosos? E os que os defendem? Têm razão?

O pequeno russo apertava a cabeça entre as mãos, retorcia o bigode e falava durante muito tempo acerca da vida dos homens, com palavras simples e claras. Mas repisava sempre que todos os homens eram falhos, o que não agradava o bexigoso. Com os grossos lábios apertados, este balançava a cabeça e afirmava com um tom desconfiado que ele não era assim, e ia embora descontente e sombrio.

Ele, porém, volveu uma vez:

— Não! Há de haver culpados! Existem! Digo-lhe que é preciso revolvermos a vida toda, sem piedade, como um campo coberto de ervas daninhas!...

— Foi o que o Isaías disse uma vez, falando de você! — observou Pélagué.

— O Isaías?

— Sim. Que homem mau! Espia toda a gente... Vem até observar às nossas janelas.

— Às janelas?...

Ela estava já deitada e não lhe podia ver a cara. Mas percebeu que tinha falado demais, quando André disse, em tom conciliador:

— Pouco importa que ele venha nos espreitar. Não tem o que fazer a essa hora: passeia.

— Qual! — exclamou o rapaz! — Ora, aí temos o culpado!

— Culpado de quê? De ser idiota?

Mas o bexigoso não respondeu e saiu.

O pequeno russo caminhava por todo o quarto, lenta e preguiçosamente, pisando com a leveza das patas da aranha. Havia descalçado as botas, como de hábito, para não fazer barulho e atrapalhar a mãe. Mas Pélagué não dormia.

— Tenho medo dele! — exclamou ela depois que o outro foi embora. — Parece um fogão aquecido ao máximo; não dá calor, mas queima.

— Sim! — concordou o pequeno russo, escolhendo bem as palavras. — É um garoto irascível. Não lhe fale mais de Isaías, mãezinha, ele é mesmo um espião, é até pago.

— Não me surpreende! Seu melhor amigo é policial.

— Vessoftchikov vai acabar por matá-lo — continuou André, com preocupação. — Agora, a senhora veja que sentimentos os comandantes podem provocar nos regimentos inferiores. Quando aqueles que se assemelham ao bexigoso tiverem consciência da situação humilhante a que são submetidos, perderão a paciência e... meu Deus, o que acontecerá? Choverá sangue do céu e o solo espumará como se uma mousse rubra estivesse a recobri-lo.

— Isso é terrível, André! — comentou febrilmente a mãe.

— Nossos inimigos terão apenas o que merecem... e, contudo, mãezinha, cada gotinha de sangue deles já terá sido antes lavada pelos lagos de lágrimas do povo.

Ele soltou uma risada de repente e acrescentou:

— É o que deve ser, mas não nos consola...

Capítulo XXII

Um domingo, quando a mãe, voltando do armazém, abriu a porta e apareceu no limiar, foi invadida por súbita alegria, semelhante a uma chuva no verão, pois ouvira, no interior da casa, a voz de Pavel.

— Cá está ele! — gritou André.

Pélagué notou a rapidez com que o filho se voltou para ela e o brilho que lhe assomou no rosto.

— Ei-lo afinal na nossa casa! — murmurou, desconcertada com a surpresa, e se sentou.

Pavel avançou, muito pálido, com pequeninas lágrimas bailando-lhe nos olhos, os lábios trêmulos. Em silêncio, os dois contemplavam-se.

O pequeno russo passou diante deles, assoviando, e saiu.

— Obrigado, mamãe! — exclamou por fim, apertando-lhe a mão que estremecia. — Obrigado, minha querida mãe.

Comovida por aquelas palavras, ela lhe acariciava os cabelos e, reprimindo as pulsações do coração, disse com doçura:

— Deus esteja com você! O que é que me agradece?

— O teu auxílio na nossa grande obra! Obrigado! É uma honra enorme para o homem poder dizer que sua mãe também é sua parenta pelo espírito.

Não respondeu, aspirando, sôfrega, as palavras do filho, contemplando-o, como em êxtase ante aquele rosto que lhe parecia tão luminoso.

— Eu me calava, mamãe, porque percebia que certas coisas da minha vida a impressionavam, tinha piedade da sua alma, e nada podia fazer que lhe fosse agradável. Imaginava que nunca se juntaria a nós, que nunca seguiria as nossas opiniões, que continuaria a suportar tudo, em silêncio, como o tinha feito em toda a sua vida. E isso me custava muito.

— O André me deu a compreender tantas coisas!... — observou, desejando chamar André ao sentimento do filho.

— Contou-me tudo o que a senhora fazia! — disse Pavel, rindo.

— O Iégor também. Somos da mesma aldeia. Olhe, o André tentou me ensinar a ler.

— E a senhora teve vergonha e se pôs a estudar sozinha, às escondidas.

— Espreitou-me, então! — notou, contrafeita. E, agitada pela excitação que preenchia o coração, continuou: — Mas que é dele? Foi-se daqui, para nos deixar à vontade. Chama-o, que ele... não tem mãe.

— André! — chamou Pavel, abrindo a porta. — Onde está?

— Aqui. Vou rachar lenha.

— Tem tempo. Vem cá.

— Já vou.

Não veio logo; e à porta, observou, dando importância ao caso:

— É preciso dizer a Vessoftchikof que traga lenha, que já há pouca. Veja como a cadeia fez bem ao Pavel! Em lugar de punir os revoltosos, o governo engorda-os.

A mãe começou a rir, o coração estremecia docemente. Sentia-se plena de felicidade, mas um senso de prudência já a fazia ansiar por ver o filho calmo como antes. Sua alma estava feliz e desejava que essa primeira alegria da vida se repousasse em seu coração para sempre, forte e vívida. Temendo que a felicidade se dissipasse, ela se apressou em protegê-lo, como um caçador de borboletas que, por acaso, encontra uma espécie maravilhosa.

— Você ainda não comeu!... Vamos jantar, Pavel! — propôs ela.

— Não. O guarda vigilante me informou ontem que tinham resolvido me pôr em liberdade, e logo perdi a vontade de comer. A primeira pessoa que encontrei por cá foi o velho Sizof. Apenas me viu, atravessou a rua para me falar. Aconselhei-o a ser mais prudente, porque eu estou sob a vigilância da polícia. "Que tem isso?", foi a sua resposta. E sabe o que me perguntou acerca do sobrinho? "O Fédor tem se portado bem na cadeia?" E eu: que entende por isso de portar-se bem na cadeia? "Ora!... não dá com a língua nos dentes a respeito dos companheiros!" Quando lhe disse que ele era bom rapaz e inteligente, passou a mão pela barba, e disse com altivez: "Nós, os Sizof, não temos patifes na família!"

— Não tem nada de tolo, esse velho — disse André, sacudindo a cabeça. — Conversamos bastante, eu e ele... é um bom homem. E o Fédia vem para a rua por estes dias?

— Provavelmente. Creio mesmo que virão todos. Não há provas contra nós. Apenas o depoimento do Isaías... Mas que pode ele saber?

A mãe ia e vinha, sempre contemplando o filho. André escutava o rapaz, de pé em frente à janela, os braços cruzados às costas. Pavel caminhava pelo quarto em grandes passadas. Deixara a barba crescer em pequenos anéis negros nas bochechas que atenuavam a tez morena. Seus olhos, envoltos em olheiras, estavam sombrios.

— Sentemo-nos! — disse Pélagué, servindo o jantar.

Comendo, André referiu-se a Rybine. Quando acabou de contar o que se tinha passado, Pavel murmurou, com muito pesar:

— Se eu cá estivesse, não o teria deixado partir assim. O que leva na sua alma? Um sentimento de revolta e umas ideias embrulhadas...

— Ora! — disse André, sorrindo. — Quando um homem tem quarenta anos e lutou durante muito tempo contra as dúvidas e as hesitações da sua alma, é difícil transformá-lo.

Discutiam, empregando termos que a mãe não compreendia, até o fim do jantar, embora por vezes falassem mais claramente.

— Devemos continuar no nosso caminho, sem nos desviarmos dele nem uma linha! — exclamou Pavel com firmeza.

— E, nesse caminho, iremos de encontro com milhares que nos consideram inimigos...

A mãe acompanhava; compreendia que Pavel não estimava os camponeses, enquanto André os defendia, achando que era preciso ensinar também a eles o bem. Ela entendia mais André, parecia-lhe que estava com a razão. Cada vez que ele dizia alguma coisa, a mãe ficava atenta, segurando o fôlego e impaciente, à espera da resposta do filho; queria saber se ele se sentiria ofendido pelo pequeno russo. Mas eles conversavam sem se zangar.

De tempos em tempos, Pélagué perguntava ao filho:

— Está bem assim, Pavel?

E ele respondia, sorrindo:

— Sim!

— Então o senhor comeu bastante, mas não mastigou o suficiente, restando-lhe na garganta um pedaço, precisa gargarejar... — dizia o pequeno russo, malicioso.

— Não fale bobagens — advertia Pavel.

— Eu?! Sou tão sério quanto uma cena de enterro...

A mãe ria, balançando a cabeça.

Capítulo XXIII

Aproximava-se a primavera, ia-se derretendo a neve, descobrindo a lama e o suor engordurado das chaminés da fábrica, que havia ocultado sob a sua camada branca.

Dia a dia, a lama tornava-se mais agressivamente aparente, todo o bairro parecia imundo e envolto em farrapos. De dia, os telhados gotejavam e as paredes cinzentas das casas exalavam como se transpirassem. De noite, o gelo pendia por todo o lado, em um brilho suave. O sol mostrava-se por mais tempo no céu, e os regatos ainda indecisos começavam a se dirigir para o pântano. Ao meio-dia, a canção cariciosa das esperanças primaveris palpitava pairando sobre o bairro.

Andavam em preparação as festas do Primeiro de Maio.

Pela fábrica e pelo bairro todo, tinham sido espalhados muitos folhetos, explicando a significação daquelas festas. Até a gente nova, que nada tinha de comum com os socialistas, dizia ao lê-los:

— É preciso tratar disso!

Vessoftchikof resmungava com o seu sorriso mole:

— E não é cedo. O jogo de esconde-esconde dura há muito tempo!

Fédia Mazine rejubilava. Tinha emagrecido, e o nervosismo dos seus gestos e das suas palavras lembrava uma cotovia que estivesse metida em uma gaiola. Acompanhava-o sempre Jacob Somof, rapaz calado, muito grave apesar de novo, e que trabalhava na cidade. Samoilof, cujos cabelos e barba pareciam ter se avermelhado ainda mais na cadeia, Vassili Goussef, Boukine, Drégounof e outros julgavam indispensável munir-se de armas; mas Pavel, o pequeno russo, Somof e os seus amigos não eram da mesma opinião. Iégor chegou então, como sempre, fatigado, ofegante e coberto de suor. Disse de brincadeira:

— A transformação da sociedade atual é uma grande obra, companheiros, mas para que ela caminhe mais facilmente é necessário que eu compre um par de sapatos para a minha pessoa! — E mostrou as botas estragadas. — Minha capa também está arruinada, todos os dias molho os pés. Não quero ir para debaixo da terra antes que tenhamos rejeitado o velho mundo de maneira pública e visível. Por isso, declinando da moção do companheiro Samoilof a respeito de uma reação armada, proponho que me deem um par de sólidas botas, pois estou profundamente convencido de que isso é mais útil para o triunfo de nossa causa do que o mais grandioso tumulto!

Ainda na mesma linguagem ilustrada, ele disse como o povo procurou melhorar seu destino em diversos países. A mãe adorava ouvir essas histórias; produziam-lhe um efeito estranho. Imaginava os piores inimigos do povo, aqueles que o enganavam com mais frequência e com mais crueldade; eram homens barrigudos, de bochechas avermelhadas, gananciosos, astutos, impiedosos e traiçoeiros. Se o poder dos czares tornava-lhes a vida difícil, eles excitavam o mundo operário a demandar autoridade; depois, quando o povo se rebelava e tomava o poder das mãos do imperador, esses homenzinhos tiravam-no de uma só vez e mandavam o povo de volta a seus casebres. Se este questionasse, eles o massacravam a centenas, milhares.

Pavel disse a Iégor:

— Sabe, André, os que mais riem são aqueles cujo coração mais sofre.

Depois de um curto silêncio, o outro respondeu, semicerrando os olhos:

— Que história. Se assim fosse, toda a Rússia morreria de tanto rir!

Natacha apareceu também; estivera na cadeia, em outra cidade, mas não mudara de aspecto. Pélagué notou que, quando ela estava presente, o pequeno russo ficava mais alegre, brincava com todos com uma malícia sem maldade que provocava as gargalhadas da moça, e que, quando ela ia embora, ele entrava a assobiar, tristemente, as suas inúmeras canções, passeando pela casa e arrastando os pés.

Sachenka vinha com frequência, sempre apressada, tornando-se dia a dia mais amargurada, mais angustiosa.

Uma vez que Pavel tinha saído para acompanhá-la sem fechar a porta atrás de si, Pélagué ouviu-lhes estas frases:

— É o senhor que levará a bandeira?

— Sou.

— Está decidido?

— Sim, é meu direito!

— E novamente a prisão?

Pavel não respondeu.

— Não pode... — insistiu Sachenka, mas se interrompeu.

— Quê?

— Deixar que outro...

— Não! — disse Pavel, resoluto.

— Reflita. O senhor tem tanta influência... estimam-no tanto... Aqui os chefes são o André e o senhor. Quantas coisas poderão fazer, estando livres!... Reflita. São capazes de o exilar... para muito longe e por muitos anos!...

A mãe percebeu que, na voz da jovem, havia sentimentos que ela conhecia bem: medo e ansiedade. Essas palavra caíam-lhe no coração como pingos de água gelada.

— Não! Estou decidido. Não renunciarei por coisa alguma deste mundo!

— Mesmo que eu lhe pedisse...?

Pavel interrompeu-a rapidamente, tendo na voz uma severidade especial:

— Não deve falar assim. Em que está pensando?

— Sou uma criatura humana!... — murmurou, defendendo-se.

— Uma excelente e meiga criatura! — disse ele em voz baixa e como se lhe custasse respirar. — Uma criatura que me é querida... muito querida! E é por isso mesmo que não deve falar assim!

— Adeus!

E pelo ruído dos seus passos, a mãe percebeu que ela ia correndo. Pavel a seguiu.

Um horror esmagador, atroz, a invadiu. Não entendeu qual era o assunto, mas compreendeu que nova desgraça a ameaçava, uma grande e obscura desgraça, e em seu cérebro cravou-se como um prego esta interrogação: "Que será preciso fazer?"

Ao entrar na cozinha, Pavel avançou para André, que lhe perguntou:

— E aquele desgraçado do Isaías?

— Devemos aconselhá-lo a que renuncie à espionagem.

— Denunciará aqueles que tal lhe aconselharem — retrucou o pequeno russo, jogando o boné a um canto.

— Que pensa fazer, Pavel? — perguntou-lhe a mãe, desviando o olhar.

— Quando? Agora?

— Não, no Primeiro de Maio.

— Ah! Quero levar a nossa bandeira. Vou me posicionar à frente do cortejo, com a bandeira em punho. Naturalmente, metem-me outra vez na cadeia.

Os olhos de Pélagué tornaram-se como em fogo, a boca invadida por uma secura febril. O filho pegou-lhe a mão e a acariciou:

— Assim é preciso, mamãe. A felicidade está nisto mesmo.

— Eu não disse nada... — balbuciou.

Mas, assim que cruzou o olhar obstinado de Pavel, ela baixou de novo a cabeça.

Ele largou a mão da mãe, suspirou e continuou, em tom de reprovação:

— Deveria regozijar-se em vez de se entristecer. No dia em que houver mães alegres mesmo com a imagem do filho diante da morte...

— Eh, eh! — resmungou o pequeno russo. — Nosso rapazinho retomou seu assunto preferido e embrenhou-se nele...

— Eu não disse nada... Não me oponho. Se tenho pena de você, é natural... e fica comigo...

Pavel afastou-se, e ela o ouviu resmungar duras palavras:

— Há afeições que impedem o homem de viver!

Receando que ele dissesse algo pior, exclamou, vivamente:

— Não fale assim, Pavel! Eu compreendo. Você tem que fazer o que tenciona por causa dos companheiros.

— Não! Por minha própria causa! Poderia proceder de outra forma, mas não quero! Hei de ir!

André parou no limiar; parecia metido numa moldura; era mais alto que a porta e curvava os joelhos caricatamente, com um dos ombros encostado ao umbral, e a cabeça e o outro ombro inclinados para a frente.

— Seria melhor que o senhor tagarelasse menos! — disse, fitando Pavel com olhos sombrios.

Parecia um lagarto semioculto na fenda de um rochedo.

A mãe tinha vontade de chorar, mas, não querendo que Pavel a surpreendesse, disse de repente:

— Ah!... Ia me esquecendo...

E retirou-se, rápida. Sob o alpendre, encostou a cabeça à parede e deu livre curso a todo o seu pranto. Chorava silenciosamente, desfazendo-se como se o sangue do coração saísse pelos olhos. Pela fresta da porta entreaberta, as palavras dos dois amigos chegavam até lá.

— Divertiu-se em atormentá-la! — dizia André.

— Você não tem o direito de me falar assim!

— Não seria um bom companheiro se me calasse ao ouvir as suas estúpidas maluquices! Por que respondeu tão rudemente à sua mãe?

— Deve-se falar sempre com firmeza, seja a quem for!

— A sua própria mãe?

— A todos! Dispenso qualquer amor ou amizade que me detenham no meu caminho.

— Que herói! À Sachenka é que devia falar assim.

— Foi o que fiz.

— Com essa rispidez? Não creio! Havia de lhe falar com uma voz carinhosa, terna... É como se estivesse a ouvi-lo! Guarda o seu heroísmo para quando sua mãe está presente. Pois fique sabendo, animal, que o seu heroísmo não vale nada!

Pélagué enxugou rapidamente as lágrimas. Receava que o pequeno russo ofendesse seu filho. Abriu a porta e, entrando na cozinha, disse, tremendo de medo e remorso:

— Oh! Que frio faz! E é isto a primavera!...

E, mexendo nas coisas sem saber por quê, continuou a falar alto para cobrir o barulho da discussão:

— Está tudo mudado... as pessoas se aquecem, o tempo esfria. Antigamente, a essa época, já estava quente, e o céu, claro; o sol brilhava...

Após um momento de silêncio, a mãe ficou parada no meio da cozinha, esperando não se sabe o quê.

— Você compreendeu?... — perguntou André em voz baixa. — É preciso que compreenda... diabos! Tem mais coração do que você.

— Querem chá? — perguntou a velha.

E sem esperar resposta, acrescentou logo:

— É que estou transida de frio.

Pavel saiu do quarto. Olhou-a rapidamente, com um sorriso a lhe tremer nos lábios.

— Perdoe, mamãe... Sou ainda uma criança... um garoto...

Ela o estreitou no peito.

— Não me ralhe mais. Não me diga mais nada. Deus esteja com você, filho! Siga lá sua vida, mas não mexa com meu coração. Como não haveria de uma mãe ter piedade do seu filho? É impossível. Tenho piedade de todos... Ah, vocês são todos iguais! Todos bons. E quem terá piedade senão eu? Você escolheu esse caminho... outros o seguiram, abandonaram tudo e partiram. Partiram, Pavel...

Um pensamento agitava-lhe o coração, dava-lhe asas e cobria a mãe de uma alegria angustiada e martirizada; mas ela não encontrava as palavras para exprimir esse pensamento. Olhava seu filho com os olhos que brilhavam uma dor aguda e ardente.

— Está bem, mamãe. Perdoe. Fiz mal — murmurou o rapaz, baixando a cabeça. Virou-se para ela, sorrindo.

Depois afastando-se, enleado:

— Nunca mais esquecerei, palavra de honra!

Passando ao quarto, Pélagué disse a André, que se conservara à porta:

— Não ralhe com ele. Bem sei que é mais velho, mas...

Ele não se moveu, e pôs-se a berrar comicamente:

— Ora! Ora! Ora! Ralho... e até lhe dou umas palmadas, se for preciso.

A velha apertou-lhe a mão comovida.

— Meu bom amigo!...

André entrou na cozinha, inclinado como se fosse um touro, e, continuando no mesmo tom irônico, disse:

— Desapareça, Pavel, se não quer que eu lhe torça o pescoço. Estou brincando, mãezinha, não me dê ouvidos. Por enquanto, não, porque estou arranjando o samovar! Oh! Que péssimo carvão! Está molhado, com mil diabos!

Calou-se. Quando a viu perto de si, foi dizendo baixinho, todo entretido no seu trabalho:

— Não tenha medo, mãezinha, que não lhe tocarei nem com um dedo! Sou simplório como um nabo cozido. E gosto muito dele. Olhe, não deve dar ouvidos a esse herói! Anda como se tivesse estreado um colete elegante, com o peito estufado, empurrando toda a gente para que lhe vejam bem o colete... É bonito, lá isso é; mas para que diabo empurra ele o próximo?

Pavel disse de lá:

— Ainda está resmungando? — E se aproximou deles.

O pequeno russo estava sentado no chão e tinha entre as pernas o samovar. Ele o contemplava. A mãe, perto da porta, fitava com olhos tristes e afetuosos a nuca e o pescoço comprido de André. Ele se virou, com as mãos apoiadas no chão, e observou, com olhos avermelhados, mãe e filho.

— Vocês são realmente gente de bem — disse a meia-voz.

Pavel se agachou e pegou no braço do outro.

— Não me puxe, vou acabar caindo.

— Para que se zangam? — perguntou ela tristemente. — Não seria melhor que se abraçassem?

— Quer?... — murmurou Pavel.

— Por que não? — respondeu André, levantando-se.

Os dois homens abraçaram-se, unindo-se numa só alma, animada da mais calorosa amizade.

Pélagué chorava; era, porém, um pranto sem amargor. Enxugando os olhos, balbuciou:

— As mulheres gostam de chorar... de tristeza... e de alegria...

André afastou o amigo, esfregando os olhos.

— Basta! Basta! Quando os bezerros brincam muito, acabam assados. Que diabo de carvão! Assoprei tanto que tenho os olhos cheios!

Pavel sentara-se junto da janela, e murmurou:

— Lágrimas como estas não devem envergonhar.

A mãe se aproximou dele e sentou-se a seu lado. Seu coração estava preenchido por um sentimento de coragem, doce e quente.

"Que importa?!", pensou, acariciando a mão do filho. "É impossível que seja de outra forma, é preciso que seja assim."

Outros pensamentos costumeiros vinham-lhe à mente, mas não encontrou nenhum que exprimisse o que experimentava naquele momento.

— Guardarei a louça, mãezinha, fique sentada — disse o pequeno russo, que se levantava e saía da cozinha. — Já a fizemos sofrer muito.

E sua voz melodiosa se fez mais sonora, estando fora da vista.

— Sim! Acabamos de viver momentos de uma boa vida humana, repleta de amor! — exclamou André.

— Sim! — disse Pavel, olhando para a mãe.

Ao que a mãe observou:

— Tudo está mudado! O pesar é outro... outra a alegria... já nem sei... já não sei o que me faz viver... faltam-me as palavras...

— Tudo está mudado. E assim é que deve ser! — acudiu André. — E sabe por quê? Porque se desenvolve na vida um coração novo, mãezinha. Os corações estão todos despedaçados pela diversidade dos interesses, roídos pela cega avareza, mordidos pela inveja, cobertos de chagas e feridas purulentas... de mentira, de covardia. Os homens são uns doentes, que têm medo de viver... perdidos como em um nevoeiro... conhecendo apenas a sua própria dor. Mas eis que aparece um homem que ilumina a vida com o fogo da razão e grita. "Eh! Pobres insetos perdidos! Chegou o tempo de compreenderem que têm todos os mesmos interesses e o mesmo direito à vida e ao desenvolvimento!" O homem que clama está isolado, por isso clama em alto e bom som. Ele precisa de amigos. Sente-se triste e tem frio sozinho. E ao seu chamado, todos os corações se reúnem, formando um coração imenso, forte, sensível como um sino de prata. E este sino canta assim: "Uni-vos, homens de todos os países, formai uma única família! A mãe da vida é a afeição e não o ódio!" Irmãos, eu ouço esse sino!

— E eu também! — disse Pavel.

A mãe apertou os lábios com força, para impedir que tremessem, e fechou os olhos, para controlar as lágrimas.

— Deitado, de pé, onde quer que vá, ouço-o e me sinto feliz. Eu sei: a Terra está farta de suportar a injustiça e a dor; ecoa como se quisesse responder, saudando o novo sol que desponta no peito do homem!

Pavel ergueu um braço, ia falar; mas a mãe o deteve e disse baixinho:

— Não o interrompa.

— Sabem? Há ainda muitas dores reservadas aos homens; ainda muito sangue será derramado por mãos cruéis. Mas tudo isto, toda a minha dor e todo o meu sangue, nada são perante o que já possuo no meu cérebro, na minha medula, nos meus ossos! Já sou rico, como uma estrela é rica em cintilações. Suportarei tudo porque tenho em mim uma alegria que ninguém nem coisa alguma matará e que é a minha força!

E até a meia-noite, a conversa prosseguiu, harmoniosa e sincera, acerca da vida, dos homens e do futuro.

Quando tinha clareza de um pensamento, Pélagué, suspirando, escolhia algo em seu passado — era sempre algo penoso e mau — e utilizava como uma pedra para consolidar esse pensamento em seu coração. Por influência daquela conversa, sua inquietude se dissipava; experimentava os mesmos sentimentos do dia em que seu pai lhe dissera, de modo rude:

— Não adianta reclamar. Há um imbecil que quer casar com você, aceite. Todas as moças casam, todas as mulheres têm filhos. Para todos os pais, os filhos são um remorso. Afinal, você não é uma criatura humana?

Ela viu então se desenhar diante de si um caminho inevitável, que se estendia sem um fim, em meio ao deserto e à escuridão. E a inevitabilidade de seu destino fez com que adquirisse uma calma cega.

Ocorria o mesmo naquele momento. Mas, pressentindo a chegada de outra infelicidade, dizia não se sabe para quem:

— Vamos, pegue!

E ela aliviava a dor de seu coração, que cantava estremecendo seu peito, como uma corda esticada...

Nas profundezas de sua alma atormentada pela ansiedade da espera, surgia uma esperança vacilante, fraca, contida: não lhe tirariam tudo; não lhe arrancariam tudo... restaria alguma coisa...

Capítulo XXIV

De manhã muito cedo, apenas André e Pavel tinham saído, Maria Korsounova bateu na janela com estrondo.

— O Isaías foi assassinado! Venha ver!

Pélagué estremeceu: a palavra "assassinado" atravessou-lhe o peito como uma flecha.

— Quem o matou?

— O assassino fugiu!

Tendo posto um xale, às pressas, Pélagué foi ter com ela à rua.

— Naturalmente vão começar outra vez a dar buscas. Ainda bem que a sua gente não saiu de casa àquela hora. Posso testemunhar. À meia-noite passei por aqui, olhei pela janela e vi vocês três sentados à mesa.

— Mas, Maria, por que haveriam de acusá-los? — perguntou, aterrorizada.

— O assassino é forçosamente dos seus! Todos sabem que o Isaías os espionava...

Pélagué parou, ofegante, com a mão no peito.

— Que é isso? Não tenha medo. O Isaías não merecia outra coisa. Vamos depressa, que não chegamos a tempo.

A pobre velha caminhava sem mesmo perguntar a si própria para que ia ver o cadáver; tremia pensando em Vessoftchikof: "Conseguiu o seu fim!"

Não distante da fábrica, sobre o entulho de uma casa recentemente destruída por um incêndio, um grande grupo de pessoas murmurava, como uma nuvem de besouros, e se movia levantando em poeira as cinzas com os seus passos. Já lá estavam muitas mulheres, crianças, lojistas, os moços da taverna próxima, agentes de polícia, o guarda Pétline, um guarda velho de barba branca como prata e o peito coberto de medalhas.

Isaías jazia; parte de seu corpo estava no chão, mas suas costas se apoiavam em um pedaço de madeira enegrecido pelo fogo. A cabeça pendia para o ombro direito. A mão direita estava dentro do bolso da calça e os dedos da esquerda, afundados na terra fria.

A mãe observou o rosto do falecido. Um dos olhos baços fixava o boné, que repousava entre as pernas esticadas; a boca estava entreaberta, como se em uma expressão de surpresa; a barbicha ruiva pendia, lamentável. O corpo magro, de cabeça pontuda e rosto encovado, coberto de sardas, parecia menor, comprimido pela morte. A mãe persignou-se, suspirando. Vivo, ele não a agradava; agora, provocava-lhe piedade.

— Não há sangue — disse alguém a meia-voz. — Devem tê-lo espancado.

— Talvez ainda esteja vivo.

— Vão-se embora! — berrou o guarda.

— O médico já veio e disse que ele estava morto!

— Calaram um delator... Foi bem feito!

O guarda afastou as mulheres que o cercavam e perguntou ameaçadoramente:

— Quem é que falou?

Muitos recuaram; outros fugiram. Ouviram-se risos de escárnio. Pélagué voltou para casa.

"Ninguém tem dó dele...", ia pensando.

E o perfil maciço do bexigoso erguia-se na sua frente. Os olhos estreitos resplandeciam um brilho frio e bruto. A mão direita balançava, como se ferida.

Quando André e Pavel entraram para o jantar, perguntou-lhes logo:

— Então? Ninguém foi preso por causa do Isaías?

— Não ouvi nada... — respondeu o pequeno russo.

Ela notou que os dois vinham sombrios e reservados.

— Não falam de Vessoftchikof?... — insistiu.

O filho a encarou com severidade e respondeu acentuando muito as palavras:

— Não! Ninguém pensa nele. Está ausente. Ontem, ao meio-dia, partiu a caminho da ribeira e ainda não voltou... Tirei informações...

— Deus seja louvado! — exclamou ela com um suspiro de alívio.

O pequeno russo lançou-lhe um olhar e baixou a cabeça.

— Isaías estava estendido no chão — continuou Pélagué, pensativa. — Parecia surpreso... Ninguém sofre por ele, ninguém lhe dedica uma palavra... estava ali pequenino, franzino. Como um fragmento que se descola de algo e jaz ali...

Durante o jantar, Pavel deixou cair de repente a colher no prato e disse:

— Não entendo isto!

— O quê? — perguntou André, até ali triste e silencioso.

— Admito que matem um animal feroz, uma ave de rapina... Julgo-me capaz de matar um homem que se tornasse uma fera para os seus semelhantes. Mas como há quem possa levantar a mão para assassinar uma criatura miserável e repugnante?

André encolheu os ombros, e depois:

— Ele era tão nocivo quanto uma fera.

— Sei...

— Nós também esborrachamos o mosquito que nos suga um pouco de sangue... — acrescentou o pequeno russo em voz baixa.

— Sim, é verdade. Não é esse o meu ponto de vista. Digo que é repugnante!

— Que se há de fazer? — André encolheu outra vez os ombros.

— Poderia matar uma criatura daquelas? — perguntou Pavel depois de curta pausa.

O pequeno russo fitou-o, lançou um rápido olhar a Pélagué, e respondeu tristemente, mas com firmeza:

— Se fosse assunto só meu, não tocaria um dedo em ninguém. Em nome dos companheiros, em nome da causa, faria tudo! Mataria até meu filho se assim fosse preciso!

— Oh! — exclamou a mãe.

Ele sorriu e disse:

— Impossível ser de outra forma! É a vida que assim deseja!

— Sim! — concordou Pavel lentamente. — É a vida que assim deseja.

Como se obedecendo a um impulso interior, André se levantou e começou a falar, gesticulando:

— Que se há de fazer? Somos obrigados a odiar o homem, para que venha mais cedo o tempo de admirá-lo sem reservas. Temos que destruir aquele que impede o curso da existência, que vende os outros para adquirir honrarias ou conforto. Se encontramos no caminho dos justos um Judas que espera para nos trair, eu próprio seria um traidor, se não o aniquilasse. É crime? É contra o direito? E os outros, os nossos senhores, com que direito se servem de soldados e carrascos, de casas públicas e de prisões, do degredo e de tanta coisa infame para proteger a sua segurança e o seu bem-estar? E se, de tempos em tempos, sou obrigado a usar o porrete deles? Que fazer? Eu o uso, não posso rejeitar. Os nossos senhores nos assassinam às centenas, aos milhares; isso me dá o direito de levantar a mão e de deixá-la cair na cabeça de um inimigo, daquele que mais se aproximou de mim e que mais me prejudica na vida. Sei que o sangue dos meus inimigos é estéril... desaparece sem deixar vestígios, porque está podre; ao passo que, quando o nosso rega a terra como uma chuva compacta, a verdade brota exuberante! Também o sei! Mas se vir que é indispensável matar, matarei e assumirei a responsabilidade do meu crime. Não falo senão de mim. O meu passado morrerá comigo, não manchará o futuro com uma única nódoa, não manchará ninguém, ninguém, senão eu!

Ele ia e vinha a grandes passadas, agitando os braços diante de si, como se cortasse algo no ar. Cheia de tristeza e de inquietação, Pélagué o olhava; sentia como se ele tivesse uma mola partida no seu espírito, e que sofria. Não a inquietava já o caso do assassinato; não tendo sido Vessoftchikof, nenhum outro companheiro de Pavel o seria, por certo. O filho escutava o pequeno russo com a cabeça baixa.

André prosseguia:

— Quando queremos ir em frente, é preciso lutar contra si próprio. É preciso sacrificar tudo, seu coração... Não custa dedicar a vida à causa, nem morrer por ela. Mas é preciso dar-lhe mais, é preciso dar-lhe aquilo que nos é mais caro na vida... e o que nos é mais caro, a verdade, crescerá em poder!

Estacou no meio do quarto. Tinha o rosto pálido, os olhos semicerrados. Recomeçou, com as mãos erguidas como em um gesto de promessa solene:

— Tempo virá em que os homens se admirarão uns aos outros, em que cada qual brilhará como uma estrela, em que escutará a voz do seu semelhante como se fosse uma música. Haverá na Terra homens grandes pela sua liberdade, tendo todos o coração aberto, purificado de qualquer ambição ou interesse. A vida será então um culto prestado ao homem; a sua imagem será exaltada, porque para os homens livres qualquer montanha é acessível. Viveremos então na liberdade e na igualdade, pela beleza os melhores serão os que mais souberem abarcar o mundo no seu coração, os que mais o amarem! Então, a vida será grandiosa, e grandiosos serão os que ela viverem. — Ele se calou, ajustou-se, balançando como um pêndulo de relógio. Então, retomou com uma voz que reverberava toda a sua energia. — E por uma vida assim, estou disposto a tudo. Arrancaria o meu próprio coração e o pisotearia!

Os seus lábios tremiam; as suas feições tinham uma excitação luminosa; uma a uma, as lágrimas deslizavam-lhe pelas bochechas.

Pavel ergueu a cabeça e o contemplou. Também estava pálido e com olhos arregalados. A mãe ergueu-se na cadeira. Pélagué sentia-se inquieta, com um vago e terrível pressentimento.

— Que tem você, André? — perguntou Pavel, a meia-voz.

Ele esticou o corpo, e fitando a velha:

— Eu vi... eu sei...

Pélagué levantou-se, correu a ele, pegou-lhe nas mãos. Ele tentou desvencilhar-se, mas ela segurou com força.

— Sossegue, André! Meu filho!... Sossegue! — murmurava.

— Esperem!... Quero dizer-lhes como a coisa foi...

— Não! Não! — acudiu ela, com os olhos cheios d'água...

Pavel aproximou-se dele, com as mãos trêmulas e muito pálido, e segredou-lhe:

— Minha mãe receia que tenha sido você...

Ela, porém, ouviu e disse:

— Não receio, não. Sei que não foi ele! Ainda que tivesse sido, não acreditaria.

— Ouçam... — pediu André, sem os fitar, e buscando libertar as mãos. — Não fui eu... mas poderia ter evitado o crime.

— Cale-se, André! — exclamou Pavel, pondo-lhe a mão no ombro, como para fazer cessar o tremor que lhe abalava todo o corpo.

O pequeno russo olhou o amigo e explicou então:

— A coisa foi assim: quando você nos deixou, Pavel, ficamos na esquina, eu e Dragounof. O Isaías apareceu de repente, mas manteve-se afastado... Troçava de nós, observando-nos... Dragounof disse-me: "Não vê? Anda a me espiar todas as noites. Ainda lhe darei uma lição!" E afastou-se para entrar em casa, era o que pensava. Então o Isaías chegou para perto de mim...

Ele suspirou.

— Ninguém me insultou mais relesmente do que aquele cão!

Sem falar, Pélagué fora conseguindo puxá-lo para junto da mesa até obrigá-lo a sentar-se. Ela ficou ao seu lado, enquanto Pavel permaneceu de pé diante dela, mexendo na barba com uma expressão sombria.

— Disse-me que todos nós éramos conhecidos da polícia, que tinham os olhos em nós, e que antes do Primeiro de Maio estaríamos servidos!... Não respondi, limitei-me a rir, mas cá por dentro começava a ferver. Disse-me depois que eu era um rapaz inteligente, que não me deveria meter em tais caminhos...

O pequeno russo se interrompeu, enxugando o rosto com a mão esquerda. Os olhos estavam secos e brilhantes.

— Percebo!... — murmurou Pavel.

— Acabou por me dizer que seria melhor eu entrar para o serviço da polícia...

E, de punho cerrado, acrescentou:

— Que alma infame a daquele homem! Mais valia que me houvesse esbofeteado! Teria me custado menos! E talvez fosse melhor para ele. Perdi a paciência quando assim me cuspiu no coração a sua saliva infecta!

André libertou-se efusivamente da mão de Pavel e acrescentou com desprezo, a voz ainda mais triste:

— Dei-lhe um murro em pleno rosto, e retirei-me. Ouvi uma voz atrás de mim: "Fez muito bem!" Era Dragounof, que por certo tinha ficado oculto na esquina.

Um instante de silêncio e o pequeno russo retomou:

— Não olhei para trás, apesar de sentir, de compreender a possibilidade... Ouvi depois um ruído, mas não fiz caso. Eu ia tão tranquilo como se tivesse acabado de esmagar um sapo. Quando cheguei à fábrica, gritavam: "Mataram Isaías!" Não queria acreditar. Mas a mão doía-me. Não a domino mais... não me dói agora, mas parece que ela diminuiu...

Olhou rapidamente para a mão.

— Jamais conseguirei limpar essa nódoa impura.

— É certo que seu coração é puro, meu querido — disse a mãe, em pranto.

— Não estou dizendo que fui eu... Oh, não! Mas é repugnante. Não é bom ter uma tal lama marcada no peito, não preciso disso!

— Que pensa fazer? — perguntou Pavel, com um ar desconfiado.

— Que pretendo fazer?

Mergulhou em pensamentos, a cabeça baixa, depois, aprumando-se, disse com um leve sorriso:

— Não tenho medo de dizer que fui eu... mas tenho vergonha de tê-lo feito!

Os braços caíram junto ao corpo, ele levantou-se e repetiu:

— Não posso dizer, tenho vergonha!

— Não percebo bem! — exclamou Pavel, encolhendo os ombros. — Não foi você quem matou; e ainda que...

— Irmão, apesar de tudo, era um homem. O assassinato é coisa repugnante. Saber que alguém assassina e não o impedir... é talvez uma covardia infame!

Pavel retrucou com firmeza:

— Continuo sem perceber!

Após refletir um pouco:

— Ou melhor, percebo, mas não compartilho esse sentimento.

Ouviu-se o apito da fábrica. André deixou tombar a cabeça, escutando aquele autoritário chamamento, e disse:

— Não quero ir trabalhar.

— Nem eu!

— Quero tomar um banho!

Vestiu-se às pressas e saiu, mal-humorado.

Pélagué seguiu-o com um olhar de compaixão; depois se abriu com o filho.

— Pode dizer o que quiser, Pavel. Sei que é pecado matar um homem, mas neste caso não encontro culpa em ninguém. Lembro-me de que o Isaías me ameaçou uma vez com a forca para você... Eu não lhe queria mal, nem me alegro por ele ter morrido... Tinha apenas dó dele... E agora... nem mesmo isso sinto mais...

Ela se interrompeu, refletiu e continuou com um sorriso surpreso:

— Meu Jesus! Pavel, ouviu o que eu disse?

Pavel certamente não a havia escutado. Com a cabeça baixa, ele caminhava pelo quarto. Exclamou com uma voz sombria:

— Eis o que é a vida, mamãe! Veja como jogaram os homens uns contra os outros. Querendo ou não, somos obrigados a bater. Em quem? Um homem tão privado de direitos quanto nós, um homem mais infeliz que nós, pois que é idiota. Os policiais, os agentes, os espiões são nossos inimigos e, entretanto, são gente como nós; também são explorados, também não são considerados homens. E, assim, opõem uns homens contra os outros; cegam-nos pela ignorância e pelo medo; ataram-lhes as mãos e os pés; são oprimidos e explorados, apagados e esmagados em meio aos outros. Transformaram os homens em armas, em porretes, em pedras, e chamamos a isso civilização. É o governo, o Estado...

Ele se aproximou da mãe:

— Isso que é crime, mãe! Um assassinato atroz de milhões de homens, um assassinato de almas! Compreende? Matam almas! Veja a diferença entre nós e nossos inimigos: quando um de nós bate, sente-se vexado, repugnado, sofrido... sente-se sobretudo enojado. Os outros, por sua vez, assassinam aos milhares sem perturbação, sem piedade, sem estremecimento; matam com alegria, sim, alegria! E oprimem a todos, apenas para garantir a lenha em casa, o mobiliário, o ouro, o dinheiro, pedaços de papel inúteis, todas essas insignificâncias miseráveis que lhes dão autoridade sobre seus semelhantes. Reflita: não é para se proteger que matam o povo, que mutilam as almas; não é por si próprios, mas para defender a sua propriedade.

Pavel segurou a mão da mãe, inclinando-se em sua direção.

— Se pudesse sentir essa aversão, essa podridão infecta... perceberia que temos razão. Veria como nossa causa é grande e bela!

A mãe se levantou, emocionada. Sentia um desejo profundo de fundir seu coração ao de seu filho.

— Espere, Pavel, espere! — sussurrou ela, arfando. — Eu percebo, eu sinto... espere!

Capítulo XXV

Alguém acabava de chegar ao alpendre. Mãe e filho entreolharam-se, estremecendo.

A porta se abriu e deu entrada a Rybine, que chegou se curvando.

— Cheguei! — disse, erguendo a cabeça com um sorriso. — Ah, sentia-me entediado e fico feliz de revê-los.

Vestia uma capa curta, de peles, toda manchada de alcatrão, e nos pés, sapatos de cânhamo; do cinto pendiam-lhe grosseiras luvas de lã preta; na cabeça, um boné de peles.

— Como vão de saúde? Puseram você na rua, Pavel? E você, Pélagué, como vai?

Rybine sorria, mostrando os dentes brancos; sua voz era mais doce que outrora. O rosto estava mais tomado pela barba. Feliz de revê-lo, a mãe foi até ele, cumprimentou-o, apertando sua grande mão negra, e disse, sentindo o forte e fresco odor de alcatrão:

— Ah, é você? Estimo vê-lo!

— Olhe que dá um belo camponês! — disse Pavel.

Rybine respondeu, tirando vagarosamente a capa:

— Sim. Fiz-me camponês. Você e os seus vão se transformando pouco a pouco em senhores; eu ando para trás.

E passando ao quarto, lançou o olhar ao redor.

— Não tem mais mobília do que antes. Os livros é que aumentaram. São o melhor bem que se pode possuir hoje. Como vão as coisas por cá? Contem-me.

Sentou-se, abrindo muito as pernas, e apoiou as palmas das mãos nos joelhos, na expectativa da resposta de Pavel. Estava bem-humorado.

— Vão bem.

— Muito me alegro! Muito me alegro!

— Quer chá? — perguntou a dona da casa.

— Aceito, e um copinho de aguardente... Se me oferecessem de comer, também não recusaria. Estou contente por tornar a vê-los!

— E como vai, Mikhail Ivanovitch? — perguntou Pavel, sentando-se diante dele.

— Bem. Parei em Eguildievo. Conhecem? É uma bela vila, com duas feiras por ano e mais de dois mil habitantes. As pessoas são más. Não há terra para cultivo, arrendam terrenos, mas são ruins. Empreguei-me como mão de obra de um explorador do povo; não faltam sanguessugas, são como moscas sobrevoando um cadáver. Fabricamos carvão, extraímos alcatrão da madeira de bétula. Trabalhamos duas vezes mais e recebemos quatro vezes menos, é isso! Somos sete operários... para esse sanguessuga. São gente nova, com exceção de mim. Sabem ler e escrever... Um deles, Jéfim, é muito esperto.

— E o senhor fala sempre com eles? — perguntou Pavel, animado.

— Certamente. Levei comigo todos os seus folhetos, tenho trinta e quatro. Mas prefiro usar a minha Bíblia, onde podemos encontrar o que quer que seja; é um livro permitido, é publicado pelo Santo Sínodo, é confiável.

Piscou o olho, malicioso, e continuou:

— O pior é que não basta. Vim cá buscar leitura... Como tínhamos de entregar o alcatrão, eu e Jéfim fizemos um desvio para passar em sua casa. Dê-me alguns livros antes que Jéfim chegue, não há necessidade de que saiba de tudo...

Pélagué observava-o; parecia-lhe que, ao largar a capa, largara também qualquer coisa da sua pessoa: estava menos grave do que antes, e havia no seu olhar mais astúcia.

— Mamãe, vai buscar os livros. Diz que são para o campo; que logo sabem o que lhe hão de dar.

— Irei, logo que o samovar esteja pronto.

— Também está metida nesses assuntos? — perguntou Rybine, rindo. — Há muitos apreciadores de livros em minha aldeia. O professor mesmo está tomando gosto. Dizem que é um bom rapaz, embora tenha estudado em seminário. Há também uma professora de uma escola a alguns quilômetros de distância. Mas eles não querem saber de livros proibidos, têm medo... é o governo que os paga. É assim! Quero livros proibidos e bem incisivos... Vou distribuí-los às escondidas. E se o padre ou alguém da polícia os descobrir, imaginarão que os mestres-escolas é que fazem a propaganda. De mim, ninguém suspeitará.

Satisfeito por este achado, desatou a rir.

"Veja só", pensou Pélagué. "Tem o aspecto de um urso, e afinal é uma raposa!"

Pavel ergueu-se, em tom de censura:

— Vamos lhe dar os livros que deseja, mas o que pensa fazer não lhe fica bem.

— E por quê?

— Porque se deve responder sempre pelo que se faz. Não fica bem arranjar as coisas de maneira a transferir a responsabilidade a outro!

O tom de Pavel era severo.

Rybine olhou para o chão, balançando a cabeça.

— Não percebo!

— O que acha? — Pavel estava parado à sua frente. — Os professores serão presos se suspeitarem que disseminam livros proibidos?

— Sim... mas que tem isso?

— Ora, se é você quem distribui os livros, não eles, é você que deve ser preso!

— Você é engraçado! — exclamou, rindo, Rybine. Ele deu um tapa no joelho e continuou: — Quem suspeitaria que eu, um simples camponês, iria me envolver com coisa semelhante? Isso faz sentido? Os livros são assunto dos senhores, eles é que terão de responder...

Pélagué via que Pavel não compreendia Rybine. O filho tinha os olhos semicerrados, o que indicava que se zangava. Ela interveio com doçura:

— Mikhail Ivanovitch deseja fazer o que deve, mas sob a condição de que outros sejam castigados em seu lugar...

— É isso! — concordou Rybine, afagando a barba.

Pavel objetou:

— Se qualquer de nós, o André, por exemplo, praticasse uma infração da lei e me metessem na cadeia, a mim, que diria minha mãe?

A mãe estremeceu. Olhou desconcertada para o filho e respondeu, balançando a cabeça:

— Como poderiam fazer assim a um companheiro?

— Ah! Compreendo-o agora, Pavel.

E, com um sorriso sarcástico, Rybine disse à mãe:

— Ah! Ah! É um caso melindroso!... — E assumindo ares doutorais: — É ainda ingênuo, irmão! Não se pode perder tempo com honra quando se trabalha por uma causa secreta. Pense: em primeiro lugar, o dono da casa onde estarão os livros é que será preso, não o professor. Em segundo, os livros autorizados, distribuídos pelo professor, possuem o mesmo conteúdo dos livros proibidos, o que muda são as palavras; e há menos verdade do que nos nossos. Então, os professores e nós temos o mesmo objetivo, com a diferença de que eles fazem um desvio, enquanto eu pego a via mais direta. Contudo, aos olhos das autoridades, somos igualmente culpados, certo? Em terceiro lugar, meu irmão, não lhes devo nada. Os pedestres são maus companheiros dos cavaleiros. Talvez não agisse assim com um camponês. O professor é filho de um padre; a professora, filha de um proprietário de terras; nem percebo por que estão preocupados em amotinar o povo. Eu, como camponês, não posso saber o que pensa a gente instruída. Sei o que faço, mas ignoro o que eles querem. Os grandes, por milhares de anos, eram os verdadeiros senhores e abusavam dos camponeses. De repente, eles acordam e começam a abrir os olhos da própria vítima... Não sou um apreciador de contos de fadas, meu irmão, e é disso que se trata aqui. Os ricos e instruídos, não importa quem sejam, me são distantes. Durante o inverno, quando atravessamos os campos, vez em quando, percebemos uma agitação no horizonte. Raposa, lobo, cão? Não se distingue, é muito distante...

A mãe reparou no olhar triste do filho.

Os olhos de Rybine cintilavam um brilho sombrio. Satisfeito consigo próprio, ele continuou fervorosamente, passando os dedos pela barba:

— Não tenho tempo para delicadezas. O momento é grave. Trabalhe cada qual segundo a sua consciência... Todas as aves têm o seu canto especial.

— Mas há ricos que se sacrificam pelo povo, que passam toda a vida na cadeia... — observou a velha, recordando-se de pessoas amigas.

— Com esses o caso é outro. Quando o homem do povo enriquece, acotovela-se com os senhores. Estes, quando empobrecem, tornam-se amigos do povo. Quando a algibeira está vazia, a alma torna-se pura à força. Lembra-se, Pavel, certa vez você me explicou que as opiniões dependem da maneira como vivemos; que, se o operário diz "sim", o patrão é obrigado a dizer "não"; e que, se o operário diz "não", o patrão dirá que "sim", pois que é o patrão. O mesmo ocorre entre os camponeses e os proprietários. Quando o camponês está satisfeito, o proprietário não fica tranquilo. Mas sei bem, por todos os lados há canalhas. E eu não quero mais tomar a defesa de todos os camponeses sem exceção...

Ergueu-se e continuou, sombriamente. Sua barba tremia, como se ele rangesse os dentes.

— Pulei de fábrica em fábrica por cinco anos, havia me desacostumado com o campo. Quando para lá voltei, quando vi o que se passava, percebi que não poderia viver como vivem os camponeses. Percebe? Parecia-me impossível. Vocês não sabem o que é fome... Não fazem vocês se humilharem tanto. Mas no campo a fome acompanha o homem como uma sombra por toda a vida; não há nenhuma esperança de conseguir pão o bastante. A fome devorou a alma, apagou o aspecto humano. As pessoas não vivem, apodrecem em uma miséria sem saída... As autoridades não vacilam: como abutres, ficam à espreita para ver se o camponês não tem uma fatia de pão a mais. Quando a descobrem, eles a arrancam e esmurram a cara do camponês...

Rybine olhou ao redor. Depois, se inclinou em direção a Pavel, apoiando-se sobre a mesa.

— Estava enojado, sofri muito quando revi essa realidade de perto. Julguei que não poderia suportar semelhante vida. Porém, dominei-me. Disse com os meus botões: "Não devo consentir que a minha alma me pregue peças! Resistirei aqui... e se não dou pão aos camponeses, provoco tumulto, um bom tumulto! Humilho pelas pessoas e em nome das pessoas. A humilhação finca-se no meu coração como uma faca."

Com a fronte coberta de suor, ele se aproximou de Pavel, colocando a mão trêmula em seu ombro.

— Dê-me livros que não deixem mais em descanso aqueles que os lerem. Ajude-me! É preciso deixar aquela gente com a pulga atrás da orelha. Diz aos que escrevem folhetos para os da cidade que os escrevam também para os do campo. Que os escrevam de maneira a regar o campo de água fervente, para que os cultivadores, depois de lê-los, caminhem para a morte sem protestar!

Estendeu o braço e acrescentou, em uma voz sombria, espaçando bem as palavras:

— É preciso consertar a morte com a morte... é isso! Logo, é preciso morrer para que as pessoas ressuscitem. É preciso que milhares morram para que milhões ressuscitem em todo o mundo. Morrer é fácil. Se ao menos as pessoas ressuscitassem, se ao menos se erguessem!

A mãe trouxe o samovar e olhou rapidamente Rybine. As frases vigorosas de Rybine impressionavam Pélagué. Havia naquele homem alguma coisa que lhe recordava o marido: um e outro mostravam os dentes e arregaçavam as mangas com a mesma irritação impaciente, silenciosa. Ao menos, Rybine falava.

— Sim! É indispensável! — disse Pavel. — É indispensável organizar um jornal para o campo. Dê-nos o assunto, narre-nos os fatos, e nós lhe faremos um jornal.

A mãe observou, com um sorriso, o filho. Depois se arrumou em silêncio.

— Está dito! Trarei o que for necessário. Mas escrevam com simplicidade, para que até os bezerros compreendam.

Capítulo XXVI

A porta da frente se abriu. Pouco depois alguém entrava.

— É o Jéfim! — informou Rybine. — Entre! Venha cá. Este homem, aqui, chama-se Pavel. Foi dele que eu lhe falei.

Jéfim era um rapagão de cara larga, cabelos ruivos, olhos cinzentos, robusto e de porte atlético, trajando uma capa curta. Avançou até Pavel, de boné na mão e olhar baixo.

— Bom dia! — resmungou, apertando a mão de Pavel; e tendo percorrido o quarto com o olhar, demorando-o na estante dos livros, pôs-se a alisar com a mão os cabelos ásperos.

Foi ver os livros mais de perto.

— Ih! Quantos! O senhor deve ser ocupado demais para ler tudo. No campo, temos mais tempo...

— E pouca vontade, não? — perguntou Pavel.

— Ao contrário! Hoje somos obrigados a pensar, não nos resta mais do que deitarmo-nos e esperarmos a morte. Como o povo não quer morrer, pôs-se a trabalhar com o cérebro. "Geologia?..." Que é isto?

Pavel explicou.

— Não precisamos disto! — concluiu Jéfim, pondo o livro no seu lugar.

Rybine comentou:

— O camponês não tem curiosidade de saber como foi feita a terra, mas sim como foi distribuída, como os proprietários a arrancam de sob o domínio do povo. Que ela se mova ou não, que importa? Contanto que dê de comer!

— *História da escravidão*! — leu Jéfim, e perguntou a Pavel: — Trata-se de nós?

— Aqui tem um sobre servidão — complementou Pavel, dando-lhe outro livro. Jéfim pegou-o, virou-lhe as páginas, depois guardou, declarando com calma:

— Muito velho.

— Possui algumas terras?

— Somos três irmãos e temos quatro hectares... terrenos de areia fina. Coisa boa para limpar metais, mas para cultivar o trigo... Eu cá me libertei da terra. Não sustenta o homem, antes nos deixa atados. Há quatro anos que me emprego como manufator... Para o outono vou para a tropa. O Mikhail me diz que não vá, porque obrigam os soldados a baterem no povo. Mas vou. É tempo de acabar com isso. Que lhe parece?

— É tempo, é... — respondeu Pavel, sorrindo. — Mas o difícil está em saber falar aos soldados.

— Aprende-se!

— Mas, se o apanham em flagrante, podem fuzilá-lo.

— Sim... não me perdoarão... — respondeu tranquilamente, voltando a ver os livros.

— Vamos ao chazinho, companheiro, que temos que ir! — disse Rybine.

— É para já — respondeu Jéfim, mas perguntou ainda: — Revolução... isso quer dizer revolta?

André entrou muito vermelho, encalorado e pensativo. Apertou a mão de Jéfim, sem falar, sentou-se ao lado de Rybine, e, depois de olhar para ele, sorriu.

— Você parece triste, homem! Por quê? — perguntou aquele dando-lhe uma palmada no joelho.

— Porque sim!

— É também operário? — perguntou Jéfim, indicando André com um aceno de cabeça.

— Sim, por quê? — respondeu André.

— É a primeira vez que Jéfim vê funcionários de fábrica — explicou Rybine. — Considera-os gente diferente.

— Em quê? — perguntou Pavel.

Jéfim observava atentamente André, e disse:

— Os trabalhadores das cidades e vilas são magricelas, têm os ossos rompendo a pele. Nós, os do campo, somos mais roliços...

Rybine completou:

— O camponês tem mais firmeza nas pernas. Sente a terra debaixo dos pés, ainda que não lhe pertença. Mas o operário é como um pássaro: não tem pátria, nem lar; um dia aqui, outro ali. Mesmo as mulheres têm dificuldade de fixá-lo em um lugar. Basta uma discussão, e ele larga-as, indo procurar a felicidade em outro canto. O camponês, por sua vez, quer fazer o melhor na própria casa, sem se mover. Ah, olhe que chega a mãe.

Rybine se dirigiu à cozinha. Jéfim tinha se aproximado de Pavel, a quem pediu:

— Poderá dar-me um livro?

— Da melhor vontade.

O júbilo brilhou-lhe no olhar.

— Eu o restituo depois. Nossos camaradas entregam alcatrão perto daqui, eles devolverão. Obrigado! Hoje os livros são tão preciosos como à noite uma candeia.

Rybine tinha posto a capa.

— Vamos, que são horas.

— Olha, já tenho o que ler! — exclamou Jéfim, mostrando-lhe o livro, com um sorriso muito aberto.

Quando saíram, Pavel dirigiu-se a André:

— Que me diz desses diabos?

— Parecem nuvens à hora do crepúsculo: grossos, sombrios, arrastando-se lentamente...

— Falam de Rybine? — interrompeu a mãe. — Não diriam que saiu da fábrica... tornou-se um verdadeiro camponês... é terrível!

— Tenho pena que não chegasse mais cedo — disse Pavel a André, que, sentado perto da janela, contemplava, sério, seu chá. — Teria observado um coração, você que está sempre a falar do coração. Rybine disse das suas... Fiquei atônito, sem fôlego. Não soube o que lhe responder. Como é desconfiado em relação aos homens, como lhes dá pouco valor! Minha mãe tem razão: aquele homem traz em si uma força terrível!

— Conheço isso! Essa gente do campo anda envenenada! Quando se revoltarem, derrubarão tudo, sem distinção. Querem a terra absolutamente nua, e arrancarão tudo o que a cobre.

Falava lentamente, como se pensasse em outra coisa. A mãe disse-lhe com jeito:

— Devia se alegrar um pouco, André!

— Calma, mãezinha, calma! — respondeu com doçura. — Não é que eu deseje isso, sei que é terrível.

Súbito, se animando um pouco, deu um murro na mesa e disse:

— Sim, tem razão, Pavel. Nosso camponês desnudará a terra quando se revoltar. Queimará tudo, como após a epidemia de peste, para que todos os vestígios de humilhação tornem-se cinzas.

— Depois nos serão um desafio — complementou Pavel, em voz baixa.

— Nosso dever é impedi-lo! Nosso dever será contê-lo, Pavel. Nós estamos mais próximos, ele nos acreditará e acompanhará.

— Sabe? Rybine me pediu que fizéssemos um jornal para os camponeses.

— Apoiado! É tratar disso.

— Estou vexado de não ter sabido conversar com ele. — Pavel riu.

O pequeno russo comentou com calma e coçando a cabeça:

— Você terá outras chances! Toque sua flauta que dançarão sua música os de perna ágil ou os que não têm os pés colados ao chão. Rybine tem razão quando diz que nós não sentimos a terra sob os pés. E não temos que sentir, pois cabe a nós sacudi-la. Tendo-o feito uma vez, os pés descolam da terra... já na segunda vez...

A mãe começou a rir.

— Para você tudo é muito simples.

— E é muito simples! — acrescentou depois, com uma voz triste. — Como a vida!

E depois de um momento:

— Vou dar um passeio no campo.

— Depois do banho? Olhe que faz muito vento... Vai arranjar uma irritação na pele! — acudiu Pélagué.

— Deixe! É exatamente do que preciso.

— Cuidado, você vai se resfriar — disse Pavel, amigável. — É melhor que vá se deitar, tente dormir.

— Não, quero sair!

Vestiu-se e foi-se, sem dizer mais nada.

— Sofre! — suspirou a mãe.

— Sabe, você fez bem de falar-lhe com intimidade, com doçura...

Ela olhou-o um tanto assustada, refletiu e disse:

— Eu não reparei que o havia tratado com intimidade... foi sem querer... ele se tornou tão próximo de mim... nem saberia dizer quanto!

— Você tem um belo coração, mamãe.

— Deus queira que assim seja! Se ao menos pudesse ajudá-los!... Você e os outros... se eu soubesse!...

— Não se preocupe: há de saber...

Ela riu com brandura.

— Eis uma coisa que não sei fazer, deixar de ter medo! Obrigada pelo elogio, meu filho.

— Está bem, mamãe. Não falemos mais disso. Saiba que te amo e sou-lhe profundamente grato.

Ela se dirigiu à cozinha, a fim de não o vexar com suas lágrimas.

O pequeno russo voltou tarde. Estava fatigado; deitou-se logo, dizendo:

— Parece-me que andei uns dez quilômetros...

— A coisa vai melhor? — perguntou Pavel.

— Não sei... Não faça barulho... Deixe-me dormir.

Pouco depois, Vessoftchikof apareceu, sujo, esfarrapado e de mau humor, como sempre.

— Sabe quem matou Isaías? — perguntou a Pavel, andando, um tanto desengonçado, de um lado a outro do quarto.

— Não.

— Trombou com um homem que não achava a tarefa repugnante. E eu que estava tão disposto a estrangulá-lo! Era mais apto a cumpri-la.

— Não diga uma coisa dessas, companheiro! — retrucou Pavel, amigável.

— É isso! — concordou a mãe com um ar afetuoso. — Você é bom, mas sempre diz palavras cruéis, por quê?

Naquele momento, era-lhe agradável ver aquele jovem; o rosto marcado até lhe parecia bonito. Ela sentia por ele mais piedade do que nunca.

— Não presto para nada, apenas para mexer com máquinas — respondeu o bexigoso, com uma voz grave e os ombros encolhidos. — Pergunto constantemente qual é o meu lugar. Não o encontro. Se é preciso falar... não sei... Vejo tudo, sinto todas as humilhações dos homens, e não posso exprimi-las. Tenho uma alma muda. — Aproximou-se de Pavel. Com a cabeça abaixada, passava a unha na mesa. A voz assumia um tom sofrido, triste, quase infantil, que em nada lhe era familiar. — Irmãos, deem-me um trabalho penoso, seja qual for. Não posso viver assim, sem fazer nada... Vocês trabalham em favor da nossa causa, vejo que ela avança... mas eu fico de fora... transporto madeira, tábuas... é possível viver assim? Deem-me algo difícil de realizar.

Pavel pegou-lhe em uma das mãos.

— Havemos de pensar em você, descanse.

André disse da cama:

— Ensinarei você a conhecer as letras de imprensa, e será um dos nossos compositores; quer?

— Se me ensinar darei a você de presente uma navalha.

— Pro inferno com sua navalha! — exclamou o pequeno russo.

— Uma navalha boa! — insistia o outro.

André e Pavel riram bastante. Ele parou no meio do quarto, perguntando:

— Estão rindo de mim?

— E de quem seria?! — E o pequeno russo, saltando da cama, exclamou: — E se fôssemos dar um passeio pelo campo? A noite está boa, há luar. Vamos?

— Pois vamos! — apoiou Pavel.

— Eu também vou. Gosto de ouvir o André rir!

— E eu gosto que me prometa presentes!

Enquanto André se vestia, a mãe murmurou:

— Vista algo mais quente.

Quando os três saíram, ela os acompanhou com o olhar. Virou-se para as imagens santas e disse em voz baixa:

— Senhor, ajude-os!

Capítulo XXVII

Os dias decorriam com tal rapidez que não deixaram que Pélagué pensasse no Primeiro de Maio. Só à noite, quando se deitava, fatigada dos trabalhos e preocupações diárias, é que o seu coração se confrangia, e o seu cérebro a fazia monologar:

— Se ao menos já tivesse passado!...

Ao amanhecer, o apito da fábrica soava, Pavel e André tomavam chá em grandes goles, comiam, deixando grande parte para a mãe. E ao longo dia ela corria como um esquilo enjaulado. Fazia o jantar e preparava a cola e a gelatina roxa para a impressão dos materiais. Apareciam pessoas trazendo bilhetes a Pavel, sumindo logo após demonstrarem sua exaltação.

Todas as noites as folhas impressas convidando os operários a festejarem o Primeiro de Maio eram coladas até na porta das delegacias; todas as manhãs apareciam também na fábrica. Os policiais percorriam o bairro de manhãzinha e, praguejando, arrancavam das paredes os pequenos cartazes cor de violeta; mas pelo meio-dia eles tornavam a aparecer espalhados pelo chão. Da cidade vieram agentes da polícia secreta, que nas esquinas espiavam os menores movimentos dos operários que iam e vinham, animados e alegres, pelas ruas.

Era um prazer desfrutar a impotência da polícia; até gente de idade dizia, sorrindo.

— Tem graça isto!

E, por todos os lados, via-se gente reunida para conversar sobre o material.

A vida estava efervescente. Estava mais interessante para todos naquela primavera, sempre trazendo algo novo: para alguns, um pretexto a mais para se voltar contra os sediciosos, injuriando-os; para outros, uma leve esperança e uma vaga preocupação; outros ainda, que formavam a minoria, sentiam a alegria de saber que eram a força que despertava o mundo.

Pavel e André quase não dormiam. Regressavam a casa pálidos, fatigados, pouco antes de o apito da fábrica soltar o seu estridente chamado. Pélagué sabia que eles organizavam reuniões na floresta e no pântano; não ignorava que a polícia rondava o bairro, que os agentes da polícia secreta estavam por toda a parte, revistavam os operários que andavam sozinhos, dispersavam os grupos e, vez ou outra, prendiam alguém. Ela compreendia que todos os dias Pavel e André corriam risco de serem levados. Em alguns momentos chegava a pensar que seria até um destino melhor para eles.

Em volta do assassinato de Isaías tinha se feito um silêncio extraordinário. A polícia interrogou a princípio umas dez pessoas; depois desinteressou-se do assunto.

Um dia, Maria Korsounova, que vivia em paz com a polícia como com toda a gente, dizia:

— É lá possível encontrar o criminoso?!... Naquela manhã mais de cem pessoas viram o Isaías, e pelo menos noventa, ou mais, o teriam esganado de boa vontade. Ele perturbou muita gente nesses últimos sete anos...

O pequeno russo mudava visivelmente. Tinha o rosto encovado, as pálpebras pesavam-lhe sobre os olhos, que permaneciam semicerrados. Era cada vez mais raro vê-lo sorrir. Finas rugas desciam das narinas até os lábios. Não falava mais sobre banalidades, porém, ao contrário, se inflamava com frequência, tomado de um entusiasmo que conquistava a audiência. Nesses momentos, ele celebrava o futuro, a festa luminosa e maravilhosa do triunfo da liberdade e da razão.

Quando a morte de Isaías foi esquecida, André, certo dia, disse com um tom de desdém e um sorriso triste:

— Não estimam o povo; nossos inimigos não estimam aqueles dos quais se servem como se fossem cachorros que nos vêm à caça. Não lamentam o seu Judas, mas, sim, suas moedas... sim... é isso!

Após um momento de silêncio, acrescentou:

— Quanto mais penso nesse homem, mais sinto piedade por ele! Não queria que o calassem, não mesmo.

— Basta com isso, André! — disse Pavel com firmeza.

E a mãe complementou em voz baixa:

— Tocamos numa madeira podre, ela se desfez em poeira.

— É verdade, mas não consola — respondia com tristeza André.

Era comum repetir essas frases, que saíam de sua boca com um tom amargo e mordaz.

Chegou enfim o dia tão impacientemente desejado: o Primeiro de Maio.

Como de costume, o apito da fábrica se fez ouvir autoritário, implacável. Pélagué, que não havia pregado o olho, levantou-se de um salto e foi acender o samovar, que ficara preparado de véspera. Ia bater à porta dos dois amigos, como de hábito, mas se interrompeu, deixando cair o braço junto ao corpo. Dirigiu-se para perto da janela e sentou-se, apoiando a bochecha na mão, como se lhe doessem os dentes.

No céu azul pálido, faixas de nuvens rosa e brancas deslocavam-se com rapidez. Uma passarada voou como se fugisse, assombrada pelos rugidos dos vapores. A mãe tinha a cabeça pesada e os olhos inchados e secos pela insônia. Uma calma estranha dominava seu coração, que batia com regularidade. Ela pensava em coisas cotidianas.

"Acendi o samovar muito cedo, a água vai evaporar. Deixo que os dois durmam um pouco mais hoje, estão exaustos..."

Um raio de sol da manhã atravessava a janela; a mãe pôs a mão nessa direção. Com a outra mão, ela acariciou os dedos iluminados, com um sorriso e um ar pensativo. Levantou-se, desatou a mangueira do samovar, foi lavar-se, sem fazer ruído, e começou as preces, benzendo-se e mexendo os lábios. Seu rosto serenou.

O segundo apito soou mais brando, menos confiante. O som era denso e morno. A mãe percebeu que se estendia mais do que de costume.

— Ouve, Pavel? Chamam por nós... — disse André.

Um dos dois saiu da cama, um bocejo se seguiu.

— O samovar está pronto! — gritou a mãe.

— E nós levantamos! — respondeu Pavel alegremente.

— Já faz sol... e as nuvens vão-se embora. Seriam demais, hoje! — comentou André.

Ele entrou na cozinha com os cabelos em desalinho, o rosto inchado de sono, dizendo alegremente a Pélagué:

— Bom dia, mãezinha! Dormiu bem?

A mãe aproximou-se dele e disse em voz baixa:

— Meu querido André, fique perto dele, suplico-lhe.

— Está bem! — sussurrou o pequeno russo. — Ficaremos juntos, andaremos para todo o canto um do lado do outro.

— Que está a dizer? — perguntou Pavel.

— Nada.

— É a mãe que quer que eu me lave mais que de costume, porque as meninas hoje vão olhar muito para mim! — E ele saiu para se arrumar.

— "Levante-se, levante-se, povo operário!" — proclamava Pavel.

O dia clareava. As nuvens dissipavam-se com a força do vento. A mãe sentou-se à mesa. Balançava a cabeça achando que tudo estava estranho. Pensava: "Eles agora estão de brincadeira; mas que acontecerá ao meio-dia?" Ninguém o sabia. Ela própria se sentia calma, quase alegre.

À mesa, tomando o chá, demoraram-se bastante. Como de hábito, Pavel mexia lentamente a colher em seu chá. Salgava o pão cuidadosamente e comia. O pequeno russo movia os pés sob a mesa, demorava-se sempre a ajeitar-se. Reparou no sol que entrava, atravessando os copos, correndo as paredes até o teto. E contou:

— Quando eu era um garoto de dez anos, tive um dia a ambição de apanhar um raio de sol com o meu copo. Parti o copo, cortei a mão, e levei pancada. Saí depois para o pátio e, como o sol se refletisse em uma poça d'água, saltei nela. Levei mais pancada porque fiquei coberto de lama. Berrei para o sol: "Não faz mal, seu diabo ruivo! Não faz mal!" E deitei-lhe a língua de fora, por vingança.

— Por que lhe chamava "diabo ruivo"? — perguntou Pavel, rindo.

— Defronte de nós morava um ferreiro de cara vermelhaça e barba ruiva; era um rapagão alegre; e eu achava que o sol se parecia com ele.

A mãe perdeu a paciência.

— Seria melhor que falassem do que vão fazer hoje.

— Está tudo pronto — respondeu Pavel.

— E quando falamos do que está organizado, acabamos por desorganizar — explicou com brandura o pequeno russo. — Caso sejamos presos, Nicolau Ivanovitch virá lhe dizer o que fazer, mãezinha. Ele vai ajudá-la com tudo...

— Certo — disse a mãe, suspirando.

Pavel sugeriu:

— Se fôssemos para a rua?...

— Não. Deixe-se estar em casa até a hora... — aconselhou André. — Para que você há de atrair a atenção da polícia, que o conhece perfeitamente?

Fédia Mazine entrou radiante. Tinha placas avermelhadas no rosto. Emocionado, com uma alegria juvenil, disse sem conseguir segurar a expectativa:

— O povo já se mexe... Pelas ruas, as caras andam severas como machados. Vessoftchikof, Vassili Goussef e Samoilof estão à porta da fábrica e falam aos operários... Muitos estão voltando para casa. Vamos! São dez horas.

— Vamos! — disse Pavel, resoluto.

— Vocês verão: após o jantar, a fábrica estará deserta — afirmou Fédia, retirando-se.

Pélagué exclamou:

— Arde de impaciência, como uma vela ao vento!

Levantou-se e passou logo à cozinha para se vestir.

— Que vai fazer, mamãe?

— Vou me arrumar para ir também!

André lançou um olhar a Pavel, puxando o bigode. Rapidamente, o filho ajeitou o cabelo e foi ter com a mãe:

— Não lhe falarei, nem a senhora comigo. Está combinado?

— Está combinado! Deus os acompanhe!

Capítulo XXVIII

Quando na rua ela ia ouvindo o murmúrio das vozes, quando via por toda a parte, nas janelas, às portas das casas, grupos que seguiam com o olhar André e Pavel, seu coração ora parecia brilhar, ora toldar-se de uma nuvem opaca.

Cumprimentavam-nos e naqueles cumprimentos havia algo de particular.

Ouviam-se frases soltas:

— Aí vêm os comandantes do exército!

— Sabemos lá quem são os comandantes?!...

— Mas eu não disse nada de errado!

De outro canto, alguém gritou, irritado:

— Se a polícia os agarra, estão perdidos!

— Se agarra! Mas a polícia vai agarrar?

Um grito agudo, de mulher, partiu de uma janela:

— Está doido? Você é pai de família!... Eles são solteiros! Para eles não faz diferença.

Pélagué e os dois passaram em frente à casa de um deficiente, Zossimof, que recebia pensão da fábrica. Este abriu a janela e suplicou:

— Pavel, vão cortar-lhe a cabeça! O que está fazendo, seu ladrãozinho?

A mãe estremeceu e estacou. Aquelas palavras despertaram-lhe raiva. Lançou um olhar para o rosto gordo do doente, que se escondia atrás da janela e ainda xingava, e correu para junto do filho, esforçando-se para não ficar para trás.

André e Pavel pareciam nada ver, nada ouvir. Andavam calmamente, sem se apressar, conversando sobre assuntos banais. Mironof, um senhor modesto e respeitado pela vida pura e sóbria, veio ter com eles.

— Também não foi trabalhar, Danilo Ivanovitch? — perguntou Pavel.

— Minha mulher está prestes a dar à luz... Além disso, há um clima de agitação hoje... — respondeu Mironof, encarando os dois companheiros. — Dizem que vocês vão fazer escândalo na direção, quebrar os vidros...

— Não somos ébrios! — exclamou Pavel.

André explicou:

— Apenas atravessaremos as ruas, levando bandeiras e cantando o hino da liberdade. Ouça-o, que ele lhe ensinará as nossas crenças.

— Já as conheço... Li os folhetos — respondeu, pensativo.

E vendo Pélagué:

— Você também? Está entre os rebeldes! — Ele sorria, observando a mãe com seu olhar astuto.

— Devemos caminhar com a verdade, mesmo à beira da cova.

— É isso! Aí está por que dizem que leva folhetos proibidos para a fábrica.

— E quem o diz? — perguntou Pavel.

— Toda a gente. Adeus... adeus... Não façam disparates.

Pélagué pôs-se a rir baixinho; muito a envaidecia que assim falassem dela. O filho disse-lhe:

— Vão metê-la na cadeia, mamãe.

— Quem me dera!

O sol ia cada vez mais alto, seu calor misturando-se ao frescor primaveril. As nuvens deslocavam-se com menos pressa, mais finas e transparentes. Planavam acima das ruas e dos telhados, envolvendo a multidão. Pareciam purificar o bairro, eliminando a poeira e a lama dos telhados, das paredes; e o tédio das pessoas. As vozes soavam mais alegres e sonoras, abafando o eco longínquo das máquinas, os suspiros da fábrica.

Exclamações de raiva, de preocupação, alegres e tristes, saíam das janelas, das casas, de todos os cantos, e vinham dar nos ouvidos da mãe. Ela desejava responder, agradecer, explicar, misturar-se ao clima tumultuoso daquele dia.

À esquina de uma pequena praça, à entrada de uma rua estreita, umas cem pessoas cercavam Vessoftchikof, que discursava:

— Espremem-nos para nos tirar o sangue, como espremeriam um limão para lhe tirarem o suco. — As palavras eram confusas, mas chegavam a toda gente.

— É verdade! — responderam algumas vozes, que se confundiam depois no confuso ruído.

— Ele dá seu máximo. Vou ajudar o rapaz — disse o pequeno russo.

Ele se abaixou e, antes que Pavel pudesse impedi-lo, embrenhou-se no meio da multidão, com movimentos leves do corpo. Sua voz sonora ressoou:

— Companheiros! Dizem que há na Terra toda sorte de gente: judeus e alemães, franceses, ingleses e tártaros. Mas não acredito que seja verdade. Há duas raças, dois povos inconciliáveis: os ricos e os pobres! As pessoas podem vestir-se de modo diferente, falar em língua diferente; mas quando vemos como os senhores tratam o povo compreendemos que são mercenários que atacam os miseráveis, são um entrave na garganta.

A multidão se entusiasmava.

A aglomeração aumentou; os ouvintes se apertavam, estendiam o pescoço, punham-se nas pontas dos pés.

— No estrangeiro, os operários já compreenderam essa simples verdade. E hoje todos confraternizam neste luminoso Primeiro de Maio. Deixam o trabalho, saem para a rua, para se verem, para medirem a sua grande força. Hoje formam um coração único, porque todos os corações têm a consciência da força do povo operário, porque a amizade os une, estando cada qual disposto a sacrificar a vida lutando pela felicidade de todos, pela liberdade, pela justiça!

— A polícia! — gritou alguém.

Dez guardas a cavalo voltaram à esquina próxima e dirigiram-se para a multidão, intimando:

— Nada de aglomerações!

— Nada de conversas!

— Quem estava falando?

As expressões se fecharam. As pessoas abriam caminho de má vontade para que os cavalos passassem. Algumas subiam as grades. Em seguida, outras praguejavam.

— Colocaram porcos sobre os cavalos, agora eles ficam a grunhir.

— Nós também podemos estar no comando!

O pequeno russo foi o único a permanecer no meio da rua. Dois cavalos passaram, balançando a cabeça, e ele jogou-se para o lado. Nesse momento, a mãe o tomou pelo braço e sussurrou:

— Você prometeu ficar com Pavel, e foi o primeiro a se expor sozinho!

— Desculpe! — respondeu, sorrindo para Pavel. — Como há polícia!

— Está bem — encerrou a mãe.

Uma exaustão angustiosa a invadiu, a cabeça girava. Em seu coração, alegria e remorso se alternavam. Ela desejava ouvir logo o apito do meio-dia.

Chegaram afinal à grande praça, no centro da qual se erguia a igreja. No largo havia umas quinhentas pessoas, sentadas ou em pé, jovens alegres, mulheres preocupadas, crianças. Moviam-se impacientes, erguendo a cabeça, olhando ao longe em todas as direções. Respirava-se exaltação. Os mais firmes de opinião batiam-se com os amedrontados e ignorantes. Um ruído surdo de corpos entrechocando-se aumentava.

— Mitia! — suplicava uma voz feminina. — Tenha cuidado.

— Deixe-me em paz!

A voz amiga e grave de Sizof dizia, calma e persuasiva:

— Não! Não devemos abandonar os rapazes. Têm mais juízo do que nós, e mais audácia. Quem foi que se meteu no caso do *kopeck* para o pântano? Foram eles. Não nos esqueçamos. Estiveram na cadeia por causa disso, mas todos nos aproveitamos da sua coragem!

O rugido do apito da fábrica suplantou o ruído das conversas. A multidão estremeceu; os que estavam sentados ergueram-se. Por um momento, todos se calaram, atentos; muitos empalideceram.

— Companheiros! — gritou Pavel.

Os olhos da mãe se enevoaram, ardendo. Deslocou-se em um impulso para seu lado, recobrando a força. Todos se viravam em direção a Pavel, atraindo-se a ele como ferro a um ímã.

— Irmãos! Chegou a hora de renegarmos desta vida cheia de aridez, de trevas e de ódio, esta vida de opressão em que não há lugar para nós, em que não somos homens!

Calou-se um instante.

Os trabalhadores mantinham o silêncio, apertando-se ao redor dele, em um bloco cada vez mais compacto. A mãe observava o rosto do filho, só conseguia ver-lhe os olhos, confiantes, firmes, brilhantes.

— Companheiros! Resolvemos declarar hoje, abertamente, quem somos, desfraldando a nossa bandeira, a bandeira da razão, da verdade, da liberdade!

Um pau de bandeira comprido e branco foi levantado ao ar, em seguida foi baixado, caindo em meio à multidão, onde desapareceu. No momento seguinte, acima de todas as cabeças, desdobrava-se, tremulando como uma ave vermelha, a bandeira do povo operário.

Pavel estendeu o braço, o pau, branco e liso, vacilou. Então, umas dez mãos seguraram-no. Uma das mãos era da mãe. Pavel gritou:

— Viva o povo operário!

Centenas de vozes ecoaram em resposta.

— Viva nosso partido, companheiros! Viva a liberdade do povo russo!

A multidão estava agitada. Aqueles que compreendiam o significado da bandeira concordavam, chegando a Pavel como uma única voz. Mazine, Samoilof, os irmãos Goussef estavam ao lado dele. Com a cabeça baixa, Vessoftchikof afastava a multidão. Outros, com expressão animada, não eram conhecidos da mãe e faziam uma barreira para separar as gentes.

— Viva o povo oprimido, viva a liberdade! — continuava Pavel.

E, com uma força e uma alegria cada vez maiores, milhares de vozes o respondiam; esse zumbido agitava a alma.

A mãe pegou a mão do bexigoso e de um outro; as lágrimas a sufocavam, mas ela não chorava. As pernas vacilavam. Com uma voz trêmula, ela disse:

— Sim... é a verdade!... Amigos!

Um sorriso aberto iluminava o rosto marcado de Vessoftchikof. Olhava a bandeira com palavras em vermelho e a mão como símbolo da liberdade. Súbito, ele abraçou a mãe e desatou a rir.

— Companheiros! — começou então André, dominando o sussurro com a sua voz meiga, potente e melodiosa. — Erguemo-nos em honra de um novo Deus, do Deus da luz e da verdade, da razão e da bondade! Partimos para a cruzada, companheiros, e o caminho será longo e difícil. O fim está distante, e os espinhos estão próximos.

Os que negam a força da verdade, que não têm coragem de defendê-la até a morte, que não têm confiança em si próprios e temem o sofrimento podem ir embora. Queremos ao nosso lado os que vejam o fim e creiam no bom êxito; os outros não, porque só os esperam o pesar e o sofrimento. Entrem nas fileiras, companheiros. Viva o Primeiro de Maio, a festa da humanidade livre!

A multidão ficou ainda mais compacta. Pavel ergueu a bandeira, agitando-a, iluminada pelo sol, enorme e vermelha.

Reneguemos o velho mundo!

Cantou Fédia Mazine com voz sonora.
A resposta veio logo como um brado potente:

Sacudamos a poeira dos pés!

Pélagué, com um sorriso ardente, via, por cima da cabeça de Fédia, o filho e a bandeira. Em volta dela, os rostos animados apareciam e sumiam; os olhos, de todas as cores, brilhavam. O filho e André estavam diante de todos, e ela ouvia-os. No meio das vozes mais próximas que entoavam o hino, chegava-lhe aos ouvidos a voz de André:

Ergue-te, ergue-te, ó povo operário!
Revoltai-vos, esfomeados!...

E o povo corria, apertava-se, avançando para a bandeira, ecoando o hino que em voz baixa tinha sido aprendido em casa. À rua, a voz ressoava com uma força terrível, como o sino em bronze, convidava os homens a seguirem o distante chamado que levava ao futuro, mesmo com as precauções honestas sobre as dificuldades a se superar.

Corramos para aqueles que sofrem...

O canto prosseguia, como que envolvendo as pessoas em um manto.

Um rosto de mulher, meio jubiloso e meio assustado, surgiu ao lado de Pélagué:

— Mitia, aonde vai?! — exclamava, trêmula e aos prantos.

E a mãe respondeu:

— Deixa-o lá! Não tenha medo! Eu também tinha medo antes. O meu vai na frente de todos. Aquele que tem na mão a bandeira é o meu filho!

A outra, porém, continuava:

— Ó, desgraçado! Que faz? Os soldados estão ali adiante!

E, súbito, apertando com a mão magra o braço de Pélagué, a mulher esguia e alta gritou:

— Ouça como eles cantam! Minha cara... Mitia canta também.

— Não se assuste! Isto é uma missão sagrada! Até Jesus não teria existido se não houvesse homens que morreram por sua causa!

Esse pensamento a arrebatou por sua severidade clara e simples. A mãe observou o rosto da mulher que lhe segurava com tanta força o braço e repetiu, com um sorriso maravilhado:

— Nosso Senhor Jesus Cristo não teria vindo ao mundo se os homens não morressem por sua glória!

Sizof apareceu perto dela, agitando no ar o boné, ao compasso do hino:

— Isto é que é bem às claras, hein? Inventaram um hino que é mesmo lindo, hein?

O czar quer soldados na tropa,
Vossos filhos lhes dais...

— Não têm medo de nada! — exclamou Sizof. — O meu filho está na cova... Foi a fábrica que o matou!

O coração da mãe batia em disparada. Ela deixou que passassem à sua frente, empurravam-na contra o gradeado. Uma densa onda humana avançava diante dela. Percebia que eram muitos, o que a enchia de alegria.

Ergue-te, ergue-te, ó povo oprimido!

Parecia que uma trombeta clamava aos ouvidos dos homens, despertando em um o desejo do combate; em outro, uma leve felicidade, um pressentimento de que algo de novo estava próximo; uma curiosidade ardente crescia. Ali, nasciam esperanças incertas; acolá, vislumbrava-se uma saída para escoar o ódio sufocado ao longo dos anos. A multidão, alucinada, nem olhava para trás, com os olhos fixos na bandeira vermelha que balançava ao vento.

— Belo coro! Bravo, rapazes! — berrava um entusiasta; e invadido por um sentimento que não sabia exprimir, desatou a rogar pragas.

Mas havia também a fúria, sombria e cega, do escravo, sibilando como uma serpente, e como que entredentes exprimindo palavras irritadas.

— Hereges! — gritou um de uma janela, brandindo o punho.

E um grito agudo, penetrante, chegou à mãe:

— Mas como?! Revoltar-se contra Sua Majestade! Contra o czar!

Rostos atordoados passavam diante da mãe. Homens e mulheres avançavam. A multidão escorria como lava negra, excitada pelo hino, cujas enérgicas entonações pareciam abrir caminho. Crescia dentro da mãe o desejo de gritar às pessoas:

— Meus amigos queridos!...

Quando ela olhava ao longe a bandeira vermelha, identificava, sem o distinguir com clareza, o rosto do filho, inflamado, seus olhos brilhantes da chama ardente da fé.

Pélagué, que, no meio dos encontrões, fora sendo empurrada para distante do centro da grande multidão, estava agora nas últimas filas, em meio a pessoas que andavam devagar, olhando adiante sem preocupação, com a fria curiosidade do espectador que já sabe o fim do espetáculo e que fala a meia-voz, com tom de certeza:

— Perto da escola está uma companhia de soldados, e outra na fábrica...

— O governador já chegou...

— O quê? É verdade?

— Vi-o com os meus próprios olhos!

Um deles proferiu dois ou três xingamentos e disse:

— Ainda bem! Começam a ter medo de nós! Já nos mandam soldados e o governador.

"Meus amigos queridos!", pensava a mãe, e o coração disparava.

Mas, ao redor, as frases ditas eram frias e sem vida. Ela apressou o passo para deixar aquela turma para trás; não se preocupava em ultrapassá-la, já que caminhava lenta e preguiçosamente.

Súbito, como se a dianteira da multidão tivesse batido em algo, houve um movimento de recuo, ouviu-se um barulho surdo. O canto vacilou, cresceu com ainda mais força e, depois, foi abafado de novo. Calavam-se uns depois dos outros, e ali e acolá alguém se esforçava em reerguer o hino à altura do início.

Ergue-te, ergue-te, ó povo oprimido!
Contra o inimigo, gente faminta!

Mas já não havia mais naquelas vozes a certeza geral que vibrava pouco antes; a preocupação misturava-se ao coro.

Pélagué não podia ver o que se passava no centro, mas imaginava; abrindo caminho à força, avançou e notou que a multidão tendia a dispersar, de cabeça baixa, cenhos franzidos, alguns sorrisos vexados. Ouviam-se já alguns assobios trocistas.

A mãe, triste, observava seus rostos; seus olhos perguntavam, suplicavam, clamavam.

— Companheiros! — gritava Pavel. — Os soldados são homens como nós. Não nos farão mal. Por que haveriam de fazê-lo? Por que levamos a liberdade a todos? Mas precisam também da nossa verdade. Não compreendem ainda, mas tempo virá, e muito breve, em que entrarão nas nossas fileiras, em que já não marcharão sob o estandarte dos ladrões e dos assassinos, mas sim à sombra da nossa bandeira da liberdade e do bem! E para que eles compreendam mais depressa a nossa liberdade, caminhemos para a frente! Avante, companheiros, avante!

A sua voz era firme, as frases saíam claras, mas o rebanho se dispersava. Uns após os outros, as pessoas partiam, fosse para a direita, fosse para a esquerda, escoando junto a paredes e cercas. Naquele momento, a multidão como que formava um triângulo, com Pavel em uma das pontas, sustentando acima de si a bandeira tremulante do povo operário. Esta parecia um pássaro negro abrindo as asas, à espreita, pronta para alçar voo. E Pavel era sua cabeça...

Capítulo XXIX

Pélagué distinguiu na entrada da rua um pequeno muro, cinzento, baixo, composto de seres humanos inexpressivos, que tapavam a saída da praça. Ao ombro de cada um, um aço afiado brilhava. E essa muralha silenciosa exalava como uma onda de frio sobre a multidão. Pélagué sentiu-se gelada por dentro.

Ela foi em direção a seus conhecidos, que estavam mais adiante, junto com outros, como que para se apoiar neles. Empurrou um homem grande, barbeado e vesgo. Ele se virou bruscamente para vê-la.

— Que quer? Quem é você? — perguntou.

— Mãe de Pavel Vlassof! — respondeu. Sentia que suas pernas tremiam e que seu lábio inferior se contorcia.

— Ah! — fez o outro.

— Companheiros! — continuava Pavel. — A vida inteira está na nossa frente! Não temos outro caminho! Cantemos! Avante!

Respondeu-lhe um silêncio esmagador. A bandeira ergueu-se, tremulou e, agitando-se por sobre as cabeças, apontou para o muro cinzento dos soldados.

Pélagué estremeceu, fechou os olhos e suspirou; apenas quatro pessoas se tinham destacado da multidão e avançavam: Pavel, André, Samoilof e Mazine.

Ouviu-se a voz trêmula de Fédia, cantando:

Sois as vítimas prostradas!...
Na grande luta fatal!

Continuaram duas vozes como dois suspiros abafados. As pessoas deram alguns passos adiante, marchando ao ritmo da melodia. E um novo hino ecoava, determinado e resoluto.

Vocês sacrificaram sua vida!

Cantou Fédia, numa voz que se estendia como um laço a se desenrolar.

Pela liberdade!

Respondiam os companheiros em coro.
— Ah, começam a cantar *Réquiem*, cachorros! — gritou um mal-humorado.
— Para cima deles! — retrucou outro em tom raivoso.
A mãe pôs as mãos no peito. Virou-se e viu que a multidão, que tomara a rua em uma massa compacta, estava agora estacionada, indecisa, vendo destacar-se dela aqueles que erguiam a bandeira. Eram seguidos por umas dez pessoas. A cada passo adiante, alguém da multidão sobressaltava para o lado, como se o centro da rua estivesse incandescente, queimando-lhe os pés.

O arbitrário cairá...

O hino profetizava, na voz de Fédia.

E o povo se erguerá!

Respondia um coro poderoso, enérgico, ameaçador.
Mas frases sussurradas quebravam a harmonia do canto.
E uma voz de comando chegou aos ouvidos de alguns:
— Cruzar baionetas!
O muro cinzento agitou-se, as baionetas fuzilaram no ar, na direção da bandeira.
— Marchem!
— Aí vêm eles! — exclamou o vesgo que estivera próximo de Pélagué; e metendo as mãos nas algibeiras, afastou-se com grandes passadas.
Os soldados avançavam em fila, ocupando toda a largura da rua. Marchando a passos iguais, iam com frieza, as pontas das baionetas brilhando como prata. Pélagué aproximou-se do filho, e viu André colocar-se na frente dele, como para o proteger.
— A meu lado, companheiro! — ordenou Pavel.
Com as mãos nas costas, André cantava, de cabeça erguida. Pavel deu-lhe um encontrão com o ombro, exclamando:
— Aqui! Ao meu lado! Não tem o direito de ir à minha frente! O primeiro deve ser o porta-bandeira!
— Cir... cu... lan... do! — gritou um oficial com uma voz azeda, agitando um saibro reluzente. A cada passo, batia com calcanhar no chão, raivoso, sem dobrar os joelhos. Os olhos da mãe foram atraídos por aquelas botas brilhantes.
A seu lado, um pouco atrás, um homem grande, de barba feita e espessos bigodes brancos vinha a passos pesados. Trajava um casacão cinzento de gola vermelha; fitas amarelas ornavam-lhe as calças. Como o pequeno russo, ele tinha mãos às costas. Com sobrancelhas espessas brancas, ele olhava Pavel.
A mãe via tudo. Por dentro, um grito era sufocado, pronto para se soltar a cada respiração. Ela continha o grito, sem saber por quê,

apertando o peito com as mãos. Empurrada por todos os lados, ela vacilava e avançava, sem pensar, quase sem consciência. Percebia que atrás de si o número de pessoas diminuía cada vez mais; uma onda de frio vinha de frente e as dispersava.

Os jovens que carregavam a bandeira vermelha e a cadeia compacta de homens cinzentos iam se aproximando mais e mais. Distinguia-se já com clareza o rosto dos soldados. Na largura da rua, tinham se alinhado em uma faixa estreita de um tom amarelado. Os olhos, com suas diversas cores, apresentavam-se de maneira desigual. Era cruel o brilho que reluzia das baionetas. Apontadas na direção do tronco das pessoas, elas dispersavam a multidão, cada manifestante saindo a seu turno, sem precisar mesmo que elas o tocassem.

Pélagué ouvia os passos daqueles que fugiam. Ecoavam gritos preocupados, contidos:

— Salve-se quem puder, companheiros!

— Vamos, Vlassof!

— Recue, Pavel!

— Dê cá a bandeira, Pavel! — dizia Vessoftchikof. — Eu a escondo.

E estendeu a mão.

— Deixe! — berrou Pavel.

O bexigoso retirou logo a mão, como se se tivesse queimado. O hino cessara de todo. Os rapazes pararam, envolvendo Pavel em um círculo, que ele acabou por transpor. O silêncio era total e envolvia o grupo.

Sob a bandeira haveria, quando muito, uns vinte homens; mas firmes. A mãe estremecia por eles, tinha um desejo vago de poder lhes dizer algo que não sabia o que era.

— Tenente, prenda aquele homem! — ordenou um velho alto, apontando para Pavel.

O oficial obedeceu logo, e agarrou o pau da bandeira.

— Dê cá isso!

— Não! Abaixo os opressores do povo!

A bandeira tremia; inclinava-se ora para a direita, ora para a esquerda, ficando depois ereta. Vessoftchikof passou pela frente de Pélagué, com o braço erguido, de punho cerrado, com uma rapidez que ela não lhe conhecia.

— Prendam-nos! — berrou o velho, batendo com o pé.

Alguns soldados avançaram, um deles com a coronha no ar; a bandeira estremeceu, baixou e desapareceu no grupo cinzento.

— Ah! — exclamou alguém, tristemente.

Pélagué soltou um grito, um rugido que não tinha nada de humano. Aos ouvidos chegou-lhe a voz do filho:

— Até a vista, mamãe! Até a vista!

"Ele está vivo! Ele se lembrou de mim!" Esses dois pensamentos atingiram-lhe o coração.

— Até a vista, mãezinha!

Pélagué ficou na ponta dos pés, agitando os braços. Tentava ver seu filho e seu companheiro e conseguiu distinguir acima da cabeça dos soldados o rosto redondo de André. Ele lhe sorria, a cumprimentava.

— Meus queridos... meus jovens... André! Pavel! — gritou ela.

— Até a vista, companheiros!

Várias foram as respostas, mas sem unanimidade. As vozes vinham das janelas, dos telhados, de sabe-se lá onde mais.

Capítulo XXX

Alguém deu um empurrão em Pélagué. Através do nevoeiro que lhe toldava os olhos, viu diante dela o oficial, com seus traços avermelhados e contrito, que lhe gritou:

— Saia daqui, velha!

Mediu-o com o olhar de alto a baixo, viu-lhe aos pés o pau da bandeira partido em dois; a um dos pedaços estava preso um resto da bandeira. Abaixou-se para apanhá-lo. O oficial arrancou-o das suas mãos, lançou-o longe, e ordenou de novo:

— Vá embora, velha!

Do meio dos soldados partiu o estribilho:

Ergue-te, ergue-te, ó povo oprimido!

Era um tumulto só. No ar, soou um barulho surdo, estremecido, semelhante a um fio telegráfico. O oficial retrocedeu, rápido, e esganiçou-se, ordenando:

— Façam-nos calar!

Vacilante, Pélagué apanhou outra vez o destroço da bandeira. Ergueu-a novamente.

— Calem a boca dela!

O hino saía enrolado, entrecortado. Ela se calou. Alguém tomou a mãe pelo ombro, fazendo-a dar meia-volta e empurrando-a pelas costas.

— Vá embora! Vá embora!

— Limpem a rua! — gritou o oficial.

A dez passos dela formara-se nova multidão. Urravam, grunhiam, assobiavam, recuando lentamente e dispersando para os lados.

— Vai para o Diabo! — berrou um soldado bigodudo no ouvido de Pélagué, empurrando-a para a calçada.

Ela caminhava apoiada no pau da bandeira, para não cair. Seus joelhos fraquejavam, ela se escorava nos muros e nos gradeados. À sua frente, os manifestantes continuavam a recuar e, atrás de si e ao lado, os soldados avançavam e gritavam vez em outra:

— Vão embora! Vão embora!

Eles a ultrapassaram. Ela parou e olhou em volta. No fim da rua, a força armada fizera um cordão, impedindo as pessoas de chegarem à praça, agora deserta. Adiante, silhuetas cinzentas andavam calmamente pela multidão.

Pélagué queria voltar, mas sem perceber ela continuou; tendo chegado a uma ruela vazia, ela parou. Respirou profundamente e prestou atenção. Em algum lugar, a multidão se reunia.

Ainda apoiando-se no pau da bandeira, ela retomou a caminhada, o cenho franzido. Súbito, ela se reanimou e, com os lábios trêmulos, acenou. Como pequenas chamas, algumas palavras surgiram-lhe no coração, acorrendo-lhe um desejo ardente de gritá-las.

A ruela tinha uma curva brusca para a esquerda. Na esquina, a mãe viu um grupo de pessoas em meio ao qual um gritava ferozmente:

— Eles não erguem as baionetas por insolência, irmãos!

— Vocês viram? Os soldados marchando na direção deles e ninguém se mexeu! Permaneceram lá, destemidos...

— Sim...

— Que rapaz esse Pavel Vlassof!

— E o pequeno russo!

— As mãos às costas, sorrindo, aquele maldito!

— Meus amigos! — exclamou ela, avançando no grupo.

Abriam-lhe caminho com deferência. Alguém comentou, rindo:

— Olhem: traz na mão o resto da bandeira!

— Cale-se! — ordenou uma voz severa.

Ela estendeu o braço com um gesto largo:

— Escutem, em nome de Jesus! Vocês são todos dos nossos, gente sincera. Abram os olhos... Olhem sem receio... Que se passou? Os nossos filhos levantam-se pacificamente... Os nossos filhos levantam-se em nome da verdade, abrem, lealmente, um caminho novo, largo, direito, destinado a todos... Por todos nós, pelos seus filhos, empreendem uma cruzada...

Seu coração apertava, seu peito doía-lhe, sua garganta estava seca e inflamada. No seu íntimo nasciam palavras de um amor imenso, que alcançava a todos. Essas palavras queimavam-lhe a língua, fazendo com que se mexesse com um ímpeto crescente.

Percebia que eles a escutavam, estavam todos calados. A mãe compreendia que eles estavam refletindo. Um desejo do qual ela tinha clara consciência despertava: acolher aqueles que haviam cercado André, Pavel e os outros companheiros presos pelos soldados, deixados sozinhos e que agora estavam distantes.

Ela retomou a fala em um tom mais ameno, passeando o olhar pelos rostos atentos e sérios:

— Nossos filhos se dirigem para um mundo cheio de encanto. Em nome de todos e pelo nome de Cristo, caminham contra todas as coisas por meio das quais os maus, os mentirosos, os ladrões, nos prendem e nos estrangulam. Meus amigos! É pelo povo, pelo mundo inteiro, por todos os oprimidos que os nossos filhos se rebelam. Não os abandonem, não os reneguem, não deixem os seus filhos seguirem sozinhos a sua estrela. Tenham piedade de vocês mesmos... amem-nos... compreendam aqueles corações juvenis... tenham confiança neles.

Fatigada, perdeu o equilíbrio. Alguém a amparou.

— É Deus que a inspira! — disse um deles. — É Deus que a inspira, amigos! Escutem-na!

Outro lamentou:

— Ah! Está se matando!

— Não está se matando, está dando um tapa em nós, tolos. Não entende?

Uma voz aguda e ansiosa ressoou acima das demais:

— Cristãos! Meu Mitia... aquela alma pura... que fez? Seguiu os companheiros... seus companheiros estimados... Ela tem razão... por que abandonamos nossos filhos? Que fizeram de errado?

Essas palavras estremeceram a mãe, que as respondeu com doces lágrimas.

Sizof disse a Pélagué:

— Volte para casa... Vá... Está arrasada!

Ele estava sujo, a barba desgrenhada. Súbito, ele franziu o cenho, passou um olhar severo pela multidão, empertigou-se e disse com voz sonora:

— O meu filho Matwei foi esmagado na fábrica, bem o sabem. Mas se vivesse, eu próprio o teria mandado entrar nas fileiras daqueles... Eu teria lhe dito: "Vá com eles, vá porque defendem uma causa justa, uma causa santa!"

Calou-se, e o silêncio foi mantido; estavam tomados por uma sensação de qualquer coisa grande e nova que não mais os assustava. Sizof estendeu o braço, agitando-o, e retomou a fala:

— É um velho quem lhes está falando. Todos me conhecem. Há trinta e nove anos trabalho aqui... há cinquenta e sete que vivo neste mundo. O meu sobrinho, um belo rapaz, inteligente e honrado, foi preso hoje outra vez. Ia também à frente de todos com o Vlassof, ao lado da bandeira.

E, com o rosto contraído, pegando na mão de Pélagué:

— Esta mulher disse a verdade. Os nossos querem viver com honra, segundo o que manda a razão; e nós... nós os abandonamos! Vá para casa, Pélagué, vá!

— Meus amigos, a vida é para os nossos filhos! É para eles a terra! — disse ela, passando pela multidão o olhar toldado de lágrimas.

— Vá, Pélagué, vá... Tome o seu arrimo!

E deu-lhe o destroço da bandeira.

Olhavam para a mãe com respeitosa tristeza; seguiu-a um murmúrio de compaixão. Em silêncio, Sizof abria-lhe caminho; e o povo afastava-se sem protesto, obedecendo a uma força inexplicável, trocando em voz baixa breves palavras de lamento.

Ao chegar à porta de casa, Pélagué, apoiando-se no pau da bandeira, voltou-se para eles e disse com reconhecimento:

— Obrigada a todos!

E acrescentou, lembrando-se daquele novo pensamento que nascia em seu coração:

— Nosso Senhor Jesus Cristo não teria vindo ao mundo se os homens não morressem por sua glória!

A multidão olhou para ela em silêncio.

Quando Pélagué entrou em casa acompanhada por Sizof, houve ainda na rua algumas frases em que a reflexão dominava... Depois todos se dispersaram, vagarosos.

Segunda Parte

Capítulo I

O resto do dia passou em um nevoeiro entrecortado de recordações, em uma fadiga extrema que lhe oprimia corpo e alma. Como uma sombra pardacenta, o oficial saltava ao olhar da velha, e em negro redemoinho movediço luziam o rosto bronzeado de Pavel e os olhos risonhos de André...

A mãe ia e vinha pelo quarto, sentava-se junto da janela, olhava para a rua, tornava a se levantar e franzia o cenho; sentia-se estremecer, relanceava os olhos em torno; e com a cabeça esvaída, procurava o que quer que fosse, sem mesmo saber o que queria... Bebeu água sem acalmar a sede, sem extinguir no coração o ardente braseiro de angústia que a consumia. Aquele dia se apresentava dividido em duas partes. A primeira tinha uma significação, um conteúdo, mas a segunda era como se se evaporasse, era um vácuo absoluto. Pélagué não encontrava resposta à pergunta tremente de perplexidade que a si própria apresentava:

— Que havia de fazer agora?...

Maria Korsounova apareceu então. Pôs-se a gesticular com força, gritou, chorou, bateu o pé, sugeriu e prometeu qualquer coisa, ameaçou quem quer que fosse. Mas tudo aquilo não conseguiu impressionar a outra.

— Ah! — dizia a voz destemperada de Maria. — Apesar de tudo, o povo se mexeu desta vez... Aí tem em revolta toda a fábrica!

— É verdade — respondeu baixinho Pélagué, sacudindo a cabeça.

E com o olhar fixo, considerava como ficara longe o passado e tudo o que dela se afastara com André e Pavel. Não podia chorar. Tinha o coração árido, os lábios secos como a garganta. Tremiam-lhe as mãos e sentia arrepios gélidos pelas costas. Mas subsistia nela uma centelha de cólera fixa, cravada no coração qual agulha. E a tal íntimo instigamento respondia ela com uma promessa de fria reflexão:

— Esperem um pouco!...

E então, tossindo ruidosamente, franzia as sobrancelhas.

Pela noite, veio a polícia. Recebeu-os sem admiração nem temor. Entraram pela casa adentro fazendo algazarra, com ares satisfeitos. O oficial de pele amarela disse, mostrando os dentes:

— Então, como vai? É esta a terceira vez que nos encontramos, hein?

Ela ficou em silêncio e passou a língua pelos lábios para umedecê--los. Entrou então o oficial a falar muito, em tom de pessoa fina. E Pélagué percebia que ele falava pela satisfação de ouvir a própria voz. Mas as palavras nem lhe chegavam aos ouvidos, nem a impressionavam. No entanto, quando o oficial lhe disse:

— Você própria tem culpa, porque não soube inspirar a seu filho o respeito a Deus e ao Imperador...

Respondeu sem o fitar:

— Os nossos filhos é que são os nossos juízes... eles nos condenarão por tê-los abandonado em um caminho como esse...

— O quê? — gritou o oficial. — Fale mais alto!

— Digo que os nossos juízes são os nossos filhos! — repetiu com um suspiro.

O outro se pôs então a discorrer em voz rápida e irritada, mas as frases precipitavam-se e não comoviam a mãe.

Citada como testemunha, Maria Korsounova ficara de pé ao lado de Pélagué, para quem nem olhava. Quando o oficial lhe fazia qualquer pergunta, inclinava-se muito e respondia em voz monótona.

— Não sei, Excelência! Sou uma pobre mulher ignorante, só trato do meu negócio... Graças à minha estupidez, nada sei...

— Cale-se! — ordenava o oficial, mexendo no bigode.

Maria se inclinava novamente, fazia uma careta sem que ele percebesse e sussurrava:

— Tome esta!

Mandaram-lhe que revistasse a mãe. Pestanejou primeiro, confusa; depois fitou o oficial, com os olhos muito abertos. E declarou com voz submissa:

— Não sei como me portar, Excelência!

Ele bateu com um pé e se zangou.

— Está bem... Desabotoe-se, Pélagué — disse Maria. E muito corada, passou a revolver e a apalpar a roupa da outra, comentando baixinho. — Que corja, hein?

— Que disse? — gritou o oficial com grossura, olhando de relance ao cômodo onde ela fazia o que tinha de fazer.

— É coisa de mulher, Excelência — murmurou Korsounova, com medo.

Quando o oficial mandou que a mãe assinasse o documento, ela tracejou em letra de forma e desajeitadamente: Pélagué Nilovna Vlassof, viúva de um operário.

— Que é isso? Por que escreveu isso? — exclamou o oficial com o cenho franzido e um ar de desdém. Acrescentou em seguida, dando um riso irônico: — Selvagens!

Retiraram-se os guardas. A mãe foi pôr-se diante da janela. Com os braços cruzados no peito, ali ficou muito tempo, olhando sem ver.

Desfranzira as sobrancelhas e comprimia os lábios; apertava os maxilares com tal força, que dentro em pouco ficou com dor de dentes. Acabara-se o petróleo do candeeiro, a luz ia sumir-se, crepitando. Soprou-a de vez e ficou às escuras. A cólera e a humilhação desapareciam nela; agora era uma nuvem negra e fria de angústia e de louco terror, que a penetrava toda e lhe enchia o peito, dificultando-lhe o pulsar do coração. Permaneceu imóvel até sentir cansados os olhos e as pernas. Ouviu então, sob a janela, Maria parar e gritar-lhe com voz embriagada:

— Pélagué! Está dormindo? Minha pobre Pélagué!... Dorme, dorme! Todos estão sofrendo as mesmas humilhações... ouve? Todos!

Deitou-se na cama, sem se despir, e caiu em sono profundo, como quem rola em um precipício.

Em sonhos, viu-se junto do montículo de saibro amarelo que ficava para lá do pântano, no caminho que conduzia à cidade. Ali, no cume da encosta que dava acesso às pedreiras de onde se extraía a areia, Pavel cantava docemente, mas com uma voz que era a mesma de André.

Ergue-te, ergue-te, ó povo oprimido...

Pélagué passou pelo montículo e contemplou seu filho, ao mesmo tempo que levava a mão à testa. Destacava-se nitidamente o perfil do rapaz no fundo azul do céu. Mas a mãe sentia vergonha em se aproximar dele, pois estava grávida. E levava ao colo outra criança. Prosseguiu no seu caminho. Pelos campos, havia outras crianças a brincar com uma bola; eram muitas, as crianças, e a bola era vermelha. O menino que tinha nos braços queria ir brincar com os outros e abriu um grande berreiro. Deu-lhe de mamar e voltou pelo mesmo caminho. O montículo estava já então ocupado por muitos soldados, que lhe apontavam as baionetas. Fugiu em direção a uma igreja edificada no meio dos campos, uma igreja muito branca, altíssima e de levíssima construção, como se fosse formada de nuvens. Lá dentro, cantavam responsos; o caixão era grande, preto e hermeticamente fechado. Padre e acólito vestiam alvas de imaculada brancura, e entoavam:

Cristo ressuscitou dentre os mortos!...

O acólito agitou o turíbulo e, ao avistar Pélagué, sorriu. Tinha os cabelos ruivos e uns modos prazenteiros, assim como Samoilof. Da cúpula caíam raios de sol em verdadeiras toalhas. E, no coro, crianças repetiam a meia-voz.

Cristo ressuscitou dentre os mortos!...

— Prendam-nos! — gritou subitamente o padre, estacando no meio da igreja. A alva que vestia tinha desaparecido e no rosto surgia-lhe um bigode grisalho e espesso. Todos se puseram em fuga, até mesmo o acólito, que atirara para longe o turíbulo e apertava a cabeça entre as mãos, como o pequeno russo costumava fazer. A mãe deixou cair a criança sob os pés dos fiéis, que se afastavam, evitando-a, com olhares de temor para o pequenino corpo nu. Ela caíra de joelhos e gritava:

— Não abandonem a criança!... Salvem-na...

E, de mãos atrás das costas, com um sorriso nos lábios, o pequeno russo prosseguia cantando:

Cristo ressuscitou dentre os mortos!...

Pélagué abaixou-se, agarrou a criança e a pôs em um carrinho, ao lado do qual Vessoftchikof ia caminhando vagarosamente. Este ria, dizendo:

— Deram-me um trabalho penoso!...

Percorria uma rua muito suja. Nas janelas, havia gente que assobiava, gritava, gesticulava.

O dia estava claro, o sol brilhava com ardor; não havia uma nesga de sombra em parte alguma.

— Cante, cante, mãezinha! — dizia o pequeno russo. — É isto a vida!

E ia cantando sempre, dominando tudo com a sua voz sonora e jovial. A mãe o seguia, lamentando-se:

— Por que está ele a caçoar de mim?

Nisto, recuou; mas logo se sentiu despencar em um abismo sem fim, com um estrondo...

Acordou em sobressalto, a tremer, banhada de suor; apurou o ouvido, perscrutando. Estupefata, sentiu vazio o próprio peito. Parecia-lhe que uma mão desconhecida, ferrenha, lhe esquadrinhava o seio e, tendo se apoderado do coração, o estava a apertar brandamente, como em cruel logro. O apito soava, obstinado. Pelo som, a mãe deduziu que já era a segunda chamada. O quarto estava desarrumado; livros e roupas estavam jogados no chão sujo, tudo estava amontoado.

Ela levantou-se, começou a arrumar, antes de se lavar ou rezar. Na cozinha, avistou o pau da bandeira com um pedaço de tecido vermelho. Pegou-o irritada e estava prestes a jogar no forno, mas respirou fundo, pegou o tecido, dobrando-o com cuidado, e guardou na algibeira. Depois, lavou com muita água o chão e as janelas. Trocou de roupa, preparou o samovar e sentou-se perto da janela da cozinha, repetindo a mesma pergunta da véspera:

— Que havia de fazer agora?

Lembrou-se de que ainda não tinha rezado; postou-se por alguns momentos diante das imagens santas, depois tornou a sentar-se. No lugar do coração, tinha um vácuo.

O próprio pêndulo do relógio, ordinariamente tão ágil, parecia ter afrouxado o seu tique-taque precipitado. As moscas zumbiam hesitantes e debatiam-se estonteadas de encontro às vidraças...

Reinava em todo o bairro um silêncio singular; parecia que toda aquela gente, que na véspera gritara tanto pelas ruas, se havia escondido em suas casas para refletir em silêncio sobre aquele extraordinário dia.

De súbito, Pélagué recordou-se de uma cena que presenciara uma vez, quando moça: no velho parque dos senhores Zoussailof havia um vasto tanque todo esmaltado de lírios. Por ali passara em um dia de outono nevoento e triste; no meio da laguna, um barco jazia, como que estático na água tranquila e sombria, salpicada de folhas amareladas. E desta embarcação sem remos nem remadores, solitária e imóvel na água opaca, entre folhas mortas, provinha uma funda melancolia, um pesar misterioso. Pélagué permanecera ali muito tempo, procurando adivinhar quem impelira a canoa para longe da margem e por que motivo... Parecia-lhe agora ser ela mesma igual à barquinha que outrora a levara a pensar em algum esquife à espera do cadáver. Naquele mesmo dia, à noite, viera a saber-se que a esposa do intendente se havia afogado — uma mulherzinha de movimentos ligeiros, com os cabelos pretos sempre em desalinho...

Passou a mão pelos olhos, como para expulsar tais recordações, mas logo o pensamento indeciso lhe deslizou brandamente para as impressões da véspera, dominadoras. Com os olhos apegados à xícara de chá, que se esfriava, conservou-se muito tempo imóvel, sentindo nascer-lhe na alma o desejo de falar com quem quer que fosse, sincero e inteligente, para lhe perguntar inúmeras coisas.

E, como de propósito para realizar o seu desejo, Nicolau Ivanovitch apareceu pela volta da tarde. Ao vê-lo, apoderou-se dela brusca inquietação. Com voz sumida, disse, sem responder aos cumprimentos de Nicolau:

— Ah, tiozinho; fez mal em vir aqui. É uma imprudência; se o veem, prendem-no!

Depois de lhe ter apertado a mão com energia, Nicolau Ivanovitch segurou melhor os óculos no nariz e explicou-lhe rapidamente ao ouvido, em voz baixa:

— É que nós tínhamos combinado, o André, o Pavel e eu, que se os prendessem, eu viria buscá-la para a levar para a cidade. Vieram aqui dar alguma busca?

— Vieram; revolveram tudo; até me apalparam. Essa gente não tem consciência nem pudor!

— E por que haviam de ter? — retorquiu Nicolau com um encolher de ombros; e logo lhe expôs as razões por que era conveniente que ela passasse a residir na cidade.

Pélagué escutava aquela voz amiga, cheia de solicitude, fitava aquele rosto de resignado sorriso e sentia-se satisfeita da confiança que tal homem lhe inspirava.

— Uma vez que Pavel assim decidiu, e se não o incomodo... — disse.

— Não pense nisso — interrompeu ele logo. — Vivo sozinho; minha irmã só raramente aparece...

— Mas é que eu quero trabalhar, quero ganhar o meu sustento!

— Pois se quer trabalhar, há de se encontrar trabalho, descanse!

Para ela, a ideia do trabalho relacionava-se indissoluvelmente com a espécie de atividade a que se entregavam seu filho, André e os demais companheiros. Aproximou-se de Nicolau e perguntou-lhe, fitando-o intensamente:

— Acredita?...

— Pois claro! A casa não é grande, e quando a gente vive só...

— Não falo disso; falo do nosso grande projeto... — explicou em voz baixa.

E soltou um suspiro triste, melindrada por não ter sido compreendida. Nicolau ergueu-se e, franzindo os olhos míopes em um sorriso, declarou em tom de gravidade:

— Pois para a grande causa, também há de ter que fazer, se quiser...

Uma ideia simples e clara formara-se subitamente no espírito dela. Já uma vez conseguira auxiliar Pavel; talvez o conseguisse de novo. Quanto mais gente houvesse a trabalhar pela causa, tanto mais clara se tornaria aos olhos de toda a gente a razão de Pavel defendê-la. E ao mesmo tempo que analisava a fisionomia bondosa de Nicolau Ivanovitch, esperava que este lhe falasse compassivamente de Pavel, de André e dela própria. Mas o outro limitou-se a acrescentar, acariciando a barba, como que absorto:

— Veja se pode saber pelo Pavel, quando lhe falar, os endereços desses camponeses que pediram jornais.

— Já sei! — exclamou ela alegremente. — Sei perfeitamente quem são eles e onde moram. Dê-me o jornal que eu mesma o levo. Eu mesma irei procurá-los e farei o que me mandar... Ninguém será capaz de supor que levo comigo livros proibidos. Deus seja louvado, bastantes quilos deles meti na fábrica!

Era como um súbito desejo de partir, de ir ao acaso, fosse para onde fosse, pelas estradas sem fim, por bosques e aldeias, com o cajado na mão e a cesta ao ombro.

— Não encarregue mais ninguém desse serviço, peço-lhe, meu amigo — disse ela. — Irei a toda a parte onde julgar preciso. Não tenha medo, que não me perderei. No verão e no inverno, caminharei sem descanso... até morrer! Torno-me um apóstolo por amor da verdade. Não será digno de inveja o meu destino? Que bela vida, a do viajante! Vagar pelo mundo, sem possuir nada e sem ter necessidade de coisa alguma, a não ser do pão de cada dia; não humilhar ninguém; percorrer a terra, tranquilamente, sem que ninguém os conheça!... Também eu quero viver assim!... E hei de encontrar Pavel, hei de encontrar André, hei de chegar até onde eles estiverem...

Mas aqui se entristeceu ao se ver já, em pensamento, sem lar, errante, a mendigar em nome de Deus pelas portas das cabanas...

Nicolau pegou-lhe meigamente na mão e afagou-a ao calor das suas:

— Havemos de falar nisso mais tarde! — declarou, olhando para o relógio. — É perigosa a tarefa de que quer encarregar-se... pense bem!

— Meu bom amigo! — exclamou ela. — Para que pensar? Pois se os nossos filhos, a parte mais pura do nosso próprio sangue, parcelas do nosso próprio coração, os que mais do que tudo nos são queridos, sacrificam a vida e a liberdade, e morrem sem lamentar por si próprios, que não hei eu de fazer, eu, que sou mãe?

Nicolau ficou pálido.

— Sabe que é a primeira vez que ouço falar dessa maneira?...

— Que sei eu dizer! — murmurou ela, sacudindo desconsoladamente a cabeça. E os braços penderam-lhe em um gesto de desalento. — Se eu encontrasse palavras que exprimissem o que sente o meu coração de mãe!...

E ergueu-se, impelida pelo ardor que nela se concentrava e lhe excitava no cérebro frases ardentes de revolta.

— Muitos chorariam... até mesmo os maldosos, as pessoas sem consciência...

Nicolau se levantou e olhou outra vez o relógio.

— Então está decidido, a senhora vem para a cidade, ficará em minha casa.

A mãe aquiesceu em silêncio.

— Venha o mais rápido possível! — E Nicolau ainda acrescentou, com doçura: — Não sossegarei até resolvermos a sua situação, prometo!

Ela o observou, surpresa. Que interesse ela podia inspirar-lhe? Ele estava ali, a cabeça baixa, um sorriso vexado nos lábios, míope e um pouco arqueado, trajando um modesto casaco preto.

— Tem dinheiro em casa? — perguntou Nicolau sem a fitar.

— Não.

Com vivacidade, tirou logo da algibeira uma bolsa, abriu-a e estendeu-a a ela.

— Aí tem, tire, se faz favor...

A pobre mãe esboçou involuntário sorriso e, com um meneio de cabeça, observou:

— Como tudo está mudado! O próprio dinheiro já não tem valor para vocês. Há por aí gente capaz de tudo para o possuir, que chega até a perder a própria alma... e para vocês não passa de uns bocados de papel... de umas rodelas de cobre... Chega-se a imaginar que se vocês o têm é só por caridade para com os outros!

— O dinheiro é na verdade desagradável e incômodo — retorquiu Nicolau Ivanovitch, rindo. — É de igual maneira enfadonho pedi-lo ou dá-lo!...

Tomou-lhe novamente a mão, apertou-a fortemente:

— Venha o mais depressa possível, sim? — repetiu.

E, como das outras vezes, foi-se sem fazer ruído.

Ao se despedir dele, Pélagué pensava: "É tão bom homem!... Contudo, não teve uma palavra de compaixão..."

E não chegou a perceber bem se tal fato lhe era desagradável ou se lhe causava simples admiração.

Capítulo II

Quatro dias após a visita de Nicolau, punha-se Pélagué a caminho, em direção à casa dele. Quando o carro que a transportava e às suas malas atravessou o bairro e rodou em pleno campo, voltou-se para trás ainda uma vez e sentiu, nesse instante, que era para sempre que abandonava aquele lugar, onde decorrera o período mais sombrio e penoso da sua vida e onde outra existência começara, período repleto de novos desgostos e de novas alegrias, em que os dias voavam velozes.

Semelhante a uma imensa aranha vermelho-escura, a fábrica fincava-se no solo negro de fuligem e elevava bem alto suas longas chaminés. Ao redor dela, as casinhas dos operários espremiam-se, cinzentas e planas, formando um bloco compacto à beira do pântano. Pareciam olhar uma para outra com ares de lamentação através das ternas janelinhas. A igreja se encontrava no meio delas, vermelha como a fábrica, mas seu sino mais baixo que as chaminés.

A pobre mulher suspirou, desapertou a gargantilha do vestido, que a incomodava. Ia triste, mas de uma tristeza árida como a poeira de uma tarde de estio.

— Para diante! — resmungava o carroceiro, puxando pelas rédeas. Era manco, de idade imprecisa, com uns olhos sem cor definida e uns raros cabelos de tom sujo. Bamboleando-se todo, caminhava ao lado do veículo, demonstrando claramente que o fim da viagem, qualquer que fosse, lhe era totalmente indiferente. — Para diante! — repetia com uma voz sem timbre, atirando de maneira caricata com as pernas tortas, calçadas de grossas botas cheias de lama.

A passageira vagueava o olhar em torno. A desolação da planície era tão profunda como a da sua alma...

O cavalo, balançando frouxamente a cabeça, afundava as patas na areia, que chiava, aquecida pelo sol fraco. A charrete, pouco lubrificada e em péssimo estado, rangia a cada movimento. Todos esses barulhos se misturavam à poeira.

Morava Nicolau Ivanovitch no extremo da cidade, em um pequeno pavilhão pintado de verde, encostado a um sombrio prédio de dois andares, a cair de velho, em uma rua solitária. Na frente do pavilhão havia um jardim, de forma que pelas janelas dos três quartos se metiam as frescas ramadas de algumas acácias, lilases e um ou outro alamozinho prateado. Os quartos eram asseados e silenciosos; pelas paredes havia prateleiras carregadas de livros e alguns retratos de pessoas sérias.

— Ficará bem aqui? — perguntou Nicolau, introduzindo a sua hóspede em um quarto com uma janela para o jardim e outra para o pátio. E neste, como nos outros quartos, guarneciam as paredes várias estantes carregadas de livros.

— Sinto-me melhor na cozinha.

Parecia-lhe que Nicolau receava algo. Ele retrucou com um ar vexado e, quando ela desistiu de ficar na cozinha, mostrou-se logo satisfeito.

Reinava em toda a casa particular atmosfera: era agradável respirar ali, mas as vozes instintivamente faziam-se menos ruidosas; não se sentia o desejo de falar alto, nem de perturbar a beatífica meditação das personagens que do alto das suas molduras olhavam concentradas.

— Estas plantas precisam ser regadas — disse ela, depois de tatear a terra dos vasos.

— Sim, sim — concordou o dono da casa, um tanto confuso. — Bem vê, gosto muito de flores, mas não tenho tempo para tratar delas.

Pélagué reparou que, mesmo em sua confortável casa, Nicolau andava com cuidado, sem fazer ruído, como que estranho e distante a tudo que o cercava. Olhava bem de perto o que queria ver, ajeitava os óculos com os dedos finos da mão direita, fazendo uma pergunta muda ao objeto observado. Parecia que descobria o espaço junto com a mãe, que tudo era-lhe desconhecido. Então, vendo-o assim, ela se sentiu rapidamente em casa.

Ela ia acompanhando Nicolau, anotando mentalmente o lugar de cada coisa e perguntando a ele sobre seus costumes. Ele respondia com tom envergonhado de quem sabia agir inapropriadamente, mas que não podia conduzir de outro modo.

Regadas as plantas e reunidas em um só monte as músicas esparsas sobre o piano, ela deu com o samovar:

— Precisa ser limpo — observou.

Nicolau passou um dos dedos pelo metal embaciado pela sujidade e, pondo-o mesmo diante do nariz, observou-o com atenção. Isso a fez rir com gosto.

Quando se encontrou na cama, depois de ter recordado as peripécias do dia, Pélagué pôs-se a olhar em volta. Era a primeira vez na sua vida que se via na casa de um estranho. Não se sentia perturbada. Pensou no seu anfitrião; a si própria prometeu amenizar-lhe a existência com um pouco de carinhosa afeição. Impressionavam-na a timidez, o feitio desajeitado e ridículo de Nicolau, seu distanciamento de tudo o que era costumeiro, a expressão ao mesmo tempo ingênua e séria dos seus olhos claros. E logo o pensamento lhe voou para o filho; reviveu mentalmente os episódios do Primeiro de Maio. Esta lembrança causava-lhe uma dor particular, como particular fora aquele dia: era um sofrimento que não abatia a cabeça para o solo como a pancada de um malho, mas que torturava o coração com mil picadas e excitava surda cólera, fazendo com que se alteasse o dorso corcovado da velha.

"Como é triste ter filhos para os ver partir por esse mundo afora!...", pensava. E apurava o ouvido, escutando os ruídos, desconhecidos para ela, da vida noturna da cidade, que lhe chegavam amortecidos e atenuados pela janela aberta, por entre as folhagens do jardim, vindos de longe, morrer suavemente dentro do quarto.

Pela manhã, cedo, procedeu à limpeza do samovar e acendeu o fogo; guardou toda a louça sem fazer barulho; depois foi sentar-se na cozinha e esperou que o seu anfitrião acordasse. Ouviu um ruído de tosse, e Nicolau apareceu com os óculos na mão.

Tendo correspondido ao bom-dia que este lhe dirigiu, Pélagué levou o samovar para a sala de jantar, enquanto Nicolau se lavava, espalhando a água pelo sobrado, deixando cair a todo o momento o sabonete, a escova, resmungando sem parar.

Ao almoço, Nicolau lhe participou:

— É bem triste a minha ocupação na administração da província: emprego-me em observar como é que a nossa gente do campo se arruína...

E repetiu com um sorriso contrafeito:

— Sim, observo, é o verdadeiro termo. Essa pobre gente morre de fome; ainda novos, lá vão para a cova, roídos pela miséria; as crianças nascem fracas e raquíticas, caem aos centos, como as moscas, quando chega o inverno... Sabemos tudo isso perfeitamente... conhecemos as causas dessa calamidade e afinal, depois de as termos analisado, recebemos o nosso ordenado... e ficamos por aqui.

— Mas o senhor o que é? — perguntou Pélagué. — É estudante?

— Nada... Era professor em um vilarejo... Meu pai é diretor de uma fábrica em Viatka; e eu me fiz professor. Distribuí livros ao povo da aldeia e me prenderam. Depois, fui trabalhar em uma biblioteca. Fui imprudente lá e me prenderam de novo. Enviaram-me para a província Arkhangel, onde entrei em desavença com o governo, que me mandou ir em expedição ao mar Branco. Permaneci por cinco anos em uma aldeia no litoral.

E dizendo isto, sua voz ressoava calma e suave na tranquilidade daquele quarto claro, inundado de sol.

A mãe ouvia com frequência histórias desse tipo; não entendia por que contavam com tanta tranquilidade, sem nunca culparem ninguém pelos sofrimentos, sempre tidos como inevitáveis.

— Sabe que hoje chega minha irmã? — anunciou ele.

— É casada?

— Viúva. O marido foi exilado para a Sibéria. De lá conseguiu fugir, mas no caminho apanhou um resfriado e morreu no estrangeiro, há cerca de dois anos.

— Sua irmã é mais nova do que o senhor?

— Não, é seis anos mais velha... Devo-lhe muitos favores... Há de ouvi-la tocar naquele piano, que é mesmo dela... de mais, há aqui muita coisa que lhe pertence... Os livros, esses, são meus...

— E onde mora?

— Em toda parte! — respondeu ele, sorrindo. — Onde quer que seja preciso uma criatura decidida, lá a encontrarão...

— Então também trabalha pela nossa causa?

— Está claro!

Dito isto, saiu em direção à sua repartição, e a mãe ficou a pensar naquela causa comum que de dia para dia tornava os homens tão obstinados e calmos. Parecia-lhe estar em frente de altíssima montanha, em plena escuridão.

Por volta do meio-dia veio uma senhora alta e elegante, vestida de preto. Aberta a porta, a recém-chegada atirou para o chão uma malinha amarela e tomou com vivacidade uma das mãos de Pélagué, perguntando:

— A senhora é a mãe do Pavel Vlassof, não é?

— Sou, sim senhora! — declarou Pélagué, constrangida pela elegância da dama.

— Pois a senhora é tal qual eu a tinha imaginado! Meu irmão mandou-me dizer que vinha viver na casa dele! Somos velhos amigos, seu filho e eu... Falava-me tanto da senhora!

Exprimia-se com lentidão, mas tinha gestos rápidos e sacudidos. Brilhava-lhe nos grandes olhos cinzentos um franco sorriso de mocidade. Algumas rugazinhas delicadas sulcavam-lhe já a fronte, e por cima das orelhas bem feitas ondeava um ou outro cabelo branco.

— Venho com fome! — declarou. — Não desgostava de tomar uma xícara de café...

— Vou preparar imediatamente — disse a outra; e, ao tirar uma cafeteira do armário, inquiriu em voz baixa: — Então sempre é certo que Pavel lhe falava de mim?

— Com certeza, e até muitas vezes!

A irmã de Nicolau tirou da algibeira um estojo, pegou um cigarro e acendeu-o. Andando a largas passadas pelo cômodo, ela continuou:

— Preocupa-se com isso?

Pélagué sorria, fitando a chama azulada do fogareiro de álcool a crepitar sob a cafeteira. O constrangimento de há pouco desaparecera na sinceridade da sua satisfação.

"Fala então muito em mim, o meu filho!", pensava.

E prosseguiu:

— Pergunta-me se estou preocupada?... Com certeza, é bem triste o que se passa... Mas antigamente era pior ainda... Agora, como sei que ele não está só...

Fixou o olhar no rosto da sua nova conhecida:

— Como se chama, minha senhora? — perguntou.

— Sofia.

Passou a examiná-la melhor. Havia naquela mulher o que quer que fosse de audácia, demasiada autoconfiança e excessiva precipitação. O seu falar era por demais imperioso.

— O que é importante é que os companheiros não fiquem muito tempo na cadeia, e que sejam julgados depressa. Quando o Pavel estiver na Sibéria, nós o faremos fugir... Ninguém pode passar sem ele aqui...

Procurando com o olhar um local onde pudesse jogar o cigarro, Sofia afundou-o no vaso de flor.

— Vai matar a planta! — exclamou a mãe de maneira automática.

— Desculpe! Nicolau me diz isso toda vez... — E, retirando a ponta do cigarro, jogou-a pela janela.

— Por favor, perdoe-me! Falei sem pensar. Não cabe a mim repreendê-la.

— Por que não? Se agi como uma tola... — respondeu ela, com os ombros encolhidos. — O café está pronto. Obrigada! Uma xícara apenas? Não bebe comigo?

E colocando-lhe as mãos nos ombros, puxou-a para si, fitou-a e perguntou-lhe em tom de admirada:

— Estará por acaso fazendo cerimônia?

A outra respondeu com um sorriso:

— Ainda ontem cheguei aqui, e já hoje me parece que estou em minha casa e que conheço a senhora há muitos anos... Nada receio; digo o que me vem à cabeça; faço observações...

— E faz muito bem! — exclamou Sofia com entusiasmo.

— Nem sei onde tenho a cabeça! Já nem me conheço! — continuou Pélagué. — Antigamente a gente estudava as pessoas por dentro e por fora, antes que lhes falasse de coração aberto; agora, não, parece que nada se receia, dizem-se de repente coisas que antes nem mesmo nos atrevíamos a pensar... e que coisas!

Sofia acendia o segundo cigarro. Seus olhos cinzentos dirigiam à mãe um olhar acolhedor.

— Disse há pouco que há de se arranjar a fuga do Pavel... Mas como vai ele viver depois?

Era esta pergunta que importunava Pélagué e que conseguira enfim formular.

— É fácil! — respondeu Sofia, servindo-se outra vez de café. — Há de viver como vive grande número de banidos... Olhe, agora acabo eu de ir buscar um deles, que acompanhei até o estrangeiro. É também um homem de valor; é operário no sul; foi condenado a cinco anos de degredo, mas só cumpriu três anos e meio. É por este motivo que me vê tão bem-vestida. Julgava que era o meu traje habitual? Não; detesto os enfeites... A humanidade é de origem humilde; devemos nos trajar com humildade; vestuário bem-feito, mas simples...

Pélagué, abanando a cabeça, disse em voz baixa:

— Ah! Esse Primeiro de Maio é que me pôs as ideias em confusão! Não me sinto bem; chega-me a parecer que vou por duas estradas ao mesmo tempo... tão depressa julgo que compreendo tudo, tão depressa me vejo cercada de nevoeiros... A senhora, por exemplo... Vejo que é uma senhora fina... e também trabalha pela nossa causa... conhece Pavel... diz que o tem em grande conta... Não sei como lhe agradecer...

— Não, os agradecimentos são para a senhora — disse Sofia, rindo.

— Para mim? Não fui eu que lhe ensinei essas coisas todas! — respondeu a mãe com um suspiro. — Dizia-lhe eu então: algumas vezes, tudo isso me parece simples, outras, nem essa mesma simplicidade eu posso compreender... Assim, agora estou com o espírito sossegado, daqui a instantes já sinto medo de me ver tão sossegada. Toda a minha vida tenho passado em meio de inquietações... e agora que há motivo para receios, já quase não sinto medo... Por que? Não sei!...

Pensativamente, Sofia respondeu:

— Há de vir um dia em que tudo compreenderá!... Parece-me tempo de abandonar todos estes esplendores de vestuário...

Colocou a ponta do cigarro no pires e, sacudindo a cabeça, fez rolar sobre os ombros, em madeixas espessas, os dourados cabelos. Depois saiu.

A outra a seguiu com a vista, suspirou, olhou em torno e começou a arrumar a louça, com a cabeça vazia de ideias, prostrada por uma sonolência que a amodorrava.

Capítulo III

Pelas quatro da tarde, Nicolau estava de volta. Ao jantar, Sofia contou, rindo, o seu encontro com o preso evadido; falou do terror do homem, sempre a ver espiões em todos os cantos, e dos seus modos esquisitos... O tom de voz em que falava fazia lembrar à mãe Pélagué a fanfarronada do operário que terminou uma tarefa difícil e dela se gaba.

Sofia vestia um roupão cinzento, leve e esvoaçante, que lhe caía dos ombros até os pés em pregas harmoniosas, vaporoso e simples. Este novo traje fazia-a parecer mais alta, tornava seus olhos escurecidos e seus movimentos mais serenos.

— É preciso que trate de outro negócio, Sofia! — disse Nicolau, terminando o jantar. — Como sabe, há ideia de editar um jornal para a gente dos campos... mas, devido às últimas prisões efetuadas, os laços que nos uniam aos camponeses quebraram-se. Só Pélagué sabe como poderemos reaver o homem que se encarrega da distribuição do jornal... Vai com ela... o mais depressa possível...

— Está bem — disse Sofia, recomeçando a fumar. — Está combinado, mãezinha?

— Por que não? Pois vamos!

— E é longe?

— Oitenta quilômetros, mais ou menos.

— Ótimo!... Agora vou tocar um pouco de piano... Está disposta a um pouco de música?

— Nada me pergunte; faça de conta que não estou aqui — respondeu ela. E foi sentar-se ao canto do sofá coberto de uma capa de linho. Notava que os dois irmãos, sem parecerem lhe ligar importância, a intrometiam, todavia, com frequência na conversação.

— Ouça isto, Nicolau, é de Grieg. Trouxe hoje a música. Feche a janela!

Abriu a partitura e acariciou as teclas de mansinho, com a mão esquerda. As cordas entraram a vibrar em acordes indolentes e pesados. Houve primeiro um profundo suspiro, depois outra nota veio juntar-se às primeiras, numa forte e tremente amplidão de som. A mão direita entrou então em ressonâncias claras, em gritos parecidos com os de uma ave assustada; balanceou-se depois, em cadência, imitando o palpitar das asas no fundo sombrio das notas graves, que cantavam, harmoniosas e compassadas, quais vagas batidas pela tempestade. Em resposta à canção, vinham logo caudais de acordes soturnos, chorando com dor, sufocando queixumes, implorações, gemidos, tudo fundido em um ritmo de angústia. Por vezes, como em um impulso de desespero, a melodia soluçava, desfalecida; logo recaía; rastejando, hesitante, sob a torrente espessa e cascateante das notas cavas, afogava-se, sumia-se, para de novo reaparecer por entre o ribombar igual e monótono; tomava alento, então, vibrava e dissolvia-se por fim em um poderoso martelar de notas úmidas que a salpicavam toda e ficava a suspirar sem cansaço, com a mesma força e a mesma resignação...

A princípio, a música não impressionou Pélagué; não a compreendia; era para ela como um caos de sonoridade. O ouvido não lhe permitia distinguir a melodia na palpitação complexa daquela aluvião de notas. Meio sonolenta, fitava Nicolau, sentado no outro extremo do sofá com as pernas cruzadas; considerava também o severo perfil de Sofia, de cabeça inclinada, sob o véu espesso dos seus cabelos de ouro. Ia pôr-se o sol. Um raio trêmulo passou primeiro na cabeça e no ombro da pianista; depois, deslizando para o teclado, brincou-lhe entre os dedos. Toda a sala estava cheia daquela melodia, e o coração da mãe despertava enfim, sem que ela mesma o percebesse. Sucediam-se, entretanto, três notas vibrantes como a voz de Fédia Mazine, regularmente e sustentando-se mutuamente à mesma altura, tal três peixes de prata flutuando em um regato, cintilando por entre a torrente dos sons... De vez em quando, outra nota mais vinha juntar-se às primeiras, e todas, ao mesmo tempo, entravam a cantar uma canção ingênua, triste e acalentadora. E Pélagué principiava a poder segui-las, esperando que voltassem, não escutando outra coisa, abstraindo-se do caos inquietador da harmonia geral, que pouco a pouco ia deixando de ouvir.

E, subitamente, das negruras remotas do seu passado veio-lhe a recordação de uma humilhação esquecida havia muito, mas que ressuscitava agora com cruel nitidez:

Uma vez, o marido voltara para casa muito tarde e completamente embriagado. Puxara-a pelo braço, tirara-a da cama e enchera-a de pontapés, xingando:

— Sai daqui, canalha, que não te posso aturar!... Sai!

Para se esquivar aos maus-tratos, tomara precipitadamente nos braços o filho, que então tinha dois anos e, firmando-se nos joelhos, protegia-se com o corpinho do inocente, como se fosse um escudo. O menino chorava, esperneava, com medo, nu e quentinho do berço.

— Sai daqui! — rugia Mikhail.

Ela levantara. Descalça, correra à cozinha; então, atirando uma camisola para os ombros e embrulhando a criança em um xale, sem uma palavra, sem um queixume, com os pés no lajedo, saíra para a rua. Era em maio, a noite ia fresca; a frígida terra da calçada colava-se a seus pés, penetrando-a toda, congelando-a. A criança chorava e debatia-se. Desnudando o seio, aconchegou a si o pequeno; e, instigada pelo medo, lá se foi pelas ruas escuras, cantando baixinho para adormecer o filho. Ia despontar o dia; Pélagué se envergonhava toda com a ideia de ser encontrada naquele estado. Desceu até a margem do pântano, sentou-se no chão, debaixo do compacto bosque de álamos... E ali esteve muito tempo, disfarçada na treva, com os olhos arregalados fixos na escuridão, a cantar timidamente para embalar o filho e o coração ultrajado. Súbito, uma ave negra, silenciosa, esvoaçara-lhe por sobre a cabeça e sulcara o céu, acordando-a. A tremer de frio, erguera-se e voltara para casa, pronta para enfrentar com o seu habitual terror os maus-tratos e as injúrias incessantes...

Pela última vez, ecoou um acorde sonoro, mas de indiferença e frieza, que em um suspiro se imobilizou no ambiente...

Voltou-se Sofia e, a meia-voz, perguntou ao irmão:

— Gosta?

— Muito! — respondeu, estremecendo como se saísse de um sonho. — Muito!...

Os dedos de Sofia desfloraram então um harpejo suave e harmonioso.

No íntimo do seu peito, Pélagué escutava ainda o eco débil e tremente das suas recordações. O seu desejo era que a música prosseguisse. E um pensamento germinava nela:

"Ora, aqui está uma gente que vive sossegada... o irmão, a irmã... muito amigos... Entretêm-se com a música... Não dizem injúrias, não bebem aguardente, não discutem por qualquer futilidade... nem pensam sequer em ofender-se um ao outro, como se faz entre a gente de conduta obscura...

Sofia fumava um cigarro; fumava muito, quase sem parar.

— Era o trecho preferido do pobre Kostia — disse ela em longa tragada, reiniciando um acorde triste e suave. — Como gostava de tocar para ele. Era sensível, não havia nada que ele não compreendesse... era aberto para tudo...

"Fala do marido certamente", pensou a mãe, sorrindo.

— Quanta felicidade ele me trouxe! — continuou Sofia em voz baixa, ao passo que acompanhava os seus pensamentos com leves acordes repetidos. — Como ele sabia viver bem! Sempre alegre, de uma alegria infantil, cheio de vida, que todo o iluminava...

— Infantil! — repetiu a mãe consigo mesma.

— É verdade — disse Nicolau, revolvendo a barbicha —, uma alma iluminada!

Sofia jogou fora o cigarro ainda aceso e virou-se para a mãe:

— Esta algazarra não a incomoda? — perguntou Sofia a Pélague.

— Já lhe disse que não se importe comigo — respondeu ela com um ligeiro despeito que não pôde disfarçar. — Eu nada percebo disso... Estou aqui quieta, a escutar e a pensar...

— Não, senhora, é preciso que compreenda! — replicou Sofia. — Uma mulher, principalmente quando está triste, não pode deixar de compreender a música...

E pulsou as teclas com força. Ressoou um grito violento, como se a alguém acabassem de dar uma dessas notícias terríveis, das que ferem em pleno coração e arrancam um dolorido queixume. Entraram então a vibrar vozes frescas que logo, horrorizadas e desconcertadas, fugiram velozmente, não se sabia para onde; de novo ecoou outra voz sonora e irritada abafando todo o conjunto... Era com certeza uma desgraça, mas desgraça que incitava cóleras, não gemidos. Depois, outra voz enérgica, mas reconfortante, entrou a entoar uma canção bonita e simples, cheia de persuasão. Surdamente, em tom de melindre, as vozes dos graves murmuravam...

Sofia tocou por muito tempo ainda. Pélagué sentia-se perturbada. Todo o seu desejo era perguntar o que significava tal música, que assim fazia germinar nela imagens indistintas, sentimentos, pensamentos mudáveis sem cessar. O pesar e a angústia cediam lugar às cintilações de uma serena alegria; parecia que um bando de invisíveis passarinhos redemoinhasse pela sala, acariciando as almas com o perpassar das delicadas asas, contando gravemente alguma coisa que provocasse instintivamente o curso do pensamento com palavras incompreensíveis, acalentando os corações com esperanças vagas, enchendo-os de força e de vigor.

E Pélagué sentia um ardente desejo de dizer algo que fosse meigo aos seus companheiros. Sorria ternamente, inebriada por aquela música. Procurou na mente o que poderia fazer, ergueu-se e, nas pontas dos pés, foi para a cozinha dispor o samovar.

Mas o desejo de se tornar útil não se extinguiu, continuava a lhe pulsar no coração com obstinada regularidade; serviu depois o chá com um sorriso de embaraço e de comoção, com a alma banhada em tépidos eflúvios de solicitude pelos seus companheiros.

— Nós, a gente do povo — explicou —, sentimos tudo, mas nos é difícil exprimi-lo, não podemos formar senão ideias incertas; e nos envergonhamos de não podermos dizer o que sentimos. E quantas vezes, para falar com consciência, a gente não se zanga com as próprias ideias e com aqueles que nos sugerem! Começamos a nos irritar e afugentamo-las! Em que agitações se passa esta vida! É ela que por todos os lados nos assalta e nos magoa. Era tão bom descansar!... Mas os pensamentos não deixam à alma um só momento de repouso e ordenam-lhe que veja, que ouça.

Nicolau a escutava, meneando a cabeça em aprovação, limpando os óculos. Sofia encarava fixamente aquela mulher, esquecida do cigarro, que se apagara; continuava sentada ao piano, e de vez em quando afagava o teclado. Acordes muito brandos acompanhavam assim as considerações da mãe, a qual se deu pressa em revestir os seus pensamentos íntimos com palavras da mais simples sinceridade.

— Agora, posso falar um pouco de mim mesma e dos meus... porque já compreendo a vida, e comecei a conhecê-la quando pude comparar. Antes, não tinha pontos de referência. Na nossa classe, todos levam vida igual. Hoje, que vejo como vivem os outros, lembro-me de como eu vivi e custa-me muito recordá-lo... Enfim, é impossível voltar atrás; e mesmo se o pudéssemos fazer, não encontraríamos uma nova mocidade.

Baixou a voz e prosseguiu:

— Talvez eu esteja dizendo coisas insensatas ou tolas, pois o senhor e sua irmã devem conhecer tudo isto... mas vejam que é de mim que estou falando e que falo a quem teve a bondade de me chamar para o seu lado.

Tremiam-lhe na voz lágrimas de grata felicidade; fitou-os com um olhar muito risonho e continuou:

— Queria abrir-lhes a minha alma para que vissem todo o bem que lhes quero.

— Mas nós bem vemos! — disse Nicolau com bondade. — E nos sentimos felizes por tê-la em nossa companhia.

— Sabem o que isto me parece? — interrogou ela sempre com voz sumida. — Parece que foi um tesouro que eu achei, que estou rica, que posso presentear toda gente... Isto é talvez um efeito da minha tolice...

— Não diga isso! — interrompeu Sofia com gravidade.

Não era para acalmar de pronto aquela sede de expansão; continuou, portanto, Pélagué a falar-lhes de tudo o que para ela era novo e lhe parecia de inapreciável importância. Contou-lhes a sua misérrima vida cheia de humilhações e resignado sofrer; por vezes, interrompia-se; julgava ter se afastado de si mesma e estar falando de si como o faria de qualquer outra pessoa...

Sem rancor, em termos corriqueiros e nos lábios um sorriso de piedade, desenrolou na presença de Nicolau e da irmã a monótona e lúgubre história dos seus tristes dias, enumerando os maus-tratos infligidos pelo marido, intimamente admirada, ela própria, da futilidade dos pretextos que os provocavam, admirada por não ter sabido esquivar-se...

Atentos e silenciosos, Nicolau e Sofia escutavam-na; sentiam-se esmagados pela significação profunda daquela história, daquele ente humano tratado como um animal e que passara tanto tempo sem sentir a injustiça da sua condição, sem um murmúrio. Eram milhares de vidas a falar pela boca daquela mulher. Tudo nesta existência era banal e indiferente, mas havia pelo mundo inumerável quantidade de criaturas submissas àquele modo de vida... E, avantajando-se mais e mais nos seus raciocínios, aquela história assumia as proporções de um símbolo... Nicolau, com os cotovelos sobre a mesa, a cabeça entre as mãos, quedava-se imóvel, considerando a sua hóspede por trás das lentes dos óculos, com os olhos piscando de atenção. Sofia, reclinada no espaldar da cadeira, sentia-se estremecer, murmurava de tempos em tempos o que quer que fosse, abanando a cabeça negativamente. Deixara de fumar; seu rosto parecia agora mais magro ainda, e mais pálido.

— Um dia — começou Sofia, em voz baixa — senti-me muito infeliz; parecia-me que toda a minha vida nada mais era que um delírio de febre. Estava então no exílio, em uma miserável povoação da província, onde nada tinha a fazer, ninguém em quem pensar, a não ser em mim mesma... Para ocupar este ócio, pus-me a fazer a conta das minhas infelicidades, recordando-as todas; ficara de mal com meu pai, a quem estimava, fora expulsa do colégio por ler livros proibidos; em seguida, fora a prisão, a traição de um companheiro de quem muito gostava, a captura de meu marido, outra vez a prisão e o degredo, a morte dele... E então parecia-me que a mais desgraçada criatura de toda a Terra era eu... Mas todos os meus males, reunidos e decuplicados, não chegam a valer um mês da sua vida, pobre mulher... não! Essa tortura de todos os dias durante anos... Onde vão os pobres buscar essa força contra o sofrimento?

— Acabam por se habituar! — respondeu Pélagué, suspirando.

— E eu julgava conhecer o mundo! — disse Nicolau, pensativo.

— E afinal, quando não se trata só de impressões fragmentadas, quando não é já um livro que nos fala, mas uma criatura em pessoa, como é horrível! E os pormenores são também horrorosos, os próprios nadas, cada um dos segundos que formam um ano inteiro!...

E a conversa prosseguia em voz baixa. Mergulhada nas suas recordações, Pélagué extraía do crepúsculo sombrio do seu passado todas as injúrias mesquinhas e habituais; ia compondo negro quadro de mudo horror imenso, em que soçobrava a sua juventude de mulher. De repente, exclamou:

— Ai, e eu aqui a tagarelar!... São horas de nos irmos deitar! É impossível contar tudo!

Nicolau inclinou-se diante dela mais do que costumava e apertou-lhe com mais força a mão. Sofia acompanhou-a à porta do quarto, e ali, parando, murmurou:

— Durma bem!... Boa noite!

Era caloroso o seu falar; envolvia em um meigo olhar de carícia o rosto de Pélagué... Esta agarrou-lhe em uma das mãos e, apertando-a nas suas, respondeu:

— Quanto lhes agradeço!

Capítulo IV

Quatro dias depois, apresentavam-se a Nicolau as duas mulheres, pobremente vestidas de saias de chita já usadas, de cajados na mão e alforje ao ombro. Este traje tornava Sofia mais baixa e dava-lhe à fisionomia uma expressão de austeridade.

— Parece que você passa a vida a peregrinar de convento em convento! — disse-lhe o irmão.

E ao se despedir dela, apertou-lhe a mão com energia. Mais uma vez, notou a mãe esta simplicidade e esta calma. Decididamente, não eram pródigos de beijos nem de demonstrações de estima; contudo, mostravam-se tão sinceros um para o outro, tão solícitos para com os estranhos! Porque nos meios onde Pélagué vivera, todos se beijavam muito, todos se animavam com bonitas palavras, o que não impedia que se mordessem como cães esfomeados.

Atravessaram as viajantes a cidade, alcançaram o campo e tomaram a vasta estrada bem calcetada, orlada de velhas bétulas.

— Não está cansada? — inquiriu a mãe.

— Julga que não estou acostumada a andar? Pois engana-se...

Jovialmente, por entre risadinhas, como se se tratasse de travessuras de crianças, Sofia entrou a contar seus feitos de revolucionária. Vivera já com um nome falso, servindo-se para isso de um passaporte falsificado;

disfarçara-se para fugir aos espiões, transportara para diversas cidades muitos quilos de brochuras proibidas. Tinha arranjado a fuga de muitos companheiros exilados, acompanhara-os ao estrangeiro. De uma vez, montara na sua própria casa uma imprensa clandestina; e quando os policiais, sob denúncia do delito, tinham vindo proceder às buscas, disfarçara-se de criada, minutos antes de eles chegarem, e saíra, cruzando-se com os inquisidores já no limiar do prédio. Sem uma capa, com uma simples mantilha na cabeça e de azeiteira de petróleo em punho, percorrera outra vez a cidade de extremo a extremo, sob um frio rigoroso, em pleno inverno. Outra ocasião, ao se dirigir à casa de uns correligionários, em uma cidade distante, ia a subir a escada quando percebeu que estava lá a polícia, revistando. Era tarde para sair do prédio; bateu, portanto, com o maior atrevimento no andar de baixo, entrou em casa de gente que não conhecia, de mala na mão, e tratou de pôr a claro o acontecido.

— Os senhores podem denunciar-me se quiserem, mas não os julgo capazes disso — declarara convenientemente.

Atrapalhadíssimos, não pregaram os olhos toda aquela noite, julgando a todo o momento que lhes vinham bater à porta. Contudo, não a denunciaram e, chegada a manhã, caçoaram com ela da polícia. Também, lhe acontecera vestir-se de irmã de caridade e fazer viagem no mesmo compartimento e no mesmo assento do vagão em que ia um espião encarregado de lhe seguir, o qual, para fazer valer a sua esperteza, se pusera a contar como procedia em tal diligência. Estava certo o homem de que Sofia ia naquele comboio, na segunda classe; e a cada nova parada, descia e comentava, regressando para o lado da pseudorreligiosa:

— Não a vejo... Provavelmente vai dormindo. É que essa gente também cansa... Levam uma vida tão dura... tal qual a nossa!

A outra ria com essas histórias e olhava para Sofia com afeto. Alta e magra, a jovem mulher caminhava com passo leve, mas firme; tinha os pés fortes e bem-feitos. Na maneira de andar, no falar, no próprio timbre da voz, decidida, se bem que um pouco contida, em toda a sua figura esbelta, transparecia uma boa saúde moral, uma audácia alegre, um desejo de ar e de espaço, e os seus olhares para tudo se dirigiam com uma expressão de juvenil contentamento.

— Veja que pinheiro bonito! — exclamou ela, mostrando a árvore à mãe. Esta parava para admirá-lo, mas o pinheiro não era mais alto ou mais robusto que os outros.

— Sim, é uma bela árvore — concordava, sorrindo.

— Uma cotovia!

Os olhos cinzentos de Sofia brilhavam de alegria. Às vezes, com movimentos flexíveis, baixava-se, apanhava uma flor e acariciava-lhe amorosamente as pétalas trêmulas com o ligeiro contato dos seus dedos finos e ágeis. E cantarolava canções meigas.

Pelo caminho, cruzavam-se com peões ou camponeses empoleirados nas suas carroças, que lhes diziam:

— A paz esteja convosco!

Brilhava um lindo sol primaveril; todo o vasto azul resplandecia; aos dois lados da estrada, estendiam-se densas florestas de madeiras resinosas, propriedades de um verde muito vivo; cantavam pássaros, o ar tépido e perfumado acariciava brandamente as faces.

Tudo contribuía para aproximar Pélagué daquela mulher de alma e de olhos tão límpidos; e, involuntariamente, chegava-se mais para ela. Contudo, às vezes destacava-se das frases de Sofia uma expressão demasiado viva, demasiado sonora, que a Pélagué se afigurava supérflua. Então, era tomada de inquietação.

"Estou vendo que não vai agradar ao Rybine..."

Mas, um instante depois, Sofia voltava a falar com simplicidade, cordialmente, e ela de novo a olhava com ternura.

— Como é nova ainda!

— Ora! Já tenho trinta e dois!

A outra riu.

— Não foi isso que quis dizer... quem a vê pensa que é mais velha... Mas quando vê seus olhos, quando ouve o que diz, fica impressionado, parece uma jovenzinha. A senhora tem uma vida agitada, dura, perigosa... e contudo seu coração é alegre...

— Não acho que minha vida seja difícil, não consigo imaginar uma mais interessante que esta que vivo...

— Quem a consola de seus sofrimentos?

— Já somos consolados! — respondeu Sofia com um tom que parecia cheio de confiança. — Arrumamos uma vida que nos satisfaz, que poderíamos desejar mais?

A mãe olhou-a rapidamente e baixou a cabeça, repetindo para si mesma:

— Estou vendo que não vai agradar ao Rybine...

Aspirando a plenos pulmões o ar quente, as duas mulheres caminhavam em passo lento, mas firme. A Pélagué parecia-lhe que andava em romaria. Lembrava-lhe aquilo da sua meninice e a pura felicidade que a animava quando, nos dias de festa, partia da aldeia em direção a algum mosteiro distante, onde houvesse uma imagem milagrosa.

De vez em quando, Sofia entoava canções em que se falava de amor e do Céu; outras vezes, punha-se a declamar estrofes que celebravam os campos, as florestas, o rio Volga; e a outra a escutava alegre, meneando a cabeça ao ritmo do verso, cuja melodia a enfeitiçava.

Naquele coração, tudo era paz, carinho e doçura, como em um velho jardinzinho, em uma tarde de estio.

Capítulo V

No terceiro dia, ao chegarem a uma aldeia, perguntou a mais velha das duas a um trabalhador do campo onde ficava a fábrica de alcatrão. E logo tiveram de descer por estreito atalho íngreme e agreste, feito uma escada, onde as velhas raízes formavam degraus. Avistaram dali uma clareira circular atapetada de aparas de lenha e de carvão e onde, aqui e ali, havia poças de alcatrão.

— Eis que chegamos! — disse a mãe, olhando em volta com desconfiança.

Junto a uma choça feita com estacas e algumas ramadas, jantavam quatro operários, em torno de uma mesa feita com três tábuas em bruto, estendidas sobre estacas cravadas no solo. Eram eles: Rybine, muito sujo, com a camisa aberta no peito, Jéfim e mais dois rapazes. Rybine foi o primeiro que avistou as duas mulheres; quedou-se à espera, em silêncio, formando pala com a mão, para abrigar os olhos.

— Viva, irmão Mikhail! — gritou-lhe de longe Pélagué.

Levantou-se então e veio-lhe ao encontro, mas sem se apressar. Ao reconhecer quem lhe falava, deteve-se a alisar a barba.

— Andamos em romaria! — disse ela, aproximando-se mais. — E fiz um desvio para vir vê-lo. Esta minha amiga veio comigo; chama-se Ana...

Contente com o seu achado, olhou de soslaio para Sofia. Esta permaneceu séria e impassível.

— Bem-vindas! — respondeu Rybine com um sorriso forçado.

Apertou a mão de Pélagué, cumprimentou Sofia e acrescentou:

— É inútil mentir; não estamos na cidade; aqui não é preciso mentiras. Aqui só há gente séria, todos nos conhecemos uns aos outros...

Jéfim, à mesa, onde continuava sentado, examinava com atenção as recém-chegadas; segredou alguma coisa aos seus comensais. Ao aproximarem-se as duas, levantou-se, cumprimentou-as em silêncio. Os outros dois deixaram-se ficar como se não tivessem dado pelas visitantes.

— Estamos em reclusão aqui — continuou Rybine, tocando o ombro da mãe. — Ninguém vem nos ver, o patrão não está na aldeia, pois sua mulher está no hospital; sou agora uma espécie de intendente. Sentem-se. Querem chá? Jéfim, traga o leite.

Jéfim se dirigiu à cabana lentamente, enquanto as viajantes tiravam a trouxa. Um dos camponeses, um rapaz alto e magro, levantou-se para ajudá-las. O outro, maltrapilho e atarracado, encostou-se e ficou a observar pensativamente as mulheres, coçando a cabeça e cantarolando. O forte aroma de alcatrão fresco se misturava ao odor sufocante das folhas apodrecidas, provocando náuseas.

— Este chama-se Jacob — disse Rybine, apresentando o mais alto dos dois operários. — Aquele é o Ignaty... E então o seu filho?

— Está na cadeia! — respondeu a mãe com um gemido.

— Outra vez! — exclamou Rybine. — Ao que parece, deu-se bem por lá...

Ignaty deixara de cantarolar. Jacob tomou o cajado das mãos de Pélagué.

— Sente-se, tiazinha!

— E a senhora sente-se também — disse Rybine, dirigindo-se a Sofia.

Sem uma palavra, esta tomou assento em cima de um fardo e pôs-se a examinar Rybine.

— E quando foi ele preso? — perguntou este; e acrescentou com um abanar de cabeça: — Você não tem sorte nenhuma, Pélagué!

— Que importa!

— Então já se vai acostumando?

— Não, mas me convenci de que as coisas não podem ir de outra forma!

— Pois está visto! Enfim, conte...

Jéfim trouxe um jarro de leite. Pegou uma tigela na mesa, lavou-a com água e, enchendo-a de leite, empurrou-a na direção de Sofia. Ele andava e movia-se sem ruído, com cuidado. Quando a mãe terminou seu breve relato, todos permaneceram em silêncio. Ainda sentado, Ignaty desenhava na mesa com a própria unha. Jéfim escorava-se no ombro de Rybine. Jacob tinha os braços cruzados no peito e a cabeça baixa. Sofia examinava o rosto dos camponeses.

— Sim — declarou Rybine, arrastando muito as sílabas. — Decidiram-se a proceder às claras...

— Eles que viessem para cá com uma fantochada dessas — declarou Jéfim —, que os mujiques dariam cabo deles!...

— Disse que o Pavel vai ser julgado? — perguntou Rybine.

— Sim, é coisa decidida — respondeu a mãe.

— E pode ser condenado com qual pena?

— Banimento ou deportação para Sibéria — respondeu ela em voz baixa.

Os três operários fitaram-na simultaneamente.

Rybine prosseguiu:

— E quando ele se meteu nesse negócio, sabia o que o esperava?

— Não sei... provavelmente.

— Sim, sabia-o! — afirmou Sofia com decisão.

Calaram-se todos e ficaram como estáticos, mergulhados em um mesmo pensamento.

— Ora, aí está! — continuou Rybine em tom de severa gravidade. — Também eu creio que o soubesse. É um homem sério; não se mete levianamente nestas coisas. Vejam lá, companheiros. Sabia que o podiam espetar em uma baioneta ou que lhe davam as honras de um presídio, e mesmo assim atirou-se para a frente! Era preciso que se atirasse, então, atirou-se! E se lhe tivessem posto a própria mãe no caminho, passava-lhe por cima... não é isso, Pélagué?

— Com certeza... — murmurou a mãe com um estremecimento.

E depois de ter passado o olhar em torno, soltou do peito profundo suspiro. Sofia afagou-lhe com meiguice uma das mãos e teve para Rybine um olhar de descontentamento.

— Aquilo é que é um homem! — declarou, fixando os olhos sombrios nos companheiros.

Novamente todos se quedaram silenciosos. Pendiam da atmosfera tênues réstias de sol, como fitas de ouro. Perto dali grasnava um corvo. Os olhares de Pélagué vagueavam, impressionada com as recordações do Primeiro de Maio, com a lembrança de Pavel e de André. Pelo solo, na clareira exígua onde estavam, jaziam barricas escangalhadas, madeiras sem casca e com a fibra a desfiar-se; flutuavam ao vento as aparas em longas fitas. Os carvalhos e as bétulas perfilavam-se em fila compacta; por todos os lados, ganhavam insensivelmente o espaço da clareira como para apagar, aniquilar todos aqueles destroços, toda aquela imundície que os ultrajara, e, aliados no seu silêncio, imóveis, projetavam no solo as suas sombras negras e trágicas.

De súbito, Jacob afastou-se da árvore a que se encostava, deu um passo e logo parou para interrogar com voz forte e desabrida:

— E é contra essa gente que vão nos mandar combater, Jéfim e eu?

— Pois contra quem pensava? — retorquiu Rybine em tom frio. — Andam a nos esganar com as nossas próprias mãos... É o cúmulo!

— Pois, apesar de tudo, prefiro ser soldado! — declarou Jéfim com voz indecisa.

— E quem o impede? Vá em frente! — retrucou Ignaty.

E, fitando Jéfim, disse-lhe, rindo:

— Quando atirar em mim, apenas lembre-se de mirar a cabeça, não me deixe estropiado... mate-me de uma só vez.

— Já me disse isso — falou Jéfim com aspereza.

— Escutem, companheiros! — prosseguiu Rybine; e ergueu o braço em um gesto lento: — Olhem para esta mulher! — E apontava Pélagué. — O filho está perdido; provavelmente...

— Por que diz isso? — perguntou a mãe, angustiada.

— Porque assim é preciso! Pois haviam os seus cabelos de embranquecer em vão e o seu coração de sofrer inutilmente?... Você ainda não morreu, não é verdade?... Trouxe os livros?

A mãe lançou-lhe um furtivo olhar e confirmou após um silêncio:

— Trouxe.

— Ora, ainda bem! — disse Rybine, dando uma palmada na mesa. — Percebi-o logo, mal a vi. E para que teria vindo, a não ser para isso? Vejam lá vocês: o filho desapareceu das fileiras e aí temos a mãe no lugar dele!

Ergueu-se e pôs-se a gritar com voz rouca e gestos ameaçadores:

— Essa canalha não sabe o que anda a semear por aí, às cegas! Hão de ver, quando estivermos mais fortes, quando entrarmos a ceifar essas ervas malditas! Hão de ver!

Com essas palavras, Pélagué se assustou; olhou para Rybine, achou-o muito mudado, muito magro; já não tinha a barba cuidada como antes, mas emaranhada; distinguiam-se perfeitamente as saliências dos seus maxilares. No branco azulado dos olhos corriam-lhe laivos sanguíneos, como de quem dorme pouco. O nariz se afilara, mais adunco, qual bico de ave de rapina. Pela camisa desabotoada, outrora sempre suja de tinta e alcatrão, viam-se as clavículas mirradas e o denso pelo do peito. Toda a sua pessoa respirava qualquer coisa mais soturna e melancólica do que o fora até então. O brilho dos olhos exaltados iluminava-lhe o rosto sombreado por uma expressão de raiva e de rancor, que relampejava em purpúreos clarões.

— No outro dia — continuou ele —, o governador do distrito mandou-me chamar e perguntou-me: "Que você foi dizer ao padre, grande maroto?"

— Por que eu seria um grande maroto? Tenho meu ganha-pão, que me exaure, não faço mal a ninguém, foi o que lhe respondi. Ele desatou a gritar e deu-me um murro na cara... fiquei preso por três dias. Ah! É assim que falam com o povo? Está bem. Mas não esperem meu pedido de desculpas, malditos! Se não sou eu, outro se vingará do ultraje feito a vocês ou a seus filhos. Lembrem-se disso! Vocês lavraram o torso do povo com os arados de ferro da sua avidez, vocês semearam o mal; não os pouparemos!

Ele fervia de raiva; sua voz emitia notas que assustavam a mãe.

— Afinal, que tinha eu dito ao padre? — prosseguiu mais calmo. — À saída de uma reunião, estava ele na rua, em um grupo de camponeses, e dizia-lhes que os homens eram um rebanho e precisavam sempre de um pastor... aí está! E eu disse por brincadeira: "Se fizessem a raposa chefe da floresta, penas haveria muitas, mas pássaros, nem um!" O padre olhou-me de soslaio e entrou a dizer que o povo devia sofrer, resignar-se e orar a Deus com mais frequência, para que ele desse forças para tudo suportar. E eu respondi-lhe: "O povo reza muito; provavelmente Deus é que não tem tempo para escutá-lo. Se nem o ouve!" Ora, aí está! Ele então me perguntou quais eram as minhas orações. E eu respondi: "Não aprendi senão uma na minha vida; é a do povo inteiro: 'Deus, ensina-me a trabalhar para os nossos senhores, a comer pedras, a escarrar sangue...!'" O padre não me deixou acabar... A senhora é da nobreza, pelo que vejo? — perguntou bruscamente Rybine, interrompendo a narrativa e voltando-se para Sofia.

— Por que julga isso? — disse ela com um sobressalto de surpresa.

— Ora, porque... — disse Rybine. — É sorte sua, nasceu assim, aí está! A senhora imagina que pode disfarçar o seu pecado de fidalguia só porque tapou a cabeça com um lenço de chita? O padre conhece-se bem, mesmo quando não traz coroa... Agora a senhora pôs o cotovelo na mesa, que estava molhada, e fez uma careta... Nota-se que tem as costas muito aprumadas para uma operária...

Receando que ele ofendesse Sofia com aquela maneira de falar, aqueles ditos e aquela graça pesada, Pélagué interveio com viveza e severamente:

— Esta senhora é minha amiga. É uma excelente mulher... Foi de trabalhar por nós e pela nossa causa que ficou com os cabelos brancos... Não seja grosseiro.

Rybine respirou fundo.

— Então disse coisas insultantes?

Sofia fitou-o e perguntou em tom seco:

— Quer dizer-me algo?

— Ah, sim! Aí tem: temos aqui um homem que chegou há dias; é primo do Jacob, está doente, tísico, mas é esperto e percebe muita coisa. Posso mandar chamá-lo?

— Por que não? — retorquiu Sofia.

Rybine fitou-a, semicerrando os olhos, e ordenou em voz baixa:

— Jéfim, vá à casa do homem... diz-lhe que venha cá à noite.

Jéfim dirigiu-se à choupana, pôs o boné e, sem dizer uma palavra, sem mesmo olhar para quem ficava, sumiu-se pelo bosque, a passo sossegado. Rybine meneou a cabeça e, apontando para ele, disse surdamente:

— Sofre muito!... É teimoso... Dentro em pouco vai ser soldado... E o Jacob também... O Jacob diz que não pode, que não vai para o regimento. O Jéfim também não pode, mas diz que quer ir, custe o que custar... Teve uma ideia... Acha que poderá levar aos soldados pruridos de liberdade... Já eu penso que não se pode pôr abaixo uma parede indo de encontro a ela. Mas eles pegam uma baioneta e vão-se embora. Aonde? Não veem que marcham contra si próprios... Sim, Jéfim sofre. E Ignaty gira a faca dentro de seu coração, é talvez inútil...

— Qual história! — replicou Ignaty com indignação, sem fitar o seu contendor. — Lá no regimento se encarregam de o converter, e há de acabar por fazer fogo, como os outros!

— Não, não creio! — replicou o outro, pensativo. — Mas, seja como for, mais vale evitar isso... A Rússia é grande... Como podem eles descobrir um homem? É preciso arranjar um passaporte e fugir de aldeia em aldeia.

— São essas as minhas intenções! — declarou Ignaty, batendo na perna com uma acha. — Uma vez que está resolvido combater, é preciso marchar sem hesitação.

A conversa cessou. Volteavam pelo ar, atarefadas, as abelhas e as vespas, esmaltando o silêncio com os seus zunidos. Os passarinhos chilreavam; de longe, vinha uma canção, em uma toada que vagueava por sobre os campos. Depois de curto silêncio, Rybine prosseguiu:

— É preciso trabalhar, companheiros... Talvez prefiram descansar... Lá dentro da choupana há camas a lastro. Jacob, vai arranjar-lhes folhas bem secas... Dê cá os livros, tiazinha! Onde estão?

Sofia e Pélagué abriram os alforjes. Rybine inclinou-se para espreitar e disse, satisfeito:

— Aí está... Mas que quantidade trouxeram! Ora, venham ver! Há muito tempo que trabalha neste negócio, senhora? — acrescentou, dirigindo-se a Sofia.

— Há doze anos.

— Como se chama?

— Meu nome é Ana Ivanovna. Por quê?

— Porque sim. E a senhora já esteve na prisão provavelmente?

— Sim.

— Viu? — fez a mãe em voz baixa, com um tom de reprimenda. — E você falando-lhe com essa rudeza.

Ficou calado um momento. Depois, tomando um pacote de livros, respondeu:

— Não se zangue! Camponês e fidalgo são como o alcatrão e a água, não há maneira de os misturar, não se dão...

— Não sou fidalga; sou uma criatura que pensa e que sofre! — contestou Sofia.

— É possível! — disse Rybine. — Vou esconder tudo isto.

Ignaty e Jacob aproximaram-se dele, de mãos estendidas.

— Dê-nos alguns! — disse Ignaty.

— São todos iguais? — perguntou Rybine a Sofia.

— Nem todos. Vem também um jornal...

— Ah!

Os três homens precipitaram-se para a cabana.

— É exaltado, este rapaz! — observou Pélagué, baixando a voz e seguindo-os com olhar pensativo.

— É verdade — disse Sofia no mesmo tom. — Nunca vi uma cara como aquela... Parece um mártir heroico!... Vamos lá também; estou curiosa por ver o efeito do jornal.

— Mas não se zangue com ele... — suplicou brandamente a outra.

— Que bom coração é o seu, Pélagué!

Ao ver surgir as duas mulheres à porta da choupana, Ignaty levantou a cabeça e lançou-lhes rápido olhar; depois, enterrando os dedos pelos cabelos anelados, curvou-se de novo sobre o jornal, que desdobrara nos joelhos.

Rybine, de pé, colocava o periódico à luz de uma réstia, que penetrava na choupana por uma greta do teto; ia desdobrando pouco a pouco o jornal sob o feixe de luz e, à medida que ia lendo à boca pequena, Jacob, ajoelhado, firmava o peito de encontro à borda de uma cama e lia também.

Pélagué viu que a Sofia não passava despercebido o entusiasmo dos três por aquelas palavras de verdade. Seu rosto iluminou-se em um sorriso. Devagarinho, foi para um canto da cabana e sentou-se. Sofia, em silêncio, passou-lhe o braço pelos ombros.

— Tio Mikhail, falam mal de nós aqui, nós, os camponeses — disse Jacob a meia-voz, sem se mover. Rybine virou-se para ele e disse-lhe, sorrindo:

— Porque nos estimam. Aqueles que nos estimam podem nos dizer o que quiser sem nos irritar.

Ignaty respirou ruidosamente, ergueu a cabeça e pôs-se a rir; em seguida, fechou os olhos, dizendo:

— Está aqui escrito: "O homem do campo deixou de ser uma criatura humana." E é bem verdade.

Perpassou pelo seu rosto ingênuo e franco uma expressão de aviltamento.

— Este maldito sábio! — continuou. — Eu queria vê-lo na minha pele! Então é que se havia de ver o que você era!

— Vou descansar um bocado — disse Pélagué a Sofia. — Sinto-me um pouco fatigada, e este cheiro do alcatrão me dá dores de cabeça. Vem?

— Ainda não.

Pélagué estendeu-se na cama e daí a pouco dormia. Sofia, sentada à cabeceira, continuava observando os ledores, ao passo que ia enxotando com solicitude os zangões e as vespas que vinham adejar em volta do rosto da companheira. Pélagué, com os olhos meio cerrados, percebia-o e tais atenções a impressionavam.

Rybine aproximou-se e perguntou:

— Está dormindo?

— Está.

Ele se calou, atentou no sereno rosto da adormecida, e, com um suspiro, prosseguiu baixinho:

— É talvez esta a primeira que tenha seguido o filho pelo mesmo caminho!... A primeira!

— Vamos embora, não a incomodemos — propôs Sofia.

— Temos que ir trabalhar. Eu preferia ficar conversando com você, mas é forçoso deixar isso para a noite. Vamos, camaradas!

Saíram os três homens, deixando Sofia na choupana. Pélagué pensava:

"Deus seja louvado! Fizeram as pazes!... Entendem-se um com o outro!"

E adormeceu sossegadamente, aspirando o ar perfumado da floresta.

Capítulo VI

À noitinha voltaram os quatro operários, satisfeitos por verem terminado o seu dia. Ao ruído das vozes, Pélagué acordou e veio à porta da cabana, risonha, bocejando.

— Vocês a trabalhar e eu a dormir como uma fidalga! — disse, fitando-os afetuosamente.

— Não faz mal, nós a perdoamos — disse Rybine.

Mostrava-se mais sossegado que no jantar; o cansaço dissipara-lhe o excesso de agitação.

— Ignaty! — ordenou. — Arranje a ceia. Cada um trata da casa, por sua vez. Hoje é ao Ignaty que compete nos servir...

— Eu cederia com prazer a minha vez a outro qualquer hoje — declarou Ignaty.

E, enquanto procurava distinguir a conversa, começou a apanhar aparas a fim de acender o lume.

— As visitas são sempre interessantes para toda gente! — confirmou Jéfim, sentando-se ao lado de Sofia.

— Eu te ajudo, Ignaty! — disse Jacob.

Penetrou na choça e de lá trouxe um pão redondo. Partiu-o em fatias.

— Psiu! — murmurou Jéfim. — Ouço tossir.

Rybine apurou o ouvido e disse:

— É ele que chega.

E, voltando-se para Sofia, explicou:

— Vai ouvir uma testemunha. A minha vontade era poder levá-lo a essas cidades, pô-lo em exposição nas praças, e o povo que fosse ouvi-lo... Diz sempre o mesmo mas é digno de ser ouvido!...

A obscuridade e o silêncio tornaram-se mais profundos; as vozes soavam mais doces. Sofia e a mãe acompanhavam com o olhar os camponeses, que se moviam pesada e lentamente, com grande cuidado.

Um homem curvado e alto saiu da floresta. Andava apoiando-se com toda a sua força em uma bengala; era possível ouvir sua respiração rouca.

— Eis aqui Savely! — exclamou Jacob.

— Aqui me têm! — disse o homem, parando, sacudido por um acesso de tosse.

Vestia um sobretudo usado, que lhe caía até os pés, de sob o chapéu redondo e muito velho saíam-lhe, em tênues madeixas, uns cabelos amarelentos e ásperos. Cobria-lhe o rosto ossudo e pálido uma barba loura; a boca aberta, os olhos com um brilho de febre nas órbitas profundamente cavadas, como no fundo de sombrias cavernas.

Apresentado a Sofia, perguntou:

— Segundo parece, trouxe livros para o povo ler?

— Sim, senhor.

— Agradeço-lhe... pelo povo. O povo não pode ainda compreender o livro da verdade... ainda não pode agradecer-lhe como merece; mas eu, que o compreendi já, agradeço-lhe em nome do povo.

Respirava com avidez, absorvendo o ar em pequenas golfadas repetidas. Falava espaçadamente.

Os dedos descarnados das diáfanas mãos, ele os perpassava pelo peito tentando abotoar o sobretudo.

— Pode fazer-lhe mal este passeio tão tarde pela floresta... Há muita umidade! — fez notar Sofia.

— Para mim já nada há salubre ou doentio! — respondeu ofegante. — Só a morte será bem-vinda.

Era doloroso ouvir aquele homem falar, tanto mais que toda a sua pessoa provocava dó, uma compaixão infinda, mas inútil. Agachou-se sobre uma barrica, dobrando os joelhos com preocupação, como se receasse que eles se quebrassem; depois, enxugou a fronte, coberta de suor. Tinha os cabelos secos e sem viço.

O fogo começava a se atear. Ao clarão das chamas tudo se deslocou; as sombras, lambidas pelas labaredas, fugiam assustadas pela floresta. Por cima do braseiro apareceu por instantes a cara redonda de Ignaty, a soprar. Depois, apagando as chamas, ficou persistente o cheiro da fumaça, e o silêncio e as trevas apoderaram-se de novo da clareira, como se viessem apurar o ouvido para o falar rouco do doente.

— Mas ainda posso ser útil ao povo... Sim, como o testemunho de um crime! Olhem para mim! Tenho vinte e oito anos e estou para morrer... Há dez anos, levantava nos ombros, sem custo, até duzentos quilos... Pensava eu então que, com uma saúde daquelas, havia de levar setenta anos para chegar à cova, direito e sem tropeçar... E afinal vivi dez... e não posso ir mais longe.

— Aí tem a canção deste homem! — disse Rybine com voz rancorosa.

Reacendeu-se mais viva a fogueira; de novo as sombras debandaram, para sumirem nas chamas, agitando-se em torno do braseiro em uma dança silenciosa e hostil. Sob a mordedura do fogo, os velhos troncos estralejavam e gemiam. A folhagem sussurrava em segredo, agitada por uma corrente de ar quente. Vivas e folgazãs, as línguas de fogo vermelhas e douradas brincavam, abraçavam-se despedindo faíscas. Voou uma folha em brasa. No céu as estrelas sorriam para as centelhas, atraindo-as a si.

— Não é só minha, esta canção; há milhares de criaturas que também a cantam, mas só para si! E a cantam só para si porque não compreendem que as suas miseráveis existências são uma lição salutar para o povo... Quantos seres minados ou estropiados pelo trabalho e pela cadeia não morrem por aí de fome, sem um queixume!... É preciso gritar bem alto, companheiros, é preciso gritar!

E Savely entrou a tossir, todo curvado e trêmulo.

Jacob trouxe à mesa uma moringa com kvas e, jogando de lado um saco de cebolas, disse ao doente:

— Venha, Savely, trouxe-lhe leite.

O doente sacudiu a cabeça em negativa, mas Jacob tomou-o pelo braço e o levou à mesa.

— Ouçam — disse Sofia a Rybine, em voz baixa e em tom de censura —, para que o obrigaram a vir? Pode morrer de um momento para outro!

— É certo, é certo — replicou Rybine. — Mas mais vale morrer rodeado de amigos; será menos doloroso para ele do que na solidão. Tem sofrido muito na vida; pois que sofra ainda mais um pouco para servir de aviso aos homens. Não fará mal. Pronto!

— Chega a parecer que se desinteressa dele com horror pelos seus sofrimentos! — exclamou Sofia.

Rybine lançou-lhe rápido olhar e respondeu com modos sombrios.

— Só os fidalgos é que se recreiam com o espetáculo do Cristo a gemer na cruz; mas nós, nós queremos estudar os homens ao vivo e gostaríamos que a senhora também aprendesse a conhecê-los.

O enfermo retomou a palavra.

— Destroem um homem com trabalhos, dão cabo dele na prisão... e por quê? Na fábrica Nefédof, onde eu trabalhava como um condenado, o nosso patrão deu a uma cançonetista uma grande bacia de mãos e um urinol, tudo de ouro... E foi em tal vaso que ficaram as nossas forças, as nossas vidas... a minha e a de muitos outros. Para isso que seviram.

— O homem foi criado à imagem e semelhança de Deus! — disse Jéfim, sorrindo. — E aí está o emprego que lhe dão...

— É necessário gritar isso! — exclamou Rybine com violento soco na mesa.

— Não devemos suportá-lo! — acrescentou Jacob mais baixo.

Ignaty limitou-se a sorrir.

Notava a mãe que os três operários falavam pouco, mas escutavam com uma atenção insaciável. Cada vez que Rybine abria a boca, fitavam-no, copiavam-lhe os movimentos. As frases de Savely, porém, provocavam-lhes singulares trejeitos de enfado. Pareciam não sentir dó algum do enfermo.

E Pélagué, inclinando-se ao ouvido de Sofia, perguntou baixinho:

— É certo o que ele conta?

Sofia respondeu em voz alta:

— É certo, sim! Os jornais falaram do caso; foi em Moscou que isso se deu.

— E esse homem não foi castigado! — disse Rybine com ódio. — Devia ter sido punido; precisava que o levassem a uma praça pública e ali cortá-lo em pedaços, atirando aos cães essa carne imunda! Grandes castigos se hão de ver, quando o povo se levantar!

— Que frio faz! — disse o tísico.

Jacob ajudou-o a se levantar e a chegar para perto do fogo.

A fogueira ardia em clarão vivo. Sombras imprecisas erravam em torno, contemplando surpresas o jogo das labaredas. Savely sentou-se em um cepo e ofereceu ao calor as mãos secas e pálidas. Rybine designou-o com um gesto e disse para Sofia:

— Sabe mais do que um livro! Eu é que o conheço... Quando uma máquina arranca um braço ou mata um homem, compreende-se; é sempre do homem a culpa. Mas sugar o sangue de um homem e atirá-lo à margem como uma coisa podre, isto é que não se explica.

— Sim... — pronunciou com lentidão Ignaty —, não se explica... Conheci um chefe de distrito que obrigava a gente do campo a cumprimentar-lhe o cavalo, quando o levavam a passeio pela aldeia, e punha a ferros quem desobedecesse. Para que lhe servia aquilo?... É o que também não se explica!

Depois de comerem, fizeram roda junto à fogueira. Diante deles o lume ardia, devorando rapidamente a lenha; atrás, céu e floresta envolviam-se na treva. O tísico fixava no lume os olhos esgazeados e tossia sem descanso, com grandes arrepios. Parecia que do peito lhe saíam pedaços da vida, contentes em abandonar aquele corpo descarnado. Dançavam-lhe no rosto os reflexos do fogo sem que lhe colorissem a pele murcha. Só os olhos cintilavam em um rebrilhar azulado, bruxuleante.

— Talvez preferisse se abrigar na cabana, hein, Savely — lembrou Jacob, tocando-lhe no ombro.

— Para quê? — respondeu esforçadamente. — Quero ficar aqui. Já não tenho muito tempo a viver entre os homens... Não, não tenho muito tempo.

Vagueou o olhar em volta, ficou um bocado calado e prosseguiu, com um sorriso triste:

— Sinto-me bem entre vocês. Estou vendo-os e estou a pensar que talvez sejam vocês que hão de vingar todos os que foram maltratados... o povo inteiro!

Ninguém respondeu. Daí a pouco, a cabeça pendeu-lhe para o peito e passou a dormir. Rybine considerou-o demoradamente e disse meio em segredo:

— É assim quando vem visitar-nos: senta-se para aí e conta sempre a mesma história.

— É entediante escutá-lo repetidamente — disse Ignaty em voz baixa. — Não esquecemos essa história ao ouvi-la uma primeira vez, e ele ainda a reconta sem parar.

— Para ele, a história contém tudo, sua vida inteira, queira compreender! — retrucou Rybine com ar sombrio. — E também a vida de um monte de gente. Escutei sua história uma dezena de vezes e, contudo, acontece às vezes de eu duvidar. Há momentos em que não queremos acreditar na maldade dos homens, na sua loucura; momentos em que temos piedade de todos, dos ricos e dos pobres... pois o rico também segue na falsa via. Um é cego pela fome, outro, pelo ouro... Assim, dizem: "Ah, homens! Irmãos! Remexam-se, reflitam com honestidade, reflitam."

O doente oscilou estremunhado, abriu os olhos e deitou-se na terra. Sem ruído, Jacob levantou-se, foi à cabana buscar um pequeno agasalho de peles e o estendeu por cima dele. Depois, retomou o seu lugar ao lado de Sofia.

Às vozes dos homens misturavam-se o surdo crepitar da lenha e o murmúrio das labaredas; e aquele lume, qual rosto avermelhado, parecia sorrir com malícia para os sombrios vultos que lhe faziam círculo.

Falou então Sofia da luta dos povos em prol do direito à vida e à liberdade, dos remotos combates dos camponeses da Alemanha, dos infortúnios dos irlandeses, dos feitos do operariado francês.

Sob a floresta, revestida de veludos, na pequena clareira limitada pelos majestáticos arvoredos, sob a abóbada do negro firmamento, perante a risonha lareira, em meio àquele grupo de sombras hostis e assombradas, ressuscitavam os acontecimentos que haviam revolucionado o mundo dos saciados, dos entes tresloucados pela cobiça; desfilavam uns após outros, os povos da terra, sangrentos, esgotados em mil combates; celebravam-se os nomes dos heróis da liberdade e da justiça...

Aquela débil voz de mulher ecoava mansamente, como se viesse do passado; instigava esperanças, inspirava confiança. O auditório escutava religiosamente aquela melopeia, a vasta história dos seus irmãos espirituais. Todos fitavam o rosto pálido e magro da narradora; sorriam em resposta ao iluminado olhar cinzento. E com mais viva luz brilhava para eles a sagrada causa da humanidade; no seu peito medrava mais e mais o sentimento de parentesco moral com os seus irmãos do mundo inteiro; um novo coração nascia para eles na própria terra e ardiam no desejo de tudo compreender, de tudo resumirem nele.

— Há de chegar o dia em que os povos todos levantarão a cabeça, bradando: "Basta! Não queremos continuar nesta vida!" — proclamou Sofia com voz sonora. — E então há de desabar o fictício poder daqueles que só na avidez encontram a sua força, a terra fugirá de debaixo de seus pés e ficarão sem saber em que se apoiar.

— É o que há de acontecer! — afirmou Rybine, de cabeça baixa. — Que ninguém poupe as suas forças e tudo vai de vencida!

Pélagué escutava arregalando muito os olhos e com um sorriso de surpresa nervosa. Estava a ver que tudo o que nas maneiras de Sofia lhe parecia estranho, a sua audácia, a sua extrema vivacidade, tudo desaparecera, como submerso no fluxo regular e entusiástico das suas palavras. A noite silenciosa, o revolutear do lume, a fisionomia da jovem oradora, interessavam-na; mas o que a deleitava principalmente era a absorta atenção dos camponeses. Permaneciam imóveis, esforçando-se por não perturbar, fosse como fosse, o desenvolvimento sereno do discurso; via-se neles um receio de quebrarem o fio luminoso que os ligava ao mundo. De tempos em tempos, um deles jogava com cuidado mais lenha no fogo, e os homens agitavam as mãos para afastar de Sofia as fagulhas e a fumaça.

Ao romper da aurora, Sofia calou-se, fatigada, e atentou, sorrindo, nos rostos pensativos e tranquilizados que a cercavam.

— É tempo de partirmos — disse Pélagué.

— Vamos! — respondeu Sofia com expressão de cansaço.

Um dos operários suspirou ruidosamente.

— É pena que se vão! — declarou Rybine com desacostumada meiguice. — A senhora fala bem; é importante que apareça gente para eles. Quando compreendemos que há milhões querendo o mesmo que nós, o coração se aquece... e dentro da bondade reside grande força.

— E quando se procede com bondade, pagam-nos com a violência! — protestou Jéfim, dando uma risadinha e pondo-se de pé com presteza. — É bom que elas se vão, tio Mikhail, antes que sejam vistas... Quando os livros estiverem distribuídos pelo povo, as autoridades hão de indagar de onde vieram... E pode alguém se lembrar das peregrinas e denunciá-las...

— Obrigado pelo incômodo, mãe! — disse Rybine interrompendo Jéfim. — Sempre que olho para você me lembro do Pavel... Fez bem em seguir-lhe o exemplo...

Inteiramente apaziguado agora, esboçava franco e amigável sorriso. Fazia frio; no entanto, conservava-se de blusa entreaberta, o peito descoberto. Pélagué atentou-lhe no robusto corpo e aconselhou, solícita:

— Devia agasalhar-se, faz frio.

— Mas eu estou tão quente cá por dentro! — objetou.

De pé, junto do fogo, os três rapazes conversavam baixo; aos pés deles, dormia o doente embrulhado nas peles. Branqueava o céu, fundiam-se as sombras. Trêmula a folhagem aguardava o sol.

— Está bem, adeus! — disse Rybine, apertando a mão de Sofia. — Como hei de perguntar por você na cidade?

— Basta que me procure — respondeu Pélagué.

Lentamente, em um só grupo, vieram os operários apertar a mão de Sofia com expressões desastradas de afeto. Em cada um deles transparecia secreta gratidão e amizade, e tal sentimento, novo como era para eles, desconcertava-os. Com um sorriso no olhar ressecado pela insônia, eles observavam Sofia balançando-se, apoiada ora num pé, ora em outro.

— Gostaria de tomar leite antes de partir? — propôs Jacob.

— Ainda tem? — perguntou Jéfim.

— Sim, um pouco...

Ignaty interveio, um pouco confuso e coçando a cabeça:

— Não, tomei tudo.

Os três sorriram.

Falavam de leite, mas a mãe sentia que se tratava de outra coisa, que eles desejavam o melhor possível a ela e a Sofia, mas não o sabiam exprimir. Sofia estava visivelmente enternecida e de tal modo perturbada que só conseguiu pronunciar, em tom modesto:

— Obrigada, companheiros!

Entreolharam-se, como se este tratamento os tivesse feito estontear de prazer.

Ouviu-se um acesso de tosse rouca no enfermo. No lume, extinguiam-se os brasidos.

— Até a vista! — disseram os camponeses. E os adeuses melancólicos de todos acompanharam por muito tempo as duas mulheres.

Vagarosamente, estas embrenharam-se por um atalho da floresta, à claridade da aurora.

Começaram a falar de Rybine, do doente, dos operários, que sabiam conservar tão atencioso silêncio e tinham exprimido sentimentos de reconhecida amizade por forma desajeitada, mas eloquente, dispensando às duas mulheres mil cuidados. Entraram no campo. O sol vinha-lhes ao encontro. Invisível ainda, o astro abrira no céu um leque diáfano de raios avermelhados; pela erva cintilavam gotas de orvalho em multicores lumes de alegria viva e primaveril. Despertavam os pássaros e animavam a aurora com gritos joviais. Com o seu grasnar pressuroso, corpulentos corvos voavam para longe, agitando pesadamente as asas; pelos campos semeados já desde o outono, outros corvos, de lustrosa plumagem, saltitavam, tagarelando em vozes ritmadas; perto, andava um verdelhão a assobiar, inquieto. Desanuviavam-se os longes e acolhiam o sol, apagando as sombras noturnas das cumeeiras.

Capítulo VII

A existência de Pélagué decorria em singular sossego, que por vezes a surpreendia. Tinha o filho na cadeia, sabia que o esperava duro castigo; cada vez que pensava nisso, apresentavam-se à sua memória, malgrado seu, as imagens de André, Fédia e dos outros, toda uma longa série de caras conhecidas. Resumindo todos os que da sua sorte compartilhavam, a figura de Pavel avantajava-se aos olhos de Pélagué, e quando pensava no filho os seus pensamentos alastravam, dirigiam-se para todos os lados, sem que ela desse por tal. Era uma dispersão em mil lampejos desiguais que tudo interessavam, que tudo prendiam e tudo reuniam em um mesmo quadro, e assim impediam a mãe de se concentrar no desgosto que experimentava por não ter Pavel junto de si, e no terror que lhe inspirava a sorte do filho.

Pouco depois partiu Sofia. Cinco dias mais tarde, voltava ela desenvolta e alegre, para desaparecer de novo, passadas algumas horas. Então só a tornou a ver ao fim de quinze dias.

Parecia percorrer a existência com círculos cada vez maiores. Vinha, assim, de vez em quando visitar o irmão, para lhe encher a casa de valorosa decisão e de música.

Tornara-se agradável a música a Pélagué, quase indispensável.

Sentia-se correr-lhe no peito, penetrar-lhe no coração, fazendo brotar cascatas de pensamentos rápidos e intensivos, e desabrochar expressões suaves e belas sugeridas pela força das melodias.

Dificilmente se resignava, porém, ao desleixo de Sofia, que atirava para todos os cantos os objetos que lhe pertenciam, e as pontas e as cinzas dos cigarros; mais lhe custava habituar-se à sua maneira de falar tão decidida. Era por demais flagrante, como contraste, a pesada tranquilidade de Nicolau com a gravidade benévola e constante das suas palavras. No entendimento de Pélagué, Sofia não era mais que uma moça com vontade de passar por pessoa de juízo e que olhava ainda para as pessoas como para brinquedos engraçados. Falava muito da santidade do trabalho e aumentava nesciamente a tarefa da pobre mulher com o seu desmazelo; discorria sobre a liberdade e, contudo, era visível o incômodo que a todos proporcionava com a sua irritante impaciência, as suas incessantes discussões e o seu propósito de se colocar acima dos outros. Muitas contradições se davam nela; Pélagué tratava-a com prudência constante, mas sem o sentimento caloroso que nutria por Nicolau.

Sempre meticuloso, este levava dia por dia a mesma vida monótona e regrada; fazia sua primeira refeição às oito horas, lia o seu jornal em voz alta, comentando as notícias mais importantes. Pélagué descobria nele afinidades de caráter com André. Como acontecia com o pequeno russo, o seu anfitrião nunca falava dos homens com rancor; considerava--os a todos culpados da má organização da existência. Mas a fé em uma vida nova não era nele tão fervorosa como em André, nem mesmo tão idealmente luminosa. Tinha um modo de falar pausado, uma voz de juiz extremamente íntegro e rigoroso; até quando fazia qualquer narrativa de horrores, esboçava sempre um sorriso compassivo; mas nos olhos tinha um clarão sinistro. Quando reparava naquele olhar, Pélagué compreendia que não era homem para perdoar; e sentindo quão mortificadora se devia tornar tal severidade a ele, tinha pena. E afeiçoava-se a ele cada vez mais.

Às nove horas, ele ia para a repartição; a mãe arranjava os quartos, preparava o jantar, lavava-se, mudava de vestuário; depois, sentava-se no quarto e punha-se a ver as estampas dos livros. Aplicando toda a sua atenção, ainda podia ler um bocado; mas, ao cabo de algumas páginas, ficava cansada e perdia o sentido do que lia. Em compensação, as gravuras distraíam-na muito, qual a uma criança: desenrolava-se diante de seus olhos um mundo novo, maravilhoso, compreensível, no entanto, e quase tangível. Via cidades imensas com magníficos edifícios, máquinas, navios, monumentos, riquezas incalculáveis amontoadas pelos homens, a par das criações da natureza, em uma diversidade que a confundia.

Alargava-se a vida até o infinito, patenteando-lhe cada dia coisas colossais, desconhecidas, portentosas; e pela abundância das suas riquezas, a diversidade das suas belezas, exaltava mais e mais aquela alma sedenta que despertava. Gostava principalmente de folhear um livro de zoologia; se bem que tal obra estivesse escrita em língua estrangeira, eram as suas ilustrações as que mais nítida impressão lhe davam da riqueza, da beleza e da imensidade da Terra.

— Como o mundo é grande! — disse um dia a Nicolau.

— É; e apesar disso a humanidade vive apertada...

Eram os insetos, em especial, as borboletas, o que mais a enternecia. Observava estupefata os desenhos que os representavam e dizia:

— Que beleza, não é, Nicolau? Como essa beleza está em todo canto! Mas está escondida a nossos olhos, ela passa diante de nós e não a vemos. As pessoas correm, sem nada saber, nada admirar, porque não têm tempo nem vontade. Quanta alegria poderiam sentir se soubessem como a terra é rica, com coisas impressionantes a desvelar. E tudo é de todos, de tudo... não é mesmo?

— Sim, certamente — respondia Nicolau, sorrindo. E lhe trazia mais livros.

À noite, havia visitas muitas vezes; entre elas, Aleixo Vassilief, um belo homem de rosto claro, barba preta, taciturno e grave; Roman Pétrof, este de cara redonda e avermelhada, que fazia constantemente estalar a língua em um gesto de lástima; Ivan Danilof, baixo e magro, barba pontiaguda, e uma vozinha fina, agressiva, berrante e afiada como um estilete; Iégor, que de tudo gracejava, de si, dos companheiros e da doença que o ia minando. Com frequência, vinha gente que Pélagué não conhecia, de povoações distantes, e tinham longas conversas com Nicolau, sempre sobre o mesmo assunto: a liberdade dos operários de todas as nações. Discutiam acaloradamente, gesticulavam com força e bebia-se muito chá. Ao ruído da vozeria, Nicolau compunha às vezes umas proclamações, que passava a ler aos participantes, e ali mesmo eram copiadas. Ela recolhia cuidadosamente os fragmentos dos rascunhos e os queimava.

Enquanto ia servindo o chá, admirava o ardor com que os companheiros falavam da vida e da sorte do operário e do camponês, da maneira mais vantajosa e rápida de semear entre o proletariado a ideia da verdade e liberdade, educando-lhe o espírito. Muitas vezes, divergiam as opiniões, zangavam-se, acusavam-se uns aos outros, injuriavam-se, mas logo voltavam às boas.

Mas ela sentia bem que conhecia melhor do que todos aqueles tagarelas a vida do operário; avaliava com mais nitidez a enormidade da tarefa a que eles se propunham, o que lhe permitia tratar os visitantes com a condescendência de uma pessoa de idade ao ver crianças brincarem de marido e mulher sem compreenderem o lado sério da questão.

Malgrado seu, comparava os discursos deles com os de seu filho e os de André, e percebia agora diferenças que antes não podia avaliar. Gritava-se mais ali do que lá no bairro, ao que lhe parecia. E concluía:

"É que sabem mais, falam com mais conhecimento."

Na maior parte das vezes, porém, notava que todos aqueles homens se excediam, que eram fictícias as suas exaltações; cada qual pretendia demonstrar aos colegas que andava mais perto da verdade do que qualquer deles, que a verdade era-lhe mais importante que aos outros. Os outros vexavam-se e, por sua vez, para provar como conheciam bem tal verdade, questionavam com rigor e rudeza. Cada qual queria subir mais alto do que os demais, e isso causava-lhe pungente tristeza. Franzia então o cenho, divagando pela assistência olhares de súplica, e pensava:

"Já se esqueceram do Pavel e dos companheiros!... Já não pensam neles."

Escutava sempre atenta as discussões que, naturalmente, não compreendia; procurava descobrir os sentimentos sob aquele fluxo de palavras. Percebeu então que nas reuniões do seu bairro, quando se falava do bem, todos o aceitavam íntegro e completo, ao passo que ali, tudo se fragmentava, tudo se dividia; lá, os sentimentos tinham mais força e convicção; aqui, era o domínio das ideias radicais que retalhavam tudo em bocados. Aqui, falava-se mais da destruição do velho mundo; lá, sonhava-se com um mundo novo, e era por isso que os discursos do seu filho e de André lhe eram mais compreensíveis, mais ao seu alcance.

Surdo descontentamento dos homens se incutia nela furtivamente no coração, trazendo-a inquieta; nascia nela a desconfiança, sentia desejos de compreender tudo, o mais depressa possível, para falar também do mundo com palavras ditadas pela alma.

Notava igualmente que, quando vinha algum companheiro operário, Nicolau o recebia com uma sem-cerimônia singular; dava ao rosto uma expressão de bonomia e falava de maneira diversa do costume, se não com mais grosseria, pelo menos com maior liberdade.

"É que faz o possível para descer ao nível deles", pensava.

Mas essa razão não a satisfazia, pois o operário claramente se sentia constrangido, com a inteligência como que opressa, e não chegava a expressar-se tão simples e livremente como com ela, por exemplo, mulher da sua condição. Um dia, em um momento em que Nicolau se ausentara da sala, perguntou a um deles:

— Por que está tão contrafeito? Olhe que você não é um menino a fazer exame.

O homem abriu-se em um franco sorriso.

— É a falta de hábito... Ele não é da nossa classe!

E ficou cabisbaixo.

— Não quer dizer nada — replicou ela. — Ele é tão simples...

O operário volveu para ela o olhar, sorriu e nada acrescentou.

Às vezes, aparecia por lá a Sachenka.

Nunca se demorava, falava sempre apressadamente, muito séria. E quando se retirava, não deixava de perguntar a Pélagué.

— Como está o Pavel? Vai bem?

— Sim, senhora; graças a Deus! Está ótimo, bem-disposto.

— Cumprimentos da minha parte! — concluía a moça, e desaparecia.

Às vezes queixava-se a pobre mãe por conservarem preso Pavel tanto tempo, sem se fixar data para o julgamento. Sachenka calava-se, franzindo o cenho; tremiam-lhe os lábios, e os dedos agitavam-se nervosamente.

A mãe de Pavel tinha ímpetos de lhe dizer:

— Minha querida, eu sei que o ama... sim, bem o sei!

Mas não se atrevia; o ar sério da jovem, a sua boca franzina, a recusa do seu falar pareciam repudiar de antemão qualquer meiguice. Limitava-se a sorrir e a apertar-lhe a mão. Pélagué dizia consigo:

"Pobre pequena!..."

Um dia, apareceu-lhe Natacha. Ao ver que Pélagué a beijava afetuosamente, anunciou-lhe em voz sumida, entre outras coisas:

— Morreu minha mãe... morreu a minha pobre mãe!

E, limpando os olhos, em rápido gesto:

— Que pena eu tenho!... Ainda não tinha feito cinquenta anos... Podia viver muito mais tempo. Mas, quando penso em tudo o que vejo, chego a achar que a morte lhe há de ser mais leve do que a vida!

Vivia sempre só, estranha a todos, ninguém precisava dela; meu pai a tinha feito tímida com os seus contínuos ralhos... Pode-se por ventura dizer que aquilo era viver? Só vive quem espera alguma coisa boa; mas ela nada tinha a esperar, a não ser maus-tratos!

— É certo o que diz, Natacha! — declarou a mãe, depois de refletir. — Para viver é preciso que se espere algo de bom. Não esperar nada é realmente viver?

Afagou a mão da moça e perguntou-lhe:

— E agora, vive sozinha?

— Vivo — respondeu Natacha.

Pélagué calou-se um instante; depois, com um sorriso:

— Não faz mal! Quando se tem uma alma boa, nunca se está só, sempre se está acompanhada...

Natacha foi residir, na qualidade de professora, em um distrito onde havia uma fábrica de fiação. Pélagué ia de vez em quando levar-lhe livros proibidos, proclamações, jornais. Estava já encartada neste ofício. Várias vezes cada mês, vestida de irmã de caridade, de vendedora de rendas ou aviamentos, de burguesa ricaça ou de peregrina, lá ia pela província afora, a pé, de trem, em uma carroça, de alforje ao ombro ou de mala na mão. Nos hotéis ou nas estalagens, nos vapores, como nos comboios, a sua atitude era simples; com os desconhecidos, era a primeira a dirigir-lhes a palavra, e captava irresistíveis simpatias com o seu falar afável, a sua tranquilidade de mulher que muito viu e aprendeu.

Agradava-lhe conversar com os infelizes e informar-se das suas opiniões sobre o mundo, dos seus infortúnios e perplexidades. Seu coração se enchia de alegria sempre que observava nestes interlocutores aquele vivo descontentamento que, embora perseguido pela adversidade, ardentemente busca solução para os grandes problemas da humanidade. Mais vasto sempre e mais variado, desenrolava-se aos seus olhos, o panorama da vida com todas as suas lutas. Em tudo e por toda a parte ela encontrava a tendência cínica do homem de enganar o próximo, de roubá-lo, de tirar dele o maior proveito possível. E também via a abundância por toda a terra, ao passo que o povo jazia na miséria, vegetando, a bem dizer, esfomeado, no meio de incomensuráveis riquezas. Nas cidades, via os templos abarrotados de ouro e prata, inúteis a Deus, enquanto fora, nos átrios, os necessitados tiritavam na vã expectativa de uma esmola que não vinha. Aquele espetáculo era-lhe já conhecido: as igrejas opulentas, as vestes bordadas dos padres, as mansardas dos pobres e os seus asquerosos farrapos; mas nesse tempo tudo lhe parecia natural; porém no presente considerava tal estado de coisas ofensivo para os pobres, aos quais, ela bem o sabia, a religião era mais necessária do que aos ricos.

Graças às imagens de Jesus, das narrativas que ouvira, Pélagué sabia que ele era um amigo dos miseráveis, que ele se vestia sem ostentação; e nas igrejas, onde os pobres vinham a ele para ser consolados, iam encontrá-lo oprimido em arrebiques de ouro e sedas, como uma insolência em face de tanta privação.

E as palavras de Rybine voltavam-lhe à memória:

— Até de Deus se serviram para nos ludibriarem! Disfarçam-no com embustes e calúnias para nos assassinarem a alma...

Sem que desse por tal, Pélagué rezava menos agora, mas pensava mais em Jesus, nas criaturas que não falavam dele, que nem mesmo o conheciam, mas se pareciam com ele, viviam segundo o seu evangelho e, como ele, consideravam a terra o reino dos pobres, e queriam distribuir em partes iguais entre os homens todas as riquezas. Refletia muito sobre todas essas coisas, aprofundando-as, comparando-as com tudo o que via, e estes pensamentos tomavam corpo, revestiam a forma luminosa de oração, derramando uma claridade igual na escuridão do mundo, na vida e na humanidade. E afigurava-se à boa mulher que o próprio Cristo, a quem sempre venerara com um sentimento complexo em que o medo se aliava estreitamente à esperança, à ternura e à dor, o próprio Cristo se aproximava mais dela, era-lhe mais visível, tinha uma serenidade mais alegre. Agora, via os Seus olhos sorrirem-lhe tranquilos com uma nova claridade interior, como se tivesse verdadeiramente ressuscitado e reanimado pelo sangue candente que por Seu amor generosamente derramam aqueles que têm a sabedoria de nunca O nomear. Dessas viagens voltava, portanto, feliz e animada, porque muito via e ouvia, e satisfeita com a missão cumprida.

— É bom ir de um lado para outro e ver tantas coisas — disse ela certa noite a Nicolau. — Fica a gente percebendo como esta vida está arranjada. O povo é escorraçado, atirado à margem, refervendo na sua humilhação e perguntando a si mesmo: "Por que me põem de lado? Por que tenho fome, quando há de tudo em abundância? Por que sou estúpido, ignorante, quando há tanta inteligência por toda a parte? E onde está Ele, esse Deus de misericórdia, para o qual não há ricos nem pobres, e de quem todos são bem-amados?" Pouco a pouco, o povo revolta-se contra a sua existência; o povo sente que há de aniquilá-lo a injustiça, se não tratar do seu bem-estar.

E experimentava, cada vez com mais frequência, a necessidade de falar, ela mesma, na linguagem que era a sua, das injustiças da vida; e por vezes era-lhe difícil resistir...

Quando a encontrava a folhear os desenhos, Nicolau contava-lhe coisas surpreendentes. Impressionava-a a audácia dos problemas a que o homem se propunha; perguntava, incrédula:

— Pois isso é possível?

E Nicolau descrevia-lhe um futuro de sonho, com uma confiança inabalável nas suas profecias.

— Os desejos do homem não conhecem limites, a sua força é inesgotável! — afirmava ele. — Contudo, o mundo só muito lentamente se enriquece em dons de espírito, pois que, para serem independentes, os homens são obrigados a juntar dinheiro, e não ciência. Quando tiverem banido a avidez, irão se libertar da escravatura.

Era raro Pélagué compreender o sentido das palavras de Nicolau; no entanto, a tocava sensivelmente a fé tranquila que as ditava.

— Há muito poucos homens livres na terra; é o que faz o infortúnio da humanidade! — dizia ele.

Com efeito, Pélagué conhecia pessoas que se haviam libertado dos rancores e da cobiça; e pensava que, se o número dessas pessoas se avolumasse, o rosto sombrio e horrível da existência havia de tornar-se mais benévolo e simples, mais suave e luminoso.

— O homem é obrigado a ser cruel, contra a sua vontade! — dizia tristemente Nicolau.

Ela aquiescia com um aceno de cabeça e lembrava-se do pequeno russo.

Capítulo VIII

Um dia, Nicolau, habitualmente tão pontual, chegou da repartição muito mais tarde que de costume. Antes de tirar o sobretudo, disse com vivacidade, a esfregar as mãos:

— Sabe, Pélagué? Fugiu hoje da cadeia um dos nossos companheiros, à hora das visitas!... Mas não consegui saber quem era.

Ela se sentiu cambalear, tomada de comoção; deixou-se cair em uma cadeira e mal pôde balbuciar, quase sem voz:

— Será o Pavel, talvez?

— Talvez! — respondeu Nicolau, encolhendo os ombros. — Mas como havemos de o ajudar a se esconder? Onde estará ele? Tenho andado a passear por estas ruas, a ver se o encontrava. É tolice, mas é forçoso fazer qualquer coisa! Vou sair de novo!

— Também eu saio! — declarou a mãe de Pavel.

— Então, vá à casa de Iégor; talvez ele saiba alguma coisa... — aconselhou Nicolau. E saiu.

Ela atirou para a cabeça um lenço e foi-se nas pegadas de Nicolau, nadando em esperança. Levava a vista turvada; o coração batia-lhe em fortes pulsações, que quase a obrigavam a correr. Voava ao encontro de uma possibilidade, sem nada ver em torno: "Talvez já esteja na casa do Iégor!" Este pensamento instigava-lhe o passo. Fazia calor;

Pélagué ia ofegante. Na escada de Iégor parou, sem forças para ir adiante. Voltou-se então e soltou um grito de espanto; tinha achado ver na soleira da porta Vessoftchikof de mãos nas algibeiras e um sorrisinho nos lábios, a olhar para ela. Mas, quando tornou a abrir os olhos, não viu ninguém...

— Foi alucinação! — concluía pela escada acima, apurando sempre o ouvido.

Do pátio veio um ruído abafado de passos pachorrentos. Deteve-se a meio da escada, foi à janela e olhou: outra vez distinguiu uma cara bexigosa a sorrir para ela.

— Vessoftchikof! Foi ele! — exclamou, descendo-lhe ao encontro, mas com o coração confrangido por aquela decepção.

— Não! Sobe! Sobe! — disse-lhe ele de baixo, a meia-voz, apontando para o andar superior.

Obedeceu, indo ao quarto de Iégor, a quem encontrou estendido no sofá. Segredou, esbaforida:

— Vessoftchikof fugiu da cadeia!

O outro ergueu a cabeça, e em uma voz áspera:

— O bexigoso?

— Sim... E vem para cá!

— Está muito bem! Mas eu é que não estou para recebê-lo.

O fugitivo entrou neste ínterim. Fechou bem a porta, tirou o boné e pôs-se a rir devagarinho. Em seguida, apoiou-se no sofá. Iégor se empertigou e disse em voz rouca com um aceno de cabeça:

— Por favor... não façam cerimônia...

A boca abriu-se em um grande sorriso, o bexigoso se aproximou da mãe e segurou-lhe a mão:

— Se não a tivesse visto, me restaria apenas voltar à prisão! Não conheço ninguém na cidade e, se tivesse voltado ao bairro, teriam me prendido no primeiro momento. Andando, eu me dizia: "Imbecil! Por que fugiu?" E então vi-a correndo! Eu a segui...

— Como conseguiu fugir? — perguntou Pélagué.

O rapaz sentou-se desastradamente na beira do sofá e disse com embaraço, encolhendo os ombros:

— Não sei... Foi a ocasião que se ofereceu. Eu passeava pelo pátio... os criminosos comuns avançaram contra um carcereiro... um antigo policial expulso da corporação por roubo... ele espionava, reportava, dava trabalho a todo mundo... então houve uma confusão, os vigias ficaram com receio, sopraram os apitos, correram... Nesse meio-tempo, percebi que a grade estava aberta, aproximei-me e vi adiante uma praça, a cidade... senti-me atraído. E saí devagar... como se sonhasse. Depois de alguns passos, dei por mim e me perguntei aonde iria... percebi que os portões da prisão estavam fechados. Senti-me desconfortável, lamentava por meus companheiros... bom, foi tolo, eu não pensava em fugir...

— Hum! — resmungou Iégor. — Pois, meu caro, devia ter voltado para trás, batido à porta, pedindo delicadamente que o deixassem entrar: "Queiram perdoar, foi um momento de distração..."

— Sim — continuou Vessoftchikof, rindo —, isso também era tolice, bem vejo. Mas ainda assim, andei mal com os companheiros. Não disse nada a ninguém e fui embora... Na rua, encontrei um cortejo fúnebre. Fui atrás do caixão... era uma criança... e segui de cabeça baixa, sem olhar para ninguém. Estive um bocado no cemitério, de nariz para o ar e, então, veio-me uma ideia...

— Uma só? — observou Iégor; e com um suspiro acrescentou: — Parece-me que ela não estava sozinha.

O bexigoso pôs-se a rir, sem zangar.

— Oh! Já não tenho a cabeça tão vazia como antes... E você, Iégor, continua sempre doente?

— Faz-se o que se pode! — respondeu o outro, sacudido por um acesso de tosse. — Continue!

— Fui então ao museu... passeei, vi as coleções, sempre pensando: "Aonde vou agora?" Estava com raiva de mim mesmo, sentia uma fome enorme! Voltei à rua, andei, sentia-me constrangido. Notei que os policiais examinavam atentamente os transeuntes... E me dizia: "Com esse focinho, logo caio nas mãos da justiça..." E, súbito, apareceu a mãe correndo, passando ao meu lado; eu me afastei, dei meia-volta e a segui. E pronto!

— E eu nada percebi — disse a mãe, confusa. Ela esquadrinhava Vessotchikof; parecia-lhe diferente, mas de um modo positivo.

— Os companheiros decerto estão preocupados, sem saberem onde paro! — prosseguiu ele, coçando a cabeça.

— E dos guardas da cadeia, você não tem saudades? Eles também devem estar preocupados!... — observou Iégor.

Em seguida abriu a boca, como se quisesse absorver todo o ar, e exclamou:

— Basta de brincadeiras! É preciso tratar de se esconder, o que é agradável de fazer, mas não fácil de conseguir... Se eu pudesse me levantar!...

Teve uma crise de falta de ar e pôs-se a esfregar o peito de leve.

— Você está bem doente, Iégor! — disse o fugitivo.

Pélagué, a essa observação, suspirou e relanceou um olhar de inquietação pelo modesto quarto.

— Isso é comigo! — declarou Iégor. — Ó, mãezinha, não esteja com cerimônias, peça-lhe notícias do Pavel.

A cara do bexigoso abriu-se outra vez em franco sorriso.

— O Pavel? Está bem e com saúde. Ele é uma espécie de presidente lá da rapaziada. É sempre ele que fala com as autoridades em nome da gente; ele é quem manda!... Nós lhe temos respeito... E com razão.

A mãe bebia as palavras do rapaz; por vezes, lançava um olhar furtivo para o rosto macerado e intumescido de Iégor. Este, com a fisionomia estática, qual máscara desprovida de expressão, e com uma aparência singular de nulidade, só pelos olhos vivia, em cintilações de espírito.

— Se pudesse me dar alguma comida... estou morrendo de fome! — exclamou de repente o bexigoso.

— Mãezinha, tem pão na prateleira, dê-lhe. Depois, vá ao corredor e bata à porta da esquerda. Uma mulher abrirá. Peça-lhe que venha aqui e dê tudo o que tiver de comer...

— Por que tudo? — contestou Vessoftchikof.

— Ah, não se assuste, não há de ser grande coisa... talvez até não seja nada!

Pélagué obedeceu, bateu à porta indicada e, apurando o ouvido, pensava com tristeza: "Está mesmo a morrer..."

— Quem é? — perguntou alguém do outro lado.

— Falo em nome de Iégor... — respondeu a mãe em voz baixa. — Pede que vá à casa dele.

— Já vou.

Pélagué esperou um pouco e bateu novamente. A porta abriu-se de brusco e apareceu uma mulher ainda nova, muito alta, que usava óculos. Vinha a alisar a manga amarrotada do vestido. Secamente perguntou:

— Que deseja?

— Foi o senhor Iégor que me mandou...

— Ah! Vamos lá!... Mas eu conheço a senhora! — exclamou. — Como passou?... É que aqui está muito escuro...

Pélagué fitou-a e lembrou-se de tê-la visto uma vez ou duas vezes, na casa de Nicolau.

"Por toda a parte há gente nossa!", pensou.

A mulher deixava livre o caminho, de forma que Pélagué fosse adiante.

— Está então muito mal? — inquiriu.

— Muito mal; está deitado. Pede que arrume alguma coisa para comer.

— Ah, é inútil...

Ao penetrarem as duas mulheres no quarto de Iégor, este debatia-se em agonia.

— Lioudmila — disse, por fim. — Esse rapaz saiu agora da cadeia sem licença da autoridade. Já é ser descortês! Antes de mais nada, dê-lhe de comer e esconda-o em qualquer parte, por um dia ou dois.

Lioudmila fez um sinal de assentimento e, ao passo que fitava atentamente o rosto do enfermo, dizia com certa severidade:

— Iégor, por que não me chamou logo que chegaram as suas visitas? Já vejo que se esqueceu novamente de tomar o remédio! É um desmazelo!... Pois se é o primeiro a dizer que respira melhor quando o toma!... Camarada, venha para minha casa... Não tarda que venham buscar Iégor para o levarem para o hospital.

— É então forçoso ir para o hospital? — perguntou o enfermo.

— Decerto. Lá irei com você.

— O quê? Lá, também?

— Não diga tolices!

E, enquanto falava, compusera no peito do doente a manta que o cobria, observara fixamente Vessoftchikof e medira com o olhar a altura do remédio no frasco. A voz dela era monótona e grave; os movimentos amplos; o rosto branco com umas sobrancelhas muito pretas que quase se uniam na base do nariz. Tal fisionomia não agradou a Pélagué, que a achava arrogante; os olhos não tinham brilho e nunca sorriam; o tom da voz era imperioso.

— Vamos embora daqui! — continuou ela. — Eu já volto. A senhora dê ao Iégor uma colher de sopa deste remédio... Não consinta que ele fale.

E saiu, levando consigo o bexigoso.

— Que mulher extraordinária! — disse Iégor com um suspiro. — Que admirável criatura!... Para a casa dela é que você devia ter ido, mãezinha. Ela trabalha muito... Anda esfalfada!

— Não fale! Olhe, beba isto! — suplicou Pélagué, com meiguice.

Ele ingeriu o remédio e continuou, fechando um dos olhos:

— Que importa! Fale ou não fale, tenho de morrer.

Olhou para a mãe, ao mesmo tempo que os lábios se lhe entreabriam lentamente em um sorriso. Ela tinha curvado a cabeça; agudo sentimento de dó lhe fazia derramar lágrimas.

— Não chore, mãezinha; é natural... O prazer da vida traz consigo a necessidade da morte...

Ela pousou-lhe a mão na cabeça e, em voz baixa:

— Cale-se, sim?

O doente fechou os olhos como se estivesse escutando a agonia dentro do peito. Teimosamente, objetou:

— Estúpida coisa ficar calado, mãezinha!... Que ganho eu com isso? Uns minutos mais desta agonia e ficar sem o prazer de tagarelar um bocado com uma santa como você... Não creio que no outro mundo haja tão boa gente como neste...

Ela o interrompeu, agitada:

— Olhe que vem aí aquela senhora, e ralha comigo se o ouve falar...

— Não é senhora nenhuma; é uma revolucionária, uma companheira, um coração admirável!... De toda a maneira, há de ralhar com você, mãezinha! Está sempre a ralhar com toda a gente!

E Iégor pôs-se a contar a história da sua vizinha, lentamente, com um articular custoso dos lábios. Só os olhos sorriam. Inquieta, Pélagué dizia consigo, notando a maceração daquele rosto banhado de suor: "Vai morrer!"

Voltou Lioudmila. Fechou cuidadosamente a porta e disse para a mãe:

— É absolutamente necessário que aquele seu amigo se disfarce e vá embora; vá arranjar-lhe outra roupa. Que pena que Sofia esteja ausente! É a sua especialidade dar esconderijo a quem foge!

— Ela chega amanhã — anunciou a outra, colocando o lenço sobre os ombros.

Sempre que a encarregavam de qualquer missão, era ideia fixa sua desempenhar-se dela bem e depressa. Solícita e preocupada, franzindo as sobrancelhas, perguntou ainda:

— Como o havemos de vestir?

— Pouco importa: ele vai sair de noite...

— É muito pior que de dia: anda menos gente pelas ruas, é-se mais facilmente notado; e o Vessoftchikof não é muito esperto...

Iégor soltou uma gargalhada rouca.

— Como você é fina, mãezinha!

— Posso ir vê-lo no hospital? — perguntou ela.

O doente acenou com a cabeça, tossindo muito.

Lioudmila fitava na mãe os seus grandes olhos pretos.

— Quer que lhe fiquemos de guarda, cada uma por sua vez? — propôs. — Sim? Está bem!... Mas agora, vá; vá depressa.

Agarrou Pélagué por um braço em gesto amigável, mas autoritário, fê-la sair para o corredor e ali disse-lhe, baixinho:

— Não se zangue por eu a despedir assim... Não é bonito, bem sei; mas faz-lhe tanto mal falar!... E eu tenho esperança...

Esta explicação comoveu Pélagué. Ela murmurou:

— Não se preocupe com isso, a senhora não faz mal. A senhora é um anjo!... Até logo. Eu vou.

— Cuidado com os espiões! — recomendou a outra em segredo. Colocando a mão sobre o rosto, coçou a testa; os lábios tremeram. Ela assumiu um ar mais doce.

— Sim, esteja descansada — respondeu Pélagué com uma pontinha de orgulho.

Chegando ao portão, ela parou um instante, como para ajeitar o lenço, e deu uma olhada em volta, tão discreta que ninguém poderia reparar. Ela sabia identificar com rapidez um espião na multidão. A despreocupação calculada do andar, o despojamento afetado dos gestos, a expressão de cansaço e tédio marcada no rosto, um brilho de descrença, confuso e mal disfarçado, no olhar fugidio e desagradavelmente penetrante eram as características que haviam se tornado familiares a ela.

Mas, dessa vez, não reconheceu nenhum rosto. Sem se apressar, seguiu pela rua e tomou uma carruagem, solicitando ao condutor que a deixasse no mercado. Comprou roupas para Vessoftchikov e pechinchou sem cerimônia, injuriando sem parar o marido bêbado que a fazia comprar roupas novas quase todo mês. Essa fabulação não impressionava os vendedores, mas dava muita satisfação à mãe. No caminho, ela dizia a si própria que a polícia suporia que o fugitivo iria se disfarçar e que haveria então uma investigação no mercado. Pélagué voltou à casa de Iégor e, em seguida, acompanhou o bexigoso até o extremo oposto da cidade. Cada um foi por um passeio, e a mãe, contente, a divertir-se, observava o jovem andar pesadamente, com a cabeça abaixada, atrapalhando-se com o tecido das calças amarelas e ajeitando o chapéu, que afundava até o nariz. Sachenka os encontrou em uma rua deserta, e a mãe deu meia-volta após cumprimentar Vessoftchikov com um aceno de cabeça.

"Pavel está preso... André também...", pensou ela tristemente.

Capítulo IX

Foi recebida por Nicolau com um grito de flagrante inquietação:

— Sabe? O Iégor está muito mal! Levaram-no para o hospital; a Lioudmila veio cá pedir que fosse ter com ela.

— No hospital?

Nicolau, depois de ter ajustado os óculos, em movimento nervoso, ajudou-a a vestir um casaco, apertou-lhe a mão entre as suas, secas e febris, e, em voz trêmula:

— Sim! Leve este embrulho. Vessoftchikof ficou em segurança?

— Sim, tudo vai pelo melhor...

— Também hei de ir ver Iégor...

Pélagué estava tão cansada que sentia a cabeça girar; a inquietação de Nicolau fazia-a pressentir um drama.

"Vai morrer!... Vai morrer!", dizia consigo; e esta sombria ideia martelava-lhe no cérebro.

Mas quando entrou no quartinho alegre e muito asseado do hospital e viu Iégor a rir de manso, sentado no meio de um montão de travesseiros brancos, sossegou de pronto. Parou à porta a sorrir-lhe e ouviu o doente dizer ao médico:

— O remédio é uma reforma!

— Não diga tolices, Iégor! — objetou o doutor em tom apreensivo.

— E eu, que sou revolucionário, detesto as reformas!...

Com cuidado, o médico tomou a mão do enfermo e colocou-a sobre o joelho. Depois, erguendo-o, ele tateou as bolhas no rosto de Iégor, afastando sua barba.

A mãe conhecia bem o médico: era um dos melhores amigos de Nicolau. Ela se aproximou de Iégor, que lhe mostrou a língua ao vê-la. O médico então se virou:

— Ah, é a senhora... Olá! Sente-se! Que traz?

— Livros, creio.

— Ele não deve ler — aconselhou o médico.

— Ele quer que eu me torne um tolo — reclamou Iégor.

— Não fale! — ordenou o médico, enquanto escrevia algo em sua ficha.

Do peito do doente exalavam-se breves suspiros forçados, de mistura com saliva, em arquejo violento; tinha o rosto coberto de gotículas de suor, que enxugava de vez em quando, erguendo devagar as pesadas mãos, quase inconscientes. A singular imobilidade das faces inchadíssimas alterava a expressão de bondade da sua cara ampla, onde as feições haviam desaparecido sob uma máscara cadavérica; só os olhos, profundamente cavados, conservavam-se nítidos e sorriam com condescendência.

— Hein?! Esta ciência!... Estou cansado... posso me deitar?

— Não — respondeu brevemente o médico.

— Então vou me deitar quando o senhor for embora.

— Não permita que faça isso, mãe. Arrume-lhe os travesseiros. E, principalmente, não o deixe falar! Por favor, é muito prejudicial.

Pélagué aquiesceu. O médico saiu a passos curtos e rápidos. Iégor deixou a cabeça cair para trás, fechou os olhos e estacou; apenas seus dedos mexiam-se levemente. As paredes brancas davam um ar frio e seco ao quartinho, como uma tristeza terna. A grande janela exibia as formas onduladas das tílias; das folhas poeirentas e escuras brilhavam vigorosas manchas amarelas: eram os frios indícios do outono...

— A morte me chega lentamente, com desgosto — disse Iégor sem se mexer ou abrir os olhos. — Vê-se que ela tem um pouco de piedade de mim, que era um garoto tão bom, tão corajoso...

— Cale-se, Iégor! — suplicou a mãe, acariciando-lhe a mão com doçura.

— Já me calo, mãezinha...

E, ofegante, continuou com esforço imenso a articular palavras entrecortadas de longas pausas:

— Gosto muito que esteja conosco, mãezinha... É muito agradável ver a sua fisionomia, os seus olhos tão bons, a sua candura... Quando a vejo, pergunto a mim mesmo: "Como irá ela acabar?" E fico triste ao pensar que a espera a cadeia, ou o exílio, e toda a espécie de abominações... como os outros... Não tem medo da prisão?

— Não! — respondeu ela com simplicidade.

— Está claro!... Contudo, a prisão... é nojenta... foi ela que me matou... Porque, para falar com franqueza, eu não tenho vontade de morrer.

"Talvez não morra agora!", ela teve vontade de dizer, mas se calou, mantendo os olhos fixos nele.

— Ainda poderia trabalhar... pelo bem do povo... Mas, quando não se pode trabalhar, é impossível viver, é tolo demais!

À memória da velha acudiam então estas palavras de André: "É verdade, mas não consola!" Suspirou. Sentia-se fatigadíssima e com fome. O murmurar monótono e rouco do doente ressoava triste pelo quarto, como que rastejando, impotente, por sobre a lisura das paredes. A folhagem das tílias fazia pensar em nuvens que tivessem descido à terra, e impressionava pelos seus tons carregados e melancólicos. Tudo, em volta, se congelava singularmente em tristonha imobilidade, naquela desconfortante expectativa da morte.

— Como me sinto mal! — disse Iégor. E calou-se, fechando os olhos.

— Durma! — aconselhou a mãe. — Talvez lhe faça bem.

Apurou por alguns instantes o ouvido para a respiração do doente e relanceou o olhar em torno. Invadida por glacial tristeza, procurou dormir.

Despertou-a o ruído do arrastar de vestidos. Estremeceu ao ver Iégor acordado, com os olhos muito abertos.

— Deixei-me dormir... desculpe! — disse em voz baixa.

— E você, também, perdoe-me! — replicou ele igualmente num murmúrio.

Pela janela entrava o crepúsculo; um frio nevoento oprimia a vista; tudo se fundia em singular opacidade; o rosto do doente tomava tons mais sombrios.

De novo se ouviu um arrastar de saias e logo depois a voz de Lioudmila, dizendo:

— Estão aqui às escuras, a tagarelar?... Onde fica o botão da luz?

De súbito, uma claridade branca e desagradável inundou o quarto. Lioudmila estava de pé, alta, toda vestida de negro.

Iégor teve um estremecimento por todo o corpo e levou a mão ao peito.

— Que é? — exclamou Lioudmila, correndo para ele.

Ele fixou na mãe um olhar demorado; parecia ter os olhos enormes, com um brilho estranho.

— Espere... — balbuciou o enfermo.

Abriu muito a boca, ergueu a cabeça e estendeu o braço para diante. Pélagué tomou-lhe a mão com cuidado extremo e fitou-o, contendo a própria respiração. Em movimento convulsivo e vigoroso, ele projetou a cabeça para trás e disse em alta voz:

— Não posso mais... está acabado...

Percorreu-lhe o corpo ligeira contração, a cabeça rolou-lhe lentamente no ombro, e, nos seus olhos inquietos, a luz da lâmpada colocada acima do leito espalhou-se com um reflexo frio.

— Meu amigo... — sussurrou a mãe.

Lioudmila se afastou do leito. Aproximou-se da janela e, olhando para a frente, disse com um tom estranho e agudo, desconhecido para a mãe.

— Morreu...

Ela se abaixou, apoiou-se no banco e começou a falar, com voz trêmula:

— Morreu... sossegadamente... corajosamente... sem um queixume...

E de repente, como se lhe tivessem dado uma pancada na cabeça, deixou-se cair de joelhos, sem forças, tapou o rosto com as mãos e desatou em soluços abafados.

Depois de ter cruzado os braços pesados do morto sobre o peito, e de lhe ajeitar nos travesseiros a cabeça, extraordinariamente quente, Pélagué avizinhou-se de Lioudmila, curvou-se para ela e afagou-lhe docemente os espessos cabelos, ao mesmo tempo que enxugava as próprias lágrimas. Esta voltou com lentidão para ela os olhos dilatados, febris, e balbuciou por entre os lábios trêmulos:

— Há muito que o conhecia... Estivemos juntos no exílio, andamos nas mesmas prisões... Às vezes, aquela tortura era insuportável, horrorosa; muitos dentre nós perdiam o ânimo e alguns endoideciam.

Comprimiu-lhe a garganta um espasmo violento; dominou-se com esforço, e em seguida, avizinhando o rosto do da velha, a quem uma névoa de ternura dolorida dava uma desconhecida suavidade que o rejuvenescia, prosseguiu em rápido murmúrio, com um soluçar sem lágrimas:

— E ele, sempre, sempre alegre; nunca se cansava de gracejar, de rir, ocultando corajosamente o seu sofrer, esforçando-se por reanimar os fracos... era tão bom, tão sensível, tão meigo!... Na Sibéria, a inação em que se vive deprava o espírito e faz nascer maus instintos. Como ele os sabia combater!... Que companheiro aquele! Se soubesse! A sua vida particular foi árdua, dolorosa... mas, bem sei, nunca ninguém o ouviu queixar-se, nunca! Assim eu, que era sua amiga íntima, devo muito ao seu coração e recebi do seu espírito tudo o que podia me dar; vivia triste, solitário, no entanto, nunca me pediu nada em troca, nem carinhos, nem desvelos...

Foi até junto do morto, curvou-se e beijou-lhe a mão:

— Companheiro, meu querido companheiro! — disse numa voz fraca e cheia de desconsolo. — Agradeço-lhe de toda a minha alma... Adeus! Trabalharei, como você fez... sem me cansar... sem duvidar... toda a minha vida... pelos que sofrem... Adeus!

Seu corpo sacudia pelos soluços violentos. Arfando, ela repousou a cabeça sobre o leito, aos pés de Iégor. Grossas lágrimas escorriam do rosto da mãe, queimando-lhe as faces. Tentava reprimi-las; gostaria de consolar Lioudmila com um carinho todo especial e forte, oferecer-lhe palavras de amor e tristeza sobre Iégor. Pelas lágrimas, ela olhava o rosto intumescido do morto, os olhos fechados, os lábios escurecidos imobilizados em um leve sorriso... Tudo era silêncio e claridade opressora.

O médico voltou com seus pequenos passos apressados; parou bruscamente no meio do quarto. Com um gesto rápido, afundou as mãos nas algibeiras e perguntou, em tom nervoso e agudo:

— Tem muito tempo?

Ninguém respondeu. Ele hesitou, aproximou-se de Iégor, enxugando a testa, apertou a mão do falecido e se afastou.

— Não surpreende... dado o estado de seu coração... era para ter acontecido há seis meses... no mínimo... é...

Sua voz aguda, de pretendida calma e fora de tom, interrompeu-se. Encostado na parede, passou os dedos ágeis pela barba, enquanto olhava, pestanejando, as duas mulheres e o falecido.

— Mais um!... — disse com brandura.

Lioudmila se levantou, foi até a janela e a abriu. A mãe ergueu a cabeça e olhou em volta, suspirando. Momentos depois, as duas estavam diante do batente da janela; juntas, olhavam o rosto sombrio da noite outonal. Sobre as árvores, as estrelas cintilavam, espalhando-se ao infinito longínquo do céu...

Lioudmila tomou o braço da mãe e apoiou, em silêncio, a cabeça em seu ombro. O médico limpava as lentes dos óculos com o lenço. Do lado de fora, o barulho noturno da cidade suspirava, exausto. O frio enregelava o rosto e balançava os cabelos. Lioudmila estremecia; as lágrimas rolavam livremente. Nos corredores do hospital, sons surdos apareciam aqui e ali, curtos, assustados; passos apressados, gemidos, sussurros desolados eram ouvidos. Parados perto da janela, Lioudmila, a mãe e o médico observavam as trevas, calados.

Pélagué sentiu que era demais ali e, depois de soltar com brandura o seu braço do da jovem senhora, dirigiu-se para a porta, não sem se inclinar, ao passar ante o morto.

— Vai embora? — perguntou o médico em voz baixa e sem se virar.

— Sim.

Pela rua afora, ia pensando em Lioudmila. "Nem ao menos sabe chorar!", dizia ela consigo, recordando-se da parcimônia das suas lágrimas.

E as últimas palavras de Iégor voltavam-lhe à memória; faziam-na suspirar. Caminhando a passo vagaroso, revia na mente os olhos vivos de Iégor, os seus gracejos, as suas opiniões sobre a vida.

— Para a gente honrada, a existência é penosa, e a morte, leve... Como morrerei eu?

Depois, veio-lhe à mente a imagem de Lioudmila e do médico de pé diante da janela, no quarto branco e demasiado claro; os olhos inexpressivos de Iégor. Invadida por um sentimento opressor de piedade, respirou profundamente e tratou de andar mais rápido, movida por um vago pressentimento...

"É preciso ir adiante!", pensou, obedecendo ao impulso de confiança entristecido que lhe dominava o coração.

Capítulo X

O dia seguinte passou-o Pélagué a dispor tudo para o enterro de Iégor. À noite, quando tomava o chá, com Nicolau e Sofia, apareceu Sachenka, animada e expansiva, o que era para admirar. Vinha com as faces coradas, os olhos brilhantes, e Pélagué percebeu que ela trazia qualquer risonha esperança. Esse radiante estado de espírito veio fazer uma erupção barulhenta e tumultuosa; era como uma viva claridade que tivesse brilhado de súbito naquelas trevas e que vinha incomodar a pequena reunião. Nicolau, pensativo, bateu na mesa:

— Acho-a mudada hoje, Sachenka!...

— Deveras? Pode ser! — respondeu com uma risadinha de contentamento.

Pélagué lançou-lhe um mudo olhar de censura. Sofia fez notar, acentuando as palavras:

— Estamos falando do Iégor.

— Que belo homem! Não é verdade? — exclamou Sachenka. — Sempre tinha pronto nos lábios um sorriso e um gracejo... Trabalhava tão bem! Era o artista da revolução; possuía em alto grau a ideia revolucionária, como um verdadeiro mestre! Com que simplicidade, mas ao mesmo tempo com que veemência, ele sabia descrever-nos o homem, o homem falso, perverso e violento. Muito lhe devo!

Ela falava baixo, o olhar era sorridente e reflexivo, em persistente brilho alegre, tão patente quanto inesperado. Acontece de vez em quando de nos deleitarmos com o remorso, como se fosse um brinquedo torturante que despedaça o coração. Nicolau, Sofia e a mãe não queriam atenuar a tristeza com a alegria trazida por Sachenka. Sem o perceber, sustentavam o melancólico direito de se nutrir da dor, trazendo a moça para o conjunto de suas preocupações.

— Afinal, está morto! — insistiu Sofia, fitando-a com atenção.

Ela lançou aos presentes um olhar interrogativo e baixou a cabeça.

— Está morto?... — repetiu em voz alta. — Custa-me conformar com esse fato.

Entrou a passear a todo o comprimento da sala, e em seguida, estacando de súbito, prosseguiu em tom singular.

— Mas que significa isso: "Está morto?" Quem foi que morreu? A minha estima pelo Iégor, a minha afeição por esse camarada, a memória do que a sua inteligência praticou, tudo isso morreu? A opinião que eu tinha dele, a de um homem valente e leal, ficou porventura aniquilada? Morreu tudo isso? Para mim, tudo isso, a melhor parte dele próprio, nunca há de morrer! Parece-me que há sempre pressa demais em se dizer que um homem morreu! Se os seus lábios morreram, as suas palavras estão no coração dos que as escutaram.

Muito comovida, tornou a sentar-se, encostou-se à mesa e continuou com mais brandura:

— Talvez sejam tolices o que digo, mas olhem, camaradas: creio na imortalidade da gente de bem!

— Teve alguma novidade? Estava tão alegre! — perguntou-lhe Sofia, amável.

— Tive! — respondeu Sachenka. — Uma novidade muito agradável, ao que julgo. Falei toda a noite com o Vessoftchikof. Antigamente, não gostava dele; achava-o muito grosseiro, muito ignorante, o que realmente era verdade. Havia nele um mau humor, uma irritação indefinida e contínua para com todos; estava sempre a antepor-se a tudo com uma insistência que chegava a aborrecer, sempre a falar de si mesmo... Tinha o que quer que fosse de maldade, que enervava.

Interrompeu-se para sorrir e relanceou em torno um olhar radiante:

— E agora, não: já fala dos seus "companheiros". Se ouvissem como ele pronuncia esta palavra! Com uma veneração tão terna, com tanta meiguice. Caiu em si, sabe a força de que dispõe, sabe o que lhe falta... e hoje, o que sente, sobre todas as coisas, é o verdadeiro sentimento de camaradagem, uma imensa dedicação, capaz de ir ao encontro das maiores provações.

Pélagué escutava-a, encantada com a alegria daquela moça, que de costume era tão triste. Mas, ao mesmo tempo, no recôndito do seu coração brotava secreto pensamento de inveja: "E o Pavel, que faz ele no meio de tudo isso?"

— Só pensa nos camaradas — continuava Sachenka —; e sabem o que ele me persuadiu que fizesse? Que arranjasse uma fuga geral dos presos... É verdade! Diz que é fácil.

Sofia ergueu a cabeça e, em tom de animação, disse:

— Que lhe parece, Sachenka? É uma boa ideia.

A xícara de Pélagué começou a tremer-lhe na mão; pousou-a sobre a mesa. Sachenka ficou um instante calada, de cenho franzido, reprimindo o entusiasmo; depois, muito séria, mas com um sorriso radiante, respondeu com alguma hesitação:

— Decerto, se as coisas são realmente como ele diz, devemos tentar... é o nosso dever.

Corou, deixou-se cair em uma cadeira e nada mais acrescentou.

"Minha querida! Querida!", pensou, sorridente, a mãe. Sofia também pareceu alegre. Nicolau deu um risinho e fitou a jovem com bonomia. Então, Sachenka ergueu a cabeça e olhou em volta com severidade. Os olhos brilhavam, o rosto estava pálido.

— Riem-se... Percebo por que é. Pensam que estou pessoalmente interessada no resultado da evasão, não é isto? — perguntou secamente.

— Por quê, Sachenka? — interrogou Sofia hipocritamente.

E, levantando-se de onde estava, foi pôr-se ao lado dela. Pélagué achou a pergunta desnecessária e humilhante para Sachenka, e isso lhe fez censurar Sofia com um olhar.

— Pois então não quero tratar de nada! — exclamou Sachenka. — Não quero tomar parte na discussão, desde o momento que considerem este projeto...

— Cale-se, Sachenka! — disse Nicolau sem se exaltar.

A mãe de Pavel foi para junto da moça e afagou-lhe brandamente os cabelos. Sachenka agarrou-lhe logo a mão e, voltando para ela o rosto, onde o sangue afluíra, fitou-a, confusa. Sofia puxou uma cadeira, sentou-se ao lado de Sachenka, passou-lhe o braço em volta dos ombros e disse-lhe, ao passo que a fitava com curiosidade:

— Que caráter singular o seu!

— Sim, parece-me que disse tolice... mas é que eu gosto das coisas claras...

Nicolau interrompeu-a para dizer em tom sério e preocupado:

— Se a evasão é possível, tratemos disso, não há que hesitar!... Mas antes de mais nada, é preciso saber se os companheiros encarcerados estarão de acordo.

Sachenka baixou a cabeça.

— Como se pudessem não estar! — disse a mãe com um suspiro. — Mas apenas acho que isso não é possível.

O silêncio tomou conta da sala.

— Preciso encontrar-me com Vessoftchikov — disse Sofia.

— Certo, direi amanhã onde e quando podem se falar — respondeu Sachenka, mais baixo.

Nicolau veio junto da mãe, que lavava as xícaras.

— Vá à cadeia depois de amanhã... passe um bilhete a Pavel. Entenda, é preciso saber...

— Entendo, entendo! — respondeu a mãe com vivacidade. — Levarei o bilhete.

— Vou-me embora — disse Sachenka. Cumprimentou a todos apertando-lhes a mão e saiu sem dizer mais nada.

Sofia pousou a mão no ombro de Pélagué e, a sorrir, perguntou:

— Queria ter uma filha como esta, Pélagué?

— Meu Deus! Se eu pudesse vê-los casados, ainda que não fosse senão um dia! — exclamou a boa mulher quase a chorar.

— Sim, a felicidade de cada um consiste em se ser um bocadinho feliz... Quando essa felicidade é demasiada, também é de qualidade inferior.

E Sofia foi para o piano tocar uma música triste.

Capítulo XI

Na manhã seguinte, apinhavam-se, no portão de ferro do hospital, algumas dúzias de homens e mulheres, à espera que saísse o enterro do companheiro. Pelo meio deles, cautelosamente, giravam vários espiões, escutando cada exclamação, retendo de memória rostos, gestos e palavras; no passeio fronteiro, estava um grupo de policiais de revólver na cinta. A imprudência dos primeiros e os risos irônicos dos segundos, a fazerem alarde de força, irritavam o povo. Uns disfarçavam a ira que os possuía e gracejavam; outros ficavam cabisbaixos, olhando para o chão; para não ver aquele aparato ultrajante; outros ainda, incapazes de conter o seu furor, zombavam dos poderes públicos e do seu medo de gente, que por armas só tinha o dom da fala. Um céu de outono, azul muito pálido, iluminava a rua calcetada a seixos redondos, semeada de folhas mortas, que as lufadas erguiam, em redemoinhos, diante dos pés dos transeuntes.

A mãe estava no aglomerado de gente; contando os rostos conhecidos, ela pensava com tristeza: "Não são muitos, não são muitos..."

O portão rodou nos gonzos. Trouxeram para a rua o caixão, enfeitado com coroas de fitas encarnadas. Silenciosos, os homens tiraram a um tempo os seus chapéus: parecia uma revoada de pássaros pretos que se tivesse levantado das cabeças. Um oficial da polícia, de avantajada estatura, grossos bigodes escuros atravessados num rosto vermelhaço, cercado de soldados, precipitou-se por entre o povo, empurrando todos sem cerimônia, e gritou com voz fanhosa e autoritária:

— Tenham a bondade de tirar as fitas!

De pronto, viu-se rodeado de homens e mulheres, em círculo compacto, falando todos a um tempo, gesticulando, empurrando-se uns aos outros. Ante o olhar turvado de Pélagué, agitaram-se em confusão rostos lívidos e excitados, com os lábios a tremer de ira; pelas faces de uma mulher corriam pesadas lágrimas de humilhação.

— Abaixo a prepotência! — gritou uma voz juvenil, que sumiu, desacompanhada, no burburinho da discussão.

Pélagué sentia referver-lhe a amargura; voltou-se para o seu vizinho, um rapaz pobremente vestido, e disse-lhe:

— Não nos deixam nem enterrar um camarada como queremos!

O clima tenso aumentava. O caixão balançava sobre as cabeças. O vento brincava com as fitas, cegando as vistas e fazendo a seda tilintar nervosamente.

A mãe, invadida pelo receio de uma confusão, pronunciava a meia-voz frases curtas:

— Que diferença faz?... Já que é assim... é preciso tirar as fitas... é preciso consentir... de que serve?

Uma voz áspera e alta cobriu a agitação:

— Exigimos que nos deixem acompanhar à sua última moradia um companheiro torturado por vocês.

Alguém, certamente uma moça, entoou, em tom agudo e rouco:

Caíram vítimas, na luta...

— Façam o favor de tirar as fitas! Jakovlef! Corte essas fitas!

Ouviu-se o tinido de uma espada a sair da bainha. Pélagué fechou os olhos, na expectativa de um grito. Mas tudo sossegou; o povo rosnava, mostrava os dentes, como os lobos perseguidos. Depois, de cabeça baixa, em silêncio, esmagados sob o sentimento da impotência, puseram-se a caminho, fazendo ecoar pela rua o ruído dos passos.

À frente, o caixão, despojado dos seus ornatos, com as coroas esfrangalhadas, lá ia erguido no ar; depois, vinham os policiais, balançando-se de um e outro lado, em cima dos cavalos. Pélagué seguia pelo passeio; não podia enxergar o caixão, devido a haver muita gente que o cercava; aumentava sem cessar o número dos manifestantes, que ocupavam já toda a largura da calçada. Atrás da multidão, alteavam-se os vultos uniformes e cinzentos dos guardas de cavalaria; de cada lado, policiais com as mãos nos punhos das espadas; e, por toda a parte, Pélagué divisava caras de espiões com olhares agudos a perscrutarem as fisionomias.

Adeus, companheiro, adeus!

Cantaram suavemente duas vozes bonitas.
— Silêncio! — gritou alguém. — Calem-se, amigos! Calem-se por enquanto!

Havia nesta exclamação uma rudeza tão sugestiva de ameaçador conselho que o povo calou-se. O canto fúnebre ficou interrompido, e o ruído das vozes sossegou; só se ouviam agora passos amortecidos, em um tropel que se elevava alto, e se perdia como o eco do primeiro trovão de tempestade ainda longínqua. O vento, cada vez mais frio, atirava aos rostos com animosidade poeira e lama, e entumecia os vestidos, entorpecia as pernas, vergastava os peitos...

Aquele funeral silencioso, sem um sacerdote, sem um cântico, aquelas fisionomias opressas e carrancudas, aquele ruído de passos enérgicos, tudo provocava em Pélagué pungente angústia; o pensamento redemoinhava-lhe indeciso, revestindo de frases tristes as suas impressões.

— Ah! Não somos bastantes... Lutadores da liberdade, não somos bastantes! Contudo, têm medo de nós!

Parecia-lhe que não era Iégor que era enterrado, mas uma coisa rotineira, algo que lhe era próximo e indispensável. Foi tomada por um sentimento doloroso e inquietante: não concordava com aqueles que acompanhavam o morto.

"Eu sei", pensou, "Iégor não acreditava em Deus, e todos aqui também não..."

Não conseguia concluir a sua ideia e suspirava, como a querer desembaraçar a alma de pesado fardo:

— Ó, Senhor! Senhor!... Jesus!... Será possível que também meu enterro seja assim?...

Chegaram ao cemitério. Depois de muitas voltas por entre os sepulcros, o cortejo parou em um vasto espaço livre, semeado de cruzinhas brancas. A multidão agrupou-se em volta de uma cova e estabeleceu-se silêncio. Esse austero silêncio dos vivos, entre túmulos, pressagiava alguma coisa terrível, que sobressaltava o coração de Pélagué. Imobilizou-se então na expectativa. O vento uivava por entre as cruzes; em cima do caixão adejavam tristemente flores murchas.

A gente da polícia, vigilante, tinha se alinhado, seguindo com os olhares os movimentos do chefe. Então, um rapaz alto, pálido, a cabeça descoberta, negras sobrancelhas e comprido cabelo negro foi postar-se junto da cova. No mesmo instante, ouvia-se a voz fanhosa do oficial da polícia:

— Meus senhores!...

— Companheiros! — começou o rapaz com voz sonora.

— Perdão! — gritou o oficial. — Tenho a declarar-lhes que não consinto discursos.

— Limito-me a dizer algumas palavras — observou sossegadamente o orador: — Companheiros! Juremos sobre a sepultura do nosso mestre e amigo, nunca esquecermos os seus ensinamentos; juremos trabalhar toda a nossa vida sem descanso, para destruir a origem de todos os infortúnios da nossa pátria, a força daninha que a oprime, a autocracia!

— Está preso! — gritou o oficial.
Mas logo teve a voz coberta por uma explosão de gritos:
— Abaixo a autocracia!

Afastando a multidão às cotoveladas, os policiais atiraram-se para o orador, em torno de quem o povo formava estreito círculo, enquanto ele bradava:

— Viva a liberdade! É por ela que devemos viver e morrer!

Pélagué foi arrebatada para longe. Transida de terror, agarrou-se a uma cruz e fechou os olhos, à espera do golpe que havia de feri-la. Ensurdecia-a um turbilhão impetuoso de sons discordantes; sentia faltar-lhe o solo debaixo dos pés; oprimiam-lhe a respiração o vento e o medo. Os apitos da polícia rasgavam o ar; ressoavam vozes roucas, de comando; mulheres soltavam gritos nervosos; estralejavam madeiras das divisórias dos covais; no terreno, seco, ressoava lugubremente o pesado tropel de toda aquela gente. Durou isso muito tempo. Pélagué não podia conservar por mais tempo os olhos fechados; era demasiado lancinante o seu horror. Olhou em volta e, soltando uma exclamação, pôs-se a correr, de braços estendidos. Não longe, em estreito carreiro, entre túmulos, estavam os policiais cercando o rapaz de cabelo preto e defendendo-se dos ataques da população. Cintilavam no ar, com brancos e frios reflexos, as lâminas desembainhadas; elevavam-se acima das cabeças e caíam rapidamente. Bengalas, destroços dos tapumes surgiam, para logo desaparecerem; em selvagem torvelinho, cruzavam-se os gritos da multidão amotinada; de vez em quando divisava-se o rosto pálido do rapaz; com voz forte que dominava a tempestade das iras, bradava:

— Camaradas! De que serve sacrificarem-se inutilmente?

Acabaram por lhe obedecer. Atiraram para longe os porretes e, uns após os outros, foram-se afastando. Pélagué continuava a caminhar, arrastada por força invencível. Viu Nicolau com o chapéu para a nuca, a repelir os manifestantes, cegos de cólera; ouviu-o, dirigindo-lhes censuras:

— Endoideceram?... Sosseguem!

Pareceu-lhe que trazia uma das mãos toda ensanguentada.

— Vá-se embora, Nicolau! — gritou ela, indo ao seu encontro.

— Aonde vai a correr? Olhe que a ferem!

Sentiu-se agarrar pelo ombro. Voltou-se. Era Sofia, sem chapéu, os cabelos em desalinho, agarrando um rapaz, quase uma criança, que limpava na mão o rosto inchado e balbuciava a tremer:

— Deixem-me... não é nada!

— Veja se trata dele. Leve-o para nossa casa. Aqui tem um lenço... amarre-lhe a cabeça! — disse Sofia rapidamente.

E introduzindo entre as mãos de Pélagué a mão do rapaz, afastou-se apressada, com um último conselho:

— Vão depressa, senão são presos!

Os manifestantes precipitavam-se por todas as saídas do cemitério; atrás deles, os policiais corriam pesadamente por entre as sepulturas. Embaraçados com as compridas abas dos capotes, praguejavam e brandiam as espadas. O rapaz seguiu-os de longe com o olhar.

— Vamos depressa! — disse-lhe Pélagué com brandura. E limpou-lhe o rosto.

Ele lançou um escarro de sangue e murmurou:

— Não se preocupe... não sinto nada. A polícia me bateu com o punho da espada na cara e na cabeça... E eu dei nele com o pedaço de pau... Apanhou uma sova! Até uivava!...

— Depressa! — insistiu Pélagué, dirigindo-se, rápida, para uma pequena abertura do muro do cemitério. Pareceu-lhe distinguir para além do muro dois policiais à espreita, disfarçados entre os arbustos, que os esperavam, para lhes saltarem em cima, tão depressa aparecessem. Mas, depois de ter empurrado a portinha com precaução, espraiou a vista pelo campo, todo envolvido no tecido pardacento daquele crepúsculo outonal. O silêncio e a quietação que reinavam tranquilizaram-na de súbito.

— Espere, deixe-me cobrir-lhe o ferimento — propôs.

— Não, senhora; não tenho que me envergonhar das minhas feridas.

Pélagué fez-lhe rápidos curativos. Aquele sangue fresco e vermelho apiedou-a imensamente; ao sentir-lhe, com os dedos, a quente umidade, percorreu-a toda um estremecimento de terror. Em seguida, conduziu o ferido pelo braço campo afora, sem proferir uma palavra. Ele libertou os lábios da atadura para dizer alegremente:

— Para que me puxa assim, camarada? Eu posso caminhar sozinho!

Mas a mãe sentia que ele cambaleava, que suas pernas vacilavam. Com a voz frágil, ele falava, perguntava sem esperar resposta:

— Eu me chamo Ivan, sou latoeiro... e a senhora? Éramos três no grêmio de Iégor... três latoeiros; ao todo, éramos onze! Estimávamos muito Iégor...

À rua, a mãe tomou uma carruagem, botou Ivan para dentro e sussurrou:

— Agora, cale-se.

Para garantir, ela recolocou-lhe a atadura na boca. Ele levou a mão ao rosto, mas não libertou os lábios; as mãos caíram sem força sobre os joelhos. E, no entanto, ele continuou a murmurar pelo lenço.

— Não esquecerei os golpes, queridos amigos da polícia... Antes de Iégor, um estudante se ocupava de nós; ensinava-nos economia política. Era muito rígido... e entediante... foi preso.

A mãe envolveu o jovem com o braço e repousou-lhe a cabeça em seu peito. Súbito, tornou-se mais pesado e se calou. Paralisada pelo medo, a mãe relanceava para os lados; parecia que, em cada canto da rua, um policial espreitava, pronto para pegar Ivan e matá-lo.

— Ele bebeu? — perguntou o condutor com um sorriso, virando-se em seu assento.

— Sim, mais do que deveria! — respondeu a mãe, suspirando.

— É seu filho?

— Sim, é sapateiro... Já eu sou cozinheira...

— É um trabalho custoso... se é!

Depois de dar uma chicotada no cavalo, o condutor se virou de novo e continuou, baixando a voz:

— Sabe, houve outro tumulto no cemitério há pouco. Enterravam um desses homens da política, desses que são contra as autoridades... que contestam as autoridades. Os amigos acompanhavam e, então, começaram a gritar: "Abaixo as autoridades, elas destroem o povo!" A polícia deu início à pancadaria... Estão dizendo que gente morreu... mas a polícia também apanhou.

O condutor calou-se, balançou a cabeça com um ar descrente e depois retomou, com voz estranha:

— Atrapalham os mortos... despertam os cadáveres...

O veículo balançava sobre os seixos, reclamando; a cabeça de Ivan rolava com leveza no peito da mãe. O condutor continuou, reflexivo:

— O povo anda agitado... a desordem brota da terra, é isso! À noite, os policiais foram a casa de vizinhos, fizeram não sei o quê até de manhã e, quando partiram, levaram um ferreiro. Dizem que, qualquer madrugada dessas, vão com ele para o rio e vão afogá-lo às escondidas. Era, contudo, um homem inteligente...

— Como ele se chama? — perguntou a mãe.

— O ferreiro? Savyl; seu sobrenome é Evtchenko. É muito jovem, mas já compreendia muita coisa; parece que é proibido compreender... De vez em quando, vinha ao nosso ponto de carruagens e dizia: "Que vida levam, condutores!" E respondíamos: "É verdade, nossa vida é pior que a dos cachorros."

— Pare! — disse a mãe.

O sobressalto acordou Ivan, que começou a gemer sem força.

— O rapaz está bem doente — observou o condutor.

Cambaleando, Ivan atravessou o pátio, movendo com muita dificuldade as pernas.

— Não é nada, eu posso andar...

Capítulo XII

Sofia já estava de volta. Atarefada, mexendo-se muito, recebeu a mãe de cigarro na boca. Deitou o ferido em um sofá e enfaixou-lhe com perícia a cabeça, ao mesmo tempo que ia dando ordens. A fumaça do cigarro obrigava-a a piscar bastante.

— Doutor, aí os tem. Sente-se fatigada, Pélagué? Teve muito medo, não é? Está bem, descanse agora um bocado... Nicolau vai-lhe já buscar o chá e um copo de vinho.

Emocionada por tais acontecimentos, Pélagué respirava com dificuldade e ressentia-se de uma dolorosa sensação de picada no seio.

— Não se importem comigo — murmurou.

E toda a sua pessoa, transida de medo, suplicava um afago, um pouco de atenção...

Nicolau veio do quarto contíguo. Trazia um curativo na mão. Atrás dele entrou o médico, com os cabelos revoltos como um ouriço. Dirigiu-se a Ivan, curvou-se a examiná-lo e pediu:

— Água, água! Panos de linho limpos! Algodão em rama!

A mãe se dirigiu à cozinha, mas Nicolau a tomou pelo braço e disse-lhe afetuosamente, ao levá-la para a sala de jantar:

— Ele está falando com Sofia, não com a senhora. Já teve muitas emoções por hoje, não é, minha cara?

A resposta da mãe saiu na forma de um soluço que não pôde conter. Ela exclamou:

— Ah, foi terrível! Bateram nas pessoas com a espada. Com a espada!

— Eu estava lá também — concordou Nicolau, balançando a cabeça. Serviu-a de um copo de vinho. — Os dois lados se excederam um pouco... Mas não se preocupe, a polícia bateu somente com a parte plana da espada; só uma pessoa ficou gravemente ferida, pelo que me parece. Caiu perto de mim, e eu a tirei da confusão.

O rosto e a voz de Nicolau junto à claridade e ao calor da sala acalmaram Pélagué. Com um olhar de gratidão, ela perguntou:

— Também foi agredido?

— Acho que foi um erro meu... sem o perceber, rocei em algo e arranhei minha mão. Beba o vinho, está frio e suas roupas são frescas...

Ela esticou a mão para o copo e viu que os dedos estavam cobertos de sangue pisado; em um movimento instintivo, deixou o braço cair sobre os joelhos. A saia estava úmida. Com os olhos esbugalhados e a sobrancelha arqueada, ela observou furtivamente os dedos. A cabeça girava. E um pensamento persistia: "É isso... é isso que está à espera de Pavel um dia."

O médico entrou. Vestia uma camisa com as mangas dobradas. À pergunta estampada no rosto de Nicolau, ele respondeu:

— O ferimento no rosto é superficial. Mas há uma fratura no crânio; não é grave também... o rapaz é forte. De todo modo, perdeu muito sangue. Vamos levá-lo ao hospital.

— Por quê? Deixe-o aqui! — exclamou Nicolau.

— Sim, por hoje ou amanhã talvez. Mas, após isso, é melhor que vá ao hospital. Não tenho tempo de fazer visitas. Você se encarrega do relato sobre o que aconteceu no cemitério?

— Decerto! — respondeu Nicolau.

A mãe se levantou silenciosamente e foi à cozinha.

— Aonde vai? — perguntou Nicolau, em tom preocupado. — Sofia saberá cuidar de tudo sozinha.

Ela olhou-o de relance e respondeu, estremecida, com um sorriso estranho e involuntário:

— Estou coberta de sangue... coberta de sangue!

Ao trocar de roupa em seu quarto, ela tornou a pensar na calma daquelas pessoas, na capacidade que tinham de não se demorar nos horrores dos acontecimentos. Essa reflexão fez com que caísse em si e afastasse o temor do coração. Quando voltou ao cômodo onde estava o ferido, Sofia se inclinava sobre ele, dizendo:

— Que tolice a sua, companheiro!

— Mas eu os estou incomodando! — observou ele com voz débil.

— Cale-se; é o melhor que tem a fazer — disse Sofia.

Pélagué parou por trás dela e pousou-lhe a mão no ombro; fitou depois, sorrindo, o rosto muito branco do ferido e pôs-se a contar o medo que lhe tinha causado o seu acesso de delírio, na carruagem. Ivan escutava-a com os olhos a arder em febre; e exclamava de vez em quando, como que envergonhado:

— Oh, que tolo eu sou!

— Bem, agora vamos deixá-lo — declarou Sofia, compondo-lhe as roupas. — Descanse!

E as duas mulheres passaram para a sala de jantar, onde, com Nicolau e o médico por muito tempo conversaram baixinho sobre os acontecimentos do dia. Já o drama era tratado como coisa remota, já se falava do futuro com tranquilidade; preparava-se a tarefa de amanhã. Se os rostos exprimiam a fadiga, os pensamentos latejavam, vivos. O doutor mexia-se nervosamente na cadeira, esforçando-se por velar a voz, que tinha aguda e esganiçada:

— Ora, a propaganda!... Não basta; os operários têm razão; é necessário exercer a agitação em terreno mais vasto. Creiam que os operários têm razão!

Nicolau acrescentou com ar desconsolado:

— Por toda a parte se queixam da insuficiência dos livros e ainda não conseguimos montar uma boa imprensa... A Lioudmila está esgotada de forças, vai cair doente se não lhe arranjarmos colaboradores.

— E o Vessoftchikof? — perguntou Sofia.

— Esse não pode morar na cidade. Há de entrar para o serviço da nova imprensa... mas falta-nos ainda alguém...

— E se eu pudesse servir? — propôs a mãe com brandura.

Os três fitaram-na um momento.

— É uma boa ideia! — exclamou Sofia de repente.

— Não; é muito difícil para você, Pélagué — contestou Nicolau com secura. — Era preciso que fosse viver fora da cidade, que não pensasse mais em ver o Pavel etc.

Ela replicou, suspirando:

— Olhe que não faria grande falta ao Pavel... e, pela minha parte, essas visitas me partem o coração. É proibido falar qualquer coisa... pareço uma idiota diante do meu filho... nos observam sem parar.

Os recentes acontecimentos haviam-na fatigado, e agora, quando se lhe apresentava ensejo de afastar a ideia dos dramas da cidade, era quando se agarrava a esse assunto com todas as forças.

— Em que pensa? — perguntou Nicolau ao doutor, mudando o rumo da conversa.

Este, mal-humorado, respondeu:

— Somos poucos! Aqui está o que penso: é absolutamente necessário trabalhar com mais energia. É necessário decidir o André e o Pavel a se evadirem; são dois companheiros preciosos demais para estarem inativos.

Nicolau franziu o cenho, meneou a cabeça com ar de dúvida e lançou um rápido olhar para a mãe de Pavel. Esta percebeu que se constrangiam em falar do filho diante dela e foi para o seu quarto, levemente irritada com aqueles que se preocupavam tão pouco com seus desejos.

Deitou-se e, de olhos abertos, embalada pelo burburinho das vozes, sentiu-se tomada de inquietação. Parecia-lhe incompreensível o dia que acabava de decorrer, cheio de alusões ameaçadoras; mas, porque este gênero de reflexões lhe fosse penoso, afastou-as da mente e passou a pensar no filho. Queria vê-lo em liberdade, e, ao mesmo tempo, tal ideia a assustava; sentia que tudo se agitava ao seu redor; a situação tornava-se cada vez mais tensa, estavam iminentes violentas colisões. Crescia visivelmente a irritação pública; ouviam-se com frequência frases rancorosas, de toda a parte soprava um hálito novo, um vento de excitação. As proclamações eram discutidas animadamente no mercado, nas lojas, entre a criadagem e os artífices; cada prisão que na cidade se efetuasse despertava ecos tímidos, mas inconscientemente simpáticos, e as suas causas eram comentadas. Pélagué ouvia agora com mais frequência a gente do povo pronunciar as palavras que outrora a amedrontavam tanto: "socialistas, polícia, revolta". Tais palavras eram repetidas com ironia, às vezes, mas essa ironia não chegava a disfarçar o fim principal, que era o de se informarem das opiniões; outras, com cólera, mas sob essa cólera transparecia o medo; e todos andavam pensativos, entre alternativas de esperança e de ameaça... Em vastos círculos, lentamente, ia-se propagando a agitação na vida sombria e estagnada do povo; despertava o pensamento adormecido; os acontecimentos diários já não eram tratados com o sossego habitual e a antiga placidez dos fortes. Pélagué notava tudo isso mais distintamente do que os seus companheiros, pois melhor do que eles conhecia o aspecto desconsolador da vida, vivia mais próxima do povo e divisava sintomas de irritação, e uma sede vaga de alguma coisa nova, o que a regozijava e assustava ao mesmo tempo. Regozijava-se porque achava que tudo aquilo era obra de seu filho; e assustava-se porque sabia que Pavel, mal saísse da cadeia, logo iria colocar-se no posto mais perigoso, à frente dos companheiros... e que ali havia de morrer.

Sentia muitas vezes agitarem-lhe o espírito os grandes ideais indispensáveis à humanidade e experimentava o desejo de falar a verdade, mas quase nunca conseguia realizar o seu desejo. Nesta mudez forçada, os seus secretos pensamentos a acabrunhavam. Por vezes, a imagem do filho tomava a seus olhos as proporções gigantescas de um herói de lenda; nele resumia todas as máximas fortes e leais que ouvira, todos os seus afetos, todas as coisas grandes e luminosas que o seu espírito abraçava. Contemplava-o então com mudo entusiasmo; orgulhosa, enternecida, nadando em esperança, dizia consigo:

— Tudo há de ir bem!... Tudo!

O seu amor materno exaltava-se, comprimia-lhe o coração até fazê-lo sangrar, mas impedia que nele o amor pela humanidade se desenvolvesse, chegando a destruí-lo de todo; e no lugar deste grande sentimento só ficava uma minúscula ideia fixa a palpitar timidamente nas cinzas frias da inquietação:

— Vai morrer... Vai morrer!

Adormeceu tardíssimo em profundo sono, mas acordou logo muito cedo, com o corpo dolorido e a cabeça pesada.

Capítulo XIII

Ao meio-dia, já Pélagué estava na secretaria da cadeia. Com turvo olhar, examinava o rosto barbudo de Pavel, que se lhe sentara em frente, à espera do momento em que poderia passar-lhe o bilhete que apertava fortemente na mão.

— Estou bem de saúde, e os outros também — dizia Pavel a meia-voz. — E a senhora? Como vai?

— Muito bem. Morreu Iégor! — respondeu maquinalmente.

— É verdade?! — exclamou Pavel; e baixou a cabeça.

— Vinha a polícia no enterro, houve uma desordem, e foi um homem preso — continuou ela com simplicidade.

O subdiretor da cadeia estalou a língua, aborrecido, e levantou-se a resmungar:

— Não falem nessas coisas! É proibido, já devem saber. Não se consente falar de política... Oh, Deus todo-poderoso!

Ela se ergueu igualmente e, em voz de inocência, desculpou-se:

— Eu não falava de política, falava de desordem. E o certo é que eles bateram uns nos outros. Até um ficou com a cabeça aberta!

— Não faz mal, cale-se! Quer dizer: não profira uma palavra que não lhe diga pessoalmente respeito, a si, à sua família ou à sua casa.

E para confirmar melhor as suas explicações, sentou-se à mesa e acrescentou num tom de cansaço e enfado, ao mesmo tempo que punha em ordem uns documentos:

— Depois, eu é que sou responsável.

Pélagué lançou-lhe furtivo olhar e introduziu rapidamente o bilhete na mão de Pavel. Depois, suspirou com alívio.

— Nem sei de que hei de falar...

Pavel sorriu.

— Nem eu tampouco.

— Então para que serve vir fazer visitas? — observou, irritado, o funcionário. — Se não sabem de que hão de falar, não venham, não nos incomodem.

— Quando você será julgado? — perguntou a mãe após curto silêncio.

— O procurador esteve aí um dia destes; disse que era breve.

Trocaram ainda algumas frases banais. A mãe via que Pavel a fitava amorosamente.

Não mudara; mostrava-se, como sempre, calmo e ponderado; unicamente a barba, que lhe crescera vigorosa, o fazia mais velho. Pélagué quis causar-lhe prazer dando-lhe notícias de Vessoftchikof. Então, sem mudar o tom de voz, no mesmo tom em que lhe falava de banalidades, continuou:

— Vi o seu afilhado...

Pavel fitou-a com ar interrogador. E logo, para evocar o rosto bexigoso do fugitivo, ela cravou o indicador em diversos pontos da cara.

— Vai bem, o rapaz; é decidido, desembaraçado... Vai ter emprego daqui a pouco. Lembra-se? Estava sempre a exigir que lhe dessem trabalho pesado.

Pavel compreendeu. Abanou a cabeça e respondeu com os olhos iluminados por um alegre sorriso:

— Ora, se me lembro!...

— Pois é isso! — disse ela com satisfação.

Sentia-se contente consigo mesma e alegre com a alegria do filho. Ao retirar-se, ele lhe apertou a mão vigorosamente:

— Obrigado, mamãe!

Como o vapor da embriaguez, uma sensação de êxtase subiu à cabeça da mãe; sentia o coração do filho mais perto do seu; não teve forças para lhe responder com frases e contentou-se com apertar-lhe também a mão, sem uma palavra mais.

Em casa, encontrou Sachenka, pois esta tinha por costume visitá-los nos dias em que Pélagué ia à cadeia. Nunca a interrogava acerca de Pavel; se Pélagué, por vontade própria, não falava do filho, Sachenka ficava a olhar fixamente para ela, e era tudo. Mas nesse dia acolheu-a com uma interrogação de desassossego:

— E então, como vai ele?

— Está bem.

— Deu-lhe o bilhete?

— Decerto.

— E leu-o?

— Está visto que não. Como podia ele lê-lo?

— É verdade!... Esquecia-me!... — emendou com lentidão a jovem. — Esperemos mais uma semana... E que lhe parece? Estará de acordo? — E olhou fito para a mãe de Pavel.

— Sim... Não sei... Creio que sim! — respondeu. — Por que não havia de se evadir? Perigo não há nenhum...

Sachenka concordou com um aceno e perguntou com secura:

— Não sabe dizer o que é que se pode dar a comer ao doente? Diz que tem fome...

— Pode comer de tudo... de tudo! Eu mesma vou lá.

E encaminhou-se para a cozinha. Sachenka seguiu-a vagarosamente.

Pélagué foi ao fogão buscar uma caçarola.

— Espere — murmurou a moça.

Fez-se pálida, seus olhos dilataram-se em angústia e, com os lábios trêmulos, segredou:

— Queria perguntar-lhe... Eu bem sei: ele não há de querer. Mas convença-o, diga-lhe que precisamos dele, que não podemos passar sem ele, que tenho medo que ele caia doente nessa prisão... que tenho muito medo! Bem vê: nem ainda está fixado o dia do julgamento!...

Falava com dificuldade; não se atrevia a fitar a mãe de Pavel; a voz saía-lhe desigual, como corda que se puxa demais e logo se quebra. Com as pálpebras caídas, ela mordeu os lábios e estalou os dedos.

Pélagué ficou emocionada ao ver aquele acesso de exaltação, mas compreendeu. Comovida, cheia de tristeza, abraçou-a e respondeu baixinho:

— Minha filha: ele não dá ouvidos senão a si mesmo... A mais ninguém.

Permaneceram um instante em silêncio, estreitamente enlaçadas. Depois, Sachenka soltou-se dos braços da mãe suavemente e disse enleada:

— Sim... tem razão! São tolices minhas... são os meus nervos!

E fazendo-se de repente muito séria, concluiu simplesmente:

— Mas agora é preciso levar de comer ao doente!

Daí a pouco, sentada à cabeceira de Ivan, perguntava a este em tom de amigável solicitude:

— Dói-lhe muito a cabeça?

— Não, não muito... Mas vejo e ouço tudo vagamente... sinto-me fraco! — respondeu Ivan confuso, puxando a coberta até o queixo. Pestanejava de contínuo, como se a luz se lhe tornasse demasiado forte. E porque notasse que o rapaz não se resolvia a comer na presença dela, Sachenka levantou-se e saiu do quarto.

Ivan sentou-se na cama, seguindo-a com a vista:

— É tão bonita!...

Ivan tinha uns olhos claros e espertos, dentes pequenos e muito iguais, a voz ainda na mudança da puberdade.

— Que idade tem? — perguntou-lhe Pélagué, pensativa.

— Dezessete anos.

— Onde vivem seus pais?

— No campo. Há sete anos que vivo aqui; abandonei a aldeia ao sair do colégio... E a senhora, camarada, qual é o seu nome?

O ouvir tratar-se assim divertia Pélagué e sensibilizava-a. Muito risonha, retorquiu:

— Que precisão tem de o saber?

Calou-se um instante o rapaz, confuso, e explicou:

— É que um estudante do nosso grêmio... quer dizer, do grêmio que nos fazia as leituras, nos falou da mãe de Pavel Vlassof, sabe? Aquele que organizou a manifestação do Primeiro de Maio... o revolucionário Vlassof.

Ela confirmou com a cabeça e apurou o ouvido.

— Foi ele o primeiro a desfraldar a bandeira do nosso partido! — declarou com ênfase o rapaz, e essa exclamação de orgulho ecoou no coração da mãe. — Eu não estava no grupo... Pretendíamos fazer uma manifestação também aqui, mas fomos malsucedidos: éramos muito poucos! Mas este ano há de ser outra coisa... Verá!

Ofegava, emocionado, comprazendo-se à ideia de futuros acontecimentos. Agitando a colher, prosseguiu:

— Falava eu então da mãe de Vlassof... Ao que parece, entrou também para o partido depois da prisão do filho... Dizem que essa velha é extraordinária!

Pélagué teve um franco sorriso; sentia-se a um tempo lisonjeada e constrangida. Ia dizer-lhe que a mãe de Pavel era ela; mas conteve-se e pensou com tristeza e um pouco de ironia: "Que velha tola que eu sou!"

E, de repente, reprimindo a sensibilidade que a dominava, curvou-se para o rapaz.

— Vamos, coma! Coma, para mais depressa se curar e prosseguir nos nossos trabalhos! A causa do povo precisa de braços juvenis e robustos, de corações puros, de espíritos leais! São essas forças que lhe dão vida; é por elas que hão de ser vencidas toda a maldade e toda a infâmia!...

Abriu-se a porta, deixando penetrar o fresco úmido do outono. Entrou Sofia, alegre, com as faces muito coradas.

— Os espiões andam me perseguindo como os janotas arruinados perseguem uma herdeira rica. Tenho que ir embora daqui. E então, Ivan, como vai?... Bem?... Pélagué, que diz o Pavel?... A Sachenka está aí?

Acendia um cigarro e ia fazendo todas essas perguntas sem esperar as respostas. Afagava, entretanto, a mãe e o rapaz com a carícia do seu olhar pardacento. Pélagué considerava a recém-chegada, rindo interiormente, e pensava: "Eis como eu também me transformei em criatura humana... numa boa criatura, até!"

Inclinando-se de novo para Ivan, disse-lhe:

— Cure-se depressa, rapazinho!

E passou à sala de jantar, onde Sofia dizia a Sachenka:

— Ela já preparou trezentos exemplares!... Mata-se a trabalhar... Que heroísmo o dela! Sabe, Sachenka, que é uma verdadeira felicidade viver entre gente assim, ser seu camarada, trabalhar com eles...

— É certo! — respondeu a moça.

E, à noite, Sofia anunciou:

— Mãe Pélagué, precisamos que faça uma nova excursão pelo campo.

— Com muito gosto. Quando é a partida?

— Dentro de três dias... Está de acordo?

— Certamente!

— Mas não há de ir a pé — aconselhou Nicolau. — Alugue cavalos de posta e tome outro caminho: pelo distrito de Nikolsky...

Aqui, calou-se; tomara uns modos sombrios, que não condiziam com a sua expressão habitual; as suas feições, tão calmas, tiveram uma contração singular e esquisita.

— É uma volta muito grande! — fez notar a mãe. — E os cavalos custam caro.

— É preciso que saibam — prosseguiu Nicolau. — Sou geralmente contrário a estas viagens. Há agitação por esses lados... Há pouco, fizeram-se por lá prisões, foi encarcerado um mestre-escola... É bom ser prudente... Mais valia esperar um pouco...

— Ora! — redarguiu Pélagué a rir. — Se é certo o que dizem: que não se tortura ninguém nessas prisões...

Sofia, que tamborilava sobre a mesa, observou:

— Mas é importantíssimo para nós que a distribuição dos folhetos e dos manifestos se faça sem interrupção... Não tem medo de ir lá, Pélagué? — perguntou bruscamente.

Sentiu-se melindrada:

— Alguma vez tive medo? Mesmo da primeira vez não me senti nada assustada... e a senhora...

Baixou a cabeça sem terminar a frase. É que sempre que lhe perguntavam se ela tinha medo, se podia fazer uma coisa ou outra, se isto ou aquilo era fácil para ela, pressentia que precisavam de si para alguma coisa, que tratavam de se descartar dela, e que a tratavam por forma diversa da que usavam entre eles.

Quando tinham vindo os dias dos acontecimentos mais consideráveis, haviam-na a princípio assustado um pouco a rapidez dos incidentes e a repetição das emoções, mas logo, instigada pelo exemplo e sob o impulso das ideias que a dominavam, o seu coração transbordara do imenso desejo de se tornar também útil. Era este o seu estado de espírito nesse dia e a pergunta de Sofia tornou-se assim, pois, um tanto desagradável a ela.

— É inútil perguntar se tenho medo... ou outra qualquer coisa deste gênero — prosseguiu ela. — Por que haveria de ter medo?...

Os que possuem alguma coisa é que têm medo. E eu o que tenho? O meu filho, unicamente... Tinha medo por ele... Tinha medo que o torturassem e me fizessem outro tanto. Mas desde o momento que não há torturas, que importa o resto?

— Não está zangada comigo?! — exclamou Sofia.

— Não... Somente noto que nunca pergunta aos outros se têm medo...

Nicolau tirou com vivacidade os óculos, tornou a pô-los e olhou para a irmã. O silêncio contrafeito que se estabeleceu agitou a alma de Pélagué. Levantou-se constrangida; ia falar, mas Sofia, pegando-lhe brandamente em uma das mãos, disse baixinho:

— Desculpe... nunca mais direi isso.

Essa promessa fez rir a mãe. E, instantes depois, os três conversavam afetuosamente, mas preocupados, sobre a nova jornada ao campo.

Capítulo XIV

Logo ao nascer da aurora, lá ia a mãe na carriola, em fortes solavancos pelas estradas enlameadas com as chuvas do outono. Soprava úmido vento; a lama voava em mil respingos; o postilhão sentado à beira do carro, virado para Pélagué, ia a lamentar-se numa voz anasalada e filosófica:

— Eu tinha dito àquele meu irmão; façamos partilhas! E começamos a fazer partilhas...

Mas de repente fustigou o cavalo com uma valente chicotada e gritou furioso:

— Quer andar ou não, estuporado animal?

Os corvos saltavam com gravidade pelos campos nus; o vento vinha-lhes ao encontro, assobiando; eles, então, apresentavam o flanco ao vento, que lhes arrepiava as penas e os obrigava a cambalear, e cediam à força da brisa, voando com um palpitar indolente das asas.

— Finalmente me prejudicou e eu vi que não havia nada a fazer com ele — concluiu o postilhão.

As palavras do homem ressoavam, como em um sonho, aos ouvidos de Pélagué; no seu coração germinava um pensamento muito diverso, a sua memória fazia-lhe desfilar na frente a longa série dos acontecimentos passados nos últimos anos. Outrora, a vida, para ela, era como uma coisa criada não se sabia onde, muito longe, não se sabia por quem, nem por quê; e agora, um número considerável de coisas se fazia à sua vista e com o seu próprio auxílio. E um vago sentimento se apoderava dela: era perplexidade e suave tristeza, contentamento e desconfiança de si mesma...

Em torno dela, tudo se deslocava com lento movimento; no céu vagavam pesadamente nuvens pardacentas, correndo para passar umas adiante das outras; aos dois lados do caminho, fugiam as árvores encharcadas, com os cumes desnudados a balançarem; os campos estendiam-se em círculos regulares; montículos adiantavam-se, depois ficavam para trás. Parecia que aquele dia turvado transformava-se em alguma coisa longínqua, indispensável.

A voz anasalada do postilhão, o tilintar dos guizos, o assobiar do vento, tudo se fundia em uma torrente sinuosa e palpitante, que corria por cima dos campos com força uniforme, e sugestionava os espíritos.

— O rico até no céu acha o espaço pouco!... É sempre assim! Meu irmão agiu de má-fé... As autoridades o protegem! — continuava o cocheiro, sentado no rebordo do veículo.

Chegados ao termo da viagem, desatrelou os cavalos e disse à mãe em um tom desesperado:

— Bem me podia dar cinco *kopecks* para beber uma pinga.

E como ela aquiescesse ao pedido, o homem declarou no mesmo tom, fazendo tinir as duas pequenas moedas no côncavo da mão:

— Vou comprar três *kopecks* de aguardente e dois de pão!...

Pela tarde, chegou Pélagué, extenuada e enregelada, à importante vila de Nikolsky. Dirigiu-se à hospedaria, pediu chá e, tendo ocultado debaixo de um banco a sua pesada mala de mão, foi sentar-se diante da janela, a olhar para o largozinho, revestido de um tapete amarelado de ervas calcadas, e para o edifício da administração da comuna, um casarão pardacento e triste, com os telhados a cair. Sentado nos degraus da entrada, estava um camponês calvo, de barba comprida, a fumar o seu cachimbo.

Corriam as nuvens em massas sombrias e amontoavam-se umas sobre as outras. Reinava o silêncio; tudo respirava tédio e mau humor; era como se a existência inteira se tivesse ocultado não se sabia onde, silenciosa.

De repente, apareceu um oficial inferior de cossacos, a galope; sopeou o alazão que montava, em frente da entrada da administração, e gritou alguma coisa para o camponês, agitando o chicote no ar. Os seus gritos atravessavam as vidraças, mas Pélagué não podia distinguir as palavras... O camponês se levantou e estendeu o braço; o oficial inferior saltou para o chão, cambaleou um pouco, atirou as rédeas ao homem; depois, firmando-se pesadamente na balaustrada, subiu os degraus e sumiu no interior do edifício.

Fez-se novo silêncio. Por duas vezes o alazão bateu com o casco no solo espapaçado. Uma mocinha, de olhos cariciosos e rosto muito redondo, com uma pequena trança loura caída no ombro, entrou na sala onde Pélagué estava. De boca franzida, trazia sobre os dois braços estendidos uma enorme bandeja de bordas já gastas, carregada de louça. Cumprimentou com a cabeça.

— Viva, minha lindinha! — disse-lhe Pélagué amavelmente.

— Viva!

Quando dispunha sobre a mesa pratos e xícaras, a pequena anunciou de repente, muito animada:

— Apanharam agora mesmo um ladrão... Vão trazê-lo para cá.

— Quem é?

— Não sei.

— E o que ele fez?

— Não sei, só ouvi que prenderam alguém. O guarda saiu correndo da administração para chamar o comissário. Ele gritava: "Foi pego! Estão trazendo o homem para cá!"

Pélagué olhou pela janela e viu que vários camponeses se aproximavam. Uns caminhavam devagar com todo o sossego; outros corriam e vinham a abotoar as suas capas de peles. Pararam todos em frente do casarão e dirigiram os olhares para a esquerda. Mas conservaram-se todos em singular silêncio.

A garota olhou também para a rua e saiu da sala, batendo ruidosamente a porta. Pélagué estremeceu. Ocultou o melhor que pôde a mala debaixo do banco, cobriu a cabeça com um lenço e saiu, a passo rápido, reprimindo o incompreensível desejo de fugir que a assaltava toda.

Ao chegar à entrada da estalagem, sentiu nos olhos e no peito um friozinho agudo; sufocou, sentiu as pernas dormentes; a meio do largo caminhava Rybine com as mãos amarradas nas costas, escoltado por dois guardas. Silenciosa, a multidão dos camponeses estava à espera, em volta da escadaria da administração.

Atordoada, sem compreender bem o que via, Pélagué não desfitava Rybine. Este vinha falando, pois Pélagué lhe ouvia o som da voz, mas as palavras voavam indecisas, sem que tivessem eco no vácuo fremente e obscuro do seu espírito.

Voltou a si e respirou melhor. Um camponês de barba loura fitava nela atentamente os olhos azuis. Ela tossiu, esfregou o peito com as mãos trêmulas de terror e perguntou com esforço:

— Que se passa?

— Veja a senhora mesma — redarguiu o camponês, voltando-se de novo para ela. Outro rústico aproximou-se do primeiro e postou-se a seu lado.

Os guardas fizeram alto em frente da população, que vinha aumentando e permanecia em silêncio. De súbito, a voz de Rybine ressoou com energia:

— Têm ouvido falar desses papéis em que se escreve toda a verdade a respeito da nossa vida de camponeses?... Pois bem: foi por causa desses papéis que me prenderam! Fui eu que os distribuí pelo povo!

A multidão cercou então o preso. Este aparentava calma, e isso aliviou Pélagué da opressão que sentia.

— Está ouvindo? — perguntou o segundo camponês ao dos olhos azuis, dando-lhe com o cotovelo.

Este, sem responder, ergueu a cabeça e de novo fitou a mãe. O outro fez o mesmo. Era mais novo que o primeiro e tinha a cara coberta de sardas e uma barbinha preta. Os dois afastaram-se um pouco.

"Estão com medo!" disse Pélagué consigo.

E redobrou a atenção. Da soleira da estalagem distinguia perfeitamente o rosto sujo e inchado de Rybine, divisava-lhe o brilho do olhar; desejava que ele também a visse; pôs-se nas pontas dos pés, de pescoço estendido.

Vários populares atentavam nela com modos frios, desconfiados, sem proferir uma só palavra. Só nas últimas filas da multidão é que se notava um sussurro continuado.

— Camponeses, meus irmãos — prosseguiu Rybine com voz máscula e firme —, tenham confiança nesses escritos! É para a morte, talvez, que eu caminho por causa deles! Fui espancado, torturado, quiseram obrigar-me a dizer de onde eles provinham... Pois continuem a espancar-me, tudo suportarei!... Porque nesses papéis se encontra a verdade, e a verdade deve ser mais prezada do que o pão; do que a própria vida!

— Para que diz ele aquilo? — perguntou um dos camponeses.

O dos olhos azuis respondeu com lentidão:

— Que se importa ele? A gente não morre duas vezes... E agora já está condenado...

Os trabalhadores continuavam mudos, relanceando olhares furtivos e mal-humorados; a todos parecia acabrunhar algo invisível, mas esmagador.

O oficial inferior apareceu na balaustrada da administração. Titubeante e com voz embriagada e áspera, disse:

— Que quer toda esta gente? Quem está falando aí?

Precipitou-se para o largo, agarrou e sacudiu Rybine pelos cabelos, gritando:

— É você que está gritando, filho de uma cadela... é você?

Fez-se agitação entre o povo, que reclamava. Presa de violenta angústia, a cabeça de Pélagué tombou sobre o peito. Um dos camponeses suspirou com ruído. E de novo ressoou a voz de Rybine:

— Pois bem, boa gente, escutem!...

— Cale-se!

E o sargento deu-lhe um murro no ouvido. Rybine cambaleou; depois ergueu os ombros.

— Amarram as mãos de uma pessoa para a martirizarem à vontade!

— Guardas, levem-no! Dispersar!

E, aos saltos, na frente de Rybine, como um cão preso pela trela diante de um naco de carne, o sargento dava-lhe murros na cara, no ventre e no peito.

— Não lhe bata! — gritou uma voz entre o povo.

— Por que lhe bate? — perguntou outro.

— Vamos embora! — disse o dos olhos azuis para o companheiro, abanando a cabeça.

E, devagar, atravessaram o largo, enquanto Pélagué os acompanhava com um olhar de simpatia. Suspirou então, mais aliviada. O sargento chegou outra vez à balaustrada e gritou, furioso, brandindo o punho:

— Tragam-no para cá!

— Não! — replicou uma voz sonora. (A velha percebeu que era a do camponês de olhos azuis.) — Não devemos consentir! Se o deixam entrar ali, vai ser espancado até a morte! E depois não faltará quem diga que a culpa foi nossa, que fomos nós que o matamos!... Não devemos consentir!

— Camponeses! — gritou Rybine. — Não veem a vida que levam? Não veem como são explorados, ludibriados e como lhes tiram o sangue?... Tudo repousa em vocês; vocês são a principal força da terra... toda a sua força!... E quais são os seus direitos? Unicamente morrer de fome!

De súbito, os camponeses prorromperam em gritos, interrompendo-se uns aos outros:

— O homem tem razão!

— Chamem o comissário da polícia rural! Onde está?

— O sargento foi chamá-lo!

— Vamos nós então, ele está bêbado!

— Não concerne a nós reunir as autoridades!

A multidão se agitava cada vez mais.

— Continue a falar! Não deixaremos que lhe batam!

— O que você fez afinal?

— Solte as mãos dele!

— Não, irmãos, não!

— Por que não? Qual é o problema?

— Pense bem antes de fazer besteira!

Rybine dominou o tumulto com a sua voz sonora e pausada:

— As mãos me doem! Meus irmãos! Descansem, que não fujo!... Eu não posso fugir à verdade, pois ela vive em mim!

Algumas pessoas separaram-se da multidão e foram se afastando com meneios de cabeça; alguns riam... Mas sem cessar, gente exaltada, malvestida por ter envergado as roupas às pressas, vinha chegando de todos os lados. Fervilhavam em volta de Rybine qual negra escuma. De pé, no meio deles, tal a capela em meio da floresta, o preso ergueu os braços acima da cabeça e gritou:

— Obrigado, obrigado, boa gente! Sim! Devemos libertar as nossas mãos mutuamente! Quem nos havia de ajudar, se nós não nos ajudássemos uns aos outros?

Ergueu novamente uma das mãos, toda ensanguentada:

— Veem o meu sangue? É pela verdade que o derramo!

Pélagué desceu da varanda. Mas do nível do largo, já Rybine não lhe era visível; tornou, pois, a subir os degraus. Tinha o peito em fogo, mas dentro dele sentia palpitar alguma coisa de vaga alegria...

— Camponeses! Procurem esses folhetos, leiam-nos. Não acreditem nas autoridades e nos padres, que andam a dizer-lhes que são ímpios e hereges aqueles que vos trazem a verdade!... A verdade vai sempre fazendo o seu caminho silencioso pela terra, e no seio do povo encontra abrigo. A verdade é a nossa melhor amiga; para a autoridade é uma inimiga declarada. Aí têm por que ela se esconde.

De novo ressoaram várias exclamações entre a multidão:

— Irmãos, escutem!

— Ah, pobre homem, está perdido!

— Quem o denunciou?

— Foi o padre — respondeu um dos guardas.

Dois dos camponeses vomitaram logo uma chuva de impropérios.

— Cuidado, camaradas! — advertiu uma voz.

Capítulo XV

É que vinha chegando o comissário da polícia rural. Era um homem alto e robusto, de rosto redondo. Trazia o boné inclinado para a orelha; uma das pontas do bigode vinha retorcida para cima, a outra pendia-lhe do canto da boca, o que lhe dava uma expressão contorcida à cara, já em si desfigurada por um sorriso parado e estúpido. Na mão esquerda tinha uma pequena espada e balançava o braço direito ao ritmo dos passos. Tinha o andar pesado e firme. A população afastava-se à sua passagem. As fisionomias tomavam um aspecto de triste acabrunhamento.

O tumulto sossegara, desaparecera como se se tivesse afundado na terra. Pélagué sentiu estremecer-lhe, em repuxões nervosos, a pele da fronte; ofuscava-lhe a vista como uma névoa. Novamente teve vontade de ir misturar-se àquela gente; inclinou-se, porém, e ficou imóvel, em angustiosa expectativa.

— Que temos aqui? — perguntou o comissário, parando diante de Rybine e medindo-o dos pés à cabeça. — Por que é que este homem não tem as mãos amarradas? Por quê? Amarrem-nas!

Sua voz era aguda e alta, mas sem graça.

— Ele tinha as mãos amarradas... mas o povo desamarrou-as... — respondeu um guarda.

— O quê? O povo? Que povo?

Percorreu com a vista o semicírculo que o cercava e prosseguiu na sua voz branda e uniforme:

— Quem vem a ser aqui o povo?

Tocou com o punho da espada o peito do camponês de olhos azuis:

— É você que é o povo, Tchoumakof? Quem mais? Você, Michine?

E deu um puxão na barba de outro camponês.

— Vamos a dispersar, canalhas! Senão, mostro-lhes...

Não demonstrava, no tom em que falava, como tão pouco na fisionomia, nem irritação nem ameaça. Exprimia-se com tranquilidade completa e ia distribuindo as pancadas em gestos firmes e iguais. Diante dele, os grupos recuavam, baixavam-se as cabeças, desviavam-se os rostos.

— Então, por que esperam? — perguntou aos guardas. — Amarrem-no!

E depois de uma chuva de insultos cínicos, virou-se de novo para Rybine:

— Olá, você! Mãos atrás das costas.

— Não quero ser amarrado! — replicou Rybine. — Eu não fujo... não ofereço resistência... Para que serve amarrarem-me?

— O quê?! — exclamou o comissário, indo até ele.

— Já bastante martirizaram o povo, feras! — continuou Rybine, erguendo a voz. — Também vocês dentro em pouco hão de ter os seus dias de sangue!

O comissário parou-lhe na frente de repente e pôs-se a mirá-lo, ao mesmo tempo que repuxava o bigode. Depois, recuou um passo e disse em tom de espanto e em uma voz sibilante:

— Ah, filho de um cão!... Que significam essas palavras?

E bruscamente, com toda a força, descarregou um tapa no rosto de Rybine.

— Não se destrói a verdade a murros! — gritou este, crescendo para ele. — E você não tem o direito de me bater!

— Eu não tenho o direito?! — berrou o comissário, destacando muito as palavras.

E novamente atirou o braço para atingir o rosto de Rybine. Este se abaixou de forma que o comissário, com o impulso, esteve a ponto de cair. Dentre a multidão, alguém fungou com ruído. Furioso, Rybine repetiu:

— Já lhe disse que não tem o direito de me bater, grande diabo!

O comissário olhou em torno. Os homens, silenciosos e de má cara, rodeavam-no em compacto círculo.

— Nikita! — chamou. — Olá, Nikita!

Um camponês baixote e atarracado, vestindo um curto casacão de peles, saiu do meio do grupo. Vinha de olhos fixos no chão, a enorme cabeça baixa e os cabelos desarranjados.

— Nikita! — ordenou o comissário com a maior tranquilidade e retorcendo o bigode. — Dá-lhe uma bofetada boa!

O homem deu um passo para diante, parou em frente de Rybine e ergueu a cabeça. Rybine, à queima-roupa, bombardeou-o com estas palavras sinceras e duras:

— Vejam vocês, boa gente, como este bruto vos esmaga com a vossa própria mão! Vejam bem... e reflitam.

Lentamente, o homem ergueu o braço e atingiu Rybine na cabeça, mas levemente.

— Assim é que eu lhe mandei fazer, canalha? — gritou o outro, esganiçando-se.

— Eh, Nikita! — disse alguém próximo. — Não se esqueça de que Deus está vendo!

— Bate-lhe, já disse! — gritou o comissário, empurrando o camponês.

Este se afastou um passo e respondeu com frieza, de cabeça baixa:

— Não, senhor! Não quero!

— Como?

Contraiu-se o rosto da autoridade. Bateu o pé e precipitou-se sobre Rybine, rogando pragas. A pancada ressoou em surdo choque. Rybine cambaleou, agitou o braço; em segundo assalto, o comissário o prostrou no solo e, aos pulos em volta dele, começou a dar-lhe pontapés na cabeça, no peito, nos quadris...

A multidão, soltando gritos hostis, pôs-se em movimento e marchou para o comissário, mas este deu um salto para o lado e desembainhou a arma.

— Ah! É assim? Revoltam-se? Ah, é isso?

Tremeu-lhe a voz, tornou-se mais aguda e passou a sair-lhe da garganta em guinchos, como se se tivesse quebrado. E ao mesmo tempo que ele perdia a voz, sentia perder todo o prestígio. Com a cabeça encolhida nos ombros, o dorso recurvado e relanceando em torno o olhar amortecido, decidiu recuar, tateando prudentemente o solo atrás de si. Amedrontado, rouquejava, ao mesmo tempo que ia cedendo:

— Muito bem... Fiquem com ele... Eu vou-me embora!... Mas, depois? Fiquem bem sabendo: esse homem é um criminoso político, combate contra o nosso czar, anda a fomentar revolta! Compreendem? É contra Sua Majestade o Imperador... e vocês o defendem! Sabem que ficam sendo rebeldes?

Imóvel, o olhar de estátua, sem ideias nem ação, como em um pesadelo, Pélagué sucumbia ao peso do terror e da sua piedade. Semelhantes às vibrações de um sino enorme, sussurravam-lhe aos ouvidos os gritos irritados da plebe. A voz hesitante do comissário, os murmúrios em volta, tudo lhe redemoinhava dentro da cabeça...

— Se é criminoso, seja julgado!

— Não massacrado!

— Tenha dó dele!

— Está claro! Não tem direito de espancá-lo!

— Se isso é modo de proceder! Assim, todos começam a bater na gente! Que será, então?

— Brutos! Carrascos!

Dividia-se o povo em dois grupos: uns rodeavam o comissário, gritavam, exortavam-no; os outros, menos numerosos, permaneciam junto do ferido, falando em voz baixa, com ares de abatimento. Ergueram-no do chão alguns homens. Os guardas dispunham-se a amarrá-lo de novo.

— Esperem, seus diabos! — gritaram-lhes.

Rybine limpou a lama e o sangue que lhe empastavam a cara e, silencioso, olhou em torno. Deu então com a vista no rosto de Pélagué. Esta estremeceu, adiantou-se para ele em um gesto instintivo. Ele desviou os olhos. Mas, alguns instantes mais tarde, voltava o olhar do preso a fixar-se nela. Afigurou-se à pobre mulher que Rybine se endireitava na sua direção e erguia a cabeça para ela, com um movimento convulso das faces ensanguentadas.

— Reconheceu-me!... É possível que me tenha reconhecido?!...

E, vibrando em uma pungente satisfação angustiada, fez-lhe um sinal com a cabeça. Mas logo reparou no homem de olhos azuis, que se encontrava junto de Rybine e a fitava. Despertou nela a consciência do perigo. "Que estou eu fazendo?... Podem prender-me também."

O homem segredou algumas palavras a Rybine, este abanou a cabeça e disse nervosamente, mas de forma distinta e valorosa:

— Que importa, se eu não estou sozinho no mundo?... A verdade nunca poderá ser encarcerada! O povo há de lembrar-se de mim por toda a parte onde passei... O ninho foi destruído, mas que mal tem isso, se dentro dele já não estavam nem amigos, nem camaradas?

"É para mim que está falando!", pensou Pélagué.

— O povo saberá construir outros ninhos, em prol da eterna verdade, e há de chegar o dia em que as águias voarão livremente... o povo será libertado!

Uma mulher trouxe um balde d'água e, desfazendo-se em lamentações, começou a lavar o rosto do preso. A vozinha chorosa e fina da mulher confundia-se com a de Rybine e não deixava que Pélagué entendesse o que ele dizia. Precedidos do comissário de polícia, avançava um grupo de camponeses. Alguém ordenou:

— Um carro para levar o preso para a cidade! Olá, a quem toca fornecer o carro?

Em seguida, o comissário gritou em voz transtornada e como vexado:

— Eu posso bater em você, entende? Mas você não me pode fazer outro tanto; você é que não tem esse direito, idiota!

— Ah! E quem é você então, Deus de misericórdia? — replicou Rybine. Algumas exclamações abafadas cobriram a resposta.

— Não discuta, tiozinho! Ele tem poder.

— Não se zangue, Excelência.

— Cale-se!

— Vão já levá-lo para a cidade!...

— Lá há mais respeito pela lei!

Os gritos da população tornavam-se mais conciliadores e suplicantes; conjugavam-se em indistinto vozerio, lamentoso, mas sem qualquer nota em que se traduzisse uma esperança. Os guardas agarraram Rybine pelos braços, conduziram-no pela escadaria da administração, e com ele penetraram no edifício. Lentamente, a multidão foi-se escoando. Pélagué notou que o homem de olhos azuis se dirigia para o seu lado e a observava de soslaio. Tremiam-lhe as pernas; desconsoladora sensação de impotência e de isolamento lhe alcançava a alma, causando-lhe náuseas.

"Não devo ir embora!", pensou. "Não devo!"

Manteve-se vigorosamente à balaustrada e ficou esperando.

Em pé, no cimo da escadaria da administração, o comissário discursava com grandes gestos, repreensivo. A voz assumia o tom anterior, sereno e sem graça:

— Imbecis! Filhos de cães! Não compreendem nada e vão meter-se em um negócio destes!... Em um negócio de Estado! Idiotas! Vocês deviam agradecer a minha bondade, deviam inclinar-se diante de mim, até o chão! Se eu quisesse, iam todos para as galés!

Escutavam-no uns vinte camponeses, de chapéu na mão.

Caía a noite; vinham descendo as brumas...

Então o homem de olhos azuis aproximou-se de Pélagué e comentou com um suspiro:

— Que confusão, hein?

— É verdade! — respondeu, baixo.

Ele fitou-a com um modo decidido; perguntou:

— Em que se emprega?

— Compro rendas às mulheres que as fabricam... e panos também.

O camponês afagou devagar a barba; depois disse em tom de contrariedade e a olhar na direção da vila:

— Não temos nada disto lá em casa...

A mãe examinou-o da cabeça aos pés e ficou esperando o instante oportuno para voltar ao interior da hospedaria. Era belo e pensativo o rosto do homem; nos olhos tinha uma nuvem de melancolia. Alto e espadaúdo, vestia uma blusa muito remendada, uma camisa limpa, de chita, umas calças cor de castanha de pano grosseiro, e trazia os pés nus em alpercatas de cânhamo.

Sem saber por quê, Pélagué soltou um suspiro como de alívio. E de súbito, obedecendo a um instinto mais rápido do que o seu raciocínio, perguntou-lhe em um impulso que a ela mesma surpreendeu:

— Posso passar a noite em sua casa?

E logo sentiu os músculos do corpo inteiro retesarem-se em um espasmo. Atravessaram-lhe rapidamente o cérebro ideias cruciantes:

"Vou perder Nicolau!... Não tornarei mais a ver o Pavel... por muito tempo... E hão de espancar-me também!"

O homem, sem precipitação alguma, olhos no chão, respondeu, enquanto cruzava sobre o peito a gola da blusa:

— Passar a noite? Sim... por que não? O pior é que a minha cabana não é grande coisa!

— Também, eu não estou habituada a mimos! — respondeu ela.

— Está bem! — aquiesceu o camponês, medindo-a com olhar perscrutador.

À claridade do crepúsculo, os olhos do homem tinham um brilho frio; o rosto tornara-se pálido. E logo, Pélagué, baixo:

— Então, vou já com você... Pode levar-me a mala?

— Pois não. — Encolheu os ombros, cruzou outra vez a blusa e segredou: — Ora, veja; lá vem a procissão!

Rybine surgira no topo da escadaria. Trazia de novo as mãos amarradas, a cabeça e a cara embrulhadas em qualquer coisa pardacenta. A sua voz vibrou na frialdade do crepúsculo.

— Até a vista, boa gente! Procurem a verdade, protejam-na; creiam naqueles que trazem as boas palavras... Não poupem quantas forças tenham, em prol da verdade!

— Cale-se, cão! — gritou o comissário. — Guarda, faz andar esses cavalos!

— ... Pois que têm a perder? Que existência levam?

O carro se pôs em andamento. Sentado entre dois guardas, Rybine ainda gritou cavamente:

— ... Por que morrem de fome? Trabalhem por obter a liberdade... É ela que lhes há de dar pão e justiça!... Até a vista, boa gente!

O ruído precipitado das rodas e dos cascos dos cavalos, os insultos do comissário de polícia confundiam-se com a sua voz, entrecortando-a e abafando-a.

Pélagué voltou para dentro de casa; sentou-se à mesa, perto do samovar, agarrou um pedaço de pão, examinou-o e tornou a pô-lo lentamente no prato. Não tinha vontade de comer, se bem que experimentasse na boca do estômago uma desagradável sensação que lhe esgotava as forças, que lhe expulsava o sangue do coração e lhe fazia andar a cabeça à roda.

— Ele deu por mim! — dizia ela consigo, tristemente, no sentimento da sua fraqueza, para poder reagir. — Deu por mim... Adivinhou, com certeza!...

E não podia ir mais longe o seu pensamento, fundia-se em uma prostração dolorosa, em uma sensação viscosa de enjoo...

O silêncio tímido, como que açoitado para além das vidraças e que sucedera ao burburinho, provava que em toda a vila os habitantes sentiam um torpor medroso e subserviente, e isso mais lhe acirrava a sensação de isolamento em que se debatia a mãe, enchendo-lhe o espírito de obscuridade pardacenta e penetrante como cinzas.

A mocinha abriu a porta, e do limiar perguntou:

— Quer que lhe traga uma omelete?

— Não... Não tenho vontade... Esta gritaria me fez mal!...

A pequena foi até junto da mesa e pôs-se a narrar animadamente, mas em voz baixa:

— Como o comissário lhe bateu com força!... Eu estava mesmo perto dele; vi tudo... Até quebrou os dentes todos do homem!... Quando este cuspiu, o sangue era denso e escuro. Nem se viam os olhos!... O sargento está aí. Está embriagado de todo e não faz senão pedir vinho. Diz que era uma quadrilha inteira e que aquele de barba era o chefe. Apanharam três, mas um fugiu... E também prenderam um mestre-escola que andava com eles!... Eles não creem em Deus e aconselham o povo a roubar todas as igrejas. Aí está o que eles fazem! Havia homens que tinham dó do tal homem de barba, mas outros diziam que se devia dar cabo dele!... Sempre há homenzinhos muito maus entre nossos camponeses!

Pélagué escutava atenta esta rápida e entrecortada narrativa; esperava distrair assim o seu desassossego e dissipar a opressora angústia da expectativa. A pequena, encantada com tão boa ouvinte, tagarelava sempre com crescente animação, comendo as palavras:

— Meu pai diz que tudo isso vem da falta de gêneros, tudo! Há já dois anos que a terra não produz nada, todos estão confusos. É por isso que agora aparecem esses camponeses. É uma calamidade! Nas assembleias, eles gritam, entram em briga. Na última, quando venderam os bens de Vassioukof porque este não pagara umas prestações, ele deu um murro no estaroste. "Aqui minhas prestações", disse-lhe.

Ressoaram pesados passos para além da porta. Pélagué ergueu-se com as mãos apoiadas na mesa. O camponês de olhos azuis entrou e, sem tirar o boné:

— Onde tem a sua bagagem?

Ergueu a mala sem esforço algum, sacudiu-a e observou:

— Está vazia!... Maria, acompanhe esta viajante a minha casa.

E saiu sem olhar para ninguém.

— Vai passar a noite na vila? — inquiriu a pequena.

— Vou, sim! Eu negocio em rendas e quero ir fazer as minhas compras.

— Não há de encontrá-las por aqui. Em Tinekof e em Darino, aí é que as fazem, mas aqui, não! — explicou Maria.

— Pois amanhã irei lá...

Pagou o chá e deu três *kopecks* à pequena, que ficou contentíssima. Já na rua, propôs esta, enquanto ia chapinhando com os pés descalços pela terra úmida:

— Se a senhora quer, eu vou depressa a Darino, digo às mulheres que lhe tragam as rendas... As mulheres vêm, e a senhora não precisa fazer a viagem... Olhe que são doze quilômetros!

— Não, minha lindinha, não é preciso — respondeu, continuando a caminhar ao lado da pequena.

Acalmara-se ao ar fresco da tardinha. Lentamente, formava vaga resolução, confusa, mas que a satisfazia. Tal ideia ia germinando com força, e, para lhe abreviar a definitiva fixidez, Pélagué ia sem cessar perguntando a si mesma:

"Que fazer?... Proceder aberta e francamente?..."

Tinha caído completamente a noite, úmida e glacial. Brilhavam as janelas das cabanas com avermelhadas, baças e imóveis claridades. O gado fazia ouvir, no silêncio, mugidos de indolência. Aqui e ali, distinguiam-se breves exclamações. Esmagadora melancolia envolveu o lugar.

— É aqui! — disse a garota. — Escolheu muito má casa! Este camponês é tão pobre!...

E às apalpadelas procurou a porta, abriu-a e gritou com voz esperta:

— Tatiana, aqui está a sua hóspede!

E logo partiu correndo. A sua vozinha vibrou ainda na escuridão:

— Adeus!

Capítulo XVI

Pélagué deteve-se no limiar a examinar o interior abrigando os olhos sob a mão. Era pequena e acanhada a choupana, mas de um asseio que logo saltava à vista. Uma mulher nova apareceu atrás do fogão, cumprimentou em silêncio e desapareceu de novo. A um canto, sentado a uma banca, sobre a qual havia um candeeiro aceso, o dono da casa tamborilava com os dedos na madeira. Fitava demoradamente a recém-chegada.

— Entre! — disse-lhe ao cabo de alguns momentos. — Tatiana, vá chamar o Pedro, depressa!

A mulher saiu rapidamente sem mesmo dispensar um simples olhar à viajante. Esta sentou-se em um banco em frente do camponês e divagou a vista pelo aposento. Não via a sua mala. Reinava grave silêncio na cabana; só o candeeiro fazia ouvir um leve crepitar. A fisionomia daquele homem, preocupada e um tanto carrancuda, vacilava à luz mortiça, com feições mal definidas.

— Então? Fale... Não demore.

— Onde está a minha mala? — perguntou logo Pélagué em voz alta e com severidade, sem ter bem consciência do motivo por que assim falava.

O camponês encolheu os ombros. Pensativo, respondeu:

— Deixe estar que não está perdida!

E acrescentou friamente e em voz baixa:

— Eu disse diante da pequena que a mala estava vazia. Bem tinha as minhas razões. Ao contrário, você traz ali coisas bem pesadas...

— E então?

Levantou-se, aproximou-se dela, curvou-se e inquiriu, baixando ainda mais a voz:

— Conhece aquele homem de há pouco?

Pélagué estremeceu, mas declarou com firmeza:

— Conheço!

Esta simples resposta parecia-lhe que a acalentava inteiramente, iluminando tudo em volta.

Sorriu o camponês.

— Eu bem a vi fazer um sinal... E ele lhe respondeu... Perguntei-lhe, ao ouvido, se conhecia a mulher que estava à porta da hospedaria...

— E ele? — interrogou com ansiedade.

— Ele disse só isto: "Somos em grande número..." Sim, foi isto que ele disse: "Somos em grande número..."

Perscrutava com olhar interrogador a sua hóspede.

Sorria outra vez e prosseguiu:

— É de uma grande força, aquele homem!... Tem muita coragem: diz o que pensa! Batem-lhe, injuriam-no, mas não cede!

Escutando aquele falar ingênuo, vendo aquelas feições grosseiras e aqueles olhos francos e claros, Pélagué ia se tranquilizando pouco a pouco. O seu acabrunhamento e os seus receios dissipavam-se para dar lugar a uma compaixão intensa e profunda para com Rybine. Foi assim que, com súbita e amarga ira, que não pôde reprimir, ela exclamou em tom de lamento:

— Aqueles monstros! Aqueles bandidos!

E entrou a soluçar.

O camponês deu alguns passos para trás, abanando a cabeça com pesar.

— É verdade!... O governo anda arranjando inimigos temíveis!

E, repentinamente, voltando para junto dela, segredou:

— Escute. Suponho que traz jornais na mala...

— Sim — respondeu Pélagué simplesmente. — E limpando as lágrimas: — Era para ele que os trazia.

O dono da casa carregou as sobrancelhas, juntou na mão toda a barba em punhado e ficou-se calado, a olhar para um canto.

— Nós também recebemos um... e folhetos, livros... Eu não sou muito instruído, mas tenho um amigo que o é. Minha mulher também lê essas coisas.

Calou-se de novo e pôs-se a pensar; depois perguntou:

— E agora, onde irá deixar a mala?

A velha fitou-o, e em tom de instigação:

— Deixo-a aqui!

O outro não pareceu surpreso, não protestou; apenas repetiu:

— Deixa-a aqui?

Nisto estendeu o pescoço para a porta, apurando o ouvido.

— Vem gente aí — segredou.

— Quem?

— Gente nossa, provavelmente...

Entrou a mulher, seguida do camponês sardento. Este atirou o boné para um canto, foi até o dono da casa e disse-lhe:

— E então?

O outro meneou a cabeça afirmativamente.

— Stépane! — lembrou a mulher. — Talvez a nossa viajante tenha vontade de comer.

— Não, muito obrigada, minha querida senhora — respondeu a mãe.

Voltou-se o segundo camponês para ela e, em voz rápida, um tanto quebrada pela comoção, disse:

— Permita que eu mesmo me apresente. Chamo-me Pedro Rabinine, por alcunha o "Sovela". Percebo alguma coisa desses negócios... Sei ler e escrever e não sou um imbecil, para falar assim...

Apertou a mão que Pélagué lhe estendera, sacudiu-a, enquanto ia dizendo a Stépane:

— Ora, vê lá, Stépane! A esposa do nosso senhor e amo é uma boa senhora, pois não é? Apesar disso, ela diz que todas estas coisas são tolices, extravagâncias!... Que são estudantes e garotos que se divertem a alvoroçar o povo. Mas não vimos nós dois ainda agora, ser preso um homem de bem? E agora está vendo esta mulher, que já não é criança nenhuma e que também não me parece que seja fidalga, e que está do nosso lado... Não se ofenda! Como se chama?

Falava rápido, mas com voz distinta, quase sem tomar fôlego; o queixo tremia-lhe nervosamente e, com os olhos franzidos, perscrutava o rosto e a pessoa de Pélagué. Andrajoso, os cabelos em desalinho, dava a pensar que viesse de alguma luta em que tivesse vencido o adversário e o dominasse a alegre excitação de uma vitória. Pélagué agradou-se dele por tal vivacidade e principalmente por tê-lo ouvido falar com simplicidade e franqueza desde o começo. Correspondeu com amigável olhar as suas boas palavras. O outro sacudiu-lhe outra vez a mão e pôs-se a rir, um risinho seco e meigo.

— É negócio de seriedade, bem vê, Stépane. É coisa que a todos dá honra! Eu bem dizia que o povo começava a fazer a obra pelas suas mãos... A gente fidalga, essa, não quer dizer a verdade, porque isso pode prejudicá-la. Mas o povo quer ir para a frente, está decidido a isso, sem lhe importarem perdas nem prejuízos, está entendendo? Pois se ele leva vida má, se não tem senão prejuízos de todos os lados, se ele não ouve outra coisa senão: "Prende!"

— Bem vejo! — aprovou o outro, abanando a cabeça. E acrescentou: — Ela está preocupada com a mala.

— Não se inquiete, está tudo em ordem, tiazinha! A sua mala foi para minha casa. Há bocado, quando Stépane me falou a seu respeito e me disse que também era das nossas, que conhecia aquele homem, eu disse: "Tome cuidado, Stépane! Nada de dar à língua! Olhe que é coisa séria!" Mas você, tiazinha, logo adivinhou que a gente estava do seu lado. É que as caras da gente honrada se conhecem logo, porque elas não são muitas por essas ruas, não!... A mala foi para minha casa!

Sentou-se ao lado dela e lembrou com uma interrogação em cada olhar:

— Se quer despejá-la, com todo o gosto a ajudamos... Precisamos de livros.

— Quer nos dar tudo! — declarou Stépane.

— Está muito bem, tiazinha! Deixe que havemos de empregá-los bem.

E, bruscamente, levantou-se e ficou a rir. Depois, passando a passos largos pela cabana, satisfeito:

— É o que se pode chamar um caso de pasmar... ainda que bem simples, afinal! Parte-se a corda em um lugar e conserta-se em outro. A coisa assim não vai mal... Olhe que é muito bom esse periódico, tiazinha; faz efeito, abre os olhos do povo. Está visto que não agrada aos nossos senhores! Eu trabalho na casa de uma proprietária, a sete quilômetros daqui, sou marceneiro... A mulher é boa criatura, é forçoso conceder; dá-nos livros... alguns bastante estúpidos. Vamos lendo e vamos nos instruindo... Ficamos-lhe em geral reconhecidos. Mas quando eu lhe mostrei o tal jornal, zangou-se e disse: "Deixe isso, Pedro. Os que escrevem isso não passam de uns tolos, e com isso você não arranja senão desgostos... a cadeia e a Sibéria. Aí tem o que lhe pode acontecer se continuar a ler esses papéis."

Após um instante de reflexão, perguntou:

— Diga-me: aquele outro... o homem... é da sua família?

— Não — respondeu Pélagué.

Pedro pôs-se a rir consigo, muito satisfeito, sem que os outros soubessem por quê. Afigurou-se a Pélagué uma injustiça falar de Rybine como de qualquer estranho.

— Não é da minha família — explicou —, mas há muito que o conhecia... Respeito-o como se fosse um irmão.

Não encontrou a expressão que procurava, o que a deixou incomodada. Não conseguiu conter as lágrimas. Um silêncio triste tomou conta da cabana. Pedro inclinou a cabeça para o lado, como se escutasse algo. Stépane, encostado, tamborilava na mesa. Sua mulher, perto do fogão, estava fora de vista. A mãe sentia que esta a fitava. Vez ou outra, lançava um olhar rápido para Tatiana, para seu rosto redondo, moreno, de nariz retilíneo, queixo dividido fazendo uma ponta e olhos esverdeados que exprimiam atenção e vigilância.

— É, portanto, um amigo! — concluiu Pedro. — É um homem de valor, por certo! Tem-se em grande conta e assim devem fazer todos. Aquilo é que é um homem! Não é, Tatiana?... Que diz?

— É casado? — interrompeu Tatiana. E franziu com força os lábios delgados da sua boca miúda.

— É viúvo — respondeu a mãe com tristeza.

— Por isso tem tanta coragem! — declarou Tatiana em tom profundo e grave. — Um homem casado não se portaria assim; teria medo!

— E então eu não sou casado? E, no entanto... — observou Pedro.

— Basta! — disse a mulher sem olhá-lo e contorcendo a boca. — Que faz? Fala muito, lê um livro vez ou outra... não é porque sussurra pelos cantos com Stépane que as pessoas estão mais felizes.

— Muita gente escuta o que digo — retrucou em voz baixa o camponês, ofendido. — Está errada de falar assim... sou uma espécie de fermento...

Stépane olhou a mulher em silêncio e baixou novamente a cabeça.

— Por que os camponeses casam? — perguntou Tatiana. — Eles precisam de uma operária, dizem... para trabalhar em quê?

— Então tem pouco a fazer? — disse ele em voz baixa.

— Que adianta tanto trabalho? O povo continua a viver na miséria! Nascem os filhos e nem sequer há tempo para tratar deles, porque o trabalho urge, o trabalho, que nem nos dá o pão!

Dito isso, foi sentar-se ao lado de Pélagué. Em uma obstinação, que não lhe dava à voz nem tristeza nem lágrimas, prosseguiu:

— Eu tive dois... Um morreu escaldado pelo samovar, tinha dois anos; o outro nasceu morto... sempre por causa do maldito trabalho! Que felicidade me trouxe então? O que acho é que a gente do campo faz mal em casar; ficam de mãos amarradas! Se se conservassem livres, haviam de combater abertamente em prol da verdade, como esse homem que você conhece... Não tenho razão, mãezinha?

— Tem! — declarou. — Sim, minha querida; de outra forma não se pode vencer as contrariedades da vida.

— E a senhora, tem marido?

— Já morreu. Tenho um filho...

— Onde está ele? Vive com você?

— Está na cadeia!

E no seu coração um pacífico orgulho temperava a tristeza de que tais palavras vinham sempre acompanhadas.

— É já a segunda vez que o encarceram por ter compreendido a verdade divina e andar a semeá-la, abertamente, sem se poupar a fadigas!... Meu filho é jovem, belo rapaz e inteligente! Foi dele a ideia de fundar um jornal; foi graças a ele que Rybine se prestou a distribuí-lo, sendo de notar que Rybine tem duas vezes a idade dele! Vão julgá-lo dentro em pouco por tudo isso. Mas depois, quando meu filho estiver na Sibéria, fugirá e voltará a continuar na campanha. Temos já muita gente e o número aumenta sempre! Todos estão decididos a lutar até a morte, pela liberdade, pela verdade!

Então pôs de lado toda a prudência. Não citou nomes, mas contou tudo o que sabia do trabalho minaz que se andava procedendo em favor do povo. E, ao entrar neste assunto tão caro ao seu espírito, punha nas palavras toda a energia, todo o excesso de amor que tão tarde brotara nela sob os repetidos golpes da adversidade.

A voz afluía-lhe igual; acudiam-lhe agora as palavras com tranquila facilidade, e quais pérolas multicores e irisadas, enfiava-as com rapidez no sólido fio do seu desejo de purificar a alma de toda a lama e de todo o sangue daquele dia. Os aldeões pareciam ter criado raízes nos sítios em que as suas primeiras palavras os haviam encontrado. Imobilizados, fitavam-na com grave compostura. Chegava a ouvir a respiração arquejante da mulher que se sentava a seu lado; e a atenção do auditório fortificava-lhe a crença nas coisas que dizia e prometia.

— Todos os que se sentem esmagar pela injustiça e pela miséria, o povo inteiro deve correr ao encontro dos que por ele morrem nas prisões ou nos cadafalsos. Não têm esses nenhum interesse pessoal em jogo. Explicam qual é o caminho que conduz à felicidade de todos, mas dizem abertamente quão difícil é esse caminho! Não constrangem ninguém, mas quando tomamos lugar nas suas fileiras, nunca mais o abandonamos, pois vemos que têm razão, que esse caminho é o verdadeiro, e que não há outro.

Era grato ao coração da mãe realizar finalmente o seu desejo; ela própria falava agora ao povo acerca da verdade!

— Com tais amigos, o povo pode marchar sem receio; eles não cruzarão os braços sem que o povo se tenha conjugado numa só alma, sem que tenha bradado com uma voz única: "Sou eu o supremo senhor; eu mesmo farei as leis, iguais para todos!"

Fatigada por fim, calou-se Pélagué. Tinha a serena certeza de que as suas palavras não se extinguiriam sem deixar vestígios. Os camponeses continuavam a fitá-la, como se ainda a escutassem. Pedro cruzara os braços no peito e cerrara as pálpebras, com um sorriso a brincar-lhe no rosto sardento. Com o cotovelo na mesa, Stépane inclinara-se, adiantando todo o corpo, de pescoço estendido. Velava-lhe o rosto uma névoa, em um aspecto de maior sisudez. Sentada ao seu lado, com os cotovelos firmados nos joelhos, Tatiana fitava os bicos dos sapatos.

— Ah! Aí está — balbuciou Pedro.

E sentou-se num banco, com precaução, a abanar a cabeça.

Stépane endireitou lentamente o tronco, lançou rápido olhar a sua mulher e estendeu o braço, como se quisesse alcançar alguma coisa.

— Com efeito — começou ele, meditativo —, quem quiser meter-se nessa empreitada, é para se entregar de toda a alma!

Pedro interveio, timidamente:

— Está claro... e sem olhar para trás!

— O negócio vai por bom caminho! — continuou Stépane.

— E em todo o mundo!... — disse ainda Pedro.

Capítulo XVII

Recostada, com a cabeça reclinada na parede, Pélagué escutava as reflexões dos dois homens.

Tatiana levantou-se, olhou em roda e tornou a sentar-se. Com um brilho metálico nas pupilas verdes, olhava com desprezo para os dois homens. Disse de súbito, voltando-se para Pélagué:

— Vê-se que tem sido muito infeliz!

— É verdade!

— A senhora fala bem... As suas palavras vão direto ao coração. Quando a gente a escuta, pensa: "Meu Deus! Quem pudesse ver, ainda que não fosse senão uma vez, gente tão boa viver vida tão bela!" Como vivemos nós, aqui? Como uns carneiros. Eu sei ler e escrever... e leio livros... reflito muito; às vezes, tenho ideias que nem me deixam dormir de noite. E qual é o resultado de tudo isso? Se não reflito, sofro, e sofro em vão; se reflito, é a mesma coisa! No final, tudo é perda! Assim, esta gente do campo; trabalham, exaurem-se por amor de um pedaço de pão... e nunca possuem nada!... E é isso que os irrita; entram a beber, a bater uns nos outros... e lá vão outra vez para o trabalho. E que se apura daí? Nada.

Falava assim, deixando transparecer a ironia no olhar e na voz grave e ampla, detendo-se por vezes como para cortar as frases, tal a linha com que estivesse costurando. Os homens nada objetaram.

O vento rufava nas vidraças, sussurrava no colmo do teto, e por momentos soprava em brandas lufadas pela chaminé. Um cão uivava. Raras gotas de chuva vinham, como a custo, fustigar a janela. Oscilava a luz do candeeiro, empalidecia e recomeçava de súbito a brilhar viva e igual.

— E aqui está para que vivem os homens! É curioso, persuado-me de que já sabia tudo isto! Todavia, nunca tinha ouvido nada parecido; nunca tinha tido ideias deste gênero... nunca!

— Tratemos de cear, Tatiana, e de apagar o lume! — interrompeu Stépane com voz abatida e vagarosa. — Essa gente há de pensar: "Os Tchoumakof tiveram o lume aceso até muito tarde!..." Para nós, isso não teria importância, mas é por causa da nossa visita. Talvez seja imprudente...

A mulher logo se levantou, dando-se pressa em obedecer.

— É certo! — confirmou Pedro, com um sorriso. — É preciso ter cuidado agora! Quando se tiver feito nova distribuição do jornal...

— Não é por mim que falo — declarou Stépane —; mesmo se me prenderem, a desgraça não será grande! A vida de um camponês nenhum valor tem.

Pélagué experimentou súbita compaixão por aquele homem. E era mais viva do que pouco antes a sua simpatia por ele. Agora que já tinha falado, sentia-se liberta do peso ignóbil dos acontecimentos do dia; sentia-se contente consigo mesma e cheia de um sentimento de benevolência.

— Não deve falar assim! — disse ela. — O homem nunca deve medir-se pelo valor que lhe atribuem aqueles que só o julgam pelas aparências e dele só pretendem o sangue. Aprecie-se a si mesmo, na sua consciência, não para os seus inimigos, mas para os seus amigos!

— E onde estão esses amigos?! — exclamou o camponês. — Nunca os vi.

— Mas se eu digo que há amigos do povo!

— Haverá, mas não aqui; e essa é que é a desgraça! — contestou Stépane, pensativo.

— Pois bem! Nesse caso é preciso que os criem.

O outro refletiu e respondeu em voz baixa:

— Sim... era o que se precisava.

— Vamos para a mesa! — propôs Tatiana.

Durante a ceia, Pedro, a quem as observações de Pélagué pareciam ter preocupado, voltou a falar com animação:

— Sabe, tiazinha? Olhe que é bom ir-se embora cedo, para não ser notada. Vá à aldeia próxima, não vá à cidade, e tome uma carruagem.

— Para quê? — objetou o outro homem. — Se eu próprio a levo comigo!

— Nada disso! Se acontecesse alguma coisa, não faltaria quem indagasse se tinha passado a noite em sua casa... "Sim!" "E para onde foi ela?" "Levei-a à aldeia próxima." "Ah, foi você. Pois vai para a cadeia!..." Percebe? E para que há de a gente ter pressa de ir para a cadeia? Cada coisa a seu tempo!... Mas se você declarar que ela dormiu cá em casa, que alugou um carro e tornou a ir embora, não lhe podem fazer nada. Ninguém é responsável pelo que fazem os viajantes. Se passam tantos por cá!...

— Já aprendeu a ter medo, Pedro? — perguntou Tatiana, irônica.

— É bom aprender tudo! — respondeu, dando uma punhada no joelho. — É bom saber ter coragem e é bom também saber ter medo! Lembra-se de como o escrivão lá do tribunal andou a incomodar e a perseguir o Baguanof por causa daquele periódico? Pois agora, o Baguanof nem por todo o dinheiro do mundo tocaria sequer em um desses papéis! Creia, boa mulher; para mim é coisa fácil imaginar boas artimanhas. Todos aqui o sabem. Sou capaz de distribuir livros e folhetos como ninguém... tantos quantos quiser! A nossa gente é pouco instruída e muito medrosa, é certo; todavia, a vida anda tão dura, que o homem se vê obrigado a abrir os olhos e a informar-se do que se passa. E o livro responde-lhe francamente. "É isso que se passa! Observe, reflita!" Muitas vezes, mais percebe o ignorante do que o homem instruído... principalmente se o instruído for um desses que abarrotam de fartura. Conheço bem o país, percebo as coisas! Pode uma pessoa ir arranjando a vida, mas com esperteza e muita habilidade, para não ir à forca logo de uma assentada! As autoridades também percebem que as coisas andam mudadas, que o camponês anda cabisbaixo, ri pouco, é de poucas amabilidades... E que, em geral, passava-se bem sem as tais autoridades!... Recentemente em Smoliakovo, um lugarejo perto daqui, vieram homens para cobrar uns impostos. Os camponeses então foram correndo buscar porretes. "Ah! Bestas, vocês se revoltam contra o czar!", gritou o comissário. E estava lá um rústico, chamado Spivakine, que respondeu: "Vá para o Diabo com o seu czar! Quem vem a ser esse czar que nos leva até a última camisa do corpo?" Ora, aqui tem em que as coisas param, tiazinha. Escusado é dizer que Spivakine foi detido e atirado para o cárcere. Mas ficaram as palavras dele, e até as crianças já as repetem. Ficaram vivas a bradar essas palavras!

Nem comia: falava, sempre, em murmúrio rápido; os olhos, pretos e astutos, brilhavam-lhe, muito vivos. E importunava largamente Pélagué com mil observaçõezinhas sobre a vida do lugar, como se estivesse a despejar um saco de moedas de cobre.

Por duas vezes lhe disse Stépane:

— Ande, coma!

Ele agarrava um pedaço de pão, uma colher e espraiava-se de novo em considerações, falando, falando, como um pintassilgo a cantar. Terminada a ceia, finalmente, levantou-se de brusco, declarando:

— É tempo de voltar para casa!

Aproximou-se de Pélagué e sacudiu-lhe a mão.

— Adeus, tiazinha! Talvez nunca mais nos tornemos a ver... Devo lhe dizer que tive muito prazer em travar relações com você e em ouvi-la falar... sim, senhora, muito prazer! Tem mais alguma coisa na mala além dos livros? Um xale de lã? Está muito bem... um xale de lã, ouve, Stépane? Ele já lhe traz outra vez a sua mala. Vamos, Stépane! Adeus! Passe bem!

Assim que os dois saíram, Tatiana tratou de preparar a cama para a visitante; foi acima do fogão e ao sótão buscar umas roupas e dispô-las sobre o banco.

— É um rapaz desembaraçado! — observou Pélagué.

A outra respondeu, interrompendo a tarefa para lhe lançar um olhar furtivo:

— É muito leviano! Faz muito, muito barulho, mas não passa disso!

— E seu marido? — perguntou Pélagué.

— É um bom homem. Não bebe, e damo-nos muito bem. O único defeito dele é ser de caráter fraco.

Soergueu-se e prosseguiu após um silêncio:

— De modo que o que precisa ser feito agora é agitar o povo, é claro! Todos pensam nisso... mas cada um para seu lado! E o que é necessário é que se fale nisso bem alto; é forçoso que apareça alguém decidido a fazê-lo.

Sentou-se e perguntou abruptamente:

— A senhora disse que até já há meninas finas e ricas a tratarem deste negócio, que vão fazer leituras políticas aos operários... E elas não têm medo? Não sentem repugnância?

E depois de ouvir atentamente a resposta de Pélagué, soltou profundo suspiro e continuou, com as pálpebras cerradas, movendo devagarinho a cabeça:

— Já li uma vez em um livro que a vida não tem sentido. O que isso queria dizer percebi logo! Como se eu não soubesse o que é essa vida: a gente tem umas ideias, mas umas ideias desapegadas umas das outras, e que andam a vaguear como carneiros estúpidos sem pastor... Vagueiam, vagueiam... E não há nada, não há ninguém que as reúna...

porque a gente não sabe o que há de fazer para isso! Ora, aqui está o que é uma vida que não tem sentido! A minha vontade era fugir para longe, sem mesmo olhar para trás!... Muito infeliz é a gente quando começa a perceber um pouco!...

Esta mágoa, via-a bem Pélagué, no brilho verde dos olhos da mulher, naquele rosto magro; ouvia-a vibrar naquela voz. Pretendeu consolá-la, acalmá-la.

— Mas a minha querida amiga compreendeu o que é necessário fazer...

Tatiana interrompeu-a brandamente:

— Mas se o que eu preciso é saber como fazê-lo!... Está pronta a cama... deite-se!

E dirigiu-se para o fogão, grave e concentrada. Pélagué deitou-se sem se despir. Tinha dores nos ossos, quebrados de fadiga. Soltou um gemido débil. Tatiana apagou o candeeiro. E, assim que as trevas reinaram dentro da choupana, ressoou novamente a sua voz grave e igual:

— A senhora não reza... Eu também acredito que não há Deus nem milagre. Tudo isso foi inventado para assustar, pois somos tolos...

A mãe se agitou, inquieta, sob a coberta. Pela janela, as trevas infinitas a olhavam. E, no silêncio, as agitações, os barulhos furtivos que quase seriam imperceptíveis corriam ao redor dela. Ela murmurou em tom receoso:

— Sobre Deus, não sei bem o que dizer... Eu acredito em Jesus Cristo, em suas palavras: "Ame ao outro como a ti mesmo." Sim, acredito nisso.

E, súbito, ela falou, perplexa:

— Mas, se Deus existe, por que o abandonamos? Por que seu poder misericordioso não nos protege? Por que permite que o mundo se divida em duas classes? Por que permite os sofrimentos humanos, as torturas, as humilhações, o mal e as vilanias de todo gênero?

Tatiana manteve-se calada. Na penumbra, a mãe identificava os contornos vagos de sua silhueta empertigada, desenhada em cinza sobre o fundo negro do fogão. A mulher permaneceu imóvel. Pélagué fechou os olhos, angustiada.

— Nunca perdoarei a morte dos meus filhos! Nem a Deus, nem aos homens! Nunca!

A mãe sentou-se no leito, condoída da intensidade daquela paixão. Lembrou com meiguice:

— A senhora é nova; ainda há de ter filhos...

Após um silêncio, a outra segredou:

— Não! O médico disse que nunca mais poderia tê-los.

Passou um rato a correr pelo chão. Um estalido seco e forte rasgou a imobilidade do silêncio, e de novo ficaram ouvindo distintamente os mesmos atritos e o murmúrio da chuva sobre o colmo, que, parecia, dedos tinos e trêmulos acariciavam. As gotas de chuva caíam tristemente sobre a terra e ritmavam o curso da longa noite de outono.

Mergulhada em pesada sonolência, Pélagué ouviu passos ecoarem surdamente da parte de fora, e em seguida no corredor. Abriu-se devagarinho a porta, e ouviu-se uma exclamação abafada:

— Já está deitada, Tatiana?

— Não.

— "Ela" está dormindo?

— Sim, parece-me que sim...

Brilhou uma claridade, que tremeluziu e logo se afogou nas trevas. O camponês aproximou-se do leito da mãe e compôs a capa de peles que lhe cobria as pernas. Essa atenção impressionou profundamente Pélagué. Fechou de novo os olhos e sorriu. Stépane, sem fazer ruído, despiu-se e trepou para o sótão.

Pélagué, imóvel, prestava atento ouvido às variantes preguiçosas do silêncio sonolento.

Na sua frente, nas trevas, via desenhar-se o rosto ensanguentado de Rybine.

Chegou-lhe então aos ouvidos um leve murmúrio que vinha do sótão:

— Você bem vê. Atenta nessa gente que anda a trabalhar pelo bem de todos! Gente idosa até e que passou por mil desgostos depois de trabalhar toda uma vida! Chegou a sua ocasião de descansar, mas bem vê como se aproveitam dela!... E você, Stépane, ainda está novo, é inteligente...

Respondeu a voz grossa do homem:

— A gente não pode meter-se em uma coisa dessas sem pensar! Espere um pouco, que essa canção eu já conheço há muito!

Sumiram-se as vozes, mas depois recomeçaram. Dizia Stépane:

— Aqui está o que se deve fazer: primeiro, é preciso falar com cada homem em particular. Assim, por exemplo: como o Alécha Makof. É instruído, valente e anda há muito zangado contra as autoridades. Com o Sérgio Chorine também... É homem de juízo. Com o Kniazef, que é honrado e homem decidido! E para começar é bastante!... Depois, quando já tivermos um partido, veremos... É preciso saber a direção desta mulher para chegarmos à fala com a gente a quem ela se referiu... Agarro no machado e vou de passeio até a cidade. Se perguntarem, diz que fui ganhar uns cobres como rachador de lenha. É bom tomarmos as nossas precauções. Ela tem razão quando diz que cada qual dá a si o seu próprio valor... E quando se trata de uma coisa destas, é bom que a gente dê a si grande apreço se quiser se meter na coisa!... Olhe aquele camponês, aquele Rybine! Não era capaz de se dobrar nem diante de Deus, quanto mais diante de um comissário! Ele permaneceu firme, como se estivesse fincado à terra até os joelhos... E Nikita, hein? Teve vergonha... é um verdadeiro milagre. Ah, se o povo entabula a tarefa em conjunto, toma o mundo para si...

— Pois sim! Veem espancar um homem e ficam de braços cruzados!

— Não se exalte, mulher! Diga antes assim: "Deus seja louvado, que não foram vocês mesmos que o tosaram!" Pois se eles tantas vezes obrigam o povo a bater nos presos! E o povo obedece! Lá no íntimo talvez chore de compaixão, mas vai batendo!... Não se atrevem a recusar-se àquela barbaridade, com medo de também apanhar! Um homem tem o direito de ser o que quiser: um porco, um lobo... mas não um homem: é proibido! E quem desobedecer, livram-se logo dele com a maior facilidade! Nada!... É preciso arranjar as coisas de forma a reunir bastante gente e revoltarem-se todos ao mesmo tempo!

Discorreu ainda por largo espaço. Algumas vezes, falava tão baixinho que Pélagué quase não compreendia; outras, erguia a voz, grossa e sonora. A mulher então recomendava:

— Devagar! Vai acordá-la!

Adormeceu profundamente a mãe. Foi como uma nuvem de opressão que o sono se precipitou sobre ela, a envolveu e a arrebatou.

Despertou-a Tatiana quando a aurora, pardacenta, entrava a mirar com gélidas pupilas as janelas da choupana. Por sobre a aldeia, no silêncio frio, a voz brônzea do sino planava e ia morrer.

— Fiz-lhe um pouco de chá; beba, senão logo, no carro, vai ter frio.

Enquanto alisava a barba desgrenhada, Stépane, todo alvoroçado, informava-se onde havia de procurar a sua hóspede na cidade. E parecia a Pélagué o rosto do camponês mais definido, mais simpático do que na véspera. Ao tomar o chá, exclamou ele alegremente:

— Como tudo isto é singular!

— Quê? — perguntou Tatiana.

— Esse encontro... é tão simples...

— Na causa do povo, tudo é de uma simplicidade extraordinária — disse Pélagué em tom pensativo e assertivo.

Despediram-se então marido e mulher, sem gastar muitas palavras, antes manifestando, com mil cuidados e atenções, sincera solicitude.

Já no carro, Pélagué pensava naquele camponês e na sua maneira de trabalhar com prudência, como uma toupeira, sem ruído e sem descanso. E continuava a ouvir a voz da mulher, descontente; revia o brilho seco e febril dos seus grandes olhos verdes. Quantos anos vivesse, tantos aquela paixão vingativa e feroz de mãe que chora os seus filhos havia de viver-lhe na memória.

Pélagué pensou em Rybine, em seu rosto, em seu sangue, em seus olhos ardentes, em suas palavras e, mais uma vez, sentiu um aperto no peito; experimentava o amargo sentimento de impotência diante das feras. E, ao longo de todo o tempo, até a chegada à cidade, ela viu se desenhar sobre o fundo do dia pardacento a silhueta robusta de Rybine, com sua barba negra, camisa em trapos, mãos atadas às costas, cabelos em desalinho, rosto iluminado pela cólera e pela fé em sua missão. Pensou também nos incontáveis vilarejos, na população que esperava em segredo a chegada da verdade, nos milhares de pessoas que trabalhavam silenciosamente, sem saberem por quê, por toda uma vida, sem nada esperar disso.

Refletindo sobre a viagem bem-sucedida, sentia no íntimo uma alegria doce e palpitante, e decidia não pensar mais em Stépane e sua mulher.

Avistou de longe os campanários e telhados da cidade, e grata sensação lhe reanimou o espírito inquieto, e o tranquilizou: desfilavam-lhe pela memória as fisionomias cheias de preocupação de todos os que dia a dia iam ateando o fogo sagrado do pensamento e o espalhavam em centelhas pelo mundo. E a alma daquela mãe transbordava da serena ambição de dar a todas aquelas criaturas toda a energia e todo o seu amor de mãe.

Capítulo XVIII

Veio abrir-lhe Nicolau, despenteado e com um livro na mão.

— Já?! — exclamou alegremente. — Está bem!... Estou mais contente agora!

Piscava os olhos amigavelmente por trás dos óculos. Ajudou Pélagué a tirar a capa e disse-lhe, fitando-a com afeto:

— Sabe? Vieram aqui dar uma busca esta noite. Eu perguntava a mim próprio por quê. Receei que lhe tivesse acontecido alguma coisa... Mas deixaram-me em paz, e logo sosseguei: se a tivessem prendido, não me deixavam assim, com certeza!

Levou-a para a sala de jantar. Pelo caminho, ia contando animadamente:

— Ainda assim, fui despedido da repartição. Pouco desgosto me dá... Estava já farto da estatística do gado cavalar que não existe nas propriedades!... Tendo mais que fazer!

Pelo aspecto da sala, diriam que, em um violento acesso de raiva, uma mão forte havia pegado e balançado a casa até que tudo estivesse revirado. Os quadros estavam jogados no chão, cortinas foram arrancadas e pendiam em farrapos. A um canto, um pedaço do piso estava descolado; uma vidraça da janela tinha se quebrado; em frente ao fogão as cinzas se espalhavam.

Na mesa ao lado do samovar sem lume, estava louça suja, presunto e queijo em cima de um pedaço de papel, nacos de pão, livros e carvão. Pélagué sorriu. Nicolau mostrou-se confuso.

— Fui eu que completei a desordem... mas não faz mal. Parece-me que voltam cá hoje, por isso não mudei nada. E então, fez boa viagem?

Esta pergunta como que a magoou pesadamente em pleno peito: de novo a imagem de Rybine se ergueu na sua memória, sentia-se culpada por não ter falado dele logo ao chegar. Aproximou-se de Nicolau e contou-lhe tudo, diligenciando permanecer calma e não omitir pormenor algum.

— Foi preso!

Nicolau teve um sobressalto.

— Preso! Mas como?

Ela, com um gesto, fê-lo calar e prosseguiu, como se, face a face, o rosto da própria justiça se encontrasse na sua frente e a ela estivesse reclamando contra o suplício a que assistira. Nicolau, reclinado na cadeira, escutava-a, pálido, e mordia o lábio. A certa altura, lentamente, tirou os óculos, pousou-os na mesa, passou a mão pela cara, como se estivesse a limpá-la de uma invisível teia de aranha. Suas feições acentuaram-se, as maçãs do rosto se tornaram singularmente salientes, palpitaram-lhe as narinas. Era a primeira vez que Pélagué o via naquela excitação, o que não deixou de a assustar.

Quando acabou a narrativa, viu-o levantar-se em silêncio e caminhar em grandes passadas, com as mãos na algibeira. Por fim, murmurou, cerrando os dentes:

— Deve ser um homem extraordinário!... Que heroísmo! E vai sofrer em uma prisão como sofrem todos os que a ele se assemelham!

Depois, parou em frente da sua narradora; ajuntou com voz vibrante:

— É claro que todos esses comissários, oficiais não são mais do que instrumentos, que armas de que se serve o malandro inteligente, o domador de feras! Mas é necessário aniquilar a fera como castigo por ter-se feito predadora. Eu teria matado esse cão raivoso!

Ele afundava cada vez mais os punhos nas algibeiras, tentando reprimir a emoção, evidente para a mãe. Os olhos estavam apertados, fazendo uma linha tal lâmina de faca. Ele recomeçou, com uma voz furiosa e gélida, voltando a andar pela sala.

— Ora, vejam que coisa horrível! Uma meia dúzia de homens espancam, sufocam e oprimem toda a gente, para defenderem o funesto poderio que gozam sobre o povo! A ferocidade recrudesce, a crueldade torna-se lei universal! Pense nisso! Uns batem e procedem como bestas, porque estão certos da impunidade, porque os morde o desejo voluptuoso de torturar, como a repugnante volúpia dos escravos a quem se permitia que manifestassem os instintos servis e os hábitos bestiais, em toda a sua hediondez! Aos outros os envenena a vingança, e ainda os terceiros, bestificados pelos maus-tratos, tornam-se cegos, tornam-se mudos!... E assim pervertem o povo, um povo inteiro!

Deteve-se novamente, agarrou a cabeça entre as mãos.

— É para bestializar, essa vida feroz! — concluiu em voz baixa.

Depois, dominou-se. Brilhava-lhe agora no olhar uma expressão decidida. E foi quase com tranquilidade que fitou a mãe, cujo rosto as lágrimas inundavam.

— Não temos tempo a perder, Pélagué. Onde está a sua mala?

— Na cozinha.

— A casa está toda cercada de espiões; não é possível passar para fora tal quantidade de impressos, sob pena de sermos vistos... Não sei onde os hei de ocultar... Parece-me que a polícia vai voltar esta noite... Não quero que seja presa. Ainda que muito nos custe, vamos queimar tudo isso.

— O quê? — perguntou ela.

— O que está dentro da mala.

Foi então que ela compreendeu, e, por grande que fosse a sua tristeza, a ufania do bom êxito da sua viagem fez-lhe aflorar ao rosto um sorriso.

— Mas a mala não tem nada! Nem uma folha de papel! — declarou, animando-se gradualmente.

E narrou a continuação das suas aventuras.

Nicolau ouviu-a primeiro com inquietação, depois com surpresa. Por fim, interrompeu-a para exclamar:

— É simplesmente maravilhoso! Tem uma sorte espantosa!

Começou a andar de um lado para outro, pasmado, e foi apertar-lhe a mão.

— Chega a comover-me pela confiança que tem no povo! Que bela alma a sua!... Amo-a como não amei minha própria mãe!

Ela o tomou nos braços e, por entre soluços de contentamento, aproximou dos seus lábios a cabeça de Nicolau.

— Talvez me tivesse exprimido nesciamente há pouco! — murmurou, como comovido e desconcertado pela novidade do sentimento que experimentava.

Pélagué, convencida de que Nicolau se sentia profundamente feliz, seguia-o com um olhar em que transparecia afetuosa curiosidade; queria compreender por que se mostraria tão apaixonadamente vibrante.

— Em geral, tudo passa muito bem! — declarou, esfregando as mãos com um sorriso afetuoso. — Sabe, vivi estranhamente bem todo esse tempo... estive o tempo todo com operários, li com eles, conversamos, observei-os... E nutri em meu coração sensações tão impressionantemente puras e sadias! Quanta gente boa. Tão claras como os dias de maio! Falo de jovens operários, que são robustos, sensíveis, têm sede de conhecimento. Quando os vemos, pensamos que a Rússia será a democracia mais extraordinária do mundo!

Erguera o braço como para firmar um juramento. Passado um instante, continuou:

— Como sabe, eu era funcionário em uma repartição do Estado. Foi ali que o meu feitio se azedou: no meio de algarismos e de papelada. Um ano daquela vida bastou para me deturpar o caráter. Porque eu estava habituado a viver entre o povo; e quando me separo dele sinto-me pouco à vontade. Sempre direcionei todas as minhas forças para a vida popular. E agora já posso viver de novo em liberdade, confraternizar com os operários, ensinar-lhes o que sei! Compreende? Assim, estarei junto do próprio berço do ideal que vem surgindo, junto da própria energia criadora nascente. É o que me parece admiravelmente simples e belo e também excitante ao extremo! O homem torna-se mais novo, mais decidido, mais calmo, e desfruta de uma existência íntegra!

Riu, expansivo. E daquele contentamento partilhava Pélagué.

— E, além disso, a senhora é uma criatura boníssima — declarou Nicolau. — Tem dentro de si uma força tão grande e tão doce... atrai os outros para si com tanto vigor... Esquadrinha muito bem as pessoas, a senhora as entende muito bem!

— Entendo a sua existência, eu o vejo, meu amigo.

— Todos a estimam... E que coisa maravilhosa é estimar uma criatura humana!... É tão bom! Se soubesse!

— É o meu amigo que sabe ressuscitar os entes humanos dentre os mortos! — murmurou a mãe com calor, acariciando-lhe a mão.
— Meu amigo, quanto mais penso, mais vejo quanto há a fazer e de quanta paciência precisamos! E o que eu quero é que não perca a coragem. Ouça o resto... A mulher, ia eu dizendo, a mulher do tal camponês...

Nicolau sentara-se ao lado dela e passava a mão devagar pelos cabelos, com o rosto virado em sua direção, escutando avidamente a narrativa.

— Que sorte! — exclamou quando ela acabou a narrativa. — Com efeito, era muito possível que fosse presa... Mas não! O que parece é que essa gente do campo também vai se mexendo. Mas não surpreende. E essa mulher, consigo vê-la, imagino seu coração irado. Tem razão quando diz que essa dor não se acabará nunca. É preciso gente que cuide do campo. Gente! Muita gente! É o que nos falta e por toda a parte! A vida exige milhares de braços!

— Para isso era necessário que Pavel estivesse em liberdade... e André também — aventou ela em voz baixa.

Ele lhe lançou rápido olhar e curvou a cabeça.

— Olhe, vou dizer-lhe a verdade, ainda que lhe custe: conheço bem o Pavel e estou certo de que vai recusar-se a fugir. O que ele quer é ser julgado, quer exibir-se em todo o seu prestígio... e não renuncia a isso. É trabalho inútil!... Depois voltará da Sibéria...

A mãe de Pavel murmurou:

— Que se há de fazer?... Ele sabe melhor do que eu o que deve decidir.

Nicolau ergueu-se de chofre, novamente tomado de contentamento. Inclinou-se para ela e disse:

— Graças a você passei hoje instantes melhores... os melhores da minha vida, talvez!... Obrigado! Dê-me um abraço!

E abraçaram-se, silenciosos.

— Como isto é bom! — exclamou ele.

Pélagué deixara cair os braços e sorria com felicidade.

— Hum! — murmurou Nicolau, fitando-a por trás dos óculos. — Ainda se esse tal camponês não tardasse em vir!... Porque é absolutamente preciso escrever um artigozinho acerca do Rybine e distribuí-lo pelas aldeias, o que não pode prejudicar o Rybine, visto que ele trabalha abertamente, por si mesmo, e que a causa do povo tem tudo a ganhar. Vou escrevê-lo agora mesmo. Lioudmila imprime-o amanhã... Sim, mas como se hão de expedir os fascículos?

— Eu irei levá-los.

— Não, obrigado! — exclamou Nicolau com vivacidade. — Não acha que o Vessoftchikof devia tomar esse encargo?

— Quer que lhe fale nisso?

— Experimente e ensine-lhe como ele há de fazer, nesse negócio.

— E eu então, que faço?

— Não se preocupe!

E pôs-se a escrever. Enquanto arrumava a mesa, Pélagué não tirava a vista dele, seguindo a pena, que lhe tremia na mão e traçava no papel longas séries de palavras. Por vezes, um arrepio perpassava pela nuca do rapaz; outras vezes, projetava a cabeça para trás e ficava de olhos fechados. Pélagué sentiu-se emocionada.

— Castigue-os! — murmurou. — Não poupe esses assassinos!

— Está pronto! — disse ele, levantando-se. — Esconde este papel com você. Mas olhe que, se a polícia vier, hão de querer revistá-la também...

— Diabo os leve! — respondeu com a maior calma.

À noite, veio o doutor.

— Por que anda a polícia tão agitada? — inquiriu ele, passeando pelo quarto. — À noite passada fizeram sete buscas!... Onde está o doente?

— Foi-se embora! — respondeu Nicolau. — Hoje é sábado e não podia faltar à sessão de leitura, compreende?

— É uma estupidez ir para uma conferência com a cabeça aberta!

— Foi o que eu tentei demonstrar-lhe; mas nada consegui!

— Era a vontade de se mostrar valente diante dos camaradas — disse Pélagué —, de lhes mostrar que também já derramou o seu sangue pela grande causa!

O doutor lançou-lhe um olhar, tomou uns ares de ferocidade e exclamou com os dentes cerrados:

— Que criaturas sanguinárias vocês são!

— Pois então, meu amigo, já nada tem a fazer aqui, e nós esperamos visitas. Vá-se embora! Pélagué, dê-lhe o papel.

— Outra vez! — exclamou o médico.

— Vá! Tome isto e leve à imprensa.

— Farei isso. É tudo?

— Sim... Há um espião diante da casa.

— Eu o vi. Diante da minha também. Bem, até a vista! Até a vista, mulher cruel! Sabem, meus amigos? A desordem do cemitério veio mesmo a calhar, positivamente! Não se fala em outra coisa em toda a cidade. Isso impressiona o povo e obriga-o a refletir. O seu artigo a esse respeito estava muito bom e foi publicado em bela ocasião. Eu sempre fui de opinião que uma boa desordem era mais útil do que uma má concórdia...

— Está bom, vá!

— Não está gentil. Dê-me sua mão, mãe! O garoto agiu mal, sabe onde mora?

Nicolau deu o endereço.

— É preciso ir lá amanhã... é um bom rapaz, não é?

— Sim, um coração excelente.

— Não devemos perdê-lo de vista, ele não é tolo! — disse o médico, partindo. — São esses rapazes que formarão o verdadeiro proletariado instruído e nos substituirão quando estivermos em um mundo provavelmente sem diferenças de classes.

— Tornou-se um tagarela, meu amigo...

— Estou feliz, por isso falo tanto... estou indo, estou indo. Bom, mas acha que vai para a cadeia? Espero que consiga antes descansar.

— Obrigado, mas não estou cansado.

A mãe os escutava, contente por vê-los preocupados com o ferido. Quando o médico foi embora, Nicolau e Pélagué ficaram à mesa, esperando as visitas noturnas. Por muito tempo, em voz baixa, Nicolau esteve falando dos companheiros que viviam no exílio, dos que tinham fugido e continuavam trabalhando com nomes falsos. As paredes nuas do aposento refletiam-lhe o som abafado da voz, como se duvidassem daquelas singulares histórias de heróis modestos e desinteressados, que haviam sacrificado todas as suas forças à grande obra do rejuvenescimento humano. Pélagué, mergulhada em uma sombra de agradável tepidez, sentia o coração encher-se de amor por aqueles desconhecidos, que à sua imaginação se resumiam em um ser único e imenso, dotado de máscula e inesgotável força. Lentamente, mas sem parar, esse ser extraordinário caminhava pela terra, arrancando o bolor secular da mentira, descobrindo aos olhos do homem a verdade simples e positiva da vida, a qual a todos prometia libertar da avidez, do ódio e da falsidade, três monstros que haviam subjugado pelo horror o mundo inteiro. Essa imagem gerava no íntimo de Pélagué impressão idêntica à ressentida em outros tempos, quando ela, ajoelhada perante as imagens pias, terminava com uma oração de reconhecimento o seu dia, que lhe ficava assim parecendo menos árduo do que os outros. Agora que o seu passado ia longe, esse sentimento ampliava-se, fazia-se mais luminoso e mais jovial, penetrava mais fundo na sua alma, robustecia-se e exaltava-se mais e mais.

— Os policiais não vêm! — exclamou Nicolau de repente.

A mãe o fitou e, após um momento de silêncio, exclamou:

— Que vão ao Diabo!

— É isso! Deve estar exausta, mãe, vamos deitar. A senhora tem saúde, mas todas essas preocupações, esses problemas... aguenta-os de forma admirável. Apenas os cabelos tornam-se grisalhos muito rápido... vá descansar, vá!

Eles apertaram a mão e se despediram.

Capítulo XIX

Dormia Pélagué sossegadamente, quando, de manhãzinha, a despertaram umas pancadas violentas na porta da cozinha. Sucediam-se com teimosia. Ainda estava escuro. Vestiu-se às pressas e correu a perguntar através da porta:

— Quem está aí?

— Eu! — respondeu voz desconhecida.

— Quem?

— Abre! Abre! — murmurou a mesma voz, agora sumida e suplicante.

Pélagué puxou o ferrolho e entrou Ignaty, a exclamar alegremente:

— Ah! Não me enganei! Cheguei a bom porto!

Vinha coberto de lama até a cintura, o rosto desfigurado, fundas olheiras, e do boné saíam-lhe em desordem os cabelos anelados.

— Grande desgraça lá por casa! — segredou logo ao fechar a porta.

— Já sei...

Ficou espantado e perguntou com um pestanejar de curiosidade:

— Como assim!... Por quem?

Pélagué contou-lhe, em breves palavras, o encontro que tivera.

— E os outros dois seus camaradas, também os prenderam?

— Não estavam lá: tinham ido à junta de inspeção. Prenderam cinco, contando com o Rybine.

Fungou, num acesso de riso, e explicou:

— Eu, como vê, escapei. Provavelmente andam em minha busca... Pois que procurem! Não volto para lá, nem por todo o ouro do mundo! Ainda assim, ficaram lá seis ou sete rapazes e uma moça, com quem se pode contar!

— E como conseguiu escapar?

— Eu? — exclamou Ignaty, sentando-se num banco e olhando em volta. — Os policiais chegaram de noite, foram direto à fábrica. Um minuto antes, o guarda florestal veio correndo e, batendo na janela, disse: "Atenção, pessoal, eles vêm procurar vocês!"

Pôs-se a rir e a limpar a cara com a aba da blusa. E prosseguiu:

— O tio Rybine não é homem para perder a cabeça... E olhe que o provou!... Disse-me logo: "Ignaty, corre à cidade! Lembra-se das duas mulheres que aqui estiveram?" E escreveu qualquer coisa em um papel, muito depressa... "Tome, vá, adeus, meu irmão!" E me deu um empurrão nas costas. Eu me atirei para fora da cabana, escondi-me entre umas moitas, pus-me a andar de gatinhas e ouvi chegarem os guardas! Cercaram a fábrica. Eram muitos. Eu estava por trás de uma sebe... passaram-me mesmo na frente. Depois, levantei-me e entrei a andar, a andar... Andei um dia e duas noites, sem parar. Estou estafado para uma semana; nem sinto as pernas!

Mostrava-se satisfeito de si mesmo; um sorriso iluminava-lhe os grandes olhos escuros; tinha um tremor nos lábios grossos e vermelhos.

— Vou-lhe fazer um pouco de chá! — disse Pélagué, solícita, agarrando no samovar. — Enquanto espera, vá se lavando. Fica melhor depois!

— Preciso dar-lhe o bilhete.

Levantou com dificuldade uma das pernas, dobrou-a, colocou o pé sobre o banco, isso com inúmeras caretas e gemidos, e começou a desenrolar uma das ligaduras que lhe envolviam ambos os pés.

Nicolau apareceu à porta. Ignaty, confuso, tornou a pôr o pé no chão; tentou levantar-se, mas cambaleou e caiu desamparadamente em cima do banco, ao qual se agarrou com ambas as mãos.

— Como estou cansado!...

— Bom dia, camarada! — disse-lhe Nicolau em tom amigável e com um sinal de cabeça. — Espere, que eu o ajudo.

Ajoelhou-se diante do operário e desenrolou rapidamente a ligadura, emporcalhada e úmida.

— É necessário esfregar-lhe os pés com álcool. Há de lhe fazer bem — disse Pélagué.

— Isso mesmo! — aprovou Nicolau.

Ignaty fungou de novo, muito atrapalhado.

Finalmente, Nicolau achou o bilhete, alisou-o, mirou-o um instante e apresentou-o à mãe.

— Aqui está! É para você.

— Leia.

Nicolau aproximou dos olhos o pedaço de papel sujo e amarrotado e leu:

"Mãezinha: não deixe que se perca o nosso negócio. Diga àquela moça que não se esqueça de fazer que se escreva sempre e muito a respeito das nossas coisas. Peço-lhe. Adeus. — Rybine."

— Belo rapaz! — disse Pélagué com melancolia. — Estavam a esganá-lo e ainda ele se lembrava dos outros!

O braço de Nicolau caiu lentamente com o bilhete, e ele disse a meia-voz:

— Maravilhoso!

Ignaty os observou mexendo devagar os dedos imundos dos pés descalços. A mãe, escondendo o rosto inundado de lágrimas, aproximou-se dele com um balde de água. Sentou-se no chão e estendeu o braço para pegar a perna do homem.

— Que quer fazer? Não adianta... não...

— Dê cá seu pé, vamos!

— Eu vou buscar álcool — disse Nicolau.

O rapaz metia sempre mais a perna debaixo do banco, murmurando:

— Não quero!... Então isso é coisa que se faça?

Sem lhe responder, ela tratou de lhe desembaraçar das ligaduras o outro pé. O rosto redondo de Ignaty distendeu-se de espanto. Pélagué começou a lavar o rapaz.

— Sabe? — disse ela com voz chorosa. — O Rybine foi espancado!...

— Palavra? — exclamou Ignaty, assustado.

— É verdade. Quando chegou a Nikolsky, já vinha moído de pancada, e ainda ali o sargento e o comissário lhe deram murros e pontapés... Estava todo coberto de sangue!

— Ah! Quanto a isso, é o ofício deles! — exclamou o operário, sentindo um calafrio percorrer-lhe a espinha. — Tenho medo deles como do Diabo! E os camponeses apanharam também?

— Só um, por ordem do comissário. Os demais se portaram bem, até se opuseram ao espancamento.

— Sim, os camponeses começam a entender...

— Nessa aldeia tem gente muito inteligente.

— E onde não tem? Em todo canto, há gente inteligente. É preciso que tenha. Apenas é difícil de a encontrar. Esconde-se e sofre, fica cada um por si. Não tem a coragem de se reunir.

Nicolau trouxe uma garrafa de álcool, deitou uns pedaços de carvão no samovar e saiu sem dizer nada. Ignaty, que o seguira com a vista, curioso, perguntou em voz baixa:

— É o nosso mestre?

— Na causa do povo não há mestres, só há camaradas!

— É caso para pasmar! — disse o operário, sorrindo entre perplexo e incrédulo.

— O quê?

— Tudo isto!... De um lado, dão bofetadas na gente, do outro, lavam-nos os pés... Haverá um meio?

A porta do aposento abriu-se de par em par e Nicolau respondeu:

— No meio, há os que lambem as mãos dos que batem e os que sugam o sangue dos batidos. É isso que está no meio.

Ignaty o fitou com deferência e disse, após um silêncio:

— Isso... é verdade...

— Pélagué! — exclamou Nicolau. — A senhora deve estar cansada... deixe-me fazer isso...

O homem tirou a perna, desconfortável.

— Pronto! — respondeu a mãe, levantando-se. — Agora, Ignaty, levante-se.

Ele se ajeitou, equilibrando-se ora em um pé, ora no outro. Firmando-se no chão, disse:

— Parecem novos! Obrigado, muito obrigado!

Após um momento, ele sussurrou, olhando o balde cheio de água suja:

— Não sei como agradecer-lhe o suficiente...

Os três passaram para a sala de jantar e almoçaram. Ignaty pôs-se a contar em voz muito séria:

— Fui eu que distribuí os periódicos. Eu gosto muito de andar. O Rybine tinha me dito: "Vá levá-los sozinho! Se for apanhado, não suspeitam de mais ninguém."

— E há muita gente que os leia? — perguntou Nicolau.

— Todos os que sabem ler.

Pensativo, Nicolau refletiu:

— Mas como havemos de arranjar que o fascículo a propósito da prisão de Rybine chegue depressa às aldeias?...

Ignaty apurara o ouvido.

— Eu me encarrego disso hoje mesmo! Já estão prontos esses fascículos?

— Já, sim.

— Eu os levo! — propôs Ignaty com os olhos cintilantes, esfregando as mãos. — Eu sei bem onde e como os hei de levar!...

Pélagué sorria ouvindo-o falar assim.

— Mas você está cansado e tem medo; você mesmo disse que não queria voltar lá!...

Ele estalou a língua, e, ao mesmo tempo que alisava com a alentada mão os caracóis do cabelo, declarava em tom de sinceridade e sangue-frio:

— Estou cansado... Bom, descansarei!... Quanto a ter medo, isso é verdade!... Pois se acabou de contar que eles batem na gente até nos porem a escorrer sangue!... Quem é que tem vontade de ficar estropiado? Eu me arranjarei: vou de noite... Sempre hei de achar maneira de dar conta do recado! Dê cá... Parto esta noite mesmo.

Ficou um momento calado, de cenho franzido, e logo:

— Vou daqui esconder-me na floresta. Depois, aviso os companheiros e digo-lhes: "Vão lá ter comigo e sirvam-se." É o melhor a fazer. Se eu mesmo distribuísse os jornais e fosse apanhado, era uma pena por causa dos jornais... Já há tão poucos, que é preciso ter muita cautela com eles.

— E que fará com o medo que sente? — insistiu a mãe.

O robusto rapaz de cabelos encaracolados a divertia pela sinceridade estampada em cada palavra, pelo rosto redondo e ar obstinado.

— O medo é o medo, e os compromissos são os compromissos! — respondeu, com a boca aberta a mostrar os dentes. — Por que zomba de mim? Veja só isso! E não é assustador? Mas se é necessário corremos o risco. Quando se trata de um assunto desses... é necessário...

— Ah, minha criança! — exclamou a mãe involuntariamente, deixando-se contaminar pela alegria que ele lhe provocava.

Vexado, ele sorriu.

— Agora vejam... eu, uma criança!

Nicolau, que não tirara o olho gentil do jovem, tomou a palavra:

— O senhor não vai para lá...

— E que devo fazer? Aonde ir? — perguntou Ignaty, inquieto.

— Outra pessoa vai e o senhor vai explicar-lhe detalhadamente como deve se portar. Pode ser?

— Certo — respondeu após um momento Ignaty, contrariado.

— Nós lhe arranjaremos documentos e encontraremos um trabalho de guarda florestal.

— Mas, se os camponeses vierem cortar madeira ou caçar, que devo fazer? Prendê-los? Isso eu não quero...

A mãe começou a rir, bem como Nicolau, o que perturbou e chateou novamente o camponês.

— Não tenha medo, não haverá oportunidade para tal, pode acreditar — asseverou Nicolau.

— Então, é outra história! — disse Ignaty. Ele tinha se tranquilizado e sorria para Nicolau, com um ar confiante e alegre. — Gostaria de ir à fábrica, dizem que há muita gente inteligente lá...

Parecia que, em seu peito largo, brilhou um fogo, ainda incerto, que se apagou em seguida, só restando a fumaça de perplexidade e preocupação.

A mãe se levantou da mesa e foi à janela, com expressão pensativa:

— A vida é estranha... rimos cinco vezes por dia e choramos na mesma quantidade. É agradável! Terminou, Ignaty? Vá dormir!

— Não, não quero.

— Vá dormir, estou dizendo.

— A senhora é muito severa! Bem, eu vou. Obrigado pelo chá, pelo açúcar... pela amizade.

Ele se deitou na cama da mãe e murmurou, coçando a cabeça:

— Agora, tudo vai exalar alcatrão na casa de vocês... Estão errados! Enganam-me! Não sinto sono... são boa gente... não compreendo mais nada... acreditávamos estar a cem mil quilômetros da aldeia... como ele falou bem sobre haver um meio... No meio há os que lambem a mão... dos que batem... Inferno!

E, súbito, com um ronco alto, ele adormeceu, as sobrancelhas arqueadas, a boca entreaberta...

Capítulo XX

Nessa noite, já muito tarde, encontrava-se Ignaty em um subterrâneo, sentado em frente de Vessoftchikof, e segredava a este:

— Quatro vezes, na janela do meio...

— Quatro? — repetia o bexigoso com ares de grande concentração.

— Sim: primeiro três, assim...

E bateu na mesa com o dedo dobrado, enquanto contava:

— Uma, duas, três; e depois mais uma vez, passado um instantinho...

— Estou percebendo.

— Há de vir à porta um camponês de cabelos vermelhos, e há de perguntar: "Vem por causa da parteira?" E você responde: "Sim, senhor, venho da parte do senhorio!" Não precisa mais, ele logo percebe do que se trata!

As cabeças se aproximavam; os dois, robustos e altos, falavam muito baixo, com os braços cruzados no peito. A mãe os olhava de pé, perto da mesa. Todos esses sinais misteriosos, essas perguntas e respostas convencionadas a faziam sorrir.

"São ainda crianças", pensava.

Na parede, um candeeiro brilhava, iluminando as manchas escuras de mofo, as imagens cortadas dos folhetos. No chão, havia baldes amassados, restos de zinco. Pela janela, sobressaía no céu escuro uma estrela grande e cintilante. Um cheiro de ferrugem e umidade contaminava o espaço.

Ignaty ostentava grosso sobretudo peludo, em que muito se comprazia; Pélagué viu-o, volta e meia, acariciar com volúpia a manga do espesso casacão e inclinar com custo o largo pescoço para melhor se admirar. E um pensamento cantava no coração de Pélagué:

"Filhos!... Meus queridos filhos!..."

— Ora, aqui está! — disse Ignaty, levantando-se. — Então, não se esqueça! Primeiro ir à casa do Mouratof perguntar pelo avô...

— Estou lembrado! — respondeu Vessoftchikof.

Mas Ignaty não se dava por crente, repetia-lhe outra vez todos os sinais combinados e todas as senhas. Por fim, estendeu-lhe a mão.

— Agora não falta mais nada! Adeus, camarada! Dê-lhes recomendações minhas! Diga assim: "O Ignaty está vivo e passa bem." É boa gente, verá!...

Mirou-se satisfeito, passou a mão pelo casacão e perguntou a Pélagué:

— Posso ir-me embora?

— Pode. Atinará com o caminho?

— Está claro que sim!... Até a volta, camaradas!

E lá se foi, aprumado, estufando o peito, de chapéu a banda e as mãos enterradas nos bolsos. Na testa e nas fontes, os anéis do cabelo, louros e infantis, dançavam-lhe jovialmente.

— Ora, até que enfim já tenho também trabalho! — exclamou Vessoftchikof, aproximando-se da mãe. — Andava aborrecido; perguntava a mim mesmo para que tinha saído da cadeia. Não faço senão andar escondido!... Ao menos na cadeia sempre aprendia! O Pavel recheava-nos a cabeça que era um gosto! E o André também nos limpava as ideias, sim, senhora!... E então, o que se decidiu sobre a fuga?

— Hei de sabê-lo depois de amanhã! — respondeu ela.

E repetiu, suspirando, malgrado seu:

— Depois de amanhã...

O bexigoso se aproximou dela e pôs-lhe a mão no ombro.

— Diga então aos chefes que é muito fácil... eles vão escutá-la. Veja com seus próprios olhos... o muro da prisão perto do poste de iluminação. Em frente, um terreno baldio; à esquerda, o cemitério; à direita, a rua, a cidade. Um funcionário vem limpar o poste durante o dia. Coloca a escada no muro, sobe, engata os anéis de uma escada de corda no topo do muro; a corda desenrolará no outro lado, no pátio e está pronto! Na prisão, sabemos o horário de tudo, pedimos aos prisioneiros comuns que façam tumulto, ou fazemos nós mesmos. Nesse meio-tempo, os escolhidos sobem a escada e está feito! E partem tranquilamente para a cidade, porque vão procurá-los primeiro no cemitério, no terreno baldio...

Ele gesticulava com vivacidade ao detalhar seu plano, que lhe parecia simples, claro e rápido. A mãe havia-o conhecido pesado e desengonçado; era-lhe estranho ver aquele rosto marcado tão animado e ágil. Antes, os olhos apertados de Vessoftchikof viam tudo com irritação e desconfiança; agora pareciam substituídos por outros; eram ovais e brilhavam um fogo constante e sombrio, que convenciam e perturbavam a mãe.

— Perceba, será de dia! De dia! Quem pensaria que um prisioneiro ousaria fugir de dia, sob a vista de toda a prisão?

— E se os fuzilam? — questionou a mãe, estremecendo.

— Quem? Não há soldados. E os carcereiros usam o revólver para prender pregos...

— É quase simples demais!

— Você vai ver, será como eu digo. Fale sobre isso com os outros. Tenho tudo preparado, a escada de corda, os anéis... falei com meu senhorio... ele será o funcionário do poste.

Do outro lado da porta, alguém se mexia e tossia; ressoou um barulho de ferros chocando-se.

— É o senhorio! — exclamou o bexigoso.

Pela porta entreaberta, percebia-se uma banheira de zinco. Uma voz rouca exclamou:

— Venha, diabo!

Em seguida, viu-se uma cabeça redonda e barbuda, com cabelos grisalhos, despenteados; tinha uma expressão afável e olhos injetados.

Vessoftchikov ajudou-o a entrar na banheira. Depois, o recém-chegado, um homem grande, de costas arqueadas, tossiu, inchando bem as faces imberbes, cuspiu e disse, com a mesma voz rouca:

— Boa noite!

— Então, pergunte-lhe! — exclamou o jovem.

— Quê? Que quer me perguntar?

— Sobre a fuga...

— Ah — disse o idoso, enxugando o bigode com dedos escuros.

— Veja, Jacob, ela não acredita que seja muito fácil de organizar...

— Não acredita? Não acreditar quer dizer que ela não quer. Mas nós dois, como queremos que aconteça, acreditamos que seja muito fácil — retrucou com serenidade o homem.

Dobrando-se em um ângulo reto, foi tomado por um acesso de tosse, depois permaneceu um bom tempo no meio da banheira, fungando e esfregando o peito. Com olhos esbugalhados, fitava a mãe.

— Mas não sou eu que decido — comentou a mãe.

— Fale com os outros, diga-lhes que está tudo pronto! Ah, se pudesse encontrá-los, saberia os convencer! — afirmou o bexigoso.

Ele estendeu os braços em gestos amplos e os cruzou, como se abraçasse algo; sua voz estava tomada por um sentimento enérgico, causando grande impressão à mãe.

"Veja como mudou!", pensou, e disse em voz alta:

— Pavel e seus companheiros que decidirão.

Pensativo, o bexigoso baixou a cabeça.

— Quem é esse Pavel? — perguntou o idoso, sentando-se.

— Meu filho!

— E qual é seu sobrenome?

— Vlassof.

Ele sacudiu a cabeça, tirou o cartucho de tabaco da algibeira e disse, alimentando o cachimbo:

— Já ouvi esse nome. Meu sobrinho o conhece. Meu sobrinho também está preso, se chama Evtchenko. Conhece-o? Chamo-me Gadoune. Em breve, todos estarão presos; nós, os velhos, ficaremos então felizes e tranquilos. O policial prometeu levar meu sobrinho para a Sibéria... e ele assim fará, aquele maldito.

Ele começou a fumar, cuspindo no chão de tempos em tempos.

— Ah, ela não quer? — continuou ele, dirigindo-se ao jovem. — É problema dela... o homem é livre... se está cansado, que se sente; se está cansado de ficar sentado, que ande; se o depenam, que se cale; se lhe batem, que aguente com paciência; se o matam, que ele caia... É certo... Mas eu tirarei meu sobrinho de lá, eu tirarei...

Suas frases curtas, como latidos, deixaram a mãe perplexa; uma inveja foi provocada pelas últimas palavras do idoso.

Pela rua, ela caminhava em meio à chuva e ao vento forte. Pensava em Vessoftchikov.

"Como mudou, ora vejam!"

E vindo à mente Gadoune ela refletiu, quase com piedade.

"Ao que parece, não sou a única a experimentar uma nova vida."

Em seguida, surgiu-lhe a imagem do filho.

"Se ao menos consentisse..."

Capítulo XXI

No domingo seguinte, ao despedir-se de Pavel na secretaria da cadeia, sentiu que ele lhe deixava na mão uma bolinha de papel, o que a fez estremecer de alvoroço. Lançou ao filho um olhar interrogador e suplicante, mas Pavel não lhe deu resposta alguma. Nos olhos azuis do filho nada viu além do sorriso sereno e decidido que conhecia bem.

— Adeus! — disse, suspirando.

De novo, Pavel, ao estender-lhe a mão, deu ao rosto carinhosa expressão.

— Adeus, mamãe!

Reteve ainda a mão do filho, à espera.

— Não se inquiete... Não se zangue... — suplicou ele.

Estas palavras e o vinco de obstinação daquela fronte deram à mãe a resposta esperada.

— Por que diz isso? — murmurou, baixando a cabeça. — Que há nessas suas palavras?

E saiu rápida, sem o fitar, para não trair com as lágrimas o seu estado de espírito. Pelo caminho, chegava-lhe a parecer que lhe doía a mão em que trazia o bilhete do filho; sentia o braço pesado como se lhe tivessem dado uma pancada no ombro. E, ao entrar em casa, entregou a Nicolau a bolinha de papel. Enquanto esperava que ele desdobrasse o papel, fortemente comprimido, ainda teve um novo vislumbre de esperança. Mas Nicolau lhe disse:

— Já o sabia! Aqui tem o que escreve: "Companheiros: não fugiremos; não devemos fazê-lo; nenhum de nós se presta a isso. Perderíamos assim o respeito por nós mesmos. Tratem antes do camponês ultimamente preso. Ele merece a sua ajuda, é digno de seus esforços. Está sofrendo horrores aqui. É torturado sem descanso. Já passou 24 horas na masmorra. Todos nós intercedemos por ele. Consolem minha mãe; tratem dela com carinho. Contem-lhe tudo isso; ela há de compreender. Pavel."

Pélagué ergueu a cabeça e, com voz firme, disse:

— Contar-me o quê? Já compreendi tudo!

Nicolau virou de súbito as costas, puxou pelo lenço e assoou-se com ruído. Murmurou:

— Apanhei uma gripe!...

Ocultou os olhos com a mão sob pretexto de compor os óculos, e continuou, passeando pelo quarto:

— Talvez nos saíssemos mal da empresa!

— Ora, não importa! Pois que seja julgado! — disse a mãe de Pavel com o peito a estalar de indefinida angústia.

— Recebi, há pouco, carta de um colega de São Petersburgo.

— Também da Sibéria se pode fugir, não é assim?

— Com certeza... O meu colega diz que o processo cedo será julgado. O veredito já é conhecido: exílio para todos. Ora, veja a senhora: aqueles patifes fazem da justiça uma comédia infame!... Está compreendendo? A sentença é lavrada em São Petersburgo, antes mesmo da decisão do júri!

— Não pense mais nisso, Nicolau! — disse Pélagué, resoluta. — É inútil pretender consolar-me ou explicar-me seja o que for!... Pavel nunca há de fazer nada que não seja bem-feito! Não vai se atormentar em vão.

Deteve-se para tomar fôlego e continuou:

— Assim como também nunca apoquenta os outros... E ele me estima! Não vê como se lembrou de mim? Escreveu: "Consolem minha mãe."

Batia-lhe forte o coração; a violência do seu sentir fazia-lhe um tanto andar a cabeça à roda.

— Seu filho é uma bela alma! — exclamou Nicolau com voz singularmente vibrante. — Estimo-o e venero-o profundamente!

— E se nós tratássemos do Rybine? — lembrou ela.

O seu desejo era entrar imediatamente em ação, partir, caminhar até cair de fadiga, para depois adormecer satisfeita com o seu dia de trabalho.

— Sim, com efeito! — respondeu Nicolau, prosseguindo no passeio pelo quarto. — Que fazer neste caso?... Eu preciso que a Sachenka...

— Ela não tarda. Vem sempre que sabe que eu estive com o Pavel.

De cabeça baixa, meditativo, Nicolau sentou-se no sofá, ao lado dela. Mordia o lábio e cofiava a barbicha.

— Que pena minha irmã não estar por aí!... Ela é que havia de tratar da fuga do Rybine.

— Se pudéssemos organizar a fuga dele agora, enquanto Pavel está lá... ele ficaria tão contente — disse a mãe.

Ela se calou, mas retomou de repente, com uma voz baixa e lenta:

— Não entendo... por que se recusa, uma vez que tem possibilidade?

Ressoou forte a campainha. Nicolau levantou-se, apressado. Olharam um para o outro.

— É a Sachenka! — disse Nicolau com voz débil.

— Nem sei como lhe hei de dizer! — exclamou ela no mesmo tom.

— É verdade... é difícil!

— Tenho pena dela!

A campainha vibrou outra vez, mas com menos força, como se a pessoa que se encontrava à porta hesitasse. Dirigiram-se os dois a abrir, mas, chegando à cozinha, Nicolau se deteve e segredou:

— É melhor ir a senhora só.

— Recusa-se a fugir? — perguntou a moça, com decisão, tão logo Pélagué lhe abriu a porta.

— Recusa!

— Bem o sabia! — disse Sachenka, simplesmente.

Mas ela empalideceu. Desabotoou o casaco até a metade e tentou, em vão, tirá-lo. Falou:

— Faz vento, chove... que tempo abominável!... E ele está bem?

— Está.

— Contente e de saúde... como sempre! — disse Sachenka a meia-voz ao mesmo tempo que examinava uma das mãos.

— Manda-nos dizer que devemos dar fuga ao Rybine — anunciou a mãe de Pavel, sem se atrever a fitá-la.

— Ah, sim? Pois é preciso levar esse plano a bom caminho! — respondeu devagar a moça.

— Sou da mesma opinião! — declarou Nicolau, aparecendo à porta. — Boa noite, Sachenka!

Ela lhe estendeu a mão e perguntou:

— E que obstáculo há? Todos reconhecem que o projeto é bom, não é assim? Eu sei que é este o parecer de todos.

— Mas quem há de encarregar-se de o organizar? Andam todos tão ocupados!...

— Eu! — disse com vivacidade a moça, pondo-se de pé. — Eu tenho tempo.

— Pois seja! Mas são precisos colaboradores...

— Bem, eu os encontrarei! Vou tratar disso imediatamente.

— Por que não descansa um pouco? — propôs Pélagué.

Ela sorriu e respondeu, diligenciando dar meiguice à voz:

— Não se apoquente por minha causa... Não estou cansada...

Apertou as mãos a ambos, silenciosa, e foi-se como viera, fria e de semblante carregado.

Pélagué e Nicolau foram à janela para a ver.

Atravessou o pátio e sumiu-se para além da grade. Nicolau pôs-se a assobiar baixinho; em seguida, sentou-se à mesa e pegou na pena.

— Ela quer tratar deste negócio para distrair o seu desgosto! — disse Pélagué, baixo.

— É evidente! — confirmou Nicolau.

E, voltando-se para Pélagué, com o rosto bondosamente iluminado de um sorriso:

— Este fel é que os seus lábios não provaram, não é verdade?... Nunca andou a suspirar por um homem amado?

— Que ideia! — exclamou ela, agitando a mão. — Eu, suspirar? Só tinha medo de que me obrigassem a casar esse ou qualquer outro...

— Ninguém a agradava?

Ela pensou um pouco.

— Não me recordo, meu amigo... É provável que um me fosse mais agradável que os outros, como não haveria de ser? Mas não me recordo.

Fitou o seu interlocutor e resumiu com dolorosa melancolia:

— Fui tão maltratada por meu marido, que tudo o que se passou antes dele se apagou da minha lembrança.

Ela saiu por um momento e, quando voltou, Nicolau disse-lhe com um olhar afetuoso, como para acariciar suas lembranças com doces e amáveis palavras:

— Sabe, eu também tive uma... história... como a de Sachenka. Estimava uma moça, era uma pessoa singular. Era a minha estrela-guia. Há vinte anos que a conheço e amo. Ainda a estimo, para lhe dizer a verdade. Estimo-a da mesma forma... com toda a minha alma e gratidão.

A mãe via seus olhos iluminados como que por uma chama viva e ardente. Ele estava com a cabeça sobre o braço, que se apoiava no encosto do sofá; estava com o olhar distante, não se sabe para onde.

Seu corpo, magro e delgado, mas grande, parecia atraído para a frente, como uma flor que se volta para o sol.

— Mas e então... case com ela! — aconselhou a mãe.

— Ah, tem cinco anos que está casada.

— E por que não casou com ela antes? Ela não o amava?

Ele respondeu após um instante:

— Acho que me amava... estou certo disso! Mas, veja, tivemos azar: quando ela estava em liberdade, eu é que estava preso, e quando eu estava em liberdade, ela, na prisão. Era a mesma situação de Sachenka e Pavel. Enviaram-na para a Sibéria por dez anos... terrivelmente distante. Queria acompanhá-la... mas nós dois tivemos vergonha... então fiquei... Lá, ela conheceu um homem que era meu companheiro, um ótimo rapaz. Fugiram juntos... e agora vivem no exterior.

Nicolau retirou os óculos, limpou-os e levantou-os para ver as lentes diante da luz e recomeçou a esfregar.

— Ah, meu querido amigo! — disse afetuosamente a mãe, abanando a cabeça.

Ela se lamentava por ele e, ao mesmo tempo, ele tinha algo que a fazia sorrir-lhe um sorriso maternal. Nicolau mudou de postura, pegou novamente a pluma, sacudindo-a ao ritmo das palavras.

— A vida familiar reduz a energia do revolucionário. Sim, diminui mais e mais. As crianças nascem, o dinheiro falta, é preciso trabalhar para garantir o pão... E o verdadeiro revolucionário deve renovar as energias sem parar; é preciso tempo para isso. Se ficamos para trás, vencidos pelo cansaço ou seduzidos pela possibilidade de uma pequena conquista, traímos praticamente a causa do povo...

Sua voz era firme e, embora o rosto estivesse pálido, em seus olhos brilhava uma energia constante. De novo, violento retinir de campainha interrompeu o discurso de Nicolau. Era Lioudmila. Vinha com as faces muito vermelhas do frio. Enquanto tirava a capa de borracha, anunciou em tom de irritação:

— Está marcado o dia do julgamento: é dentro de uma semana!
— Tem certeza? — gritou Nicolau do quarto.

Pélagué correra para ele, sem saber se era contentamento ou receio o que a impelia. Seguira-a Lioudmila. Esta continuava, com a sua voz grave, repassada de ironia:

— Tenho, sim! O procurador substituto Chostak já lavrou o libelo de acusação. No tribunal, diz-se abertamente que o veredito já está pronunciado. Que significará isso? O governo terá medo de que os magistrados tratem os seus inimigos com excessiva benevolência? Depois de ter pervertido os seus servidores com tanta perseverança e paciência, ainda não estará seguro do seu servilismo?

Lioudmila sentou-se no sofá e esfregou as bochechas magras; seus olhos sem brilho estavam tomados de desprezo, enquanto a voz saía-lhe cada vez mais rouca.

— Não gaste seu verbo em vão, Lioudmila — advertiu Nicolau. — O governo não a escuta.

As olheiras estavam-lhe mais escurecidas, cobrindo seu rosto com uma sombra ameaçadora. Ela continuou, mordendo os lábios:

— Eu caminho de encontro com o governo. É direito dele me matar, já que sou sua inimiga. Mas não é corromper as pessoas para defender o próprio poder. Tampouco me obrigar a desprezá-lo, me envenenar a alma com seu cinismo.

Nicolau, por trás dos óculos, fitou-a muito, com um franzir de pálpebras e sinais aprovativos. A outra continuou a discorrer, como se aqueles a quem odiava estivessem na sua presença. Pélagué escutava atentamente aquelas frases, mas sem as compreender. Maquinalmente, a si mesma repetia aquelas palavras:

— O julgamento... dentro de uma semana... O julgamento!...

Não conseguia imaginar o que aconteceria, nem como os juízes tratariam Pavel. Mas sentia a aproximação de algo impiedoso, cujas crueldade e ferocidade nada haviam de humano. Seus pensamentos perturbaram-na, toldavam seus olhos com um véu azulado e a mergulhavam em qualquer coisa viscosa, fria, que a fazia estremecer, provocando-lhe náuseas, como se se infiltrasse no sangue e chegasse ao coração, sufocando qualquer confiança.

Capítulo XXII

Dois dias passou neste nevoeiro de perplexidades e angústias. Ao terceiro, veio Sachenka dizer a Nicolau:

— Está tudo pronto. É para hoje, à uma hora.

— Já?! — exclamou admirado.

— Não era coisa muito complicada! Bastava que arranjasse roupa para o Rybine e um lugar para o esconder. O resto ficou a cargo de Gadoune. Rybine só terá que dar uma centena de passos. Vessoftchikof, que estará disfarçado, é bom que se lembre, irá na frente, dará a ele um sobretudo e um boné e lhe dirá aonde ir. Eu estarei à espera de Rybine para levá-lo.

— Está muito bem... quem é Gadoune? — perguntou Nicolau.

— O senhor o conhece. É em sua casa que faz a leitura com os serralheiros.

— Ah, lembro-me. Um velhote estranho...

— É carpinteiro, ex-soldado. É pouco desenvolvido, tem um ódio inesgotável contra toda violência e todo opressor. Um pouco filósofo... — disse pensativamente Sachenka, olhando pela janela.

A mãe a escutava em silêncio; uma ideia ia pouco a pouco amadurecendo em sua mente.

— Gadoune quer resgatar o sobrinho, Evtchenko, aquele foguista de que tanto gostava, por sua limpeza e faceirice, lembra-se?

Nicolau abanou a cabeça, em negativa.

— Ele arranjou tudo no detalhe — continuou Sachenka —, mas começo a duvidar do sucesso da empreitada. Os prisioneiros têm autorização para passear no mesmo horário; quando virem a escada, muitos vão querer fugir.

Ela fechou os olhos e se calou. A mãe se aproximou.

— ... e um vai atrapalhar o outro.

Estavam agora os três à janela, Nicolau e Sachenka à frente. Pélagué mais atrás. A conversação rápida dos dois primeiros despertava cada vez mais em Pélagué um vago sentimento...

— Sim, hei de ir! — disse subitamente.

— Por quê? — perguntou Sachenka.

— Não, não, minha cara. Vai acontecer-lhe algo. Não! — aconselhou Nicolau.

A mãe os olhou e repetiu, mais baixo, embora com insistência:

— Sim, hei de ir!

Os dois trocaram rápido olhar. Sachenka encolheu os ombros e comentou:

— Compreende-se...

Depois, voltando-se para ela e tomando-lhe do braço, declarou com singeleza e cordialidade:

— Mas olhe que eu a previno: nada tem a esperar...

— Minha querida! — exclamou a mãe de Pavel, puxando-a para si, a tremer. — Leve-me com você!... Eu não a estorvo... É que eu queria ver... Não creio, não julgo que seja possível... uma evasão!

— Ela vem — disse com simplicidade a jovem a Nicolau.

— Esse é assunto seu — respondeu ele, baixando a cabeça.

— Mas não poderemos ficar juntas, mãe. Vá para o campo, para os jardins... de lá vê-se o muro da prisão. Do contrário, vão perguntá-la o que faz ali.

Pélagué exclamou com confiança:

— Encontrarei uma boa resposta!

— Não se esqueça de que os vigias da cadeia a conhecem! — lembrou Sachenka. — Se a veem...

— Não hão de ver-me — respondeu ela.

E logo a seguir, a esperança que ela sempre acalentara, sem mesmo dar por tal, incendiou-se em viva chama que toda a animou:

"Quem sabe?... Talvez ele também...", pensava, enquanto se vestia apressadamente.

Uma hora depois, encontrava-se ela em meio a um campo perto da prisão. Soprava vento agreste, que lhe enfunava as saias, enrijecia o solo gelado, fazia oscilar o tapume velho de um jardim, fustigava com violência o muro da cadeia e penetrava no pátio interior, de onde o vozerio subia, arrastado para o firmamento no seu irresistível sopro. Corriam velozes as nuvens, deixando por vezes entrever a imensa profundidade do azul.

A cidade estendia-se por trás de Pélagué; e na sua frente, o cemitério. A uns vinte metros para a direita, elevava-se a cadeia. Perto do cemitério, dois soldados puxavam pela rédea um cavalo. Caminhavam com pesado passo, assobiavam e riam.

Obedecendo a instintivo impulso, acercou-se dos dois homens e gritou-lhes:

— Camaradas, viram a minha cabra? Não fugiu por aqui?

— Não, não vimos — respondeu-lhe um.

Afastou-se devagar, passou-lhes adiante e dirigiu-se para o muro do cemitério, olhando sempre de soslaio. De súbito, sentiu as pernas vergarem-se e tornarem-se pesadas, como se o gelo as tivesse pregado ao solo; à esquina da cadeia tinha aparecido um acendedor de lampiões, corcovado sob pequena escada, a correr, como todos costumam fazer. A tremer de susto, Pélagué olhou para o lado dos soldados. Tinham ficado parados em certo sítio; o cavalo brincava, pulando-lhes à roda. Viu depois que o homem já tinha encostado a escada ao muro e por ela trepava sem pressa alguma. Viu-o fazer um sinal com a mão, descer rápido e sumir-se na esquina da cadeia. Pulsava violentamente o coração de Pélagué; os segundos decorriam com lentidão... A escada mal era visível entre as grandes manchas de lama e de caliça escalavrada, que deixavam a descoberto os tijolos. Nisto surgiu na crista do muro a cabeça de Rybine, e logo o corpo apareceu, passou para o outro lado e deslizou. Segunda cabeça coberta de boné de pelo surgiu; rolou para o chão uma espécie de novelo preto, que logo se sumiu na esquina no edifício. Rybine aprumara-se e olhava em torno. Fez um sinal com a cabeça.

— Fuja! Fuja! — segredou Pélagué, batendo o pé.

Tinha zumbidos nos ouvidos; parecia-lhe ouvir gritos, quando terceira cabeça, esta loura, emergiu do espigão do muro. Comprimindo o peito com as mãos, Pélagué olhava, petrificada.

A cara loura e imberbe deu um impulso como para se separar do corpo, e depois desapareceu por trás do muro. Os gritos de há pouco faziam-se mais ruidosos e traduziam maior alvoroço; o vento levava-os pelo espaço, de mistura com trilos agudos de apitos.

Rybine caminhou ao longo do muro e depois transpôs um terreno que separava a prisão dos prédios da cidade. A Pélagué afigurava-se que ele ia muito devagar e de cabeça alta demais; com certeza as pessoas que com ele se cruzavam não lhe esqueceriam as feições.

— Depressa!... Mais depressa! — murmurou ela.

No pátio da cadeia, houve qualquer coisa que se quebrou com ruídos partidos. Firmando os pés no chão com toda a sua força, um dos soldados puxava pelo cavalo; o outro, de mão ao lado da boca, gritava o que quer que fosse na direção do presídio, depois apurava o ouvido com a cabeça inclinada nesse sentido.

Em crispações de incerteza, a mãe de Pavel olhava para tudo aquilo; os seus olhos, que tudo haviam visto, em nada queriam crer. A evasão, que ela imaginara coisa terrível e complicada, efetuara-se tão rápida e simplesmente, que dela mal lhe restava consciência. Embaixo, na rua, já não se divisava Rybine. Os únicos transeuntes eram agora um homem de elevada estatura, vestido de comprido sobretudo, e uma mocinha. Apareceram três vigias à esquina.

Corriam, apertando-se uns contra os outros, com o braço direito estendido para a frente. Um dos soldados precipitou-se ao encontro deles, o outro mal podia acompanhar o cavalo, que, caprichoso e rebelde, tentava recomeçar o brinquedo, esquivando-se e pulando. Pélagué julgava ver tudo em volta oscilar. Os apitos rasgavam o ar em trilos incessantes e desesperados. Compreendeu, então, o perigo que corria. Toda trêmula, foi andando ao longo do tapume do cemitério, sem perder de vista os guardas. Estes correram para a outra esquina da cadeia e desapareceram, assim como os soldados.

Logo depois viu o subdiretor da prisão, que ela conhecia bem, tomar a mesma direção. Trazia a farda desabotoada. Acudiam policiais; formava-se uma aglomeração...

O vento soprava, deslocando-se em redemoinhos, como se quisesse mostrar-se satisfeito; com ele chegavam aos ouvidos de Pélagué fragmentos de exclamações confusas.

— Ela ainda está lá?
— A escada?
— Vá para o Diabo! Por que espera?...

De novo retiniram apitos estridentes. Todo este tumulto era do agrado de Pélagué. Apressou o passo, ao mesmo tempo que ia pensando:

"Logo era possível!... E se ele quisesse, também o teria podido fazer!"

De repente, ao voltar uma esquina do tapume, deu com dois guardas, acompanhados de um policial.

— Pare! — gritou-lhe este, ofegante. — Não viste um homem de barba, a correr? Não veio para cá?

Ela apontou para os campos e respondeu com todo o sangue-frio:

— Vi, sim, senhor. Foi para aqueles lados!...

— Jégourof! — berrou o policial. — Vá! Corra! Apite! E há muito tempo?

— Há de haver um minuto...

Mas teve a voz dominada pelo estridente apito. Sem esperar a resposta, o policial desatou a correr por entre os montões de lama gelada, agitando as mãos na direção dos jardins. De cabeça baixa e apito na boca, os outros precipitaram-se atrás.

A mãe ficou um momento a segui-los com a vista e voltou para casa. Sem que um pensamento particular predominasse nela, sentia, não obstante, pesar por alguma coisa; havia no seu coração amargura e despeito. Ao chegar próximo à cidade, fê-la parar uma carruagem que ia passando. Ergueu a cabeça e viu na carruagem um rapaz de bigode louro, rosto pálido, que revelava cansaço. Ele a fitou também. Ia sentado de esguelha; era talvez por isso que parecia ter o ombro direito mais alto que o esquerdo...

Nicolau recebeu Pélagué com um suspiro de alívio.

— Chegou sã e salva? Então como se passou a coisa?

E fazendo um esforço para rememorar os mais insignificantes pormenores, contou o que tinha visto, como se estivesse a repetir inverossímil história.

— Veja só, nós temos sorte! — disse ele, esfregando as mãos. — Como tive medo por causa da senhora! Não pode imaginar. Não receie o julgamento, mãe. Quanto mais cedo acontecer, mais próxima será a data de liberação, pode acreditar. Talvez ele seja enviado para a Sibéria. Quanto ao julgamento, vamos detalhar o que acontece.

E ele começou a descrever-lhe o tribunal. A mãe o escutava, percebendo que ele não se sentia seguro quanto a algumas coisas, mas se esforçava em tranquilizá-la.

— Acha que posso falar com os juízes, deixar-lhes uma solicitação?

Ele levantou-se bruscamente, agitou um braço e exclamou, ofendido:

— Que disse? Em nenhum momento pensei isso.

— Sinto medo, é verdade, sinto medo de nem sei mais o quê.

Ela se calou, deixando o olhar percorrer aquela peça.

— Por vezes, parece que vão zombar de Pavel, que vão insultá-lo e que vão dizer-lhe: "Ê, camponês, que inventou dessa vez?" E Pavel é seguro, ele lhes responderá. Ou então André zombaria deles. Nós somos todos tão ardentes, leais... E então eu me pergunto: se acontecesse alguma coisa, se um dos dois perdesse a paciência, os outros iriam defendê-lo. E vão condená-los, de maneira a nunca mais os ver.

Com o ar sombrio, Nicolau mexia na barba, mantendo o silêncio.

— Não posso tirar essas ideias da minha cabeça — continuou a mãe em voz baixa. — O julgamento é terrível: vão examinar tudo... vão procurar onde reside a verdade. É realmente assustador. Não é o castigo que os refreiam, mas o julgamento, a análise da verdade... não sei mais como dizer.

Sentia que Nicolau não entendia seus receios, o que a deixava ainda mais vexada após as suas explicações...

Capítulo XXIII

O terror de Pélagué não fez senão aumentar durante os três dias que a separavam da audiência e, quando esta chegou finalmente, levava ela sobre si, para o tribunal, um fardo que a vergava toda.

Cá fora, reconheceu vários dos seus antigos vizinhos do arrabalde, inclinou-se em silêncio para corresponder aos seus cumprimentos e abriu à pressa caminho por entre a multidão tristonha. Nos corredores, e depois na sala, topou com famílias conhecidas. Falava-se abafando a voz; trocavam-se frases que ela não compreendia. Daquela turba brotava pungente sentimento, que se comunicava a Pélagué e a oprimia ainda mais.

— Sente-se! — convidou Sizof, arranjando-lhe lugar no banco, a seu lado.

Obedeceu, compôs as dobras do vestido e olhou em torno. Divisava vagamente umas faixas verdes e encarnadas, umas manchas, uns fios amarelos e delgados, que brilhavam.

— Seu filho levou o meu à ruína — disse em voz baixa uma mulher sentada perto dela.

— Cale-se, Natália — cortou Sizof com um ar triste.

A mãe olhou a mulher: era a mãe de Samoilof. Um pouco mais adiante estava o pai, um homem calvo, de rosto bonito ornado com uma barba ruiva que se espalhava como um leque. Com as pálpebras em rugas, ele olhava para frente; sua barba tremia...

Pelas altas janelas entrava uma claridade uniforme e turva; escorregavam flocos de neve pelas vidraças. Entre as janelas, havia um imenso retrato do czar em grossa moldura dourada, com reflexos oleosos na pintura; a um e outro lado do quadro, ocultavam a parede as pregas hirtas dos pesadíssimos reposteiros que revestiam as janelas. Diante do retrato, uma mesa coberta de pano verde ocupava quase toda a largura da sala; à direita, por trás de uma espécie de gelosia gradeada, dois bancos de madeira; à esquerda, duas filas de poltronas forradas de vermelho. Os oficiais de diligências, de golas verdes e botões dourados, iam e vinham pela sala nas pontas dos pés. Na atmosfera, de equívoca pureza, perpassavam ruídos de vozes cochichando baixinho; pairava, vindo ninguém saberia de onde, um vago cheiro de farmácia. Todas aquelas cores vivas e aquelas cintilações ofuscavam a vista; penetravam no peito os odores do ambiente de envolta com as respirações; o espírito sentia-se submerso em uma espécie de temor inexprimível.

De súbito, alguém começou a falar em voz alta. Toda a assistência se pôs de pé. Pélagué teve um sobressalto e ergueu-se também, agarrada ao braço de Sizof.

No canto esquerdo da sala, tinha-se aberto uma porta alta, dando passagem a um velhinho de óculos muito corcovado e de andar incerto. Umas escassas suíças tremiam-lhe dos lados da cara de cor terrosa; o lábio superior, barbeado, quase se lhe sumia na cavidade da boca; as maçãs do rosto e o queixo comprimiam-se sobre a altíssima gola da farda, dando a julgar que por baixo nada existia de pescoço. O velho caminhava sustido por um rapaz alto, de cara de porcelana, muito redonda e rosada. Atrás deles, vinham três personagens revestidos de uniformes recamados de bordados, e mais três sujeitos à paisana.

Por muito tempo, estiveram a deliberar entre si, em volta da mesa; depois, sentaram-se. Logo que todos tomaram os seus lugares, um deles, rosto imberbe e uniforme desabotoado, entrou a falar ao velho, com uns modos de indiferente indolência e movendo com custo os lábios intumescidos. O velho ia escutando-o. Conservava-se hirto e imóvel, e Pélagué distinguia-lhe duas manchinhas esbranquiçadas por trás das lentes dos óculos.

A uma estreita secretária, na extremidade da mesa, um homem alto e calvo folheava papéis, com uma tossinha seca.

O velho fez um movimento para diante e começou a falar. A primeira palavra ouviu-se distintamente, mas as outras parecia que se sumiam ao sair-lhe dos lábios delgados e sem cor.

— Declaro...

— Olhe! — segredou Sizof à sua vizinha com uma leve cotovelada, e pôs-se de pé.

Por trás do gradeamento abrira-se uma porta que dera passagem a um soldado de espada desembainhada ao ombro, e logo depois a Pavel, André, Fédia Mazine, os irmãos Goussef, Boukine, Samoilof e mais cinco rapazes desconhecidos de Pélagué. Pavel vinha a sorrir; André cumprimentou Pélagué com um aceno de cabeça. Aqueles rostos, aqueles sorrisos e gestos de animação fizeram parecer menos frio o silêncio e tornaram a sala mais luminosa; suavizaram-se os reflexos opulentos de ouro dos uniformes; um alento de confiança e uma aragem de força vivaz penetraram o coração da mãe de Pavel, arrancando-a ao seu torpor. Por trás dela, pelas bancadas onde até ali a turba se conservava acabrunhada, à espera, murmúrios surdos e reprimidos iam respondendo às saudações dos réus.

— Eles não têm medo! — ouviu ela Sizof segredar-lhe, ao passo que à sua direita a mãe de Samoilof desatava em soluços.

— Silêncio! — gritou uma voz severa.

— Tenho a preveni-los... — principiou o velho.

Pavel e André tinham ficado lado a lado; a seguir, estavam Mazine, Samoilof e os irmãos Goussef, todos na primeira bancada.

André cortara a barba, mas o bigode crescera tanto, que as pontas pendiam e reuniam-se, assemelhando-lhe a cabeça redonda à de um gato. Trazia impressa na fisionomia uma expressão nova; nos vincos aos cantos da boca havia alguma coisa penetrante, irônica, e seu olhar tornara-se sombrio. Mazine tinha agora o lábio superior sombreado por dois traços escuros, e o rosto engordara. Samoilof mostrava os mesmos cabelos encaracolados de outrora. Ivan Goussef continuava a mostrar o mesmo amplo sorriso.

— Fédia! Fédia! — suspirou Sizof, baixando a cabeça.

Pélagué respirava melhor agora. Apurava o ouvido como podia às perguntas indistintas do velho, o qual interrogava os réus sem olhar para eles, com a cabeça entalada na gola da farda. Escutava as respostas breves e calmas que seu filho ia dando. Queria parecer-lhe que aquele presidente e aqueles juízes não podiam ser pessoas más e cruéis. Examinava-lhes pormenorizadamente as fisionomias, tentando perscrutar-lhes os sentimentos, e assomava-lhe ao coração uma nova alvorada de esperança.

Indiferente, o homem de cara de porcelana estava lendo um documento; a sua voz circunspecta enchia a sala de um tédio que causava sonolência no público. Em voz baixa e animadamente, quatro advogados conversavam com os réus; tinham todos gestos sacudidos e veementes, e faziam pensar em grandes pássaros negros.

À direita do velho, um juiz ventrudo, de olhinhos sumidos entre as papadas da gordura, enchia completamente toda a capacidade da poltrona; à esquerda, estava um homem alquebrado, de bigode ruço, o rosto esmaecido. Reclinava com lassidão a cabeça no espaldar, as pálpebras semicerradas, meditando. O procurador também aparentava cansaço, enfado e indiferença. Por trás dos juízes, ocupavam poltronas vários indivíduos; um homem robusto e esbelto estava acariciando uma das faces, com ares de grande concentração; o marechal da nobreza, já grisalho, de rosto vermelho e comprida barba, divagava o olhar dos seus grandes olhos simplórios; o síndico, a quem o enorme abdômen visivelmente incomodava, procurava disfarçá-lo sob uma aba da blusa, que escorregava de contínuo.

— Aqui não há criminosos nem juízes! — proclamou Pavel com voz firme. — Aqui só há cativos e vencedores.

Fez-se silêncio. Durante alguns segundos, o ouvido de Pélagué nada distinguiu além do ranger precipitado e estridente das penas sobre o papel e das palpitações do seu próprio coração.

O presidente do tribunal parecia estar escutando ou esperando alguma coisa. Os outros juízes agitaram-se nas poltronas. Ele então disse:

— Sim!... André Nakhodka!... Reconhece...

Ouviram-se vozes segredar:

— Levante-se!... Levante-se!

André pôs-se de pé com lentidão e ficou a olhar para o velho de soslaio, enquanto frisava e desfrisava o bigode.

— De que posso eu reconhecer-me culpado? — disse, com um encolher de ombros, o pequeno russo, na sua voz cantante e arrastada. — Eu não matei, nem roubei; simplesmente protesto contra esta organização da sociedade, que obriga os homens a explorarem-se e assassinarem-se uns aos outros.

— Limite-se a responder sim ou não! — disse o velho com esforço, mas fazendo-se ouvir.

Pélagué sentia que por trás dela havia certa agitação; todos falavam baixinho e mexiam-se muito nas bancadas, como para desanuviarem os espíritos da teia de aranha tecida pelo discurso enfadonho do homem de porcelana.

— Vê como eles respondem? — segredou Sizof para a mãe de Pavel.

— Sim!

— Fédia Mazine, responda!

— Não quero! — declarou Fédia peremptoriamente, pondo-se de pé.

Estava muito corado pela comoção e com os olhos brilhantes. Sizof soltou um "ah!" de mal contido espanto.

— Não quis defensor, portanto nada direi. Considero o julgamento deste tribunal como ilegítimo! Quem são os senhores? Foi o povo quem lhes deu o direito de julgar-nos? Não, não foi o povo! Logo, não os reconheço!

Tornou a sentar-se e ocultou o rosto rubro por trás do ombro de André.

O juiz gordo curvou-se para o presidente, cochichando. O juiz de rosto esmaecido lançou uma olhadela oblíqua para os réus e, com o lápis, passou um traço por cima do que quer que fosse, escrito no papel que tinha em frente. O síndico abanou a cabeça e removeu os pés do lugar em que os tinha, com precaução. O marechal da nobreza conversava com o procurador; o administrador da comuna prestava ouvido atento ao que diziam, e sorria, esfregando uma das faces.

De novo se ouviu a voz triste e sumida do presidente.

Os quatro advogados escutavam atentos; os réus conversavam em segredo uns com os outros. Fédia ocultava-se, ainda sorrindo com constrangimento.

— Então, não viu aquilo? Falou melhor que os outros! — murmurou Sizof ao ouvido da sua vizinha.

Pélagué sorriu sem compreender. Tudo o que se estava passando não era para ela mais do que o prólogo inútil e forçado de alguma coisa terrível, que, ao surgir, havia de esmagar todo o auditório sob gélido terror. Contudo, as calmas respostas de Pavel e André manifestavam tanta firmeza e decisão, como se as tivessem pronunciado na modesta casinha do arrabalde e não perante juízes. A réplica entusiasta e juvenil de Fédia tinha-a divertido imensamente. Pairava na sala uma atmosfera de audácia e de mocidade, e, pela agitação de todo o auditório, Pélagué sentia que não era ela só que lhe sentia as emanações.

— A sua opinião? — perguntou o velho.

O procurador calvo ergueu-se com a mão apoiada na carteira e discursou com verbosidade, citando números. Nada havia naquela voz que infundisse terror. No entanto, ao ouvi-lo, Pélagué sentiu logo como que uma punhalada no coração: era um vago pressentimento de alguma coisa hostil e que se lhe afigurava ir desenvolvendo-se lentamente em uma forma indefinível. Examinava também os juízes, mas não os compreendia; ao contrário do que esperava, não os via zangarem-se com Pavel e Fédia e queria-lhe parecer que todas as perguntas que faziam não tinham para eles importância alguma; parecia que era de má vontade que as formulavam e que lhes custava esperar as respostas; nada os interessava; tudo sabiam já de antemão.

Agora estava um policial postado na frente deles e falava com uma voz grave:

— Toda a gente aponta Pavel Vlassof como o principal líder.

— E André Nakhodka? — perguntou com indolência o juiz gordo.

— Esse também.

Levantou-se um dos advogados e disse:

— Dê-me licença?...

O velho perguntou a alguém:

— Não tem objeção a apresentar?

Pélagué chegava a julgar que os juízes se achavam todos doentes. Traduzia-se um cansaço mórbido na menor das suas atitudes, nas vozes e nas fisionomias. Via-se que tudo os enjoava: os uniformes, a sala, os policiais, os advogados, a obrigação de estarem ali sentados naquelas poltronas, de interrogarem e de ouvirem. Raras vezes Pélagué se encontrara na presença de gente de posição elevada, e havia alguns anos que nem sequer a tinha visto, e, assim, as feições dos juízes eram para ela como uma coisa inteiramente desconhecida, incompreensível, porém mais compassiva do que severa.

Estava falando agora o oficial de cara amarelada que ela conhecia bem; referia-se a André e a Pavel arrastando muito as palavras, enfaticamente. E, enquanto o ouvia, Pélagué comentava consigo mesma:

— Não sabes nada disto, meu pateta!

Deixara de sentir compaixão ou receio pelos que se sentavam por trás do gradeamento; não temia pela sorte deles, e achava que lhes era inútil a sua piedade, mas todos lhe inspiravam admiração e um sentimento de amor que lhe acalentava docemente o coração.

Jovens e robustos como eram, estavam sentados à parte, junto da parede, e quase nem intervinham na conversação monótona entre testemunhas e juízes, nas discussões dos advogados e do procurador. De vez em quando, um deles tinha um sorriso de desprezo e dizia baixo algumas palavras aos companheiros. André e Pavel falavam quase continuadamente com um dos defensores, a quem Pélagué conhecia de o ter visto na véspera em casa de Nicolau e que por este era tratado de "camarada". Mazine, mais animado e irrequieto que os outros, prestava ouvido atento à conversa. De vez em quando, Samoilof segredava meia dúzia de palavras ao ouvido de Ivan Goussef. E Pélagué, olhando para tudo, comparava, refletia, sem que pudesse compreender aquela sensação de hostilidade que a invadia, nem achar termos para exprimi-la.

Sizof chamou-lhe a atenção com ligeira cotovelada; virou-se para ele; estava com uns ares ao mesmo tempo satisfeitos e um tanto preocupados. Segredava:

— Olhe a presença de espírito que eles têm! Parecem verdadeiros fidalgos! No entanto, estão sendo julgados... para os ensinar a não se meterem no que não é da sua conta.

Ela repetiu involuntariamente a si mesma:

— Estão sendo julgados...

Na sala, depunham testemunhas, com vozes incaracterísticas e atabalhoadas; os juízes iam sempre interrogando, indiferentes e mal-humorados. O juiz gordo bocejava, dissimulando a boca sob mão inchada, o seu colega dos bigodes ruivos tornara-se ainda mais lívido; por vezes erguia o braço, premia fortemente uma das fontes com um dedo, e ficava a fitar o teto com o olhar morto. De vez em quando, o procurador escrevia algumas linhas a lápis e depois recomeçava a cochichar com o marechal da nobreza. O administrador cruzara as pernas e tamborilava em uma delas, o olhar fixo com gravidade no movimento dos dedos. Com o ventre descansando-lhe nos joelhos e sustentando-o prudentemente entre as duas mãos, o síndico quedara-se de cabeça pendida; parecia ser ele o único a escutar o murmúrio monótono das vozes, além do velho, enterrado na poltrona e imóvel como um cata-vento quando não sopra a brisa. Durou isso muito tempo, e de novo o aborrecimento se apoderava do auditório.

Pélagué sentia que a justiça, a justiça implacável que põe friamente as almas a descoberto, que as examina, que tudo vê e tudo aprecia com olhos incorruptíveis e tudo pesa com mão leal, não tinha ainda dado entrada naquela sala. Nada via por enquanto que a amedrontasse com uma manifestação de força ou de majestade. Rostos descoloridos, olhos sem brilho, vozes fatigadas, o indiferentismo tristonho de uma tarde de outono, eis tudo o que presenciava.

— Declaro... — disse o velho com clareza.

E, em seguida, depois de ter abafado o resto da frase entre os delgados lábios, ergueu-se.

Logo a sala se encheu de rumores, suspiros, exclamações sufocadas, acessos de tosse e arrastar de pés. Os réus foram conduzidos para fora do pretório; ao saírem, faziam sinais com a cabeça e sorriam aos parentes e amigos. Ivan Goussef chegou mesmo a gritar com afabilidade para quem quer que fosse:

— Não se deixe intimidar, camarada!

Pélagué e Sizof saíram para o corredor.

— Quer vir ao bufete, tomar chá? — perguntou solícito o velho operário. — Temos hora e meia para esperar.

— Não, obrigada.

— Bem, então eu também não vou. Viu os rapazes, hein? Falam como se fossem os verdadeiros homens, e os outros coisa nenhuma! Ouviu o Fédia, hein?

De boné na mão, vinha chegando neste momento o pai de Samoilof. Com um sorriso triste, perguntou:

— Que dizem do meu filho? Não quis advogado e recusa-se a responder... Foi ele que teve a ideia. O seu filho era pelos advogados, Pélagué; o meu disse que não os queria. E houve quatro que lhe seguiram o exemplo.

A mulher estava ao lado dele. Piscava de contínuo os olhos e limpava o nariz com a ponta do lenço. Samoilof reuniu na mão toda a barba em um punhado, e continuou:

— Outra coisa que me dá que pensar: quando a gente olha para aqueles demônios, parece que eles fizeram tudo aquilo inutilmente, que comprometeram a sua vida sem necessidade; de repente, fica-se a cismar se eles não terão razão... É bom não esquecer que lá na fábrica o partido deles aumenta continuamente. De vez em quando, os prendem; mas nunca os apanham todos, assim como nunca se apanham os peixes todos de um rio! E a gente fica sempre a perguntar com os seus botões: "Quem sabe se eles dizem a verdade?"

— Para nós, é difícil compreender esta questão! — declarou Sizof.

— Sim, é certo! — aquiesceu o outro.

A mulher interveio, então, depois de ter respirado com ruído:

— Parece que estão todos de perfeita saúde, estes malditos juízes!...

E continuou, com um sorriso no rosto emurchecido.

— Não fique zangada, Pélagué, por eu lhe dizer há bocado que o Pavel era o culpado de tudo!... Para falar com franqueza, nem a gente sabe qual é o mais culpado! Ouviu o que os espiões e os policiais contaram do nosso filho?...

Claramente se via que tinha orgulho daquele filho, embora ela própria talvez nem desse por isso; mas Pélagué, que avaliava bem tal sentimento, abriu-se em bondoso sorriso.

— Os corações jovens andam sempre mais próximos da verdade do que os velhos! — disse ela em voz baixa.

Passeava-se pelo corredor; formavam-se grupos em que se discutia concentradamente. Ninguém se conservava afastado; toda gente sentia necessidade de falar, de interrogar, de escutar o que se dizia. No estreito recinto da passagem, entre as duas paredes brancas, os grupos iam e vinham, como se, impelidos por violenta rajada, procurassem apoio em alguma coisa firme e segura.

O irmão mais velho de Boukine, um rapaz de cara envelhecida prematuramente, gesticulava, virando-se com vivacidade para todos os lados. Protestava:

— O síndico nada tem a ver com o caso; não sei o que faz aqui!

— Cale-se, Constantino! — aconselhava o pai, um velhinho, sempre a olhar em volta assustado.

— Não, senhor, eu quero falar! Dizem que no ano passado matou um empregado... por causa da mulher deste! Ora, que espécie de juiz vem a ser esse, faça o favor de me dizer? A viúva do empregado vive agora com ele!... Que havemos de concluir?... Além disso, toda a gente sabe que é ladrão.

— Ai, meu Deus!... Constantino!...

— Tem razão — apoiou Samoilof. — Tem razão! Isso não é sério!...

Boukine, que ouvira tudo, aproximou-se rápido, trazendo um grupo consigo. Muito vermelho e excitado, começou a falar, com grandes gestos.

— Quando se trata de assassinatos ou de roubos, são os jurados que julgam, quer dizer: a gente habitual, trabalhadores, burgueses... Agora, quando se trata dos que são contra o governo, quem os julga é o próprio governo!... Isso não pode ser!...

— Constantino!... Mas escuta; eles estão realmente contra o governo? Veja lá o que diz!

— Não, espere! O Fédia tem razão. Se você me ofender e eu lhe der uma bofetada, e você tiver de me julgar, com certeza é a mim que chamará culpado; contudo, quem insultou? Você! Você!

Um guarda já idoso, de nariz adunco e peito ornado de medalhas, passou por entre o grupo e foi dizer a Boukine, ameaçando-o com o dedo:

— Olá! Não grite! Onde pensa que está? É alguma taverna, isto aqui?

— Queira perdoar, cavalheiro... Mas escutem: se eu bater no senhor e o senhor me retribuir as pancadas, e eu tiver que julgá-lo depois, como é que pode imaginar...

— Olhe que o faço sair! — disse o guarda severamente.

— Sair? Para onde? Por quê?

— Para a rua! Para não berrar!

Boukine percorreu o olhar pelo auditório e comentou a meia-voz:

— Para eles, o essencial é que estejamos calados.

— Ainda não o sabia? — replicou o velho com rudeza.

O outro baixou a voz.

— E depois, por que é que o público não pode assistir às audiências, mas tão somente os parentes? Se há justiça nos julgamentos, é para serem presenciados por todos! De que têm medo?

E Samoilof apoiou com veemência:

— Isso é verdade! Estes tribunais não satisfazem a consciência pública.

Pélagué desejava também repetir o que Nicolau lhe dissera acerca da ilegalidade do julgamento; mas não o havia compreendido bem e esquecera em parte as expressões empregadas por ele. Para tentar rememorá-las, afastou-se da multidão e viu um rapaz de bigode louro a observá-la. Trazia a mão direita metida no bolso das calças, o que lhe fazia parecer ter o ombro esquerdo mais baixo que o outro. Essa particularidade, lembrou-se Pélagué, que já era sua conhecida. Mas o homem virou-lhe as costas e, voltando ao seu esforço de memória, Pélagué logo se esqueceu dele.

Instantes depois, distinguia um fragmento de conversa em segredo:

— Aquela? À esquerda?

E alguém respondeu mais alto, com expansão:

— Essa mesma.

Olhou. O homem dos ombros desiguais estava ao lado dela e conversava com o vizinho, um homem corpulento de barba preta, com umas enormes botas e casaco curto.

Estremeceu. Ao mesmo tempo, sentia o desejo de falar nas crenças do filho, para ouvir as objeções que lhe pudessem apresentar e calcular a decisão do tribunal pelas opiniões dos que a rodeavam.

— Isto é forma de julgar? — começou ela a meia-voz, prudentemente, dirigindo-se a Sizof. — Não compreendo. Os juízes só tratam de averiguar o que fez cada um deles, mas não perguntam por que o fez. Isto é justo? Diga lá! E todos eles são velhos! Para julgar gente nova são precisos homens novos!

— Sim — disse Sizof. — É difícil compreender este negócio... muito difícil.

E abanava a cabeça, pensativo.

Nisto, o guarda abriu a porta da sala e gritou:

— Entrem os parentes! Mostrem os seus bilhetes.

Uma voz mal-humorada comentou:

— Os bilhetes... como no circo!

Sentia-se agora uma irritação geral e mal contida, uma cólera vaga. Os curiosos manifestavam maior sem-cerimônia do que pouco antes: faziam barulho e discutiam com os guardas.

Capítulo XXIV

Sizof retomou o seu lugar resmungando.

— Que tem? — perguntou-lhe Pélagué.

— Não tenho nada! O povo é estúpido... Não sabe nada, vive às apalpadelas.

Ressoou uma sineta. Alguém anunciou com indiferença:

— O tribunal...

Todos se puseram novamente de pé, como da primeira vez. Os juízes entraram pela mesma ordem e sentaram-se. Foram introduzidos os acusados.

— Atenção agora! — segredou Sizof. — Vai falar o procurador.

Pélagué estendeu o pescoço e toda se inclinou para a frente, imobilizada na expectativa do terrível acontecimento iminente.

De pé, virando a cabeça para o lado dos juízes, o procurador soltara um suspiro e entrara a falar, agitando a mão direita. Pélagué não percebeu as suas primeiras palavras. A voz do orador era fácil, mas tão depressa lhe afluía com rapidez como afrouxava. As palavras iam-se seguindo, primeiro em larga fita uniforme, depois voavam, redemoinhavam, tal um enxame de moscas negras sobre um torrão de açúcar. Mas nessas palavras não via Pélagué coisa alguma ameaçadora ou terrificante. Frias como neve, indecisas como cinzas, iam-se sucedendo e enchiam a sala de aborrecimento, de qualquer coisa horripilante como uma poeira fina e seca. O discurso, abundante em palavras e falho de ideias, não chegava provavelmente aos ouvidos de Pavel e dos seus companheiros, os quais, sem mostrarem a menor preocupação, continuavam sossegadamente a conversar entre si. Algumas vezes, sorriam; outras, punham-se muito sérios para conterem o sorriso.

— Está mentindo! — declarou Sizof, baixinho.

Pélagué não saberia dizer ao certo se assim era.

Escutava o que ele dizia e compreendia que estava acusando toda a gente, sem se referir diretamente a ninguém. Quando citava o nome de Pavel, punha-se a falar de Fédia; em seguida, depois de ter reunido estes, juntava-lhes Boukine. Parecia meter todos os acusados no mesmo saco, apertados uns contra os outros. Mas o sentido externo das suas palavras não satisfazia Pélagué, como também não a perturbava, nem mesmo a impressionava. Contudo, continuava esperando o pormenor terrível, e procurava-o obstinadamente sob aquele fluxo de palavras, no rosto do procurador, nos olhos, na voz, na mão muito branca que ele balanceava com lentidão. E sentia que estava ali, naquele homem, a coisa assustadora, indefinível e incompreensível. De novo se confrangeu seu coração.

Olhou para os jurados: o discurso estava claramente enfadando-os. Os seus rostos macilentos, terrosos, inanimados, não aparentavam expressão alguma; eram quais manchas cadavéricas e imóveis. E aquelas faces, umas de nutrição enfermiça, outras demasiado magras, sumiam-se cada vez mais em meio ao cansaço que invadia a sala. O presidente não fazia um só movimento, estático e hirto; por vezes, as manchinhas pardacentas, que lhe apareciam por trás das lentes dos óculos, sumiam-se na palidez do seu rosto. Perante esta indiferença glacial, esta frieza tíbia, Pélagué perguntava a si própria com desassossego:

— Estarão eles verdadeiramente a julgar?

De repente, como de improviso, terminou o procurador o seu libelo. O magistrado inclinou-se perante os juízes, a esfregar as mãos. O marechal da nobreza fez-lhe com a cabeça um sinal, ao mesmo tempo que rebolava as pupilas. O administrador da comuna estendeu-lhe a mão e o síndico contemplou o seu abdômen, risonho.

Mas via-se que os juízes não tinham ficado satisfeitos com o procurador: não haviam feito um só movimento.

— Cão-tinhoso! — resmungou Sizof.

— Tem a palavra... — disse o velhinho erguendo um papel até junto do rosto. — Tem a palavra o defensor de... Fédossief, Markof, Zagarof...

Levantou-se, então, o advogado que Pélagué vira em casa de Nicolau. Tinha uma cara cheia e um aspecto bonacheirão; os olhinhos irradiavam, parecia ter nas órbitas dois pontos afiados, a cortarem no ar qualquer coisa, como lâminas de tesoura. Entrou a falar sem pressa, em voz nítida e sonora; mas Pélagué não pôde escutar o que dizia. Sizof segredava-lhe de lado:

— Percebeu o que ele disse? Diz que são uns doidos, uns tipos de gênio brigão. É do Fédia que ele quer falar!

Acabrunhada pela sua cruel decepção, Pélagué não respondeu.

Sentia-se mais e mais humilhada, e essa humilhação oprimia-lhe a alma. Compreendia agora por que esperava em vão a justiça, por que se enganara pensando assistir a uma discussão leal e séria entre a verdade que seu filho proclamava e a dos juízes. Imaginara que os juízes iam interrogar Pavel demoradamente e com atenção sobre a sua vida; que examinariam com olhos perspicazes todas as ideias, todos os atos de seu filho, e o emprego de todos os seus dias, e que, reconhecendo a sua hombridade, haviam de declarar convictamente: "Este homem tem razão."

Mas nada disso sucedia. Parecia que os acusados e os juízes estavam a cem léguas uns dos outros e ignoravam mutuamente as suas existências. Fatigada pela tensão da expectativa, Pélagué deixara de acompanhar o debate. Pensava de si para consigo:

"É isso o julgamento?..."

E pareceu-lhe vazia e sem sentido essa palavra; soava como um vaso de barro quebrado:

— Bem-feito! — sussurou Sizof com um aceno de cabeça.

— Parece que estão mortos, esses juízes — acrescentou a mãe.

— Eles já voltam a si!

Com efeito, tornando a olhar para eles, viu-lhes nos rostos uma expressão inquieta. Era outro advogado que falava, um homenzinho de cara de fuinha, lívido e irônico. Os juízes interromperam-no logo.

O procurador levantou-se de súbito e, em voz rápida e zangada, ameaçou autuá-lo; depois, conferenciou com o velhinho. O advogado ficou escutando, com a cabeça respeitosamente inclinada; em seguida, prosseguiu no uso da palavra.

— Vá cantando! Vá cantando! — aconselhou Sizof. — Veja se descobre onde está a alma!...

Na sala crescia a animação: começava a nascer uma exaltação batalhadora. O advogado atacava os juízes por todas as formas, aguilhoava-lhes as carcomidas epidermes com ditos cáusticos. Os juízes pareciam apertarem-se mais uns contra os outros, incharem e fazerem-se mais corpulentos, para resistirem àquele ataque, com toda a massa dos seus corpos amolecidos e nulos. Pélagué examinava-os; pareciam intumescer cada vez mais, como se receassem que os botes do advogado lhes fizessem vibrar dentro do peito um eco capaz de lhes perturbar a soberana indiferença.

Pavel pôs-se de pé. Estabeleceu-se súbito silêncio. A mãe inclinou para a frente todo o corpo. Tranquilamente, Pavel declarou:

— Pertencendo eu a um partido, só reconheço o tribunal desse partido. Não falo para defender-me, mas para satisfazer o desejo daqueles dos meus companheiros que também não quiseram ser defendidos.

Vou tentar explicar-lhes o que os senhores não compreenderam. O procurador qualificou a nossa demonstração sob o estandarte da democracia socialista de revolta contra as autoridades supremas, e falou constantemente de nós como de revoltados contra o czar. Devo declarar, contudo, que para nós não é só o czar a grilheta a que anda amarrado o corpo da nação; o czar não é mais do que o primeiro elo dessa cadeia, de que juramos libertar o povo.

Fizera-se mais profundo o silêncio sob o império daquela voz varonil. A sala parecia tornar-se mais ampla, e Pavel afastara-se para longe do auditório, luminoso e inspirado. Pélagué foi tomada de uma sensação de frio.

Os juízes agitavam-se pesadamente nas cadeiras, cheios de inquietação. O marechal da nobreza segredou algumas palavras ao juiz de modos indolentes; este abanou a cabeça e falou com o velhinho, a quem o juiz de aspecto doente estava também falando ao ouvido, do lado oposto. O presidente, vacilando na sua poltrona para a direita e para a esquerda, dirigiu algumas palavras a Pavel, mas a voz sumiu-se no curso amplo e igual da exposição que o mancebo ia proferindo.

— Somos socialistas. Isso significa que somos inimigos da propriedade privada, que promove a desunião entre os homens, os leva a armarem-se uns contra os outros e cria uma rivalidade de interesses irreconciliáveis, que mente quando pretende dissimular ou justificar esta hostilidade e perverter os homens pela mentira, pela hipocrisia e pelo ódio. Somos de opinião que a sociedade, considerando o homem unicamente como um meio de auferir riquezas, é anti-humana e torna-se declaradamente hostil a nós; não podemos aceitar a sua moral com duas caras: o seu cinismo sem vergonha e a crueldade com que trata os adversários; queremos lutar, e havemos de lutar contra todas as formas de subserviência física e moral do homem, em uso nesta sociedade, contra todos os métodos de fracionar a coletividade em proveito da cobiça! Nós, os operários, somos quem, pelo nosso trabalho, tudo cria, desde as máquinas gigantescas até os brinquedos das crianças. E vemo-nos privados do direito de lutar pela nossa dignidade de homens. Cada qual se arroga o direito de nos transformar em instrumentos para atingir o seu fim! Queremos que nos deem liberdade o bastante para que se torne possível para nós, com o tempo, conquistar o poder. Queremos o poder para o povo!...

Aqui Pavel sorriu e passou devagar a mão pelos cabelos; a luz dos seus olhos azuis brilhou com fulgor mais intenso.

— Tenha a bondade... Não saia do assunto! — disse-lhe o presidente com voz nítida e forte.

Virava-se agora todo para Pavel e fitava-o. Pareceu a Pélagué distinguir-lhe nos olhos, até ali pálidos e sem expressão, um brilho ávido de maldade. Todos os juízes tinham as atenções voltadas para o orador; os seus olhos pareciam colar-se a ele, aderir-lhe fortemente ao corpo, para lhe sugarem o sangue e com ele reanimarem os seus membros exaustos. Pavel, firme e resoluto, estendeu para eles o braço e prosseguiu com voz distinta:

— Somos revolucionários e assim seremos enquanto uns só tratarem de oprimir os outros. Havemos de lutar contra a sociedade, cujos interesses os senhores defendem; a reconciliação só será possível entre nós quando formos vencedores. Porque havemos de ser vencedores, nós, os oprimidos! Os mandatários de todos os senhores não são tão fortes como se julgam. Essas riquezas que acumulam, na defesa das quais sacrificam milhões de infelizes criaturas, essa força que lhes dá o poder sobre nós, criam entre eles alternativas de hostilidades e os arruínam física e moralmente. A defesa de seu poderio, senhores, exige uma constante tensão de espírito; e, na realidade, os senhores, que se julgam nossos proprietários, são mais escravos do que nós, porque são os seus espíritos que jazem na opressão, ao passo que nós só fisicamente somos oprimidos. Não podem se libertar do jugo dos preconceitos e dos hábitos, e isso os mata moralmente; enquanto a nós, nada nos impede que sejamos intimamente livres! E a nossa consciência vai despertando, vai se desenvolvendo sem cessar; inflama-se dia a dia e arrasta consigo os melhores elementos, moralmente sãos, mesmo do próprio meio que é o dos senhores... Senão, vejam: já não possuem ninguém que possa lutar em nome de seu poderio contra a corrente das ideias; esgotaram já todos os argumentos capazes de protegê-los dos ataques da justiça da história, nada mais podem criar no domínio da intelectualidade; são uns estéreis de espírito. As nossas ideias, pelo contrário, se desenvolvem com força crescente, penetram nas massas populares e vão nos dispondo para a luta pela liberdade, luta encarniçada, luta implacável! Não poderão travar esse movimento senão usando de crueldade e de cinismo. Mas o cinismo é evidente demais e a crueldade não faz senão irritar o povo. As mãos que hoje empregam para nos sufocar, hão de amanhã apertar as nossas mãos em fraterno cumprimento. Sua energia é a energia mecânica produzida pelo açambarcamento do ouro, e é essa energia que os desune em grupos rivais, destinados a se aniquilarem mutuamente. Enquanto que a nossa energia é a força viva e crescente do sentimento de solidariedade que liga todos os oprimidos. Tudo o que praticam é criminoso, porque só pensam em escravizar o homem; o nosso empreendimento liberta o mundo dos monstros e fantasmas criados pelas suas mentiras, pela sua ganância, pelo seu ódio! Mas, em breve, a grande massa dos nossos artífices e camponeses há de ser liberta e há de criar um mundo livre, harmonioso e imenso. E assim há de ser!

Pavel calou-se um instante e depois repetiu ainda com mais força:
— Assim há de ser!

Os juízes cochichavam, com caretas estranhas, sem desviarem os olhos de Pavel. A mãe pensava de si para consigo, que aqueles olhares inflamavam o corpo vigoroso de seu filho, cuja saúde e fresca mocidade invejavam. Os réus tinham escutado, atentos, as palavras do seu companheiro. Pálidos a princípio, tinham agora nos olhares uma chama de alegre contentamento. Pélagué devorara as frases de seu filho; gravavam-se todas profundamente em sua memória.

O velhinho por diversas vezes interrompeu Pavel para lhe explicar não se sabia o quê, e, em uma dessas ocasiões, esboçou até um sorriso triste. Pavel escutava-o e logo retomava a palavra com voz severa, mas serena. Todas as atenções convergiam para ele. Durou isto muito tempo. Por fim, o presidente gritou algumas palavras, ao mesmo tempo que estendia o braço na direção do rapaz. Este respondeu em tom levemente irônico:

— Vou concluir. Não foi ideia minha ofender pessoalmente os membros deste tribunal; bem ao contrário: forçado a assistir a esta comédia a que chamam julgamento, chego a sentir compaixão pelos senhores. A despeito de tudo, os senhores são homens, e é sempre para nós uma humilhação ver homens curvarem-se de tão vil maneira ao serviço da violência e perder a tal ponto a consciência da sua dignidade humana... mesmo quando esses homens se mostram hostis aos nossos intentos...

E sentou-se sem olhar para os juízes. A mãe conteve a respiração, fitando, ofegante, aqueles de quem dependia a sorte de seu filho, e esperou.

André, radiante, apertou vigorosamente a mão de Pavel. Samoilof, Mazine e todos os outros se voltaram para ele. Pavel sorriu, um tanto constrangido pelo entusiasmo dos seus companheiros e, olhando para a bancada em que se encontrava Pélagué, fez-lhe um sinal de cabeça, como para perguntar: "Foi bem, assim?"

Ela respondeu-lhe com profundo suspiro de contentamento, fremente, inundada por uma ardente vaga de amor.

— Aí está! Vai começar o julgamento! — segredou-lhe Sizof. — O seu filho os deixou em bonito estado, hein?

Ela abanou a cabeça sem responder, satisfeita de ter ouvido o filho falar com tal desassombro, e talvez mais satisfeita ainda por ter ele terminado o discurso. Martelava-lhe no cérebro uma ideia fixa:

— Meus filhos! Que vai ser de vocês?

O que seu filho dissera não era novo para ela; conhecia bem as suas opiniões; mas fora ali, perante aquele tribunal, que pela primeira vez sentiu a força convincente e extraordinária das suas teorias, impressionada com a serenidade do rapaz, e, em sua mente, o discurso de Pavel aliava-se à firme convicção da vitória e dos justos direitos de seu filho, que lhe punham na alma a irradiação de uma estrela.

Capítulo XXV

Julgava ela que os juízes iam discutir severamente com ele, replicar-lhe, coléricos, e expor os seus argumentos.

Mas nisto, André se levantou, lançou um olhar de soslaio para o tribunal e começou:

— Senhores defensores...

— Quem o senhor tem na sua presença é o tribunal e não a defesa! — gritou-lhe o juiz doente, com força, muito irritado.

Pélagué percebia, pela fisionomia de André, que o que ele queria era gracejar; o bigode lhe tremia de riso mal contido, e nos olhos tinha uma expressão ao mesmo tempo felina e meiga, bem conhecida dela. Esfregou vigorosamente a cabeça com as compridas mãos e suspirou.

— Pois é possível? — perguntou ao mesmo tempo que sacudia a cabeça. — Eu julgava que não era assim, que os senhores eram não juízes, mas unicamente defensores!...

— Queira fazer o favor de se referir somente ao assunto principal! — intimou o velhinho com secura.

— O assunto principal? Está bem. Quero, pois, crer que os senhores são realmente juízes, isto é, pessoas independentes, leais...

— O tribunal não precisa da sua opinião!

— Como? Não precisa de um elogio destes!... Hum!... Todavia, eu continuo. Os senhores são homens que não estabelecem diferença alguma entre amigos e inimigos; os senhores são inteiramente livres no seu juízo. Assim, têm agora na sua frente dois partidos: um se queixa de que o roubam e o maltratam; o outro responde que tem o direito de roubar e de maltratar porque traz na mão uma espingarda.

— Tem alguma coisa a dizer concernente ao processo? — perguntou o velhinho, alterando a voz e com as mãos trêmulas.

Esta irritação satisfazia Pélagué imensamente. Mas a forma de proceder de André não lhe agradava; achava-a discordante do discurso de Pavel. Preferia ouvir travar-se uma discussão séria e ponderada.

O pequeno russo fitou o velho, sem responder; em seguida, disse com gravidade:

— O processo?... Para que havia eu de falar do processo? O meu companheiro disse o que os senhores já deviam saber! O resto, outros lhe dirão quando chegar o momento oportuno...

O velhinho ergueu-se da poltrona e declarou:

— Retiro-lhe a palavra!... Gregório Samoilof!

O pequeno russo apertou com força os lábios e deixou-se cair pesadamente no banco. Ao lado dele, Samoilof pôs-se de pé, sacudindo os cachos do cabelo.

— O procurador disse que nós éramos uns selvagens, inimigos do progresso...

— Fale só do que diz respeito à sua acusação!

— Mas é justamente o que estou fazendo!.. Não deve haver coisa alguma que não interesse à gente honesta... E peço-lhe o obséquio de não me interromper. Assim, pergunto aos senhores: qual vem a ser o grau das suas culturas intelectuais?

— Não estamos aqui para discutir com você! Voltemos ao assunto! — disse o velho, mostrando rancorosamente os dentes.

Os gracejos de André haviam manifestamente irritado os juízes e como que lhes tinha suprimido o que quer que fosse das fisionomias. Agora, nos rostos terrosos, apareciam-lhes manchas sanguíneas, brilhavam-lhes os olhares com cintilações frias e implacáveis. O discurso de Pavel também os havia encolerizado, mas o tom de energia em que fora dito reprimira-lhes o rancor e forçara-lhes o respeito. O pequeno russo, porém, conseguira quebrar esta contenção e pusera a descoberto o que sob ela se ocultava. Com crispações nas fisionomias, os juízes segredavam entre si, tinham gestos mais sacudidos, denunciadores da raiva que lhes ia no íntimo.

— Os senhores educam espiões, pervertem mulheres e donzelas, colocam o homem sério na situação de um gatuno, de um assassino, envenenam-no com aguardente, deixam-no apodrecer nas prisões... As guerras internacionais, a mentira, o deboche, o embrutecimento de todo o país... aqui está a sua civilização! Sim, somos inimigos de tal civilização!

— Tenha a bondade!... — gritou o velhinho, sacudindo ameaçador o queixo.

Samoilof, rubro, o olhar em fogo, entrou a gritar ainda mais alto do que ele:

— Mas a civilização que nós amamos e respeitamos é a outra, a que foi criada pelos que os senhores atiraram para as prisões ou para os hospitais de doidos...

— Retiro-lhe a palavra!... Fédia Mazine!

O rapazinho levantou-se apressado, como uma sovela a sair de um furo, e exclamou com voz trêmula:

— Eu... juro!... Eu bem sei, os senhores vão condenar-nos!

Sufocou; fez-se branco, só se lhe viam os olhos, muito brilhantes. Estendeu o braço e prosseguiu:

— Dou-lhes a minha palavra de honra! Mandem-me para onde quiserem, que hei de fugir, de voltar, hei de dedicar-me sempre pela causa do povo... pela liberdade da nação... toda a minha vida! Dou-lhes a minha palavra de honra!

Sizof soltou um gritinho. Toda a assistência, revolucionada por vaga excitação, se mexia com um ruído surdo e singular. Chorava uma mulher; alguém tossia, sufocando. Os guardas, alternadamente, olhando para os réus com um espanto estúpido e para a multidão do público, furiosos. Os juízes agitaram-se; o velho gritou:

— Goussef Ivan!
— Não falo!
— Goussef Vassili!
— Não quero responder!
— Boukine Fédor!

Louro e meio descorado, ergueu-se pesadamente e disse com lentidão, meneando a fronte:

— Os senhores deviam envergonhar-se!... Eu, que não passo de um ignorante, compreendo ainda assim o que deve ser a justiça!

Levantou o braço acima da cabeça e calou-se, com as pálpebras semicerradas, como se estivesse vendo qualquer coisa muito ao longe.

— Que diz? — gritou o velho com atônito exaspero, ajustando-se na poltrona.

Boukine deixou-se cair no banco, tristemente. Havia nas suas palavras desacompanhadas de significação alguma coisa imensa e importante, ao mesmo tempo uma censura ingênua e penalizada. Foi esta a impressão que todos receberam. Os próprios juízes apuraram o ouvido, como para distinguir um eco mais nítido de tal discurso. Nas bancadas reservadas ao público, tudo se calou; apenas ficou ressoando um leve ruído de choro. Depois o procurador sorriu e encolheu os ombros; o marechal da nobreza tossia; de novo se elevaram sussurros que serpenteavam vagamente pela sala.

Pélagué inclinou-se para Sizof e perguntou-lhe:

— Os juízes falarão?

— Não; está tudo terminado. Só falta pronunciar o veredito.

— Não há mais nada?

— Não!

Pélagué não podia acreditar. A mãe de Samoilof agitava-se ansiosamente, tocando em Pélagué com o cotovelo e com o ombro, perguntando em voz baixa ao marido:

— Mas como? É possível?

— Bem vê.

— Que vão fazer do nosso filho?

— Cale-se! Deixe-me!

Percebia-se que no público alguma coisa se havia perdido, aniquilado ou transformado. Os olhos, desvairados, pestanejavam como se ardente lareira se lhes tivesse incendiado na fronte. Embora não compreendessem o grande sentimento que acabava de despontar neles tão bruscamente, os curiosos iam, sem dar por isso, fragmentando-o em sensações evidentes, acessíveis e fúteis. O irmão de Boukine, a meia-voz, falou sem constrangimento algum:

— Perdão! Por que não os deixam falar? O procurador disse tudo o que quis e durante todo o tempo que entendeu.

Perto da bancada estava uma sentinela. O soldado murmurava, agitando o braço:

— Silêncio! Silêncio!

O pai de Samoilof inclinou-se para trás e, disfarçado com as costas da mulher, continuou a pronunciar em voz surda frases entrecortadas:

— Evidentemente!... Admitindo que eles sejam culpados, o dever do tribunal é deixá-los explicar-se... Contra quem se revoltaram? Contra tudo! Eu gostaria de compreender, afinal! Porque isto também me interessa... De que lado está a verdade? Sim, eu queria compreender... É preciso que os deixem explicar-se!

— Silêncio! — gritou de novo a sentinela, ameaçando-o com um dedo.

Sizof abanava a cabeça, apoquentado.

Pélagué não perdia de vista os juízes. Notava-lhes a crescente excitação, via-os falar uns com os outros, mas não podia compreender o que diziam. O sussurro frio e escorregadio das suas vozes perpassava-lhe pelo rosto, fazia-lhe tremer nervosamente as faces e provocava-lhe na boca uma sensação desagradável! Parecia-lhe que estavam falando todos eles do corpo de seu filho e do dos seus companheiros, daqueles corpos robustos, dos seus músculos e dos seus membros cheios de vermelho sangue e de força vivente. Esses corpos deviam excitar neles uma inveja impotente e malvada, uma avidez ardente de esgotados e doentes. Falavam com estalidos secos dos lábios, com o pesar de não possuírem aqueles músculos, capazes de trabalhar e de enriquecer, de gozar e de criar. Agora, iam aqueles corpos sair da circulação ativa da vida, renunciavam a ela, ninguém poderia mais chamar-lhes seus, aproveitar a sua força nem absorvê-los. E era por isso que inspiravam aos velhos magistrados a animosidade vingativa e desconsoladora das feras já sem forças que têm diante de si a carne fresca, mas já não dispõem da energia suficiente para dela se apoderarem.

E quanto mais Pélagué olhava para eles, mas esta ideia grosseira e singular se acentuava no seu espírito. Parecia-lhe que estavam patenteando claramente a sua rapacidade e a sua sanha de esfomeados, capazes, em tempos idos, de comer muito. Ela, a mulher e mãe, para a qual o corpo do filho tinha sido sempre, e a despeito de tudo, mais querido do que a própria alma, sentia-se horrorizada com os olhares sem viço que perpassavam pelo rosto dele, tateando o peito, os ombros, os braços, roçando-se pela ardente pele, como em busca de uma possibilidade de se reanimarem, de requentarem o sangue das suas veias endurecidas, dos seus músculos gastos de homens semimortos. Parecia a Pélagué que o seu filho sentia aqueles contatos frios e que estremecia quando olhava para ela.

O rapaz fixava em sua mãe os olhos um tanto fatigados, mas calmos e afetuosos. Por momentos, sorria e fazia-lhe um sinal de cabeça.

"Em breve estarei em liberdade", dizia aquele sorriso, que era uma carícia para o coração de Pélagué.

Neste instante, levantaram-se os juízes, todos ao mesmo tempo. Pélagué seguiu-lhes instintivamente os movimentos.

— Vão embora! — disse Sizof.

— Para os condenar? — perguntou ela.

— Sim...

Dissipara-se de súbito a tensão de espírito em que até ali estivera; pesado cansaço lhe invadiu o corpo; gotas de suor brotaram em sua testa. Um sentimento de cruel decepção e de humilhação impotente surgiu em seu coração e depressa se transformou em desprezo pelos juízes e pelo seu julgamento. Assaltou-a violenta dor de cabeça; esfregou a testa com a palma da mão e olhou em torno: os parentes dos réus tinham se aproximado do gradeamento; a sala enchia-se de um ruído surdo de conversação. Ela caminhou também para o filho, apertou-lhe a mão e entrou a chorar, tomada, a um tempo, de desgosto e de contentamento. Pavel dirigiu-lhe algumas palavras de conforto. André ria e gracejava.

Mais por hábito do que por desgosto, todas as mulheres choravam. O que se sentia não era aquela dor que atordoa como estúpido golpe descarregado bruscamente na cabeça; tinha-se a consciência da triste necessidade de abandonar os filhos, mas essa mágoa confundia-se, sumia-se nas impressões que eram filhas da oportunidade. Os pais olhavam para os filhos com uma expressão em que a desconfiança que lhes era inspirada pela mocidade e pela consciência da própria superioridade se confundia singularmente com uma espécie de respeito por eles. Ao mesmo tempo que a si próprios perguntavam com tristeza como passariam eles agora a viver, os velhos olhavam com curiosidade para aquela nova geração que discutia audaciosamente a possibilidade de uma existência diferente daquela e melhor. Não sabiam exprimir o que sentiam, pois faltava-lhes para tanto o hábito; as palavras corriam abundantes das bocas, mas não se falava mais do que de coisas vulgares, de roupas e tecidos, de cuidados necessários; aconselhavam até os condenados a não irritarem inutilmente os superiores.

— Todos andamos cansados disto! — disse Samoilof ao filho. — Nós tanto quanto eles!

O mais velho dos Boukine agitava a mão e prevenia o mais novo:

— Aí está a justiça dessa gente! Custa aceitá-la!

O rapaz respondeu:

— Trate bem do passarinho, sim?... Gostava tanto dele!

— Ainda há de estar vivo quando você voltar!

Sizof tomara pela mão o sobrinho, e dizia com vagar:

— Então foi assim que você fez, Fédia? Foi assim?

Fédia curvou-se para ele e segredou-lhe alguma coisa ao ouvido com um riso de esperteza. O soldado que lhes estava próximo sorriu também, mas logo retomou os seus ares de gravidade e resmungou.

Pélagué limitava-se, como os outros, a conversar acerca de arranjos de roupas e cuidados de saúde, mas no coração reprimia interrogações relativas a Pavel, a Sachenka e a si própria. E sob as suas palavras banais, lentamente se desenvolvia o sentimento de imenso amor que tinha pelo filho, o ardente desejo de o cativar, de viver no seu coração. A expectativa do acontecimento terrível desaparecera, deixando unicamente, após si, um arrepio desagradável quando se lembrava dos juízes, agora ausentes.

Sentia nascer em si uma intensa alegria luminosa, mas não a compreendia, e isso a punha perturbada.

Viu que o pequeno russo falava muito com todos os que o rodeavam, e entendendo que ele, mais do que Pavel, precisava de conforto, disse-lhe:

— Não me agradou o julgamento!

— Por quê, mãezinha?! — exclamou André. — É um moinho velho, mas vai sempre moendo!

— É uma coisa, afinal, que não mete medo algum, e é incompreensível! Nem ao menos se procura averiguar a verdade! — disse ela, hesitante.

— Oh! Era isso o que queria? — exclamou André. — Mas então imaginava que alguém se importa aqui com a verdade!

Pélagué suspirou.

— Eu imaginava que isto fosse coisa muito séria... mais séria ainda do que na igreja!... Que se celebrava o culto da verdade!...

— Querida mãe: onde a verdade é respeitada sabemos nós! — disse Pavel em voz baixa e no tom de quem perguntasse sem afirmar.

— E a mãezinha também sabe! — acrescentou o pequeno russo.

— O tribunal!

Correram todos para os seus lugares.

Com uma das mãos apoiadas na mesa, o presidente ocultou a cara por trás de um papel e pôs-se a ler com uma voz débil qual zumbido:

— "O Tribunal... depois de ter deliberado..."

— É a condenação! — disse Sizof, apurando o ouvido.

Fez-se silêncio. Todos se haviam posto de pé, com os olhos fitos no velhinho. Seco e hirto, assemelhava-se este a um cacetete sobre o qual uma mão invisível se apoiasse. Os juízes estavam também de pé; o síndico, com a cabeça pendente no ombro, dirigia o olhar para o teto; o administrador da comuna cruzava os braços no peito; o marechal da nobreza afagava a barba. O juiz com cara de doente, o seu colega barrigudo e o procurador, olhavam todos na direção dos acusados. E por trás dos juízes, por cima das suas cabeças, aparecia o czar, de uniforme encarnado.

Um inseto ia-lhe marinhando pela cara, pálida e indiferente; uma teia de aranha balançava ao vento.

— "São condenados à deportação para a Sibéria..."

— O exílio! — disse Sizof com um suspiro de alívio. — Finalmente, já passou. Deus seja louvado! Muita gente esperava os trabalhos forçados. Isto assim, já não é tão mau, tiazinha; não vale mesmo nada!

— Eu já o adivinhava — disse Pélagué baixinho.

— De todo modo, agora é certo!... Mas vá lá a gente saber, com uns juízes destes!

Voltou-se para os condenados, a quem faziam já abandonar o pretório, e disse alto:

— Até a vista, Fédia!... Até a vista, vocês todos! Que Deus os proteja!

Pélagué fez um sinal de cabeça a Pavel e aos seus companheiros. A sua vontade era chorar; mas conteve-a uma espécie de vergonha.

Capítulo XXVI

Ao sair do tribunal, Pélagué ficou admiradíssima de ver que já a noite caíra sobre a cidade: os candeeiros das ruas acesos, as estrelas cintilando no céu. Nas circunvizinhanças do Palácio da Justiça, formavam-se pequenos agrupamentos; na gélida atmosfera, ouvia-se o ruído da neve rangendo sob o andar; vozes de gente nova interpelavam-se mutuamente. Aproximou-se de Sizof um homem coberto com um capuz cinzento e perguntou em voz rápida:

— Qual foi a sentença?
— O exílio.
— Para todos eles?
— Para todos...

O homem se afastou.

— Vê? Estão interessados.

De súbito, encontraram-se cercados por uma dúzia de rapazes e moças. Entraram a chover as exclamações, que atraíam ainda mais gente para o grupo. Sizof e Pélagué tiveram que parar. Todos queriam conhecer a sentença, saber como se tinham comportado os réus, quem tinha pronunciado discursos e sobre que assunto. E em todas estas perguntas vibrava a mesma nota de curiosidade ávida e sincera.

— É a mãe de Pavel Vlassof! — gritou uma voz.

Calaram-se todos.

— Permita-me cumprimentá-la.

A mão firme de um homem apertou a de Pélagué. Ele continuou, emocionado:

— O seu filho será para nós todos um nobre exemplo!

— Viva o operário russo! — gritou uma voz vibrante.

— Viva a revolução!

— Abaixo a autocracia!

As exclamações se multiplicavam, cada vez mais violentas; estouravam, cruzavam-se; as pessoas acorreram de todos os lados e se aglomeravam em torno de Sizof e Pélagué. Os golpes dos policiais cortaram o ar, mas não controlaram o burburinho. O velho ria. Já à mãe parecia que tudo era um sonho bonito. Ela sorria, cumprimentava; lágrimas de felicidade davam-lhe um nó na garganta; as pernas vacilavam de cansaço. Mas seu coração, tomado de uma alegria triunfante, refletia seus sentimentos como a superfície clara de um lago.

Perto dela, uma voz clara exclamou em tom enervado:

— Companheiros! Amigos! O monstro que devora o povo russo satisfez hoje mais uma vez os seus apetites!...

— Vamos embora! — disse Sizof.

Nesse mesmo instante, apareceu Sachenka. Agarrou Pélagué por um braço e puxou-a para o passeio oposto, aconselhando:

— Venha... A polícia pode atirar-se para cima de nós e bater-nos... Ou prender-nos... Então? Foi o exílio, não foi? Para a Sibéria?

— Sim, é verdade!...

— E ele que fez? Falou? Eu já sei tudo, afinal... Ele é o mais simples e mais forte, e o mais severo também, é certo! É sensível e terno, mas sempre se acanha quando tem que manifestar os seus sentimentos... É firme e resoluto como a própria verdade!... É um grande homem! Mas, a maior parte das vezes, ele próprio se constrange... com receio de não se entregar todo ele, de alma e coração, à causa do povo... Eu o sei bem!

Essas palavras de amor, segredadas em um desabafo de paixão, acalmaram Pélagué, reanimando-lhe as desfalecidas forças.

— Quando vai encontrar-se com ele? — perguntou à moça em voz baixa e afetuosa, puxando-a muito para si.

Sachenka respondeu, com o olhar fito e tranquila decisão:

— Tão depressa encontre quem se encarregue do meu trabalho! Porque em breve me tocará a vez de responder em juízo... Hão de mandar-me também para a Sibéria. Direi, então, que desejo ser deportada para onde ele estiver...

Detrás delas, veio a voz de Sizof.

— Mande meus cumprimentos! Chamo-me Sizof. Ele me conhece, sou tio de Fédia Mazine.

Sachenka parou, virou-se para ele e estendeu a mão.

— Conheço Fédia. Meu nome é Sachenka.

— E seu sobrenome?

Ela olhou-o de soslaio e respondeu:

— Não tenho família, perdi meu pai.

— Morreu?

— Não, está vivo! — afirmou com fervor e com algo de obstinado, audaz, que aparecia na sua voz e expressões. — É um proprietário de terras, chefe do distrito... atualmente rouba os camponeses... e os espanca.

— Ah — disse Sizof em tom equilibrado. Após um silêncio, ele continuou, examinando a jovem pelo canto do olho: — Bom, adeus, mãe! Vou por aqui... venha depois tomar um chá e conversar... quando quiser. Até a vista, moça... a senhorita é bem dura com seu pai. Bom, é assunto seu...

— Se seu filho fosse um homem nulo, que faz mal aos outros, diria-lhe isso? — perguntou Sachenka com paixão.

— Sim, diria — respondeu o velho depois de um momento de hesitação.

— Então, a verdade é mais importante que seu filho; e, para mim, ela é mais importante que meu pai.

Sizof balançou a cabeça e, depois, disse com um suspiro:

— Ah, é audaciosa. Se tem resposta para tudo, os velhos logo serão vencidos. Sabe atacar... Até a vista, desejo-lhe o melhor. Mas seja mais gentil com as pessoas, hein? Fique com Deus. Até a vista, Pélagué! Se vir Pavel, diga-lhe que ouvi seu discurso. Não compreendi tudo, por momentos até tive receio, mas sei que disse a verdade!

Ele retirou o boné e foi-se sem pressa pela esquina.

— Deve ser um bom homem — observou Sachenka, acompanhando-o com um olhar sorridente.

Parecia a Pélagué ver no rosto da sua companheira expressão mais meiga e melhor do que de costume...

Chegadas a casa, sentaram-se no sofá, muito juntas uma da outra. Pélagué referiu-se de novo aos planos de Sachenka. Com as espessas sobrancelhas muito erguidas, pensativa, a outra olhava para distante com os seus grandes olhos de sonho. Lia-se em seu pálido rosto uma pacífica concentração de espírito.

— Mais tarde, quando tiverem filhos, também eu irei para lá, para tratar deles. E não havemos de viver pior lá do que vivemos aqui... Pavel há de encontrar trabalho; é muito habilidoso.

Sachenka olhava para ela, perscrutando-lhe os pensamentos. Interrogou:

— Não deseja, então, ir juntar-se a ele desde já?

Respondeu com um suspiro:

— Para quê? Nada mais iria fazer do que causar-lhe incômodo caso ele quisesse fugir. E, depois, ele não o consentiria.

Sachenka murmurou:

— Não, com efeito...

— Além disso, eu tenho o que fazer aqui — acrescentou a mãe de Pavel com um tanto de ufania.

— Sim, é verdade! — secundou, pensativa, a outra. — E sabe trabalhar muito bem...

Mas de repente estremeceu, como se acabasse de se libertar de um peso qualquer, e logo anunciou com simplicidade, a meia-voz:

— Decididamente, ele não se demora na Sibéria... Há de fugir... É certo!

— Mas, então, que há de ser feito de você? E a criança, se a tiverem?

— Não sei; veremos. O que eu não quero é que ele viva em cuidados por minha causa. Dou-lhe plena liberdade para fazer o que quiser, em qualquer ocasião. Não sou mais que uma simples correligionária. Bem sei que me há de ser terrivelmente custoso deixá-lo... mas hei de saber conformar-me... Não quero importuná-lo em coisa alguma, isso não!

Pélagué sentia que Sachenka era capaz de executar o que dizia. Cheia de comiseração por ela, tomou-a nos braços:

— Minha querida... Muito tem que sofrer!...

Sachenka sorriu com meiguice; comprimiu-se toda contra o corpo de Pélagué; subiu-lhe o rubor às faces.

— Isso ainda vem longe... Mas não julgue que seja sacrifício penoso para mim. Sei o que faço, sei com o que posso contar, serei feliz se ele se considerar feliz comigo... O meu desejo, o meu dever, é aumentar a sua energia, dar-lhe toda a felicidade que esteja em meu poder, muita felicidade! Amo-o muito... e ele me ama, bem sei! Retribuiremos os nossos sentimentos, nos enriqueceremos mutuamente; e, se for necessário, nos separaremos como bons amigos...

Por entre um sorriso de felicidade, a mãe disse lentamente:

— Eu irei juntar-me a vocês... Talvez eu também seja exilada...

Por muito tempo ficaram as duas abraçadas, em silêncio, sonhando com aquele que amavam. O silêncio, a tristeza, uma doçura tépida as envolvia.

Nicolau chegou neste momento, fatigadíssimo. Rapidamente, enquanto se despia, foi dizendo:

— Sachenka, vá depressa, senão depois talvez já não tenha tempo! Desde esta manhã andam dois espiões a seguir-me tão às claras, que me cheira a mandado de prisão... Tenho um pressentimento... Deve ter-nos acontecido alguma infelicidade; onde, ainda não sei... A propósito, Pélagué; aí tem o discurso do Pavel, foi decidido imprimi-lo. Leve-o a Lioudmila, suplique-lhe que o componham o mais breve possível. O seu Pavel falou muito bem, Pélagué!... Sachenka, tome cuidado com os espiões! Espere, leve também estes papéis; dê-os ao doutor.

Enquanto falava, esfregava com vigor as mãos geladas. Depois, aproximando-se da escrivaninha, abriu as gavetas para pegar alguns documentos. Com pressa, folheou-os, rasgou uns, arrumou os outros, muito preocupado e apressado.

— Não tem muito tempo eu limpei tudo isso e olhem que grande volume aparece de novo! Inferno! Mãe, talvez seja melhor não dormir aqui, o que acha? É muito ruim assistir a essa comédia, os policiais são capazes de levá-la também... É preciso que a senhora vá ao campo para disseminar o discurso de Pavel...

— Ora! Por que é que me haviam de prender? — contestou a mãe. — E daí, talvez se engane, talvez não venha ninguém...

Nicolau redarguiu em tom de confiança, agitando a mão:

— O meu faro nunca me enganou!... Além disso, você podia auxiliar a Lioudmila! Vá enquanto é tempo ainda...

Contente com a ideia de auxiliar com a impressão do discurso do filho, Pélagué respondeu:

— Se é assim, eu vou. Mas não é porque tenho medo.

E, para sua própria surpresa, acrescentou, em voz baixa, mas firme:

— Agora não tenho medo de mais nada... Deus seja louvado! Agora eu sei...

— Excelente — exclamou Nicolau, sem a olhar. — Ah, diga-me, onde estão minhas roupas e minha mala? A senhora cuidou de tudo com tanto zelo e agora sou incapaz de encontrar minhas coisas. Vou me preparar; os policiais ficarão desagradavelmente surpresos.

Sachenka queimava papéis no fogão. Quando viraram cinzas, ela teve o cuidado de os misturar com as cinzas da lenha.

— Vá, Sachenka — disse, apertando sua mão. — Não se esqueça de me enviar os livros, se aparecer alguma novidade. Até a vista, querida companheira. Seja sobretudo prudente.

— Pensa que vai ficar muito tempo preso? — perguntou Sachenka.

— Só o Diabo o sabe! Um bocado de tempo certamente. Há algumas razões para me manter lá. Mãe, saia com Sachenka. É mais difícil seguir duas pessoas.

— Bem! — concordou ela. — Eu já me visto.

Observara Nicolau atentamente, e nada anormal descobrira nele, a não ser a preocupação que lhe velava o olhar bondoso e complacente. Não o vira aparentar emoção alguma. Igualmente atencioso para com todos, afetuoso e metódico, sempre sossegado e solitário, levava a mesma existência misteriosa no seu foro íntimo e como que se antepondo a todas as diligências alheias. Pélagué estimava-o tal qual ele era, com um amor prudente que parecia duvidar de si mesmo. E agora experimentava por Nicolau uma compaixão indizível; mas dominava-a, porque sabia que, se ele a notasse, havia de se comover e tornar-se um pouco ridículo, como habitualmente. Não era sob este aspecto que Pélagué o queria ver.

Já vestida, voltou ao gabinete. Nicolau estava apertando a mão de Sachenka. Dizia-lhe:

— Otimamente! Estou certo de que há de ser bom para ele, como para você... Um pouquinho de felicidade pessoal nunca causa dano... Mas olhe que não é bom que seja demasiada, para não perder o valor. Está pronta, mãezinha?

Acercou-se dela, compondo os óculos.

— Bem! Então, até a vista!... Daqui a três, quatro ou seis meses. Digamos seis. É muito tempo!... Que de coisas se podem fazer em seis meses!... Poupe-se, sim! Vá lá! Venha um abraço!

Passou os robustos braços em torno do pescoço de Pélagué e, fitando-lhe muito os olhos, disse com um riso muito franco:

— Parece que estou apaixonado por você... Não faço senão abraçá-la!

Sem responder, ela o beijou na testa e nas faces. As mãos tremiam-lhe; deixou-as pender para que ele não o notasse.

— Então, vai partir?... Às mil maravilhas!... Mas tome cautela, seja prudente! Olhe: mande um rapazinho aqui amanhã pela manhã: a Lioudmila tem um lá. Por ele ficará sabendo o que se tiver passado. Bem, até mais ver, camaradas! Tudo vai bem!... Que tudo continue bem, é o que se quer!

Pela rua, Sachenka comentava em voz baixa:

— Com aquela mesma simplicidade é capaz de ir para a morte, se for preciso... Só com um pouco de pressa, como ainda agora. Quando lhe chegasse a sua hora final, ajustava os óculos, dizia assim: "Às mil maravilhas!" e morria!

— Amo-o deveras — segredou Pélagué.

— Pois a mim, causa-me espanto! Quanto a amá-lo, não! Estimo-o, simplesmente. Acho-o muito seco, ainda que lhe encontre certa bondade e às vezes até alguma ternura. Mas não possui em si bastante humanidade... Parece-me que vamos sendo seguidas. Separemo-nos. Não vá à casa de Lioudmila, se desconfiar que a vigiam...

— Bem sei! — respondeu ela.

Mas Sachenka insistiu:

— Não vá para casa dela... Se tal suceder, venha antes para a minha. Até mais ver!

Ela se virou energicamente e refez o caminho.

A mãe lhe respondeu:

— Até mais ver!

Capítulo XXVII

Minutos depois, Pélagué aquecia-se ao fogão, no quarto de Lioudmila. Vestida de preto, esta última passeava devagar pelo estreito aposento, que enchia com o rugir das suas saias e com a soberania da sua voz autoritária. No fogão, a lenha estralejava e assobiava, aspirando o ar do quarto. Vibrava a voz igual e monótona da dona da casa:

— Os homens são infinitamente mais tolos do que maus. Não sabem ver senão o que lhes fica perto, o que têm ao seu alcance imediato!... Ora, tudo que nos fica próximo é mesquinho; só o que se encontra afastado tem valor. Na realidade, seria vantajoso para todos que a vida se tornasse mais fácil, e as criaturas mais inteligentes... Mas para chegarmos a isso é forçoso renunciar por enquanto a viver com tranquilidade.

Aqui, estacou de súbito em frente de Pélagué e acrescentou mais baixo, como para se desculpar:

— Dou-me com tão pouca gente!... Quando alguém vem à minha casa, ponho-me logo a discursar... É ridículo, não é?

— Por que seria?

Pélagué tentava adivinhar onde Lioudmila imprimia as brochuras, mas não via ali nada de diferente. No quarto, com três janelas que davam para a rua, havia um sofá, uma estante de livros, uma mesa com cadeiras, uma cama com espaldar. A um canto, um lavabo, em outro, um fogão. Nas paredes, havia fotografias. Tudo era novo, sólido e limpo, e sobre tudo isso projetava-se a sombra monacal da proprietária. Sentia-se alguma coisa de misteriosa e escondida. A mãe olhava as portas: havia entrado no quarto por uma delas, que dava em um pequeno vestíbulo; perto do fogão, havia outra, alta e estreita.

— Vim pelas tarefas — disse confusamente, percebendo que Lioudmila a observava.

— Eu sei. Ninguém vem por outra razão.

Pareceu a Pélagué vibrar na voz da sua interlocutora uma intenção singular; via-lhe um sorrisinho nas delgadas comissuras dos lábios, e as pupilas, baças habitualmente, brilhavam-lhe por trás dos vidros da luneta. Desviou, portanto, o olhar e apresentou-lhe o manuscrito com o discurso de Pavel.

— Aqui está. Pedem-lhe que o imprima o mais depressa possível.

E narrou os preparativos a que Nicolau procedera, prevendo a sua captura.

Sem dizer uma palavra, Lioudmila entalou o papel no cinto e sentou-se em uma cadeira. Agitavam-se por seu rosto impassível os reflexos do lume.

—- Quando os policiais vierem à minha casa, faço fogo em cima deles! — declarou. — Tenho o direito de me defender contra a violência e o dever de lutar contra ela, visto que instigo também os outros a fazê-lo!

Os reflexos rubros da chama apagaram-se de seu rosto, que se tornou novamente severo e um pouco arrogante.

"Deve ser bem trabalhosa a vida que você leva", foi o súbito pensamento que acudiu ao espírito de Pélagué.

Ela pôs-se a ler o discurso de Pavel, primeiro sem vontade, depois curvando-se cada vez mais sobre o papel. Ia atirando rapidamente para o chão as folhas já lidas. Finda a leitura, levantou-se, endireitou o tronco e disse para a outra:

— Está muito bom! Aí está do que eu gosto! É nítido e claro!

Inclinou a cabeça e refletiu um instante.

— Não quis falar-lhe do seu filho: nunca o vi e não me agradam as conversas tristes. Eu sei o que se sente quando vemos um dos nossos ir para o exílio!... Diga-me: é agradável ter um filho como ele?

— Sim, muito agradável!

— E deve ser coisa terrível também?...

Com um sereno sorriso, Pélagué respondeu:

— Não; agora já não...

Lioudmila alisou, com a mão muito morena, os cabelos penteados em bandós; depois, voltou-se para a janela: palpitava-lhe nas faces uma leve sombra apaixonada.

— Vamos imprimir isso... Quer ajudar-me?

— Certamente!

— Vou compor o mais depressa possível. Deite-se; o dia deve-lhe ter sido fatigante. Vê-se que está cansada. Deite-se naquela cama, que eu não durmo hoje. Talvez tenha que acordar de noite para me auxiliar. Antes de adormecer, apague o candeeiro.

Acrescentou duas achas ao lume e saiu pela porta estreita, ao lado do fogão, que tornou a fechar cuidadosamente após si. Pélagué seguira-a com o olhar. E enquanto se despia pensava maquinalmente na sua anfitriã:

"É um caráter severo... E vê-se que sofre, a pobre senhora!"

O cansaço esvaía-lhe a cabeça; no entanto, sentia o coração singularmente calmo; no seu espírito, tudo se iluminava com suave e cariciosa luz. Pélagué conhecia já aquela tranquilidade, que se segue sempre às grandes comoções; antigamente, inquietava-a, mas agora fazia que a sua alma se expandisse, revigorada em forte e puro sentimento. Apagou o candeeiro, deitou-se na cama muito fria, encolheu-se, aconchegando a si os cobertores, e adormeceu logo em profundo sono.

Quando abriu os olhos, estava o quarto banhado da claridade gélida e branca de um desanuviado dia de inverno. Estendida no sofá, com um livro na mão, Lioudmila fitava-a com uma expressão de ternura que a transfigurava.

— Deus meu! — exclamou Pélagué, confundida. — Quanto tempo dormi! É muito tarde, não é?

— Bom dia! — respondeu Lioudmila. — São dez horas, levante-se para comermos algo.

— Por que não me acordou?

— Eu tinha essa intenção, mas a senhora abriu um sorriso bonito enquanto dormia.

Com um movimento de corpo, que era robusto e ágil, ela se ergueu e se aproximou da cama, inclinando-se para o rosto da mãe. Esta notou em seus olhos ternos alguma coisa de familiar, de próximo, de compreensível.

— Não quis acordá-la... certamente tinha um sonho bom.

— Não, nada sonhei!

— Que pena! Seu sorriso era agradável, era tão doce e apaziguador.

Lioudmila pôs-se a rir, um rir aveludado e discreto:

— Tenho pensado em você, na sua vida... Porque a sua existência deve ser árdua!

Pélagué contraiu o cenho, pensativa.

— Não sei! — respondeu, hesitante. — Há momentos em que me parece que sim... mas não é verdade! Há tantas coisas... coisas espantosas e graves, que se seguem com tanta rapidez umas às outras!...

Subia-lhe ao peito a onda de excitação que ela conhecia bem, enchendo-a de imagens e pensamentos. Sentou-se na cama e deu-se pressa em revestir com palavras as suas ideias.

— Tudo o que estamos presenciando caminha para o mesmo fim, como o fogo, quando arde uma casa, tende sempre a subir! Aqui abre caminho, mais além, brilha intensamente, sempre mais violento, sempre mais luminoso... Há tanta coisa que custa ver! Se soubesse!... Essa pobre gente sofre, é incomodada, espiada... Batem-lhes com crueldade... Eles, então, ocultam-se a todas as vistas, passam a viver como frades. Quantas alegrias há que lhes são negadas!... E é triste assim a vida!

Lioudmila ergueu com vivacidade a cabeça e fitou Pélagué com profundo olhar.

— Não é de si que está falando! — observou em voz baixa.

— De mim!... — repetiu ela, enquanto ia se vestindo. — E pode alguém colocar-se à parte quando o nosso coração ama alguma coisa, quando este ou aquele nos é querido, quando se sente medo e compaixão por todos?... Tudo isto se nos entrechoca na alma, atraída assim para cada um desses infelizes... Como nos podemos colocar à parte? Para nos refugiarmos onde?

Já meio vestida, permaneceu um instante pensativa no meio do quarto. E, subitamente, deu-se conta de que já não era ela a mesma criatura que tanto se inquietara e alarmara pela sorte de seu filho; tal personalidade já não existia, tinha se desapegado e afastado dela. Escutou-se então a si própria, no desejo de saber o que se passava no seu íntimo, embora receasse despertar outra vez o seu velho sentimento de ansiedade.

— Em que está pensando? — perguntou-lhe Lioudmila afetuosamente.

— Nem sei!

Calaram-se as duas, olharam uma para a outra e sorriram. Depois, Lioudmila saiu do quarto, murmurando:

— Que estará fazendo o meu samovar?

Pélagué olhou então pela janela. Lá fora, reinava a frialdade de um luminoso dia de inverno. Ela, no âmago do coração, sentia também uma claridade igual àquela, mas quente. O seu desejo seria falar de tudo, demorada e jovialmente, em um vago sentimento de gratidão por tudo o que baixara à sua alma, tornando-a assim bem formada. Sentiu — o que havia muito não lhe sucedia — desejo de rezar. Veio-lhe então à lembrança um rosto jovem e imberbe; na sua memória ecoou uma voz delgada: "É a mãe de Pavel Vlassof..." Cintilavam os meigos olhos joviais de Sachenka; desenhava-se o negro perfil de Rybine; sorria o rosto valoroso e bronzeado de Pavel; Nicolau piscava, acanhado. E, de repente, todos aqueles rostos amigos foram eclipsados em meio de um suspiro ligeiro, mas de significação profunda; baralharam-se, confundiram-se em uma nuvem transparente e multicor, que envolvia o coração em um sentimento de paz.

— Nicolau tinha razão! — disse Lioudmila ao regressar ao quarto. — Foi preso, não há dúvida! Conforme me recomendou, mandei um rapazinho à casa dele. Já voltou. Diz que estão lá agentes de polícia escondidos no pátio; que viu um por trás do portão. Os espiões vigiam ao redor da casa; o pequeno conhece-os.

— Ah! — limitou-se Pélagué a dizer, com um meneio de cabeça. — Pobre Nicolau!

— Nestes últimos tempos, ele fazia muitas preleções aos operários da cidade; estava desmascarado; era tempo e mais que tempo que desaparecesse! — prosseguiu Lioudmila em tom sombrio, mas sereno. — Os companheiros andavam sempre a dizer-lhe que saísse da cidade; ele não quis dar-lhes ouvidos!... A minha opinião é que, em tais casos, o que se deve não é aconselhar as pessoas, mas obrigá-las!

À porta apareceu um rapazinho de cabelo preto, pele rosada, nariz aquilino e bonitos olhos azuis.

— Quer que traga o samovar? — perguntou com voz sonora.
— Traga, sim, Sérgio. É meu discípulo... Não o conhecia?
— Não.
— Tenho-o mandado algumas vezes à casa do Nicolau.

Pélagué, entretanto, achava Lioudmila muito mudada, parecia-lhe mais singela de maneiras, mais compreensível. Havia, nos movimentos graciosos do seu esbelto corpo, beleza e força, a atenuarem o que no rosto pálido tinha de severidade. Com a noite perdida, suas olheiras haviam se cavado mais. Sentia-se em seus modos um esforço continuado, como se na sua alma vibrasse uma corda em demasiada tensão.

O rapaz trouxe o samovar.

— Sérgio, olhe a senhor Pélagué Vlassof, a mãe do operário que foi ontem condenado.

A criança inclinou-se em silêncio, apertou a mão de Pélagué, tornou a sair e voltou trazendo pão. Sentou-se também à mesa. Enquanto ia servindo o chá, Lioudmila aconselhou Pélagué a não voltar para casa sem que se soubesse quem era a pessoa alvejada pelas diligências policiais.

— Talvez seja a senhora mesma... Hão de querer interrogá-la.

— Que me importa! — redarguiu ela. — Se for presa, a desgraça não será grande! Só o que desejava era que o discurso de Pavel estivesse já distribuído...

— Já está composto. Amanhã teremos exemplares o bastante para a cidade e para os arredores... e também para o resto do distrito. Conhece Natacha?

— Ora, se conheço!

— Pois é preciso que lhe leve os folhetos.

A criança estava lendo um jornal. Parecia não ouvir o que diziam, mas de tempos em tempos erguia os olhos para Pélagué. Esta, quando lhe surpreendia aquele olhar tão vivo, sentia-se agradavelmente comovida. A jovem senhora falou novamente de Nicolau sem lamentar sequer a sua captura, o que de toda a maneira pareceu a Pélagué naturalíssimo. O tempo parecia passar mais veloz; era perto do meio-dia quando terminaram o almoço.

Capítulo XXVIII

De repente ouviu-se bater na porta, rapidamente. Levantou-se a criança e dirigiu interrogador olhar à dona da casa.

— Abra, Sérgio! Quem poderá ser?

Com o maior sossego, introduziu a mão na algibeira do vestido e disse à sua hóspede:

— Se for a polícia, coloque-se ali naquele canto. E você, Sérgio...

— Bem sei! — respondeu a criança, baixando a voz. E saiu.

Pélagué sorria. Não a impressionavam tais preparativos; não tinha o pressentimento de uma desgraça.

Quem entrou, afinal, foi o doutor. Anunciou logo com precipitação:

— Nicolau foi preso!... Ah, está por aqui, tiazinha?... Não estava em casa quando o levaram?

— Não, senhor; foi ele que me mandou para cá.

— Hum!... Não me parece que isso lhe seja de grande utilidade... Esta noite, uns rapazes imprimiram com gelatina quinhentos exemplares do discurso do Pavel. O trabalho ficou bom, está bem impresso, lê-se bem. Tencionam distribuí-los pela cidade esta noite. Não sou dessa opinião; para a cidade são preferíveis os folhetos impressos; os outros é que devem ser expedidos para toda a parte.

— Eu os vou levar a Natacha! Dê-mos! — exclamou Pélagué com vivacidade.

O seu grande desejo era fazer circular o mais depressa possível o discurso de Pavel, inundar a terra com as palavras de seu filho. E fitava o médico atentamente, com o olhar quase suplicante.

— Não sei se será prudente que a senhora se meta agora nessa empresa! — disse, indeciso. E puxou pelo relógio. — São onze horas e quarenta e três minutos... O comboio parte às duas e cinco; pode chegar ao seu destino às cinco e quinze... Ia chegar de noite, mas não muito tarde... Além do que, não é isto o essencial...

— Não, não é isso o essencial! — repetiu Lioudmila, franzindo o cenho.

— Então o que é? — perguntou Pélagué, aproximando-se deles.
— O essencial é que a distribuição seja bem-feita... e eu sei como hei de fazer!

A dona da casa atentou nela fixamente e declarou, passando a mão pela testa:

— É perigoso...

— Por quê? — exclamou a outra.

— Aqui tem por quê! — expôs o doutor com voz precipitada e desigual. — Você desapareceu de casa uma hora antes da prisão de Nicolau. Daqui a pouco, vai ser vista na fábrica, onde já é conhecida. Logo depois de lá chegar, entram a aparecer os folhetos revolucionários... Tudo isso são indícios que lhe vão apertar a garganta com um laço corredio...

— Mas não hão de dar por mim! — objetou ela com animação crescente. — Se for presa quando de lá voltar, e me perguntarem onde estive...

Interrompeu-se um momento e prosseguiu:

— Sempre hei de achar resposta! Por exemplo: posso ir da fábrica diretamente ao subúrbio. Conheço lá um sujeito chamado Sizof.

Pois digo que logo em seguida ao julgamento fui para casa do Sizof, por me achar incomodada com o desgosto sofrido... Também ele está muito pesaroso; o sobrinho foi condenado juntamente com o Pavel!... Digo que estive todo este tempo em casa dele, e ele há de confirmar o que eu disser... Bem veem!

E porque os sentisse cederem aos seus argumentos, esforçava-se por convencê-los e falava com crescente calor. Por fim, aquiesceram.

— Que fazer? Pois vá — concordou o doutor, mas de má vontade.

Lioudmila conservava-se em silêncio; passeava pelo quarto, meditativa. O seu rosto sombreara-se, suas faces haviam se cavado; os músculos do pescoço pareciam ter se distendido, como se a cabeça tivesse bruscamente se tornado mais pesada e tombasse irresistivelmente para o peito.

O forçado consentimento do doutor arrancara a Pélagué profundo suspiro.

— Andam todos a animar-me! — disse, sorrindo. — Mas os senhores são os primeiros que não se poupam!

— Isso não é assim! — replicou o doutor. — Poupamo-nos todos; temos o dever de nos poupar. E as nossas censuras nunca serão demasiadas para aqueles que se expõem inutilmente! Dito isso, levo-lhe os folhetos à estação.

Explicou-lhe o que tinha a fazer, e em seguida acrescentou, fitando-a bem de frente:

— O que desejo é que se saia bem! Está satisfeita, não é assim?

E foi-se descontente. Logo que ouviu fechar-se a porta, Lioudmila aproximou-se de Pélagué.

— A senhora é uma excelente mulher!... Eu a compreendo...

Travou-lhe o braço e entraram ambas a passear pelo aposento.

— Também eu tenho um filho. Tem já doze anos. Mas vive com o pai. Meu marido é procurador substituto; talvez já seja procurador efetivo, não sei... E aquela criança está na sua companhia... Quantas vezes pergunto a mim qual será o seu futuro!

Teve na voz desfalecida uma comoção, depois prosseguiu baixinho, de novo meditativa:

— Se ele está sendo educado por um inimigo daqueles que me são queridos, daqueles que eu considero como as melhores criaturas desta terra, meu filho pode vir a ser meu inimigo também... Não me é lícito trazê-lo para a minha companhia, pois vivo com nome falso. E há oito anos já que o vi pela última vez!... Quanto tempo! Oito anos!

Diante da janela, parou e ficou a olhar para o pálido e desolado céu.

— Se ele vivesse comigo, iria me sentir mais forte. Mesmo se ele morresse, ficaria mais aliviada.

Após um instante de silêncio, ergueu a voz para explicar:

— Porque, então, ficaria sabendo que só estava morto; porque não poderia tornar-se um inimigo daquilo que é superior ao próprio amor materno, a tudo o que na vida há de mais precioso!...

— Minha querida amiga! — murmurou brandamente Pélagué, sentindo o coração confranger-se de dó.

— A senhora é feliz! — prosseguiu Lioudmila com um sorriso. — É admirável ver uma mãe e um filho caminharem lado a lado... É raro!

— Sim, é certo; é delicioso! — exclamou Pélagué.

E explicou, baixando a voz, como para confiar um segredo:

— É como se tivéssemos uma segunda vida! A senhora, Nicolau, todos, enfim, os que lutam pela verdade estão conosco!... E, assim, tornamo-nos mais íntimos uns dos outros... E eu os compreendo... não o que dizem, mas tudo o mais, sim, compreendo-o!... Tudo!

— Ah! É assim? — exclamou a jovem senhora. — É assim!...

E, logo, Pélagué, pousando-lhe a mão no ombro, disse:

— Os nossos filhos vão em marcha pelo mundo! Eis o que eu compreendo! Vão em marcha pelo mundo, por toda a Terra e em toda a parte caminham para o mesmo fim! Arremessam-se ao assalto os melhores corações e os espíritos mais leais, sem olhar para trás, para tudo o que é mau e sombrio. E avançam, avançam... Débeis ou robustos, todos dedicam as suas inteiras forças à mesma causa: a Justiça! Juraram triunfar da desgraça; armaram-se para aniquilar o infortúnio da humanidade; querem vencer o horror e hão de vencê-lo! "Havemos de acender um novo sol!", disse um deles. E hão de acendê-lo! "Havemos de reunir num só todos os corações despedaçados!", disse outro. E hão de fazê-lo!

Ergueu o braço para o céu:

— Além há um sol!

E, batendo no peito, concluiu:

— E aqui outro se há de acender, mais brilhante que o do céu; o sol da felicidade humana, que eternamente iluminará a terra inteira e aqueles que a habitam, com a luz do amor de cada criatura por todos e por tudo!

E Pélagué evocava as palavras das orações esquecidas para entusiasmar a sua nova fé, e lançava-as do coração como centelhas:

— Os nossos filhos, caminhando pela senda da razão e da verdade, levam o amor a todas as coisas, criam um novo céu, acendem o lume sagrado e incorruptível que brota da alma, do âmago do coração. E é assim que nos é oferecida uma vida nova no apaixonado amor dos nossos filhos pelo mundo inteiro. E quem poderia extinguir este amor? Quem? Existe força superior a esta? Quem poderia vencê-la? Foi a própria Terra que a gerou e a vida inteira exige a sua vitória... a vida inteira!

Pélagué afastou-se de Lioudmila e sentou-se, ofegante, quebrada pela sua comoção. A jovem senhora afastou-se também de mansinho, com precaução, como se receasse quebrar alguma coisa. No seu passo ágil, atravessou o quarto, fixando longe dali o olhar profundo dos seus olhos sem brilho. Parecia ainda mais delgada, mais hirta e mais alta. Tinha uma expressão concentrada, comprimia nervosamente os lábios. O silêncio acabara por apaziguar a exaltação de Pélagué. A meia-voz, em um tom de receio, perguntou:

— Talvez eu tenha dito coisas que não deveria.

Lioudmila voltou-se com vivacidade, lançou-lhe um olhar assustado e exclamou:

— Não! É assim mesmo! É assim mesmo!... Mas não falemos mais nisso! Fiquem as suas palavras tais quais as pronunciou, sim!

E prosseguiu depois, já mais calma:

— É forçoso partir... A estação fica longe daqui.

— Sim, vou já partir! Como me sinto contente! Se soubesse!... Levo comigo as palavras do meu filho, as palavras do meu sangue! É como se levasse a minha alma!

Sorria. Mas este sorriso não produzia mais que um pálido reflexo na fisionomia de Lioudmila. Pélagué sentia aquela frieza regelar a sua própria alegria. Assim, sentiu o desejo súbito de comunicar àquela alma severa o seu ardor, abraçar-se com ela, a fim de a pôr em uníssono com o seu coração de mãe. Tomou a mão de Lioudmila e disse, apertando-a com força:

— Minha querida! Como é bom saber que há na vida luz para todos os homens e que, com o tempo, eles hão de acabar por vê-la, por fundirem nela as suas almas e se aquentarem todos na mesma chama inextinguível!

O seu rosto bondoso tremia de entusiasmo; os seus olhos radiantes e as suas sobrancelhas agitavam-se, como para dar asas ao brilho das pupilas. Sentia-se inebriada pela sublimidade dos seus ideais, em que punha toda a ardência do coração, tudo o que experimentara, e encerrava nos rijos e límpidos cristais das palavras iluminadas as ideias que floresciam e desabrochavam mais e mais no seu coração outonal, iluminado pelo sol da força criadora.

— É como se para nós tivesse nascido um novo Deus! Tudo para todos, todos para tudo, a vida inteira em um só, em cada um a vida inteira! E cada um para a vida inteira! É assim que eu compreendo; é para isso que vós todos andais pela terra, eu bem o vejo! Em verdade, todos sois camaradas, todos sois da mesma família, porque todos sois os filhos da mesma mãe; a verdade! Foi a verdade que vos gerou e é pela sua força que viveis!

Pélagué retomou alento e continuou, com um gesto largo que parecia abarcar tudo:

— E quando a mim própria pronuncio esta palavra "camarada", parece-me ouvi-los caminhar. De toda a parte vêm em multidão. Ouço um ruído atroador e alegre, como se os sinos de todas as igrejas da terra começassem a tocar!

Conseguira o que desejava, animara-se o rosto de Lioudmila; os lábios tremeram-lhe; uma após outra, rolaram-lhe dos olhos pesadas lágrimas cristalinas.

Então, Pélagué tomou-a entre os braços; deu uma risada silenciosa, meigamente orgulhosa da vitória obtida pelo seu coração.

Ao afastarem-se as duas mulheres, Lioudmila fitou Pélagué e perguntou em voz baixa:

— Sabe que é muito agradável estar na sua companhia?

E a si própria respondeu, rematando:

— Sim, parece que se está no cimo de uma alta montanha, ao nascer da aurora...

Capítulo XXIX

Lá fora, o ar seco e glacial fustigava o corpo, irritava a garganta e o nariz, sufocava a respiração. Pélagué parou a certa altura olhando em torno: perto dali, à esquina de uma rua, estava um cocheiro com um boné de pelos; mais longe caminhava um homem, todo corcovado, com a cabeça encolhida entre os ombros. Um soldado corria, aos pulos, esfregando as orelhas.

"Provavelmente o mandaram à loja, a comprar alguma coisa!", pensou ela. Escutava com satisfação o ruído da neve que se quebrava sob os passos. Em breve chegou à estação; o comboio ainda não estava formado; no entanto, havia já muita gente na sala de espera da terceira classe, enfumaçada e suja. O frio escorraçara para lá os trabalhadores do caminho de ferro; vinham aquentar-se ali cocheiros e indivíduos malvestidos. Também ali se encontravam viajantes, alguns camponeses, um negociante gordo vestido de espessa capa de peles, um padre com a sua filha, uma garota de rosto pálido, cinco ou seis soldados e alguns burgueses com ar de atarefados. Fumava-se, conversava-se, bebia-se aguardente ou chá. Junto ao bufete, ouviam-se grandes gargalhadas; pairava por cima das cabeças a fumaça do tabaco em densas nuvens. Ao abrir-se, a porta chiava e, quando a tornavam a fechar, batia com estrondo e as vidraças ressoavam e tremiam. Assaltava violentamente as narinas um cheiro a tabaco e a peixe salgado.

Pélagué sentou-se perto da porta, bem em evidência, e esperou. Quando entrava alguém, envolvia-a uma lufada de ar frio; a sensação era agradável; respirava nesses momentos a plenos pulmões. Aparecia gente em pesados trajes, carregada de embrulhos; prendiam-se desastradamente na porta, praguejavam, atiravam os seus fardos para o chão; depois limpavam da geada a gola e as mangas dos casacões, as barbas ou os bigodes, resmungando.

Um rapaz, que trazia uma mala amarela, entrou e, depois de olhar rapidamente em torno, foi direto a Pélagué.

— A Moscou? — perguntou ele a meia-voz.

— Sim! À casa de Tânia.

— Aí tem!

E, dito isso, colocou a mala sobre o banco, ao lado dela, tirou um cigarro do bolso, acendeu-o rapidamente e tornou a sair por outra porta, depois de ter erguido levemente o boné. Pélagué passou a mão pelo couro frio da mala e encostou-se a ela. Satisfeita, enfim, pôs-se a examinar os presentes. Instantes depois, levantou-se e foi sentar-se em outro banco, mais próximo da saída. Levava a mala em uma das mãos com a maior serenidade, de cabeça levantada e fitando as caras que lhe passavam ao alcance da vista.

Um homem vestindo um casaco curto e com a cabeça enterrada na gola erguida deu-lhe um encontrão e afastou-se sem dizer nada, levando simplesmente a mão ao boné. Pareceu-lhe tê-lo já visto. Voltou-se e viu que ele a estava observando. Sentiu-se como trespassada por aquele olhar claro; a mala começou a tremer-lhe na mão, como se tivesse repentinamente aumentado de peso.

— Onde vi aquele homem? — perguntava a si mesma, como para repelir a sensação desagradável que lhe subia do peito até a garganta e lhe enchia a boca de amarga acidez. Apoderou-se dela um desejo irresistível de se voltar e de olhar mais uma vez para ele; o homem continuava no mesmo lugar, firmando-se ora em um pé, ora em outro, e parecia indeciso. Introduzira a mão direita entre os botões do casaco e conservava a outra na algibeira, o que fazia parecer que tinha o ombro direito mais alto do que o esquerdo.

    Devagar, Pélagué caminhou até um banco, sentou-se lentamente, com precaução, como se receasse quebrar alguma parte do corpo. A sua memória, despertada por um agudo pressentimento de desgraça, evocava dois aspectos deste homem: o primeiro datava do dia da evasão de Rybine; o outro, da véspera. Lembrava-se de ter visto no tribunal, ao lado daquele indivíduo, o agente de polícia a quem fornecera a indicação errada sobre o caminho que Rybine tomara na sua fuga. Tornara-se, pois, conhecida, andava vigiada, era certo!

    "Terei sido flagrada?", perguntou a si mesma. E respondeu, sentindo-se estremecer: "Talvez ainda haja meio... Não, decididamente fui flagrada, não há nada a fazer..."

    Olhou em roda, mas não viu nada suspeito. Uma após outra, como centelhas, surgiam-lhe e apagavam-se-lhe várias ideias dentro do cérebro.

    "Deixar a mala?... Ir-me embora?"

    Mas logo outra centelha mais viva brilhou: "As palavras do meu filho... atirá-las assim fora! Deixá-las em semelhantes mãos!"

    E chegou a mala mais para si.

    "E se eu agarrasse nela e deitasse a fugir!..."

    Chegava-lhe a parecer não serem seus os próprios pensamentos, que alguém os introduzia no cérebro à força. Eram como queimaduras a corroerem-lhe dolorosamente a cabeça e o coração, levando-a para longe de si mesma, para longe de Pavel, de tudo o que já fazia parte do seu coração. Sentia que uma força hostil a oprimia obstinadamente, lhe pesava nos ombros e no peito, a aviltava, mergulhando-a em frio terror. Incharam-se-lhe as veias da fronte, subiu-lhe à cabeça intenso calor.

    Então, num impulso vigoroso, que a ergueu de chofre, sufocou em si todos esses lampejos de fraqueza covardes e astuciosos, ordenando a si própria com autoridade: "Não seja a vergonha do seu filho!"

Aos seus olhos apareceu, então, um olhar tímido e desconsolado. Passou-lhe pela memória a imagem de Rybine. Estes poucos segundos de hesitação bastaram para fortalecer nela todas as crenças. O coração pulsou-lhe com mais regularidade.

"Que irá acontecer?", perguntou a si mesma, olhando em torno.

O espião acabava de chamar um guarda; segredava a este o que quer que fosse, fixando nela o olhar. O guarda observou Pélagué e recuou. Aproximou-se outro guarda e pôs-se a escutar o que diziam. Era um velho robusto, grisalho e de comprida barba. Fez um sinal com a cabeça ao espião e adiantou-se para o banco em que Pélagué se sentava. O espião desapareceu como por encanto.

O velho caminhou sem pressa alguma, perscrutando atentamente com olhar irritado a fisionomia de Pélagué. Ela se encolheu toda no fundo do banco.

"Contanto que não me batam!... Deus permita que não me batam!"

O guarda parou junto dela e, após um silêncio, perguntou com severidade:

— Que está fazendo?

— Nada...

— Está bem... Ladra! Então é velha e anda nessa vida?!

Com essas palavras julgou Pélagué que recebia uma bofetada. Irritadas e roucas faziam doer, como se lhe rasgassem as faces e arrancassem os olhos.

— Ladra, eu?! Mente! — gritou com toda a força dos pulmões.

Tudo o que a rodeava lhe parecia mover-se descompassadamente no redemoinho da sua indignação; sentia o coração atordoado pela amargura da injúria. Agarrou na mala, que logo se abriu por si.

— Olhem! Olhem todos! — exclamou, pondo-se em pé e agitando acima da cabeça um maço de proclamações. Através dos zumbidos de que tinha cheios os ouvidos, ouvia as exclamações das pessoas que acudiam de todos os lados:

— Que se passa?

— É um agente da polícia secreta...

— Mas que aconteceu?

— Dizem que roubou, aquela mulher...

— Aquela mulher?

— Mas ela protesta?

— Ora! Com aquele todo tão respeitável!

— Eu não sou ladra! — repetia ela com voz forte e serenando pouco a pouco com o ver a atitude dos curiosos que a rodeavam em compacto círculo. — Ontem foram condenados alguns presos políticos, e entre eles o meu filho... O meu filho se chama Vlassof. Pronunciou um discurso: aqui o têm! Ia levá-lo à gente do povo, para que o leia e reflita nas verdades que ele encerra!

E porque um dos circunstantes, com precaução, tomasse um dos fascículos que ela tinha na mão, agitou os outros e atirou-os por sobre a multidão.

— Está livre de receber felicitação pela maneira por que o distribuiu! — comentou receosa uma voz.

— Cuidado, que vai acontecer alguma coisa! — aconselhou outra voz.

Pélagué via que cada qual tratava de se apoderar dos papéis e de escondê-los nas algibeiras ou no peito. Mais animada, começou a tirar maços e maços de dentro da mala e a atirá-los à direita e à esquerda, às mãos ávidas e ligeiras que se lhe estendiam.

— Sabem por que condenaram o meu filho e os que estavam com ele? Vou dizer! Creiam neste coração de mãe! Condenaram-nos porque traziam a santa verdade! E ontem mesmo eu vi como essa verdade triunfou!... Ninguém pode lutar contra ela, ninguém!

A multidão, que se conservava muda de assombro, engrossava cada vez mais, cercando Pélagué de uma cadeia de seres viventes.

— A pobreza, a fome, a doença... eis o que o trabalho nos rende! Tudo é contra nós. De um dia para outro, morremos sob o trabalho, sofremos fome e frio, prostrados sempre no lodo e no engano, e são outros que se fartam e se divertem à custa do nosso labor!... Como cães presos pela trela, imobilizam-nos na ignorância; nós nada sabemos e, na nossa covardia, temos medo de tudo! A nossa vida é uma noite, uma noite escura! É um pesadelo horrendo!... Não é verdade?

— Sim! — responderam algumas vozes abafadas.

— Fechem a boca desta mulher!

Por trás da aglomeração, Pélagué avistou o espião acompanhado por dois guardas. Deu-se pressa em distribuir os últimos maços, mas, quando a sua mão chegava mais uma vez à mala, sentiu o contato de outra mão.

— Levem tudo! Levem tudo! — disse ela, curvando-se. — Para transformar esta vida, para libertar todos os homens, para os ressuscitar dentre os mortos, como eu ressuscitei, nasceram criaturas filhas de Deus que andam a semear pelo mundo a verdade santa. Operam em segredo, pois, como sabem, ninguém pode dizer a verdade sem que seja logo perseguido, sufocado, atirado para um cárcere, mutilado! A verdade da existência e a liberdade são inimigas para todo o sempre irreconciliáveis daqueles que nos governam, daqueles que nos oprimem. E são crianças, são criaturas puríssimas e luminosas que anunciam a verdade a vocês. Graças a elas, há de chegar enfim às nossas miseráveis existências, há de vir acalentar-nos e confortar-nos; há de libertar-nos da opressão das autoridades e de todos os que lhes venderam a alma! Creiam!

— Bravo, velha! — gritou um.

Outro começou a rir.

— Vamos, dispersem! — ordenaram os guardas, afastando brutalmente a multidão.

O grupo recuou, resmungando, impedindo os guardas entre a massa de gente e tolhendo-lhes os movimentos, mesmo sem querer. Sentiam-se dominados por aquela mulher de cabelos grisalhos, olhar de franqueza e modos bondosos. Indiferentes uns aos outros, isolados pela vida, confundiam-se agora em um todo, acalentados pelo ardor daquela palavra que muitos esperavam, sem dúvida, havia muito tempo. Os que ficavam mais perto de Pélagué permaneciam em silêncio. Pélagué sentiu seus olhares atentos fixos sobre si e suas respirações.

— Sobe para um banco! — gritou-lhe um.

— Sai daqui, velha!

— Vai ser enforcada!

— Que insolente!

— Fala depressa, que eles aí vêm!

— Deixem o caminho livre! Vamos! — gritavam outros guardas, chegados no momento.

Já em número crescido, estes desviavam a multidão com mais violência; toda aquela gente, molestada, agarrava-se a quem lhe ficava próximo.

Parecia a Pélagué ter na frente como que uma férvida onda e que todos estavam prontos a compreendê-la e a acreditá-la. O seu desejo era dizer ali, depressa, tudo o que sabia, todos os poderosos pensamentos que lhe subiam harmoniosamente, sem esforço, do âmago do coração; mas faltava-lhe a voz, não lhe saíam do peito mais que sons roucos, entrecortados e trêmulos.

— A palavra do meu filho é a palavra pura de um filho do povo, de uma alma íntegra! Pela audácia se reconhecem os que são íntegros; pela verdade, quando ela o exija, se sacrificam intrepidamente!

Entre a multidão, olhos juvenis a fitavam, a um tempo com entusiasmo e terror.

Recebeu uma pancada no peito, cambaleou e caiu para cima do banco. Por sobre as cabeças agitavam-se as mãos dos guardas, os quais agarravam brutalmente os circunstantes pela nuca ou pelos ombros e os atiravam para o lado, arrancavam da cabeça os bonés e os arremessavam longe. Pélagué sentiu confundirem-se e vacilarem as coisas em frente dos olhos, mas dominou a fadiga e serviu-se ainda da pouca voz que lhe restava:

— Povo, reúne as tuas forças em uma só força!

Caiu-lhe no pescoço e sacudiu-a a mão enorme e encarniçada de um guarda.

— Cale-se!

Foi bater com a nuca de encontro à parede. Durante um instante, teve o coração envolvido em uma névoa de ardente terror, mas este vapor logo se dissipou ao entusiasmo que a aquecia.

— Anda para a frente! — disse o guarda.

— ... Não há sofrimento mais amargo que o que dia a dia devora o coração e oprime o peito...

O espião precipitou-se ao encontro dela e, brandindo o punho em frente da cara da mãe, gritou com voz aguda:

— Cale-se, canalha!

Os olhos de Pélagué abriram-se desmedidamente e cintilaram; o queixo tremia-lhe. Firmou os pés no lajeado escorregadio e gritou:

— Não se mata uma alma ressuscitada!

— Cadela!

Com pequeno impulso, o espião bateu-lhe no rosto.

— É bem feito para essa velha porca! — gritou uma voz.

Uma coisa negra e vermelha cegou por instantes Pélagué, encheu-lhe a boca o sabor salgado do sangue.

Reanimou-se a uma explosão de exclamações:

— Não têm direito de bater!

— Camaradas!

— Que vem a ser isso?

— Ah, patife!

— ...Não é com sangue que se há de sufocar a razão!

Empurravam-na pelas costas, pelo pescoço, batiam-lhe na cabeça e no peito; tudo oscilava e se sumia no sombrio turbilhão dos gritos, dos lamentos e dos silvos dos apitos. Algo espesso e ensurdecedor lhe penetrava nos ouvidos, enchia-lhe a garganta e a sufocou. O solo fugia-lhe debaixo das pernas, que vergavam, o corpo tiritava-lhe sob o aguilhão dos ferimentos; trôpega e exausta, Pélagué cambaleava. Mas continuava a distinguir em volta de si numerosos olhares onde brilhava o entusiasmo decidido que ela conhecia bem e lhe era caro. Levaram-na aos encontrões para uma das portas.

Conseguiu desembaraçar uma das mãos e agarrou-se ao batente.

— ... Nem mesmo sob um mar de sangue a verdade desaparecerá...

Descarregaram-lhe logo uma pancada na mão.

— Só conseguiram congregar o ódio, insensatos que são! E este ódio, este rancor, há de afundá-los!...

O guarda agarrou-a pela garganta e passou a apertá-la cada vez com mais violenta pressão.

Em agonia, a mãe balbuciou:

— Os desgraçados...

Alguém respondeu-lhe com um prolongado soluço.

Direção editorial
Daniele Cajueiro

Editora responsável
Ana Carla Sousa

Produção editorial
Adriana Torres
Laiane Flores
Juliana Borel

Revisão
Alessandra Volkert
Ana Grillo
Carolina Vaz
Mariana Oliveira
Fernanda Lutfi

Diagramação
Filigrana
Weslley Jhonatha

Este livro foi impresso em 2021
para a Nova Fronteira.